AF192448

Hanzik
Krisztián

AURATÖRÉS
A VÉRES LOVAG

novum pro

Ez a **könyv**
e-könyvként
is elérhető

w w w . n o v u m p u b l i s h i n g . h u

© 2022 novum publishing

ISBN 978-3-99131-097-6
Lektor: Sósné Karácsonyi Mária
Borítóképek: Eduard Muzhevskyi,
Aleksandr Titov,
Pattadis Walarput | Dreamstime.com
Borító, tördelés & nyomda:
novum publishing

www.novumpublishing.hu

Climate neutral
Print product
ClimatePartner.com/16547-2201-1002

Múlt

Az emberiséget, amíg visszakövethető a történelmünk, mindig is veszély fenyegette. Ha eltekintünk a természeti katasztrófák és a civilizációnkon belül kialakuló ellenségeskedéstől, volt egy sokkal nagyobb vész, ami megnehezítette fennmaradásunkat, mint faj. Teremtmények, melyek sötétségből, szenvedésből, és a halálunkból táplálkoztak. Számunkra létezésük egyetlen oka az, hogy megnehezítse a miénket.

Én mindig is úgy tekintettem rájuk, mint állatokra, mivel több „fajból" állnak. Viselkedésük és testi felépítésük gyökeresen különbözik fajonként. Vannak, melyek négy lábon közlekednek, és igen primitív lények; néhány „Négylábú" alfajnak még az alapvető érzékszerveik sincsenek meg, így vakon és süketen, csak a szaglásukra hagyatkozva keresik meg prédájukat, míg vannak olyan „fajok", melyek két lábon járnak, rendelkeznek ugyanazokkal az érzékszervekkel, mint az emberek, és még az intelligenciájuk is igen magas. Ezt a fajt „Humanoidnak" nevezzük. De együttes nevükön csak Szörnyetegeknek hívjuk őket. Ilyen ellenséggel szemben az emberiség sorsa kilátástalannak tűnhet külső szemszögből, de van valamink, ami a Szörnyetegeknek nincs: érzéseink. Akaraterő, túlélési ösztön, szeretet, barátság. Ez csak néhány a sok érzelem közül, amivel az emberek átírták saját történelmüket a Szörnyek elleni harcban. Minden ember rendelkezik aurával, melyre kivetülnek az érzéseink.

Amikor kiengedjük érzelmeinket az auránk segítségével, azt aurafeloldásnak nevezzük. Amikor kioldjuk az auránkat, erősebbé válunk, mozgásunk gyorsabbá válik, csapásaink nagyobb súllyal bírnak. Mintha az akaraterőnk támadásaink formájában mutatkozna meg. A tapasztaltabb harcosok képesek aurájukat fegyvereikbe, de még akár különleges támadásokba is összpontosítani. Felfedezve, majd felhasználva ezt az erőt, mely igazából bennünk lakozik, az emberiség nagy előnyre tett szert az aura és érzelem nélküli szörnyetegekkel szemben, melyek csak gyilkolási vágyból – vagy ki tudja, milyen motivációból – harcoltak. De sajnos a szörnyek létszámfölényben voltak.

Az emberiség – rádöbbenve, hogy bármilyen keményen is harcol a szörnyetegek ellen, nincs esélye a győzelemre – felkészült a pusztulásra. Ám mikor úgy tűnt, minden elbukott, feltűnt öt hős, kiknek ereje nagyobb volt, mint bármily harcosé.

Gilstreyn, kinek páncélja áttörhetetlen volt; Molakhin, kinek nyilai megállíthatatlanok voltak; Nevelline, kinek tudása határtalan volt; Liabell, ki ismerte ellenségeinek összes gyengeségét, és Jyken, kinek orvostudománya olyan magas szintű volt, hogy akár a halottakat is fel tudta kelteni. A hősök olyan megoldással álltak elő, amelyről azt állították, hogy meg fogja menteni az emberiséget. A céljuk egyszerű volt: a szörnyek visszataszítása a sötétségbe, ahová tartoznak. Az emberek kezdjenek barlangokon dolgozni, melyekbe bekényszerítik a szörnyeket, majd Nevelline mindet lezárja egytől egyig egy különleges képességgel, auráját felhasználva. Az emberek, mivel nem láttak már más lehetőséget, beleegyeztek, hogy együttműködnek a hősökkel. Évtizedek teltek el, mire befejezték a barlangokat, de ami ezután történt, arra senki sem számított.

A szörnyek saját akaratukból vonultak be a sötét barlangokba, elsétálva az emberek mellett, kikkel egy örökkévalóságon át háborúztak. Mikor az emberek jelet adtak Nevelline-nek, hogy lezárhatja a barlangokat, a nő így felelt: „Nem zárhatom be ezeket a lényeket, hisz csak egy helyre vágytak, hol megtalálják békéjüket anélkül, hogy mi, emberek megzavarnánk őket. Mint láthatjátok, ők is csak azért harcoltak, mert azt gondolták, hogy létezésünk akadályozná őket a túlélésben. Adtunk nekik egy helyet, ahol élhetnek, így rájöttek, hogy nincs szükség további háborúzásra. Hát hagynátok, emberek, hogy a szörnyetegek, kikre oly mély gyűlölettel nézünk, okosabbak legyenek nálunk?" Az emberek igazat adtak Nevelline-nek, és letették fegyvereiket.

A bátor harcosokat, akik megmentették az emberiséget ezzel a lehetetlennek tűnő, mégis egyszerű tervvel, elnevezték Szenteknek. Szobrokat állítottak tiszteletükre, és óriási vagyonnal köszönték meg segítségüket. Az emberiség végre végeláthatatlan háborúzás nélkül élhette mindennapjait: a harc és az aurafeloldás fogalma már a távoli múlté volt.

Több száz év telt el azóta.

Generációk sora hullott el eme esemény megtörténte óta. Ezek az események a „Szentek könyvében" lettek feltüntetve, amit néhány ember már csak legendának tart. Legalábbis tartott – egészen pár évvel ezelőttig. Egy napon, mely nem indult különlegesebben, mint bármely másik, Kinou városát lemészárolták. Amikor egy hírnök szokásos napi munkáját végezve a városba ért, csak egy félholt férfit talált a helyszínen, aki utolsó leheletével azt mondta a hírnöknek, hogy a lakosok holttestét elvitték rémisztő, fekete lények.

A hír gyorsan elterjedt: nem tétováztak az emberek, kardot ragadtak és elkezdték felkutatni a barlangokat, mivel biztosak voltak abban, hogy a legendák, amelyeket a Szentek Könyve leír, mind igazak, és a szörnyetegek visszatértek. Az emberek, kiknek fogalmuk sem volt arról, hogy mit is jelent harcolni vagy mi is az aura, sorban hullottak el.

Ahogy teltek az évek, néhány embernek az idő során a könyv tanításai alapján sikerült megértenie, hogyan tudják az aurájukat felhasználni. Akik képtelenek voltak használni az erejüket, vagy egyszerűen csak túl gyengék voltak, nem harcoltak tovább.

Én egyike vagyok azoknak, akik nem tudják használni az aurájukat, de nem adom fel. Sosem fogom feladni. Harcolni akarok. Segíteni az emberiségnek.

Én is...

Hős Akarok Lenni.

Tehetetlenség

Kis csapatunk a felfedezői beosztást kapta a Védelmezőktől. A többiek letörve, de én megkönnyebbülve álltam a beosztástábla előtt. Bár szeretnék mindent megtenni annak érdekében, hogy a világunk biztonságosabb hely legyen az emberek számára, ez a feladat tökéletes volt egy olyan tapasztalatlan harcos számára, mint én. Feladatunk egyszerű: a már fellelt barlangokba behatolni, és kideríteni, milyen típusú szörnyek rejtőznek benne. Egy barlangba nem elég csak benézni, hisz' azt, ami a barlang legmélyén van, a célunk felfedezni. A többi felfedezőosztag jelentése szerint a legtöbb barlangnak a mélyén rejtőzik az igazi veszedelem; egy nagyobb vagy erősebb szörnyeteg, amihez a kisebbek, akár az életük árán is, megpróbálják megakadályozni a külső erők hozzáférését. Nincs olyan feladat, ami teljesen veszélymentes a szörnyek elleni harcban, mégis a felfedezőosztagoknak van a legtöbb esélyük arra, hogy egy küldetésről élve visszatérnek. Persze, mivel olyanokat küldenek felfedezni, akiknek a tapasztalata általában egyenlő a nullával, ez az esély is elenyésző. Gyengéket küldenek gyengéknek való feladatra, akik ha nem az első, valószínűleg a második küldetésükön elbuknak, mert tapasztalatlanok. Ha ez mégsem következik be, előléptetik őket, vagy őt, függően a túlélők számától, és vagy a Kivégző, vagy a Védelmező címet kapják meg, majd ezután keresnek újabb feláldozható harcosokat. Ez egy örök körforgás. El kell fogadnunk, hogy feláldozhatóak vagyunk.

Mindig a beosztástábla előtt állásunk pillanatai jutnak eszembe, ha nehéz helyzetbe kerülünk. Amikor meglátjuk, hogy a legalacsonyabb pozícióba kerültünk. A szomorúság a társaim arcán, és a rejtett öröm a sajátomon. Örültem, mert azt gondoltam, hogy amellett, hogy segítünk az emberiségen, mi magunk is vissza fogunk térni minden küldetésről, elveszített bajtársak vagy komoly sérülések nélkül. Ezek a gondolatok tartották bennem a lelket és adtak magabiztosságot, mielőtt küldetésre indultunk. Ám a mai napon minden vak reményem semmivé vált.

A harmadik küldetésünk már majdnem a végéhez ért, miután visszavertünk féltucatnyi négylábú szörnyeteget, amiben persze leginkább a társaimnak volt nagy szerepe, mintsem nekem. Elvégre nemhogy különleges, megsemmisítő képességekkel nem tudom elintézni az ellenséget, velük ellentétben még az Aurámat sem tudom feloldani. Próbálom magamat azzal nyugtatni, hogy a mai nap eseményei nem az én hibámból történtek, de hasztalan. Tudom, hogy az én hibám volt. Ez egy normál gondolatmenet, ami átfut az agyunkon, ha valami olyat teszünk, ami másokat veszélybe sodor, vagy akaratlanul rosszat teszünk valakivel. De ez nem a megfelelő időpont arra, hogy ilyeneken törjem az agyam, hiszen... **még mindig a barlang legmélyén vagyunk**.

Lefagyva a látványtól, ami elém tárul, mozgásképtelenné váltam. A világ, ami körülöttem van, megszűnt létezni. A társaim, a barátaim megszűntek létezni. Csak egy dolog maradt számomra ezekben a pillanatokban: a szörnyeteg, amivel farkasszemet néztem, miközben az már félig felfalt bajtársam holttestén csámcsogott. Csak egy hangot hallottam, ami a nevemet mondta. A lányét, akivel pár perce még a küldetés végkimeneteléről beszélgettünk. A rossz döntésről, amit együttes erővel hoztunk meg.

– *Hiroto, Hiroto!* – szólított a lány játékos hangon.

– *Mitsuri?*

– *Mit szólnál, ha ma bevállalnánk egy kis „extra munkát"?* – felelte Mitsuri kérdő hangsúlyomra ördögi mosollyal.

– *Mire... várj, miért engem kérdezel? Nem én vagyok a csapatvezető.*

– *Oh, de Bansou olyan komolyan veszi a szabályokat. Arra gondoltam...* – mielőtt Mitsuri befejezte volna a mondandóját, Bansou szigorú hangon közbevágott:

– *Mitsuri. Nem* – mondta határozott hangon a csapatvezető.

– *Azt sem tudjátok, mit akartam mondani* – mondta Mitsuri lehajtott fejjel.

– *Teljesen esélytelennek látom, hogy rávegyél arra, hogy megszegjem a Védelmezők parancsát, de halljuk, Mitsuri, mire gondoltál?* – kérdezte frusztrált hangon Bansou, mintha egyáltalán nem érdekelné Mitsuri terve.

– Mi lenne ha… ahelyett, hogy csak megfigyeljük a szörnyet… – A lány hagyott egy kis szünetet a nagy csattanó előtt, mintha átgondolta volna, hogy vajon tényleg jó ötlet-e az, amit mondani akar.

– Mi lenne, ha megölnénk a szörnyet?

A csapat minden tagjának arcán sokkos kifejezés ült, kivéve az enyémen. Persze meglepődtem azon, amit Mitsuri mondott, de én megértettem a motivációt a mondandója mögött. Már az előző küldetésen is azon gondolkoztam, hogy mi lenne, ha megölnénk a szörnyet. A Védelmezőknek nem lenne más választásuk, mint előléptetni, igaz? Eggyel kevesebb munka a Kivégzőknek, és bizonyítanánk, hogy többek vagyunk, mint eldobható senkik. Ez már magában előléptetést érdemel. Persze ez veszélyesebb feladatokkal is járna a jövőben, de legalább nem úgy néznének ránk, mintha tudnák, hogy *erről a küldetésről már úgysem térnek vissza.*

– *Én nem tartom rossz ötletnek.* – válaszoltam Mitsuri nevetségesnek tűnő ötletére magabiztosan.

– *Te is, Hiroto? Itt mindenkinek teljesen elment az esze?* – tört ki Bansouból.

– *Én… nem tenném a helyetekben. Bansounak igaza van* – mondta Annie, aki mindig ott próbált Bansou kedvében járni, ahol csak tudott.

– *Nem emlékszem, hogy kérdeztelek volna, törpe!* – kiáltott Mitsuri Annie-ra, aki igaz, hogy alacsonyabb volt az átlagosnál, de mégis túlzás volt őt törpének nevezni.

Mitsuri és Annie nem igazán jött ki egymással. Túl sokban különbözött a gondolatmenetük, ami már az első küldetésünkön is megmutatkozott. Míg Mitsuri játékos, vidám, és élettel teli, Annie komoly és szabálykövető, leginkább Bansouhoz hasonlítható.

– *Nőj fel, Mitsuri! Miért kell a gyerekes gondolkozásoddal megnehezíteni minden küldetést?* – felelte Annie, villámokat szórva szemével Mitsuri felé.

– *Elég ebből! Kizárt, hogy nekiessünk! Az a Kivégzők feladata!* – mondta határozottan a csapatvezető.

– *Hiroto. Ha úgy döntötök, hogy megölitek a szörnyet, veletek tartok* – szólalt fel a végig mögöttünk kullogó Satoru.

Satoru mindig az oldalamon állt, legyen szó bármiről is. Elvégre – ellentétben a többiekkel – mi nem a csapatban ismertük meg egymást, hanem gyerekkori barátok vagyunk. A magassága miatt mindig is csúfolták, pont, mint jómagamat, csak – ellenben vele – engem azért, mert mindig is kicsit le voltam maradva a növésben a többi gyerekhez képest. Azt hiszem, így lettünk barátok.

Mielőtt Bansou bármit is felelni tudott volna Satoru kijelentésére, egy pár óriási kőajtóhoz értünk. E mögött az ajtó mögött élt a barlang fő szörnyetege. Ha ezt az ajtót kinyitjuk, elénk tárul, hogy a szörny milyen típusú. Ezzel az információval vissza kell sietnünk a városba, és továbbítani a látottakat a Fő Védelmezőnek, aki ez alapján beoszt egy Kivégzőcsapatot a barlangba, és likvidáltatja a szörnyeteget. Ezzel a tervvel indultunk ma útnak, de a dolgok sajnos másképp alakultak. Egy döntés miatt, ami miattam született meg.

– Hiroto. Ha nekiestek a szörnyetegnek, nem foglak megállítani titeket. Én vagyok a csapatvezető, de ti rendelkeztek a saját életetekkel. Ha ilyen könnyen el akarjátok dobni, tegyétek. Tudom, hogy Mitsuri és Satoru bármikor hamarabb követné a te parancsaidat, mint az enyémet, de ha nem hallgattok rám, nem lesztek tovább a csapatom tagjai. Magatokra lesztek utalva, nem fogok segíteni nektek. Visszatérek a városba, és leadom a jelentésem. Ha bármi történik, az a te sarad. Értetted? – mondta Bansou halkan, mégis szigorú hangsúllyal, végig a szemembe nézve, mintha próbálna lelátni a lelkem mélyére.

– Értettem – válaszoltam a csapatvezető szúrós szavaira, de a magabiztosság a hangomból teljesen eltűnt.

Talán ez lett volna az a pillanat, amikor meg kellett volna fognom Mitsuri vállát és azt mondani neki: „Ne csináld, Mitsuri, eljön majd a mi időnk." De nem tettem. Meg tudtam volna akadályozni az ezután történteket, de nem tettem. Ahogy Bansou mondta... **ez az én saram**, és életem végéig kísérteni fog engem.

Miközben mind az öten nekifeszültünk a gigászi kőajtóknak, egyikünk sem mondott semmit. Tudtuk, mi jön ezután. Bansou és Annie biztosan azon agyaltak, hogyan fogják elmondani a Fő Védelmezőnek, hogy a csapat nagyobbik része elhullott, mert úgy döntöttek, jó ötlet lenne megtámadni a szörnyeteget. Mitsuri és Satoru valószínűleg stratégián dolgozott a fejében, amivel le tudnánk teríteni a szörnyeteget, amit még csak el sem tudtunk képzelni, hogyan nézhet ki. Én csak egy dologra tudtam gondolni, ami biztosan nem volt olyan összetett, mint ami a csapattársaim fejében játszódhatott le ezekben a kritikus pillanatokban: vajon túléljük a találkozást a szörnyeteggel? Újra és újra ez játszódott le a fejemben. A pillanat, amitől jobban tartottam, mint az előző két alkalommal, eljött. Az ajtók kinyíltak. Egy óriási, nyitott tér tárult elénk. A mennyezetről egy gigászi csillár lógott a kőfalú és -padlózatú szobában, amiben egy kisebb város lakossága is elfért volna, messzi végében egy fekete alakkal, mely összekuporodva, mozdulatlanul feküdt. Szótlanul elemeztük a látványt. Vajon ezeket a helyeket tényleg emberek építették a szörnyeknek? Miért fordítottak ennyi időt arra, hogy jól érezzék itt magukat? Nem mintha már számítana.

– *Alszik?* – tette fel a kérdést Satoru, ami bután hangozhatott, de még egyikünk sem látott szörnyet összekuporodva, mozdulatlanul feküdni.

– *Négylábú, négyes nagyságrendű, érzékszervei láthatólag nem hiányoznak* – jegyezte meg Bansou, ignorálva Satoru kérdését. – *Rendben, feljegyeztem, a szörny...* –, de mielőtt a csapatvezető befejezte volna, Mitsuri nagy lendülettel elindult az alak felé felé.

– *Mitsuri!* – kiáltotta Bansou a lány felé, aki teljes sebességgel a szörny felé tartott. – *Idióta...* – ekkor hirtelen felém fordította fejét –, *remélem, észben tartod, amit mondtam, Hiroto* – majd intett a csapat többi tagjának, hogy fordítsanak hátat és induljanak vissza a városba.

Annie követte Bansou utasítását és hátat fordított a szörnynek, majd rám nézett megvető pillantással. Satoru mellettem állt, szemével Mitsurit követte, ahogy rohan a négylábú felé, ami legalább ötször akkora, mint ő, majd szemüvegét megigazítva rám nézett.

– *Menjünk, Hiroto!* – mondta határozottan.

Nem válaszoltam, inkább hagytam, hogy a cselekedeteim adjanak jelet a támadásra, és előrántottam a kardom. Satoru is így tett, bár az ő fegyvere nagyban különbözött az enyémtől. Míg én egy egyszerű, egykezes kardot használtam, Satoru egy hozzá illő, másfélszer akkora, kétkezes kardot kapott le hátáról. Ezután egymásra néztünk. Talán azért, hogy még utoljára megkérdezzük magunktól, hogy biztosak vagyunk-e ebben. De aztán további hezitálás nélkül elindultunk a szörnyeteg felé, tudván, ha nem teszünk semmit, Mitsuri biztosan nem bír el a lénnyel egyedül.

Olyan gyorsan haladtunk Mitsuri felé, ahogy csak bírták a lábaink, de Mitsuri és a szörny között már szinte csak méterek voltak. A lány előrántotta az oldalzsebeiben tartott két rövid kardot, felkészülve a támadásra.

– *Aurafeloldás!* – kiáltotta a lány, s egy másodperc töredéke után gyönyörű, narancssárga mező vette körül testét.

– *Aurafeloldás!* – kiáltotta Satoru Mitsuri példáját követve, ebből adódóan mozgása felgyorsult, én pedig már nem tudtam vele tovább tartani a tempót.

Satorut zöld aura ölelte körül, miközben hihetetlen sebességgel futott Mitsuri és a még álomban lévő szörnyeteg felé. Satoru ezután már könnyedén utolérte a lányt, majd elérve a szörnyeteget, maga mellé rántotta kardját, felkészülve egy oldalról történő meglepetéscsapásra, Mitsuri pedig elrugaszkodva a földtől hihetetlen magasra ugrott, becélozva a szörnyeteg gerincét, ami begörnyedt pozitúrája miatt tökéletes célpontot jelentett egy felülről érkező támadásnak. De hirtelen mintha megállt volna az idő; pont, mielőtt a két csapás célba ért volna, a szörnyeteg... **felébredt**.

A sötét lény egy pillanat alatt elrugaszkodott, kikerülve Mitsuri támadását, Satoru pedig épphogy csak megkarcolta a szörnyetegjobb első lábát. A hirtelen mozdulattól, ami meglepetésként érte, a magas fiú a pillanat hevében nem tudott reagálni a szörny elképesztően gyors mozdulatára, így az könnyedén elkapta őt nemrég megsebzett jobb első lábával, majd a kőfalnak dobta, amitől Satoru látszólag elvesztette eszméletét.

A látványtól Mitsuri a fogait összecsikordítva dühös arckifejezést vágott, majd újra elrugaszkodott a földtől, ám nem számított arra, hogy a fekete bundájú szörnyeteg hasonlóan tesz majd. Amint a lány látta, hogy így támadása nem fog célba találni ebből a helyzetből, lökött egyet magán a levegőben, s a földre érkezett. A szörnyeteg Mitsuri előtt landolt, és vérben izzó, pupilla nélküli szemeivel egyenesen a lányt bámulta csorgó nyállal. Mitsuri összerezzent. Tétlenül állt, remegő kezeiből kiestek a kardok. Testén úrrá lett a félelem. A szörnyeteg lassú léptekkel elkezdett közeledni felé, de ahogy csapattársam észrevette ezt, egy gyors mozdulattal leguggolt, majd ismét elrugaszkodott a földtől – ám ezt most nem támadási szándékból tette, hanem azért, hogy elmeneküljön a félelmetes teremtménytől, ezért ugrása a szörnyeteggel ellentétes irányba vitte testét. A lény, nem díjazva ezt a hirtelen mozdulatsort, Mitsuri után vetette magát, és elrugaszkodásának hihetetlen erejéből adódóan könnyedén utolérte őt. A lány arcára ráfagyott a horror, ugyanis észrevette, hogy a lény nem nyújtja ki mellső lábát, hogy elkapja őt vagy csapást mérjen rá, helyette száját nyitja olyan tágra, amilyenre csak tudja. A szörny hirtelen kinyíló szájából patakokban csorgott a nyál, óriási, éles fogainak mennyisége megszámlálhatatlan volt. A sötét démon elkapta méretes szájával Mitsurit, majd előttem landolt. Felém fordult, lángoló szemeivel pedig egyenesen lelkembe vágott. Mitsuri, akit fogaival a gyomránál szorított fejjel lefelé, engem nézett sokktól kitágult pupillákkal, tágra nyílt szájjal. Láttam, hogy a tekintetemet keresi, de én nem tudtam a szemébe nézni, ezért lehunytam könnyben ázó szemeimet. Csak egy hangot hallottam, amely a nevemet szólította. A lányét, akivel pár perce még a küldetés végkimeneteléről beszélgettünk.

– Hiro-to… Hiro… – mondta a kétségbeesett lány sírástól elcsukló hangon. – Meg fogok… halni?

Ezekre a szavakra hirtelen reagálva kinyitottam a szemeimet, ám könnyeimtől mintha egy torzító lencsén keresztül láttam volna a világot.

– Mitsuri! – kiáltottam, miközben tettem egy gyors lépést előre, majd kinyújtottam a kezem a lány felé, aki ezt minden erejét összeszedve megpróbálta viszonozni. Megpróbáltam mosolyt erőltetni arcomra.

– *Minden rendben lesz!*

Nálam jobban ebben a pillanatban szerintem senki nem tudta, hogy ez nem igaz. Hazudnom kellett neki, hogy utolsó pillanatai békésen teljenek el. Utoljára megcsodáltam világosbarna szemeit, amelyekből a tündöklő fény és ártatlanság, ami bearanyozott számomra minden küldetést, régen eltűnt. Gesztenyebarna haját, amelyet mindennap másképp, de hasonlóan aranyos stílusban felkötött. Mindennap, amikor találkoztunk, kikérte róla a véleményemet, de csakis az enyémet, amit mindig is furcsálltam kicsit.

Visszagondoltam ezekre a boldog pillanatokra, miközben Mitsuri gyengéden összekulcsolta elgyengült ujjait az enyémmel. Nem számított már, hogy a szörnyetegtől a két méter távolságot sem tartottam meg, nem számított abban a pillanatban semmi, csak egy dologra koncentráltam: Mitsurira. A törékeny lány arcáról eltűnt a félelem, és egy őszinte mosoly váltotta fel. Viszonoztam ezt a mosolyt, hisz' többet már nem tudtam érte tenni. Felkészítettem magam egy utolsó búcsúra – egy búcsúra, amit, reménykedtem, hogy soha nem kell megtennem, de elérkezett. El akartam búcsúzni tőle, ám amikor a végső elköszönésre nyitottam volna a számat, a szörnyeteg hátrébb lépett, mintha azt akarta volna elérni, hogy összekulcsolt kezeink szorításának megszakítása jelezze a végső búcsú pillanatát.

– *Mitsu...*

Hangom elcsuklott. Mitsuri szájából csordogálni kezdett a vér, amely egészen a homlokáig lefolyt, majd beszínezte gyönyörű haját. A szörnyeteg erősebben kezdte szorítani, amelynek következtében a gigászi barlang csontok ropogásától visszhangzott. Ha Mitsurinak lett volna még ereje sikítani, biztosan megtette volna. El sem tudom képzelni a fájdalmat, amit ezekben a pillanatokban érezhetett, hiszen végig életben volt, amíg a szörny egyesével összezúzta a csontjait. Miután a lény megunta a játékot az eledelével, egy hirtelen szorítással eltörte a rémült lány gerincét, aki ennek következtében elernyedt, jelezve ezzel azt, hogy többé már nincs életben. A szörnyeteg gyors mozdulatokkal elkezdte rázni Mitsuri összetört testét, majd feldobta, a levegőben elkapta azt, és rágni kezdett. Lefagyva a látványtól, ami elém tárult, mozgásképtelenné váltam. A világ, ami körülöttem volt, megszűnt létezni. A társaim, a barátaim megszűntek létezni. Csak egy dolog létezett számomra ezekben a pillanatokban: a szörnyeteg, amivel farkasszemet néztem, miközbenaz már félig felfalt bajtársam holttestén csámcsogott.

Gyenge vagyok.

Miután a démon befejezte a lakomát, elkezdett engem bámulni. Visszaszerezve a testem felett az irányítást, lassan elkezdtem hátrálni. A szörny felemelte jobb első lábát egy támadásra felkészülve. Én nem vagyok olyan erős, mint Mitsuri vagy Satoru, biztosan nem állom meg a helyem még annyi ideig sem ez ellen a szörnyeteg ellen, mint ők, de nem fogok meghalni harc nélkül. Mitsuri nem akarná, hogy feladjam. Kardommal a szörny lába felé céloztam, hogy ha támadása közelebb ér hozzám, egyenesen a talpa közepébe vághassam. De a szörnyeteg túl gyorsan csapott le, mozdulni sem volt időm. Persze, hiszen én csak egy ember vagyok, karddal a kezében, nem pedig harcos. Még az Aurámat sem tudom feloldani. Mit akarok én egy ilyen lény ellen? Azt hiszem, halott vagyok, hisz' nem érzem, ahogyan porrá zúzza a csontjaimat a csapása. Biztosan egy sújtással elintézett. Ám ekkor kinyitom a szemeimet és hihetetlen látvány tárul elém.

Egy szürke köpenyes férfi áll előttem. Kardját a jobb kezében lógatja, bal kezében pedig egy pajzsot tart, amit a szörnyeteg mancsa felé irányít, ezzel visszatartva azt. Világoskék Aura vesz körül minket, ami a pajzsától indul.

– *Bansou?*

– *Visszaverés!* – kiáltotta dühösen a csapatvezető.

Amint ezeket a szavakat kimondta, a kék Aura, ami eddig körülvett minket, a szörny felé irányult. Az elképesztő mértékű felszabaduló erő a szörnyeteget felemelte a talajról, és a barlang túlsó felében lévő falhoz vágta. Jobbra tekintettem, ahonnan

Satoru már Annie támogatásával sietett a kijárat felé. Bansou hirtelen megfordult és megragadta a karomat, majd futásnak indult. Visszanéztem a szörnyetegre, amely csak nézte a barlang másik feléből menekülésünket, anélkül, hogy a lábát is mozdította volna azért, hogy utánunk jöjjön.

Kis csapatunk összes tagjából más reakció tört elő, amint kiértünk a barlangból. Satoru ledőlt a barlang bejáratához, és az eget nézte, anélkül, hogy bármi féle érzelmet fel lehetett volna fedezni az arcán – úgy néz ki, ő megpróbálja elnyomni őket. Annie Bansou tekintetét kereste szomorú arccal – valószínűleg megviselte a látvány, ami a visszatéréskor elé tárult. Bansou viszont nem Annie-t nézte, hanem engem vizslatott undorral, miközben én hányás formájában adtam ki a bent átélt dolgokat magamból. Miután befejeztem a nem túl előkelő módját érzelmeim kifejezésének, kiegyenesedtem, Bansou nagy lépést tett felém, és egy határozott mozdulattal gyomorszájon vágott, amitől újra összegörnyedtem.

– *Miért te vagy az egyetlen, aki egy karcolás nélkül megúszta? Pont te, aki felbátorítottad Mitsurit, hogy jó ötlet megtámadni a szörnyeteget?* – mondta Bansou olyannyira dühös hangon, hogy még Annie is összerezzent hallatán.

– *Ha úgy gondolod, hogy az egész az én hibám, miért nem hagytál megdögleni?* – kérdeztem vissza szintén dühös hangon, ami a csapatvezetőt még jobban felhergelte.

– *Talán azt kellett volna tennem!* – válaszolta Bansou, majd hátat fordított nekem. – *Majd a Fő Védelmező dönt a sorsodról. A jelentésemben minden részletet feltüntetek az akcióról.*

– *Azt az apró részletet is, hogy hátrahagytál minket?* – fűztem hozzá halkan, de Bansou nem reagált rá. Nem tudom, hogy nem hallotta, vagy csak figyelmen kívül hagyta a megjegyzésemet.

Utunkat a város felé vettük, és sétánk alatt egy szót sem lehetett hallani egyikünktől sem.

Amint a városba értünk, elköszönés nélkül szétváltunk, és mindannyian saját lakosztályunk felé vettük az irányt. A jelentést holnap reggel adja le Bansou, addig jobb, ha kipihenem magam.

Ki tudja, milyen büntetés vár rám. Igaz, hogy az ötlet Mitsuritól jött, de azt mondtam Bansounak, hogy vállalom a felelősséget érte. Egyébként is, ki más vállalná a felelősséget a barlangban történtekért? Satoru, aki vakon követett engem? Vagy Mitsuri, akit felfalt egy szörnyeteg? Az agyam folyamatosan arra kényszerít, hogy visszaemlékezzek Mitsuri utolsó pillanataira, így nem jön álom a szemeimre. Mire sikerül elüldöznöm a gondolataimat, már reggel van.

– *Fő Védelmező. Vállalom a felelősséget mindenért, ami a legutóbbi felfedező küldetésünkön történt* – jelentettem ki magabiztosan.
– *Oh. Valóban?* – válaszolt vissza a férfi, akinek kinézetével nem voltam tisztában, hiszen az eddigi jelentések közben mindig egy szék háttámlájával beszélgettünk. – *Akkor ezek szerint feljegyezhetem, hogy te elemezted ki a szörnyeteg típusát, igaz?*
– *Nem, én úgy értem...*
– *Azt mondtad, vállalod mindenért a felelősséget. Ha nem erre, hát mire gondoltál?* – kérdezte a Fő Védelmező kíváncsi hangon. – *Ha a bukott társadra gondolsz, érte kár vállalnod a felelősséget. Egyszerűen csak betudjuk annak, hogy nem volt alkalmas felderítőnek. A lényeg, hogy a küldetés sikerrel járt, és odaküldhetek egy Kivégzőosztagot.*

Némán bámultam magam elé a Fő Védelmező szavai hallatán. Nem volt alkalmas felderítőnek? Mégis miről beszél? Az én hibámból halt meg. Vagy tényleg ennyire feláldozhatók lennénk, hogy egy felderítő elvesztése nem jelent gondot, mert úgyis lesznek helyette önkéntes jelentkezők? Mielőtt végig tudnám vezetni fejben a Fő Védelmező gondolatmenetét, újra megszólal.

– *Igaz, hogy nagyra becsülöm, miszerint önszántadból jöttél ide, és nem is terveztelek megbüntetni a történtek miatt, mégis van valami, amiről beszélnünk kell a felderítésetek kapcsán.*

Szóval mégsem úszom meg szárazon. Börtön? Kivégzés? Csalinak fognak használni a szörnyek ellen?

– *A csapatod vezetője körülbelül egy órával ezelőtt járt itt, hogy leadja a jelentését. Elmondott mindent, ami tegnap történt, beleértve azt is, hogy rábeszélted a társaidat a Védelmezők parancsának megszegésére, ami mellett persze elnézek, mert a küldetés sikerrel járt ettől függetlenül, és az információk a szörnyetegről eljutottak hozzám. Sajnos Bansou nem ilyen elnéző veled szemben: ragaszkodott hozzá, hogy részesülj valamiféle büntetésben. Miután sokadszorra is elutasító választ adtam neki a küldetés sikerére hivatkozva, azt felelte, hogy akkor tekintsek el attól, amit mondott, és csak egy kérését teljesítsem veled kapcsolatban* – fejezte be a Fő Védelmező.

– *És mi lenne az, amit kért?*

– *Azt mondta, hogy távolítsalak el a csapatából, mert nem hajlandó tovább a bajtársaként tekinteni rád.*

Bansou kérése meglepett, pedig számíthattam volna rá.

– *Sajnálom, Hiroto. El kell, hogy távolítsalak Bansou csapatából. Nem engedhetem meg, hogy a csapaton belüli konfliktus akadályozza a küldetések sikerességét.*

– *Értettem* – feleltem kissé letörve.

– *De van még egy rossz hírem; jelenleg nincs egy csapat sem, ahová be tudnálak osztani. Akárhogy is nézzük, túl gyenge vagy a többi felderítőhöz képest, hisz' az aurafeloldás is problémát jelent számodra. Nem hagyhatom, hogy a többi csapat teljesítményét lecsökkentsd a tapasztalatlanságoddal.*

A Fő Védelmező szavai mintha hegyes lándzsaként hatoltak volna át a szívemen. Nem számítottam erre a szintű lealacsonyításra tőle, de igaza van: haszontalan vagyok.

– *Mivel nincs egyetlen hely sem, ahová be tudnálak osztani, felesleges lenne a címedet fenntartani* – folytatta a Fő Védelmező már kissé nyersebb hangnemben. – *Hiroto, felmentelek a felfedezői feladataid alól.*

Elhatározás

Egy pár kőajtó előtt állok Mitsurival és Satoruval az oldalamon. Elmém üres, mintha csak a testem lenne a helyszínen, így gondolkodásra képtelenül szobrozok a sötét barlangban. Mitsuri és Satoru – anélkül, hogy egy szót is szónának hozzám – nekifeszülnek a gigászi ajtóknak, melyek pár másodperc elteltével tágra nyílnak, elém tárva egy óriási szobát, melynek túlsó végében egy fekete bestia áll, amely pupilla nélküli szemeivel engem elemez. Bajtársaim belépnek a szobába és farkasszemet néznek a szörnyeteggel, ami rövid időn belül teljes sebességgel elindul feléjük. Testem egyetlen porcikáját sem tudom megmozdítani, hangomat pedig elvesztettem, így némán, lefagyva nézem az előttem lezajló eseményt. A lény, amint csapattársaim közelébe ér, megáll, majd Mitsurit kezdi bámulni csorgó nyállal. A szörnyeteg megragadja a lány törékeny testét, majd szájához emeli. Mitsuri felém fordítja fejét.

– *Hiroto, Hiroto!* – szólít a lány fájdalmas hangon. – *Miért hagytál meghalni?*

Miután Mitsuri feltette nekem ezt a szívfájdító kérdést, a szörnyeteg szájába dobta testét, és egészben lenyelte azt. Szemhéjamat minden erőmmel leszorítom, majd ordítani kezdek, de hang nem hagyja el torkomat. Könnyek csordulnak le arcomon.

Mikor újra kinyitom szemeimet, szobám mennyezetét látom. Egy rémálom volt, mely három napja minden éjszaka kísért engem. Párnám ugyanúgy ázott az izzadtságtól és könnyeimtől, mint minden reggel. Felsőtestemet elemeltem az ágytól, majd széttnéztem a szobámban, mintha valamilyen indokot keresnék arra, hogy kikeljek belőle. Mint gondoltam, semmi motivációt nem találtam, így visszadőltem az ágyba és folytattam a plafon bámulását, hisz' ennél hasznosabb dologra nem voltam képes. Mielőtt lehunytam volna szemeimet, hogy kizárjam a valóságot és visszamerüljek a rémálmok világába, szobám ajtaja kinyílt. Tudván, hogy nem normális jelenség, hogy az ajtóm magától kinyíljon, kipattantam az ágyból és előhúztam kardomat az ágy alól, majd vártam, ki fog előbukkanni lakosztályom bejárata mögül, mit sem törődve azzal, hogy alsónadrágomon kívül semmi sem takarta testem.

– *Hiroto... bejöhetek?* – szólt az ajtó mögül egy hang, ami vélhetőleg Satoruhoz tartozott.

– *Persze, Satoru, kerülj beljebb* – válaszoltam, miközben kardomat visszacsúsztattam helyére, majd leültem az ágyam szélére.

Satoru, mielőtt belépett volna, illedelmesen levette bakancsát, majd előbújt az ajtó mögül, és tekintetét rám szegezte.

– *Borzalmasan nézel ki* – jegyezte meg, majd leült mellém.

– *Tudom. Tükörbe sem néztem az elmúlt pár napban* – mondtam, miközben Satoru öltözékét elemeztem szemeimmel. – *A felfedezőruhádban vagy. Küldetésen voltatok az éjszaka?*

– *Hiroto, tudod, hogy erről nem beszélhetek neked. Maga a Fő Védelmező adta parancsba.*

– *Bansouék jól vannak?* – tettem fel a kérdést, mit sem törődve Satoru előbbi kijelentésével.

– *Persze, kutya bajuk. Csodálkozom, hogy a történtek után is foglalkoztat az épségük* – mondta Satoru mosollyal az arcán.

– *Még szép, hogy foglalkoztat az épségük. Bansou döntését, hogy kirakjon a csapatból, teljes mértékben megértem, ezért egyáltalán nem neheztelek rá.*

Satoruval nem mélyültünk bele túl komoly témákba ezután, hisz' fejben máshol jártam. Jó tízpercnyi céltalan beszélgetés után Satoru jelezte, hogy indulnia kell jelentést adni a Fő Védelmezőnek, és felállt az ágyamról.

– *Köszi, hogy benéztél, Satoru* – válaszoltam, miközben ő már félig az ajtón kívül volt.

– *Ugyan, Hiroto. Néha muszáj erre jönnöm, meggyőződni róla, hogy élsz-e még* – mondta a fiú fülig érő mosollyal, majd becsukta maga mögött az ajtót.

Persze Satoru nem ezért látogatott meg. Az éjjeliszekrényemre tekintettem, ami mellett Satoru ült. Tíz aranyérmét hagyott rajta, ami bőven elég volt arra, hogy egy ember három-négy napig ne éhezzen. Megszánt engem, tudván, hogy napok óta nincs pénzkereseti lehetőségem. Borzalmasan érzem magam, legbelül mégis öröm tölt el, hogy a sors legjobb barátokká tett minket. – *Nem hagyhatom, hogy aggódjon értem...* – jegyeztem meg magamnak. – *Itt az idő, hogy kezdjek valamit a szánalmas életemmel.* Felálltam az ágyamról, kinyitottam öltözőszekrényem ajtaját, és a benne lévő tükörbe néztem. Sötétbarna hajam kócosabb volt, mint valaha, szemem alatt pedig mély ránc lapult – valószínűleg a kialvatlanság miatt.

– *Tényleg borzalmasan nézek ki.*

Megfésülködtem, majd kiválasztottam egy átlagosnak tűnő göncöt a szekrényemből és felöltöztem, kardomat pedig az oldalamhoz erősítettem. Miközben a kijárat felé vettem az irányt, megláttam az ajtó mögé begyűrt fekete köpenyemet, amit a Védelmezőktől kaptam felfedezői pozícióm elfoglalása után. Pár másodpercig gondolkoztam, majd felkaptam a földről a gyűrött ruhadarabot, nyakam körül szorosan megkötöttem, és kiléptem a szobából. Pontosan tudtam, hova kell mennem.

Egy épület felé vettem az irányt, mely a város legmagasabb pontján kapott helyet, s amelynek a Fő Védelmező a Citadella nevet adta. Végigsétáltam az üzletek során, mely körbeölelte a város szívét, és a palota bejáratához értem. Az őrök szó nélkül beengedtek a köpenyem láttán, de nem néztem a szemükbe, nehogy felismerjenek. Az óriási aulába értem, ahol a fiatal felfedezők és a kiemelkedő fehér páncélban Védelmezők tömege fogadott. Valószínűleg mindannyian a következő küldetésükre vártak. Átverekedtem magam a tömegen, és a Kivégzők tábláját kezdtem keresni a falon. Miután rátaláltam, ujjamat ráillesztettem, és az apró szövegben keresni kezdtem egy nevet, amit tegnap hallottam Satorutól. *Emberfaló.* Így nevezték el a szörnyeteget, ami Mitsurit kivégezte. Ezelőtt sosem tapasztalt jelenség volt, hogy egy szörnyeteg nem csak megöli, de el is fogyasztja célpontját. Miután rátaláltam a különleges névre, megnéztem, melyik Kivégzőosztagot jelölték ki a megölésére.

–... *Sayari Kivégzőosztag... Dél?* – olvastam fel a tábláról.

A tervem az volt, hogy felkeresem az osztag vezetőjét és megkérem, hogy csatlakozhassak hozzájuk, de úgy néz ki, ehhez

22

már késő volt. A tábla szerint ma délben, azaz félórája indult el a csapat a szörny barlangjához, ami azt jelenti, hogy már nagy valószínűséggel félúton járnak. Miközben gondolkoztam, mitévő legyek, valaki megragadta a vállam, így hirtelen hátrafordultam.

– *Hiroto. Mit csinálsz itt?* – szólított meglepetésemre a nevemen a fehér páncélos férfi.

Vállára tekintettem, ahol három darab aranycsillag helyezkedett el, jelezve, hogy egy magas rangú Védelmezővel állok szemben, ugyanis magas pozíciókban – mint a Kivégzők vagy a Védelmezők – a csillagok száma határozta meg viselőjük erejének mértékét. Tovább elemeztem a férfi páncélját, ezután pedig arra a következtetésre jutottam, hogy ismerem őt, hiszen tőle kaptam a köpenyt, amit jelenleg is viselek.

– *Urui Védelmező.* – Miután kimondtam nevét, fejet hajtottam előtte, kimutatva tiszteletemet. *Én csak…* – kezdtem bele, de Urui Védelmező a szavamba vágott.

– *Remélem, nem az Emberfaló barlangjába szeretnél visszamenni. Tudom, hogy a bosszúvágyad vezérel jelenleg, de kérlek, ne csinálj olyat, amit később megbánsz. Valószínűleg az életeddel fizetnél ezért, de ha mégsem, a városba visszatérve súlyos büntetés várna rád szabályszegésért. Elvégre a közemberek be sem tehetik a lábukat a szörnyetegek barlangjába* – mondta a páncélos férfi, szigorú hangon.

– *Természetesen nem akarok olyat tenni, amit később megbánok, Védelmező* – mondtam, majd újra meghajoltam előtte, és a kijárat felé vettem az irányt.

A Védelmező elég nagy magabiztossággal jelentette ki az imént, hogy a bosszúvágy vezérel, ám ez nem volt igaz. Persze éreztem bosszúszomjat a lény iránt, amely felfalta az egyik csapattársamat, most mégis a vágy vezérelt, hogy bizonyítsak. Bár a tragédia is ugyanezen okból következett be, a helyzet most más volt, ugyanis egy Kivégzőosztag társaságában tenném ezt, akik tapasztalt szörnygyilkosok. Tervem tökéletesnek tűnt, így hát útnak is indultam annak reményében, hogy utolérhetem az odaküldött osztagot.

Amikor már csak pár percnyi sétára volt tőlem a szörnyeteg barlangja, visszatekintettem a városra, ahonnan útnak indultam.

A főváros. Jobban mondva talán az egyetlen város az országban, ahol még élnek emberek. A Kinouban történtek után az emberek nagy része itt keresett magának menedéket, mert gigászi falaival talán ez az egyetlen hely, mely biztonságot tud nyújtani egy esetleges szörnytámadás esetén, ami eddig szerencsére még nem következett be. A Citadella, mely Bastion közepéről emelkedett ki, még ilyen távolról is jól látható volt. Pár pillanatig csodáltam az épület fehér falait, majd hátat fordítottam szülővárosomnak, s rövid séta után a barlanghoz értem.

– *Van itt valaki?* – tettem fel a kérdést az üres sötétségnek.

Már bementek volna az Emberfaló termébe? Futni kezdtem.

Felkészülve arra, ami ezután következik, előrántottam a kardomat. A külvilágból beszűrődő fényt elhagyva elnyelt engem a sötétség, és csak a szörnyeteg szobájából kiszivárgó, elvakító világosságot követtem. Nem gondoltam a következményekre, csak befutottam a teremtény otthonába. Eltakartam szemeimet, melyek a hirtelen belépés miatt még nem szoktak hozzá a világoshoz. Miután bal karomat elemeltem arcomtól, elém tárultak a szobában történő események, melyek azonnal sokkos állapotba sodortak. A szürke kőpadlózat szinte minden métere úszott a vérben, a szoba különböző részein pedig kilenc mozdulatlan testet láttam. Néhánynak a feje hiányzott, de volt test, melynek egyik fele a terem egyik felében, a másik pedig a túlsóban helyezkedett el. Egy dolog viszont közös volt bennük: mindegyik holttest öltözetének vállán egy vörös csillag ragyogott, ami arra utalt, hogy nem voltak magas szintű Kivégzők.

A szörnyeteg, melyre eddig nem figyeltem fel a morbid látvány miatt, a szoba közepén állt, teli vágásokkal, amelyekből ugyan sok volt testén, de egyik sem tűnt elég mélynek ahhoz, hogy megállítsa a bestiát. Előtte egy hófehér hajú lány állt fekete kardjára támaszkodva, farkasszemet nézve az Emberfalóval. Lábai remegtek, de inkább a fáradtságtól, mintsem a félelemtől. Hasonló fekete köpeny ölelte körbe testét, mint elbukott társaiét, kezein pedig fekete fémkesztyűk voltak. Kardja biztosan egyedi volt, de felszerelése is különbözött a többi Kivégző holttestén találhatóaktól. Mintha elfelejtettem volna, hogy hol vagyok, vagy milyen horrorisztikus látkép van körülöttem, csak a lány hófehér hajában gyönyörködtem. Ám a csendet a szörnyeteg megtörte, és hangos ordítással jelezte a harc folytatását, melytől a lány haja és köpenye vad lobogásba kezdett. Miután az ordítás abbamaradt, a lény támadásba lendült, és sebes csapást mért jobb első lábával az ismeretlen lány irányába, aki erőt véve fáradt testén hátraugrott pár métert, elkerülve ezzel halálos ítéletét. Mielőtt a lány észbe kapott volna, a szörnyeteg bal lábával újabb támadást kezdeményezett, mely elől már nem volt idő elugrani, így a lány a pillanat hevében annyit tudott tenni, hogy karjait X pozitúrában arca elé helyezte, hogy a csapás ne közvetlenül a testét érje.

A támadás betalált, így a lány nagy sebességgel hátrarepült, de lábai földet értek, és – csodálatomra – képes volt megtartani egyensúlyát. Miközben lendületét próbálta lelassítani, fémcsizmái szikrákat szórtak, de biztos voltam benne, hogy nem tudja magát megállásig lassítani, mielőtt... nos, belém ütközik, ugyanis már csak néhány méter választott el minket egymástól. A lány, mintha megérezte volna, hogy valaki áll mögötte, hátrakapta fejét, ezért elvesztette koncentrációját és megcsúszott egy vértócsán, amitől lábait a levegőbe dobta, kezéből kicsúszott kardja, és teste egyenesen felém szállt. Felkészültem a becsapódásra; karjaimat széttártam annak reményében, hogy elkapom őt, ami részben sikerült is, ugyanis mesébe illően a karjaimban landolt, de akkora lendülettel, hogy hozzá hasonlóan elvesztettem egyensúlyomat és hátravetődtem. Nem így képzeltem el az első alkalmat, hogy egy lányt tartok karjaim közt, de biztosan a sors kegyetlen játéka volt, hogy így történt. A fehér hajú lánynak furcsa, piros szemei voltak, melyeket első ránézésre kissé félelmetesnek találtam, de pár pillanat elteltével már másképp gondoltam.

– Gyönyö...

– Saya... – szólalt meg velem egyidejűleg a lány. – Sayari vagyok. Te... erősítés lennél? – kérdezte egy, a helyzetünkhöz nem illő gyengéd mosollyal.

Szerencsémre nem kérdezte meg, én mit akartam mondani.

– Nem, én...

– Nem? Oh. Most, hogy mondod, a köpenyed és a felszerelésed alapján felfedező lehetsz. Miért jöttél ide? Talán meg akarsz halni? A kérdések hallatán nem jutottam szóhoz. A lány gyorsan kielemezte a szituációt, de idejövetelem okában tévedett.

Ezután gyorsan észbe kaptam: nincs időnk beszélgetésre, hisz' a szörnyeteg barlangjában vagyunk!

– Látom, észbe kaptál, de nincs mitől félned – mondta nyugtató hangnemben. – Kicsúsztunk a lendülettől a belső teremből. Nem gondolod, hogy ennyi idő alatt már rég széttépett volna minket a szörnyeteg?

Kicsit megnyugodtam. A sokktól észre sem vettem, hogy ilyen messzire repített Sayari becsapódása.

– Tudod, a szörnyetegek nem jöhetnek ki a szobájukból. Hát nem nevetségesek? – mondta a lány vidám hangon. – Nagyon kedves tőled, hogy elkaptál, de sajnos dolgom van. Ha nem akarsz segíteni, megtennéd, hogy itt maradsz? Nem szeretném, hogy bajod essen, vagy ilyesmi. Hacsak nem akarsz tényleg meghalni – mondta kacagva a lány, majd kimászott a kezeim közül, véget vetve ennek a nevetséges szituációnak.

Miután mindketten felálltunk, végigmértem Sayarit szemeimmel. Arcán és haján kívül egész teste fekete páncélban pompázott, mely elég vékonynak tűnt első ránézésre, de ennek az oka valószínűleg az volt, hogy ne akadályozza a gyors mozgásban. Csizmájáról, kesztyűjéről és mellvértjéről, itt-ott hiányzott a zománc; valószínűleg a négylábú bestia elleni harc következtében.

Mégis hány csapást kaphatott be a szörnyetegtől? Arcára tekintve láttam, hogy orrából eleredt vér.

– Ne nézz ilyen furcsán rám, zavarba hozol – mondta Sayari, miközben a földet kezdte bámulni.

– Jól vagy? Vérzik az orrod – kérdeztem aggódóan.

– Persze, ez semmiség – válaszolta magabiztos mosollyal, majd köpenyébe törölte az orrát. – Tényleg kellemetlen helyzetbe fogsz hozni. Nem vagyok ehhez a bánásmódhoz szokva...

Ezt meg vajon hogy érthette? Aggódni a társainkért veszélyhelyzetben alap dolog, nem?

– Ne haragudj, hogy ismeretlenül ilyet kérek tőled, de elkérhetem a kardod? Sajnos a sajátomat elhagytam valahol. Ígérem, visszahozom – szólt a lány, kinek állapotáért még mindig aggódtam.

– Nos, nem egy kovácsmester műve, de szívesen kölcsönadom – válaszoltam a lány kérésére, bele se gondolva, hogy így én fegyver nélkül maradok.

– Nagyszerű! – kiáltott fel a lány, aki ugrálni tudott volna az örömtől. – Kérlek, maradj itt, gyorsan túlesek ezen – mondta, majd kirántotta a kardomat az övemre szerelt tartójából, dobott felém egy utolsó mosolyt, és elindult a szörny felé.

– Aurafeloldás! – kiáltotta Sayari szigorú hangon, mintha egy teljesen más ember lenne, mint akivel pár másodperce még beszélgettem.

Óriási vörös aura vette körül a lány testét, melynek ereje szinte ellökött magától.

Nem sokat kellett előre haladnia, hogy elérje a szörnyeteg termébe vezető ajtót, de annak küszöbén megállt, és a feldühödött bestiát nézte, mely még ugyanazon a helyen állt, ahol Sayari testét a levegőbe küldte.

– Csináljuk – mondta ki a varázsszót a lány halkan, de magabiztosan, majd elképesztő sebességgel elindult a szörnyeteg felé.

Amint Sayari az első lépést megtette a kőpadlón, a szörnyeteg összegörnyedt, mintha felkészült volna arra, hogy a támadást kivédje. A lány felugrott a levegőbe és a szörny felé száguldott, a frissen elkobzott kardot pedig közben a lény felé tartotta. A bestia jobb első mancsát feje elé tartotta, hogy elkerülje a halálos találatot. Sayari – látván a szörnyeteg reakcióját támadására – pózt változtatott, és lábaival előre repült tovább felé, majd pillanatokkal később a lény lábára érkezett. A szörny egy nagy lendítéssel megpróbálta lelökni a lányt magáról, de mire megmozdította mellső lábát, Sayari már el is rugaszkodott arról, és a szörnyeteg hátán landolt. A tehetetlen lény elkezdte rázni testét annak reményében, hogy a lány leesik róla, de hiába tette, hisz' Sayari addigra már megragadta a bundáját és abba kapaszkodott, elkerülve ezzel azt, hogy elveszítse egyensúlyát. Amikor a bestia feladta, a lány a kardomat egyenesen a tarkójába szúrta, amitől a szörnyeteg felordított. Mielőtt elkezdhetett volna újra rázkódni, Sayari egy gyors suhintással elvágta a lény gerincét... legalábbis **elvágta volna**, ha a kardom nem törik bele.

– *Oh? Ez tényleg nem egy mestermű* – jegyezte meg Sayari, aki láthatóan fel sem fogta, hogy milyen veszélyes helyzetbe került ez miatt.

Az Emberfaló rém elkezdte rázni a fejét, amitől a lány lerepült róla, mivel ez alkalommal nem kapaszkodott. Sayari előrenyújtotta jobb kezét, hogy ezzel tompítsa az esést, de még így is nagy sebességgel csapódott a földbe.

– *Sayari!* – kiáltottam a lány felé, miközben beléptem a teremtmény otthonába.

A bejárattól nem messze egy fekete tárgyra lettem figyelmes; Sayari kardja volt az. A tárgy felé vettem az irányt, s amint elértem, felkaptam a földről rohanás közben. A karddal, mely sokkal nehezebbnek bizonyult, mint amire számítottam, elindultam teljes sebességgel a lány felé, aki még mindig a földön volt, de szép lassan kezdett felemelkedni. Arcán látszott, hogy erőlködik, amin nem csodálkoztam, hisz' már biztosan felemésztette energiájának nagy részét a harc közben. Vörös aurája már nem ölelte át a testét, így nem volt több esélye fegyvertelenül a túlélésre, mint nekem. Közeledtem Sayari felé, aki észrevette, hogy fekete kardjával rohanok felé. Rám mosolygott, s ez nem egy erőltetett mosoly volt: őszintébb volt, mint bármelyik, amit valaha az életem során bárkitől is kaptam. De nem ő volt az egyetlen, aki felfigyelt rám; a szörnyeteg is engem nézett. Elrugaszkodva a földtől, a lény a levegőbe dobta magát, majd hozzám közel, pár méterre landolt, elválasztva Sayarit tőlem. Szemei vérben úsztak, szájából pedig patakokban folyt a nyál.

– *Láttam már ezt a pillantást, szörnyeteg, de most nem fogsz megijeszteni.*

A lény elindult felém tágra nyitott szájjal. Biztosan azt gondolta: „Megjött a vacsorám", de tévedett, hisz' nekem más terveim voltak.

Amint már csak egy-két méter választott el minket egymástól és a szörnyeteg készen állt arra, hogy egy Mitsuriéhoz hasonló sorssal büntessen, eldobtam testemet, és lábbal előre átcsúsztam a bestia alatt. Nem volt időm azon gondolkozni, hogy honnan vettem a bátorságot ehhez, hisz' Sayari számított rám. Hangos zihálást hallottam magam mögül, de nem törődtem vele. Amint úgy láttam, hogy már elég közel értem a feltápászkodott lányhoz ahhoz, hogy kardját át tudjam paszszolni neki, rákiáltottam:

– *Sayari! A kardod!*

Felfigyelve a hangomra a lány kinyújtotta felém a jobb karját, készen állva arra, hogy elkapja fegyverét. Hátranyújtottam a kezemet, amiben a kard volt, lendületet generálva, majd Sayari felé dobtam azt. Meglepetésemre amint elkapta, háta mögé nyújtotta jobb kezét, a balost pedig előre, mintha vissza akarná dobni nekem.

– *Vigyázz!* – szólt rám a lány.

Hezitálás nélkül a földre vetettem magam, s egy pillanat elteltével láttam, hogy Sayari kardja elrepül a fejem fölött, egyenesen a szörnyeteg szemébe, mely talán már egy méterre sem volt tőlem. A lény ordítani kezdett, majd tett pár bizonytalan lépést hátrafelé összezavarodottságában. Mielőtt a lény észhez térhetett volna, felpattantam a földről és a Kivégző lány felé vettem az irányt. Mikor Sayari mellé értem, a lány kinyújtotta elém jobb karját, jelezve ezzel azt, hogy maradjak mögötte.

– *Jól vagy?* – kérdezte, lihegve a kimerültségtől.

– *Azt... hiszem. Te viszont nem nézel ki túl jól* – feleltem.

– *Ne aggódj miattam. Nem ez az első alkalom, hogy nehéz helyzetbe kerülök. A magányos hóhér nem halhat meg, míg szörnyek fenyegetik a világunkat* – mondta magabiztosan.

A magányos hóhér? Azt hiszem, hallottam már ezt a becenevet ezelőtt. Urui Védelmező mesélt egy harcosról, kinek élete egyetlen értelme a gyilkolás. Társai nagy eséllyel nem élik túl a számára kijelölt küldetéseket, mivel a szörnyek, amelyekhez őt küldik, általában túl erősek számukra, így csak elterelésként vesznek részt a feladatokban. A harcos viszont – ellentétben velük – minden küldetésről sikeresen visszatér. Mindig is egy tetőtől talpig páncélban lévő, magas férfit képzeltem el, mikor valaki megemlítette a hóhért, kinek sorsa az, hogy egyedül bánjon el a szörnyetegekkel. Sayari, a törékeny testű lány lenne a magányos hóhér, kire világéletben felnéztem?

– *Állj hátrébb, ki fogom engedni az Aurámat. Sajnos nem hagyhatom, hogy befolyásolja a harcstílusomat az, hogy itt vagy. Próbálj meg nem útban lenni, rendben?* – mondta lány mosolyogva.

Kérésére pár lépést tettem hátra.

– *Aura...* – kezdett bele, de mielőtt kimondta volna, a fájdalomtól összeszorította fogait.

– *Sayari!* – szólítottam nevén, majd odasiettem mellé.

– *Aurafeloldás!* – kiáltotta, mire újra megjelent körülötte a gigászi vörös aura.

Aurája kibocsátásának hatására hajam és köpenyem lobogni kezdett, mintha egy hurrikán sebességű szélben álltam volna. Akaratlanul hátrálni kezdtem, majd elvesztettem egyensúlyomat és hátraestem.

Előttem állt a fegyvertelen Sayari, tőle jó tíz méterre pedig a fenevad, melynek bal szeméből a lány fekete kardja lógott. Tudtam, Sayarinak mit kell tennie ahhoz, hogy a harc kimenetelét saját javára fordítsa: vissza kell szereznie a fegyverét. Mielőtt fejben végig tudtam volna vezetni azt, hogy a lány miképp fogja ezt véghezvinni, Sayari nagy sebességgel megindult a szörnyeteg felé. A teremtény észrevette a lány közeledését és felemelte jobb első lábát, mellyel csapást tervezett mérni ellenségére. Sayari átugrott a szörnyeteg támadása felett, és belekapaszkodott kardjának markolatába. Mielőtt a lény rá tudott volna harapni a szája előtt lógó Sayari testére, a lány egy gyors mozdulattal felhúzta testét kardjának segítségével, így a szörnyeteg a teste helyett a köpenyét vette szájába. Sayari a bestia fejére tette lábait, majd kihúzta kardját annak szemgödréből, és elrugaszkodott, leszakítva saját köpenyét, meggátolva ezzel a gyors mozdulatsorral azt, hogy a lény a szájába rántsa. Sayari az ugrást követően előttem landolt, köpenyének elhagyása pedig lehetőséget adott nekem arra, hogy vállát tisztán lássam.

– *Nyolc?* – mondtam ki hangosan, meglepve, hisz' sosem láttam még ennyi csillagot egy harcos vállán sem.

Sayari – figyelmen kívül hagyva engem – újra elrugaszkodott a földtől, és elképesztő sebességgel a szörnyeteg felé ugrott. – *Villám szabdalás!* – kiáltotta a lány, aminek hatására az őt körülvevő Aura mind a kardjában egyesült, fekete pengéjét vörösre színezve.

Sayari villámokat szóró kardjával a lény felé repült, mely védekezésképp kirakta bal első mancsát a feje elé, de a Kivégző izzó pengéjével könnyed mozdulattal átvágott rajta.

A már csak három lábú szörnyeteg tágra nyitotta a száját, majd elrúgta magát a földtől azzal a céllal, hogy felfalja az előtte álló lányt, de Sayari egy gyors mozdulattal félreugrott, majd kardját a lény szájába illesztette, ezzel feltépve a még lendületben lévő szörny oldalát. A lény a landolást követően összerogyott; a párbajt a lány nyerte.

Sayari a szörny felhasítását követően rázott egyet a kardján, s az aura, amitől egy másodperce még vörösen izzott annak pengéje, kámforrá lett. Kardját visszacsúsztatva helyére, szomorú tekintettel elindult felém.

– *Oda a köpenyem* – mondta bánatosan, miután közelebb ért hozzám.

– *Ez… elképesztő volt* – feleltem neki, miközben próbáltam feldolgozni az előbb látottakat.

– *Ugyan, ugyan. Még mindig zavarba akarsz hozni? Mert működik* – mondta a lány egy grandiózus mosollyal az arcán.

Nem értem. Hogy lehet egy ilyen aranyos lány egy nyolc vörös csillaggal rendelkező Kivégző, kit „magányos hóhérnak" becéznek? Álmodom? Igen, biztosan, elvégre mostanában elég furcsa álmok kísértenek. Mielőtt meg tudtam volna győzni magam, hogy egy az előző rémálmaimhoz képest egészen kellemes mesevilágban vagyok, mozgást észleltem a szemem sarkából. A szörnyeteg, melyet mindketten halottnak hittünk, hátsó lábaival elrugaszkodott a földtől és egyenesen felém, azaza a neki hátat fordított Sayari felé száguldott. Nem volt idő gondolkodni.

Átkaroltam Sayarit, majd elrúgtam magam, így a szörnyeteg utolsó erejével történő támadása célt tévesztett, és egy leheletnyire tőlünk terült el, ez alkalommal tényleg mozdulatlanul.

Sayari, aki újra a karjaim közt találta magát, meglepetten hátranézett, majd miután szemügyre vette a szörnyeteg testét, mely, ha nem ugrunk félre, összeroppantotta volna mindkettőnk testét, újra rám nézett.

– *Megmentettél...* – mondta a sokktól remegő hangon. – *Rájöttem, miért vagy itt. Ez egy álom.*

– *Talán. Én is így gondolom* – jelentettem ki mélyen a lány szemébe nézve.

– *Még sosem mentettek meg engem, egyetlen harc során sem. Nem is ismersz. Miért mentene meg bárki is egy lélektelen fegyvert?* – felelte összezavarodva a lány.

– *Valóban nem ismerlek, de biztos vagyok benne, hogy ez nem igaz* – nyugtattam meg, majd elengedtem őt.

Sayari feltápászkodott, majd én is követtem példáját. Miközben egymás mellett álltunk, mindketten a lemészárolt szörnyeteg hulláját tanulmányoztuk szemünkkel.

– *Még a nevedet sem tudom...* – jegyezte meg a lány halkan.

– *Hiroto vagyok* – mutatkoztam be.

– *Örülök, hogy megismerhetlek, Hiroto. Mondd... valójában miért jöttél ide?*

– *Bizonyítani akartam, de nem jártam sikerrel. Ugyanolyan haszontalan voltam, mint amikor először jártam itt.*

Sayari csendben nézett maga elé – valószínűleg nem tudta, miképp reagáljon a kijelentésemre. Egy férfi hangja törte meg a csendet.

– *Hiroto!* – ordított rám mögöttem valaki.

Amikor megfordultam, hogy lássam a hang eredetét, Urui Védelmezőt láttam felém sétálni haragot sugárzó testtartással.

– *Megmondtam, hogy ne gyere ide! Megszegted a szabályokat! Közemberek nem jöhetnek be a szörnyetegek barlangjába! Remélem, fel vagy készülve a következményekre!* – kiáltotta felém a Védelmező.

– *Védelmező... én...* – kezdtem bele a mentegetőzésbe, de a mellettem álló lány félbeszakított.

– *Urui! Milyen furcsa itt látni téged. Azt hittem, a Védelmezők sosem teszik ki a lábukat a városból. Mi szél hozott?* – kérdezte Sayari játékos hangon.

– Hirotót jöttem visszahurcolni a városba, Sayari Kivégző. Kérlek, ne avatkozz közbe. Meg kell kapnia a méltó büntetését – válaszolta Urui Védelmező szigorúan.

– Büntetés? Hisz' segített megölni a szörnyeteget. Mégis kinek az utasítása volt, hogy idejöjj?

– Nem tartozik rád, Kivégző – felelte a Védelmező, majd megállt előttem. – Állj félre, Sayari! Ne avatkozz bele a Védelmezők ügyeibe.

Urui Védelmező egy kötelet kapott elő övéről, én pedig kinyújtottam neki kezeimet, felkészülve az elhurcolásra. Nincs értelme ellenkeznem. De mielőtt megkötözhetett volna, Sayari közénk állt.

– Sayari? – kérdőjeleztem meg a lány tettét.

– Vigyázz a szádra, Urui. A válladon elhelyezett csillagok száma nem hatalmaz fel téged arra, hogy ilyen hangnemben beszélj velem – utalt a lány a köztük lévő rangkülönbségre szigorú hangon. – Nem engedélyezem Hiroto letartóztatását.

– Ezt még megbánod, Sayari.

– Ha bármit is teszel a társammal, akkor te leszel az, aki megbánja, Urui… és neked Sayari Kivégző vagyok. A vállamon lévő nyolc csillag azért vörös a vértől, hogy a te három apró aranycsillagod fényes maradhasson. Ezt sose felejtsd el, mikor hozzám beszélsz, Védelmező – mondta Sayari, mintha az a személyiség beszélne belőle, mely a szörny ellen harcolt.

A „társ" szó hallatán nagyot nyeltem. Én, mint egy ilyen magas rangú Kivégző társa? Sayari mondott már pár furcsa dolgot, de eddig ez vitte a pálmát.

Urui Védelmező a lány szavaira válaszul hirtelen hátat fordított, és dühösen elindult a kijárat felé. Miután eltűnt látókörünkből, Sayari visszalépett mellém s felém fordult.

– Utálom a Védelmezőket. Mindig meg akarják mondani, mit csináljak, mintha a kezük bármeddig elérne – mondta dühösen.

– Köszönöm. Az sem kizárt, hogy kivégeztettek volna, ha Urui Védelmezőn múlik. Valamiért sosem bírt engem.

– Ugyan, Hiroto! Ez a legkevesebb, azok után, amit értem tettél. Mondd csak… holnap ráérsz? Szeretnék valamiről megbizonyosodni veled kapcsolatban.

Tessék? Mit mondott az imént?

– *P-persze* – dadogtam megszeppenve.

– *Szuper!* – felelte örömtelin a lány.

Erre a végszóra elindultunk Bastion felé, magunk mögött hagyva a szörnyeteg és az elhullott Kivégzők testét. Amikor már nem sok választott el minket a város kapujától, Sayari újra megtörte a csendet.

– *Megharagszol rám, ha felteszek egy elég illetlen kérdést, Hiroto? Azt hiszem, nem tudok ezzel holnapig várni* – mondta a lány, majd megállt.

– *Nem hiszem, hogy jelen helyzetben tudsz olyat mondani, Sayari... vagyis Sayari Kivégző, amiért megharagudnék rád. Szóval, kérdezz nyugodtan.*

– *Oh, kérlek, ne szólíts így. A társam vagy. Vagyis... még nem... mármint... ma az voltál...* – mondta Sayari kétségbeesetten.

– *Rendben, Sayari. Kérdezz bátran.*

– *Köszönöm. Szóval... mióta okoz problémát az aurád használata?* – tette fel a kérdést Sayari kíváncsian.

– *Amióta csak az eszemet tudom* – válaszoltam lehangoltan.

– *Szóval még sosem oldottad fel?* – kérdezte a lány meglepetten.

– *Nem. Soha.*

– *És még így is volt bátorságod belépni egy szörnyeteg barlangjába? Nagyon bátor vagy, Hiroto!* – szakadt ki Sayariból elképesztő csodálattal.

– *Nem vagyok bátor... haszontalan vagyok. Ezért távolítottak el a felfedezők közül. Ma akartam bebizonyítani, hogy ez nem így van, de csak futottam a szörnyeteg elől* – válaszoltam a lány szavaira, majd a szégyen eluralkodott testemen, ezért elfordultam Sayaritól.

– *Kérlek, ne beszélj magadról ilyen lealacsonyítóan. Megmentetted az életem* – mondta Sayari, majd a vállamra tette kezét. – *Szeretnéd megtanulni, hogyan kell?*

Nem számítva erre a kérdésre, lefagytam. Tekintetemet újra Sayari felé vetettem, aki mosolyogva nézett vissza rám.

– *Kérlek... kérlek, tanítsd meg, hogyan használhatnám az aurámat!* – válaszoltam izgatottan.

– *Rendben, Hiroto, de előtte, mint mondtam, meg kell bizonyosodnom veled kapcsolatban pár dologról. Délután két óra megfelelne neked a találkozóra? Nem szeretek korán kelni, ha nem muszáj...*

– *Tökéletes!* – feleltem energikusan.

– *Nagyszerű. És ha nem nagy kérés, hazamehetnénk? Eléggé lefárasztott a mai nap. Holnap annyi időnk lesz beszélgetni, amennyit csak szeretnénk* – mondta vidáman a lány, majd egy nagyot ásított.

– *Persze, igazad van. Menjünk* – válaszoltam, majd újra útra keltünk a város felé.

Amikor a Citadella elé értünk, Sayari megállt.

– *Valami gond van?* – kérdeztem.

– *Nem, dehogy. Megérkeztünk.*

– *Itt... élsz?* – kérdőjeleztem meg a lány furcsa kijelentését.

– *Igen. Ott* – válaszolta a lány mosolyogva, miközben a palotára mutatott.

– *Te a Citadellában laksz?!*

– *Igen?!* – válaszolta játékosan utánozva az előbbi hangnememet, majd elnevette magát. – *Holnap találkozunk, Hiroto* – mondta, majd elindult az épület felé.

De hol? – fogalmazódott meg bennem a kérdés, melyet már Sayari nem hallott meg.

Érdekes búcsúnkat követve elindultam otthonom felé, mely távol volt a város szívétől. Minden közember a város szélén élt, a felfedezőkkel együtt, a Védelmezők pedig a Citadella körül kaptak lakosztályt. Sosem tudtam, hogy a Kivégzők hol élnek, de úgy néz ki, erre ma választ kaptam. Micsoda nap! Csendes sétám során végig a csillagos eget tanulmányoztam, miközben különböző kérdések jártak a fejemben a mai nap eseményei kapcsán. Sayari hány szörnyet ölhetett meg azért, hogy ezt a magas rangot kiérdemelhesse? Vajon ő is felfedezőként kezdte karrierjét? Tényleg meg tud tanítani az aura használatára? Miközben fejemet ezeken a dolgokon törtem, gyorsan elértem az úticélomat. Miután beléptem az ajtón, ledobtam bakancsomat. Ezután nem húztam az időt, az ágyamba vetettem magam. Már csak egy megválaszolatlan kérdés járt a fejemben: Mit akarhat velem kapcsolatban megtudni a lány, akit magányos hóhérnak beceznek, s kinek szavára még a Védelmezők is hallgatnak?

Nem sok idő kellett hozzá, hogy álomba merüljek. Utolsó gondolatom pedig az volt, hogy... Vajon mit hoz a holnap?

Kapcsolatteremtés

Egy pár kőajtó előtt állok Mitsurival és Satoruval az oldalamon. Elmém üres, mintha csak a testem lenne a helyszínen, így gondolkodásra képtelenül szobrozok a sötét barlangban. Mitsuri és Satoru – anélkül, hogy egy szót is szólnának hozzám – nekifeszültek a gigászi ajtóknak, melyek pár másodperc elteltével tágra nyíltak, elém tárva egy óriási szobát, melynek túlsó végében egy fekete bestia állt, amely pupilla nélküli szemeivel engem elemzett. Bajtársaim beléptek a szobába és farkasszemet néztek a szörnyeteggel, ami rövid időn belül teljes sebességgel elindult feléjük. Testem egyetlen porcikáját sem tudtam megmozdítani, hangomat pedig elvesztettem, így némán, lefagyva néztem az előttem lezajló eseményt. A lény, amint csapattársaim közelébe ért, megállt, majd Mitsurit kezdte bámulni csorgó nyállal. A szörnyeteg Mitsuri testéért nyúlt – valószínűleg azzal az indítékkal, hogy felfalja törékeny testét –, de mielőtt ezt megtehette volna, egy fekete köpenyes alak a lány, és a bestia közé ugrott, majd egy gyors suhintással lecsapta a lény nyújtózó lábát, megmentve ezzel Mitsurit a biztos haláltól. A szörnyeteg tett hátra pár lépést, majd elrugaszkodott a földtől és egyenesen megmentőnk felé vetette magát. Ellentámadás vagy védekezés helyett a hős egy őszinte mosollyal rám nézett.

– *Sayari!* – kiáltottam olyan hangosan, ahogy csak bírtam.

– *Hiroto?* – szólított a lány ijedt hangon.

– *Sayari… te életben vagy?* – kérdeztem kómásan.

– *Ha minden igaz, igen. Csak nem rólam álmodtál, Hiroto?* – érdeklődött a lány egy játékos mosollyal az arcán.

– *Álmodtam? Sayari…*

Miután hirtelen rájöttem, mi is történik, gyorsan észhez tértem.

– *Mit keresel a szobámban?* – vontam kérdőre Sayarit.

– *Nos… fél három van. Mivel nem jelentél meg időben, egyből gondoltam, hogy elaludtál, szóval gondoltam, felszedlek* – felelte

36

a lány, mintha a legátlagosabb dolog lenne a világon, hogy szó nélkül besétál mások otthonába.

Nagyon rendes tőled, Sayari, de hogy jutottál be?

– *Ne haragudj. Adj egy percet, rögtön felöltözök. Megtennéd, hogy… kimész a szobámból?* – kérdeztem, már előre rettegve a válaszától.

Nem vallom magam túl szégyenlősnek, de nem mondanám, hogy hozzá vagyok szokva ahhoz, hogy lányok előtt öltözzek fel.

– *Oh, persze. Megvárlak a házad előtt, rendben?* – válaszolta.

Sayari ezután kilépett a szobámból, majd becsukta maga után az ajtót. A fehér szőnyegre tekintettem, melyen – mit sem törődve az etikettel – keresztülsétált nem túl tiszta csizmájával.

– *Mit követtem el, hogy ezt érdemlem?* – tettem fel a kérdést csendben magamnak, miközben az öltözőszekrényem felé vettem az irányt.

Miután felöltöztem, kiléptem a házból. Sayari, aki az épület előtt állt, ahogy ígérte, egy nagy mosollyal fogadott.

– *Mehetünk?*

– *Persze, de hová?* – kérdeztem.

– *Nos, mivel neked reggel van, így gondoltam, megihatnánk egy kávét a belvárosban. Mit szólsz?*

– *Legyen, de én fizetek* – mondtam illedelmesen annak ellenére, hogy valószínűleg az utolsó pár filléremet fogom otthagyni a kávéházban.

– *Elfogadom a meghívást* – felelte a lány boldogan.

Miután tervünk megszületett, útnak indultunk a Citadella közelében lévő kávéházhoz. Minél jobban távolodtunk szerény otthonomtól, annál több ember vett körül minket, hisz' egyre közelebb jutottunk az üzletek sorához. Családok, kik most végezték a hétvégi bevásárlásukat; párok, kik elveszve a szerelem varázsában, nevetségesen lassú tempóban sétáltak, és kergető-ző gyerekek lepték el a város e részét, ezen a gyönyörű, napos szombat délutánon. Sayari volt az egyetlen, aki kitűnt a tömegből ruházata miatt.

– *Miért vagy a harci felszerelésedben, Sayari?*

– *Nekem úgy kell mutatkoznom az emberek előtt, mintha bármikor harcra kész lennék, Hiroto* – válaszolta határozottan. – *Gondolj* csak bele. *Biztonságban éreznéd magad, ha a harcosok, akik miatt biztonságban érzed magad, eldobnák a páncéljukat és a fegyvereiket, csak azért, mert elugranak kávézni?*

– *Ne haragudj, igazad van.*

– *Ugyan, ugyan. Nem kell ilyen távolságtartónak lenned velem. Kicsit rosszulesik, megmondom őszintén. Nem kell mindenért elnézést kérned. Tudod, mindenki úgy tekint rám, mint „a magányos hóhérra" vagy „Sayari Kivégzőre". Szeretném, ha legalább te nem így néznél rám, amikor velem beszélgetsz* – felelte Sayari egy őszinte mosollyal az arcán.

– *Már tegnap is meg akartam kérdezni... miért vagy velem ilyen közvetlen?*

– *Nos... akármilyen bután hangzik, látok benned valamit. Ne várj tőlem pontos választ, de olyan... rejtélyesnek tűnsz. Én pedig imádom a rejtélyeket* – válaszolta Sayari egy ravasz mosollyal.

– *Esküszöm, hogy nem rejtegetek semmit. Hidd el, olyan gyenge vagyok, mint amilyennek látszom* – feleltem nevetve.

– *Akkor lehet, hogy még te sem tudsz róla* – felelte Sayari, majd rám kacsintott. – *Egyébként, nehéz nem közvetlennek lennem veled azok után, ahogy rám vetetted magad tegnap.*

– *Kérlek, ezt ne hozd fel, már így is elég kellemetlenül érzem magam miatta* – feleltem szégyenemben.

– *Ne érezd magad kellemetlenül. Hálás vagyok, Hiroto. Az, hogy rám vetetted magad, mentette meg az éltemet* – mondta Sayari egy őszinte mosollyal az arcán, majd megállt. – *Megérkeztünk!*

A beszélgetésünk, mely sebes tempóban ment át számomra kellemesből kínosba, a végéhez ért, mivel megérkeztünk úticélunkhoz: Bastion leghíresebb kávéházába, mely az egyik Szentről kapta nevét.

– *Köszöntöm a Nevelline-ben, Sayari Kivégző* – köszöntötte Sayarit az ajtó mellett álló kiszolgáló. – *A szokásost?*

– *Látom, baj van a szemeddel, hisz' a partneremet levegőnek nézted. Kérlek, köszöntsd őt is illendően, ha meg akarod tartani az állásod* – felelte Sayari szigorúan.

– *Sayari, ez nem szügsé...*

– *Elnézést kérek az arcátlanságomért, uram. Mivel szolgálhatok önöknek?* – mondta a kiszolgáló, miközben mélyen meghajolt előttünk.

– *A szokásost kérném. Hiroto?* – kérdezte tőlem a lány, ki viszszaváltott szokásos kedves hangnemére, melyhez hozzászoktam.

– *Én egy rövid kávét kérnék, cukor nélkül, köszönöm* – feleltem.

– *Rendben, máris elkészítem, kérem, foglaljanak helyet* – mondta a kiszolgáló, majd újra meghajolt, és elindult a konyha felé.

Sayari leült egy kétszemélyes asztalhoz, de mielőtt helyet foglalhattam volna vele szemben, hallottam, hogy valaki a nevemen szólít.

– *Hiroto?* – szólított egy lány.

Jobbra tekintettem, és egy négyszemélyes asztalt láttam, melynél egy háromfős társaság iszogatta kávéját. Egy magas, barna hajú, szemüveges fiú, egy alacsony, fekete hajú lány, és egy kopasz, körszakállas férfi. Az egykori csapattársaim.

– *Oh, sziasztok. Ti is most keltetek?* – tettem fel a kérdést komolytalanul.

– *Természetesen nem, ne légy nevetséges, mi nem vagyunk olyan szétszórtak, mint te* – felelte Bansou megvetően.

Figyelmen kívül hagyva az ex-csapatvezetőm bántó szavait, leültem Sayari asztalához.

– *Hiroto, te… mit csinálsz Sayari Kivégzővel?* – kérdezte Annie remegő hangon.

– *Nos tegna…* – kezdtem bele, de ismét a szavamba vágtak.

– *Üljünk máshova, Hiroto!* – mondta Sayari egy mosollyal az arcán, majd felállt és a kávézó túlsó vége fele vette az irányt, én pedig szó nélkül követtem őt.

– *Sok szerencsét, Hiroto!* – súgta Satoru olyan halkan, hogy Sayarinak esélye sem volt hallani.

Nem randizunk, Satoru, ez nem az, amire gondolsz… azt hiszem.

Sayari egy távoli asztalhoz ült le, én pedig helyet foglaltam vele szemben.

– *Remélem, itt már senki nem fog zavarni minket* – mondta Sayari, majd újra rám mosolygott.

Mielőtt megszólalhattam volna, megjelent a kiszolgáló egy tálcával a kezében, melyen egy rövid kávé és egy gőzölgő tea volt elhelyezve.

– *Egészségükre* – mondta, miközben letette elénk a két csészét, majd visszasétált a konyhába.

– *Nos, Hiroto* – kezdett bele Sayari –, *lenne pár kérdésem hozzád. Nyugi, semmi komoly, csak szeretnék megtudni rólad pár dolgot.*

– *Rendben, Sayari. Szívesen válaszolok bármire* – mondtam magabiztosan, elrejtve az aggodalmamat.

Sayari belekortyolt forró teájába, majd komoly tekintettel a szemembe nézett, mintha a lelkembe akarna turkálni.

– *Hány éves vagy?* – kérdezte a lány, még mindig fenntartva komoly tekintetét, mintha vörös szemeiben egy hazugságvizsgáló lapulna.

– *Ő... Huszonkettő* – feleltem feszülten.

– *Hé, ne légy feszült! Mondtam, csak szeretnék pár dolgot megtudni rólad* – mondta Sayari, immáron egy mosollyal az arcán. – *Tudod mit? Tegyük érdekesebbé! Ha elárulsz magadról valamit, én is ugyanígy teszek. Mit szólsz?*

– *Rendben, Sayari. Te hány éves vagy?* – kérdeztem.

Még az is lehet, hogy egész jól fogunk szórakozni.

– *Tizenkilenc. Első ránézésre azt gondoltam, hogy idősebb vagyok nálad.*

– *Nos, megmondom őszintén, én is többnek néztelek. Mennyi idősnek néztél engem?*

– *Hát... nem többnek tizenhétnél* – válaszolta Sayari nevetve.

– *Ez azért fájt* – feleltem sértődötten.

– *Nem tehetek róla, olyan aranyos pofid van, Hiroto!* – tört ki a lányból nevetés közben.

– *Nos, jómagam is aranyosnak talállak téged, Sayari Kivégző* – mondtam tréfálkozva.

– *Hiroto, megint zavarba akarsz hozni?* – mondta Sayari halkan, lehajtott fejjel.

– *Távol álljon tőlem, Kivégző. Folytassuk.*

– *Nem gond, ha a családodról kérdezek, Hiroto?*

– *Nyugodtan* – válaszoltam. – *Már nem igazán emlékszem a szüleimre, de megpróbálok kielégítő választ adni.*

– *Mikor vesztetted el őket?* – kérdezte Sayari szomorú tekintettel.

– *Tizenöt éve. Miután Kinou elbukott, a szüleimet és még sok más felnőttet a barlangok felkutatására utasították. Elköszöntek tőlem, mintha tudták volna, hogy sosem térnek vissza. Így is történt. Akkor láttam őket utoljára.*

– *Sajnálom, Hiroto.*

– *Már rég történt. Honnan jött ez a kérdés egyébként?*

– *Én csak… abban reménykedtem, hogy te tudsz nekem kielégítő választ adni. Tudod, bárkivel beszéltem erről, rajtam kívül senki nem emlékezett a szüleire.*

– *Oh… sajnálom. Ha te emlékszel rájuk…*

– *Persze, mesélek róluk, ha szeretnéd. Viszonzom az őszinteséged, Hiroto* – válaszolta Sayari, majd egy pillanatra rám mosolygott, de aztán mély szomorúság öntötte el arcát. – *Anyukámra nem emlékszem, a születésem után nem sokkal meghalt. Apám nevelt fel minket. Tizenöt éve vesztettem el, Kinouban.*

– *Oh, sajnálom* – feleltem együttérzően. – *Kinouba küldték?*

– *Nem, mi… Kinouban éltünk. Ott születtem.*

– *Kinouban születtél?! Ez azt jelenti, hogy ott voltál, mikor megtámadták a várost?!* – tettem fel a kérdéseket sokkosan.

– *Így igaz… de ha nem haragszol meg, Hiroto… tudod, nehéz erről beszélnem.*

– *Persze, Sayari, megértelek. Nem faggatlak róla* – mondtam megértően.

– *Köszönöm* – felelte Sayari egy kedves mosollyal az arcán.

– *Van még esetleg valami, amit tudni szeretnél?* – kérdeztem.

– *Te meglepődtél azon, hogy ilyen közvetlen vagyok veled, Hiroto, de valójában van valami, amit én sem értek veled kapcsolatban. Valami, amit igazából már a találkozásunk első percében sem értettem.*

– *És mi lenne az?* – kérdeztem kíváncsian.

– *Hiroto te… miért nem félsz tőlem?* – tette fel a kérdést Sayari, miközben kerülte velem a szemkontaktust.

– *Ne légy nevetséges. Miért félnék tőled?*

– *Nézz körbe, Hiroto!* – felelte a lány, komoly tekintettel.

Sayari utasítására szememmel elkezdtem fürkészni a kávézóban tartózkodó embereket. A vendégek, kik legalább két asztalnyira ültek tőlünk, mind csendben minket figyeltek, s amikor észrevették, hogy őket nézem, gyorsan elkezdték iszogatni már rég kihűlt kávéjukat. A pult mögött álló kiszolgálók tekintete szintén ránk vetődött, miközben halkan sugdolóztak egymás közt. Eddig nem vettem észre, mivel Sayarival bele voltunk mélyedve a beszélgetésbe, de most, hogy az abbamaradt, felfigyeltem rá. A kávézóban síri csend volt.

– *Érted már, miért kérdeztem?* – törte meg a csendet a lány.

– *De... miért? Hisz' te csak egy kedv...*

– *Te vagy az* **egyetlen**, *aki ezt így gondolja, Hiroto. Mint mondtam, én csak egy fegyver vagyok a szemükben. Egy gyilkológép.*

Mielőtt mondhattam volna valamit, az egyik kiszolgáló az asztalunkhoz lépett.

– *Ne haragudjanak, hogy megzavarom önöket, de ha végeztek a kávéjukkal... távoznának, kérem? A jelenlétük zavarja a többi vendéget* – mondta a kiszolgáló félénk hangon.

– *Elnézést, azonnal elmegyünk* – felelte Sayari szomorúan, eleget téve a kiszolgáló kérésének.

Ezt nem hagyhattam szó nélkül.

– *Miért bánik így velünk?! Ugyanolyan vendégek vagyunk, mint bárki más!* – kiáltottam a kiszolgálóra, miközben dühösen felálltam az asztaltól.

A kiszolgáló ijedtségében tett hátra pár lépést.

– *Hiroto. Menjünk!* – mondta Sayari egy erőltetett mosollyal, majd letett az asztalra két apró ezüstérmét, megragadta a kezem, és a kijárat felé húzott engem.

Sayari, amint kiértünk a kávézóból, elengedte a kezem és a főtér felé vette az irányt, én pedig követtem őt. Az öt Szent szobra előtt megálltunk. Sayari csillogó szemekkel nézte a kőből készült emlékműveket.

– *Tudod, Hiroto, mindig is csodáltam őket. A szörnygyilkolás legnagyobb mesterei voltak, az emberek mégis felnéznek rájuk* – mondta Sayari, majd könnyes tekintettel a szemeimbe nézett. – *Én miben különbözök tőlük?*

– *Talán egyszer neked is állítanak egy szobrot, Sayari* – feleltem biztatóan a könnyes szemű lánynak.

– Nem tartom valószínűnek, Hiroto – mondta Sayari, miközben letörölte könnyeit, és szomorú arcára újra mosoly ült. – Köszönöm, hogy kiálltál mellettem… azt hiszem, ma többet tanultam rólad, mint vártam.

– Mondd, Sayari… mi volt a célod ezzel az egésszel?

– Meg akartalak ismerni kicsit, mielőtt… nos… tudod, emlékeztetsz valakire – mondta a lány, miközben kardját nézte. – A férfira, akitől ezt a kardot kaptam.

– Én csak egy… senki vagyok – feleltem lehangoltan.

– Egy senki nem merne egyedül berohanni egy szörnyeteg barlangjába. Egy senki nem törődne jobban más testi épségével egy harcban, mint a sajátjával. Nem egy senki mentette meg az életem. Te voltál az, Hiroto – mondta Sayari határozottan.

Sayari szavai elérzékenyítettek.

– Komolyan így gondolod?

– Igen. Komolyan így gondolom – felelte a lány biztatóan. – Lehet egy utolsó kérdésem, Hiroto?

– Persze. Kérdezz, amennyit csak szeretnél – feleltem egy mosollyal az arcomon.

– Mi az első dolog, ami eszedbe jut, mikor a szörnyek elleni harcra gondolsz? – tette fel a kérdést komoly arckifejezéssel.

– A szenvedés, melyen a harcosok és hozzátartozóik átesnek. A végeláthatatlan küzdelem, ami oly sok ember életét kiontotta. Azért akarok erőssé válni, hogy megvédhessem az embereket.

– Pont úgy beszélsz, mint ő – jegyezte meg Sayari halkan.

– Téged mi vezérel, Sayari? Mi az, ami nap, mint nap rávesz arra, hogy újra és újra szembenézz a bestiákkal?

– A bosszúvágy – vágta rá a lány, miközben a távolba tekintett, mintha visszaemlékezne valamire. – Erősebbé akarok válni, hogy bosszút állhassak valakiért. A te célod sokkal nemesebb, Hiroto.

– Még ha ezt is mondod, Sayari, nem én vagyok az, aki miatt a város lakói biztonságban érzik magukat.

– Képes lennél egy gyilkológéppé válni azért, hogy megvédd az embereket, még akkor is, ha ők csak egy fegyverként tekintenének rád ezután? – kérdezte a lány komoly tekintettel.

Sayari kérdése elgondolkodtatott. Vajon tényleg képes lennék úgy élni az életemet, hogy az emberek félelemmel néznek rám, mert csak egy fegyver vagyok a szemükben? Képes lennék akár mindennap szörnyetegekkel farkasszemet nézni, még annak ellenére is, hogy tudom, sosem fogok érte semmit kapni cserébe azoktól, kiknek védelmére felesküszöm? Nyugtalanul feküdni az ágyamban minden éjszaka, tudván, hogy bármikor kiugraszthatnak belőle, mert egy közeli szörnyeteg fenyegeti a várost?

Miután fejemben feltettem magamnak eme kérdéseket, egy egyértelmű válasz fogalmazódott meg bennem.

– Igen. Akár az életemet adnám ezért a városért – feleltem magabiztosan.

Sayari nem reagált a kijelentésemre, csak szótlanul nézte a Szentek szobrait. A fehér hajú lány arcán komoly kifejezés ült, mely azt sugallta, hogy mély gondolkodásba merült. Teltek a percek, miközben szótlanul álltunk egymás mellett, de Sayari kis idő elteltével megtörte a csendet.

– Hamarosan találkozunk, Hiroto – mondta lány, majd rám mosolygott, és elindult a palota irányába.

A hirtelen elköszönésre nem tudtam reagálni. Szótlanul álltam tovább az emlékművek előtt, miközben az egyre távolodó lány lépteit követtem szemeimmel.

Mi volt ez az egész? Miért tette fel nekem ezeket a kérdéseket? Miért akar megismerni engem egy magas rangú Kivégző? Vajon számára kielégítő válaszokat adtam? Adottságom, hogy túlgondoljam a dolgokat, most sem okoz csalódást. Miközben agyamat ezek a kérdések foglalkoztatták, végig hőseink szobrait néztem. Sayari miben különbözik tőlük?

– Hé, Hiroto! – szakított meg az agyalásban egy ismerős hang.

– Satoru – ismertem fel gyermekkori barátomat.

– Mit csinálsz itt egyedül? Nem akartam idejönni, mivel láttam, hogy lefoglalnak a gondolataid, de már egy ideje itt állsz mozdulatlanul. Minden rendben?

– Persze, minden oké. Sayari pár perce köszönt el tőlem.

– Sayari Kivégző? Hiroto, nagyobb a baj, mint gondoltam. Már félórája itt álldogálsz. A kávézóból figyeltünk titeket Bansouékkal, *és miután a Kivégző elment, úgy tűnt, mintha idegyökereztél volna. Mit mondott, ami ennyire lesokkolt?* – kérdezte Satoru szorongva.

– *Ne aggódj, semmit nem mondott, ami lesokkolt, csak szimplán elgondolkoztam.*

– *Mit szólnál, ha hazakísérnélek, mint a régi szép időkben, Hiroto? Mesélhetnél útközben az újdonsült barátodról* – mondta a fiú mosollyal az arcán.

– *Legyen úgy, Satoru* – feleltem, miközben viszonoztam a mosolyt.

Barátom kérésére együtt útnak indultunk a házam felé, közben pedig beavattam a tegnapi és mai nap történéseibe.

Kiskorunkban szinte mindennap együtt sétáltunk haza az iskolából, természetesen egészen addig, míg el nem jutottak a szörnyek visszatéréséről terjengő hírek a városunkba. Amikor a felnőtteket a szörnyek felkutatására utasították, teljes káosz uralkodott Bastionon. Az iskolák bezártak, mivel tanítóink is a harcmezőre léptek, szüleink, akik szintén így tettek, pedig nem neveltek többé minket.

Az ember, kit ma Fő Védelmezőnek hívunk, nyitotta meg a főváros első árvaházát, ahol több hónap után újra találkoztam legjobb barátommal. Sok mindent köszönhetnek az itt élő emberek neki, ezért is jelölték ki nem sokkal a tragédia után a város vezetésére. Most, hogy belegondolok, szerintem sosem láttam Sayarit az árvaházban. Hogyan került a fővárosba a szörnyek támadásának általam egyetlen ismert túlélője?

– *Szóval... tegnap berohantál az Emberfaló barlangjába, ami felfalta Mitsurit, találkoztál Sayari Kivégzővel, segítettél neki megölni a szörnyet, majd megkért, hogy találkozz ma vele, és mesélj neki magadról. Korrekt?*

– *Igen. Pontosan így történt* – válaszoltam, miközben belegondoltam, hogy ez milyen hihetetlenül is hangzik.

– *Remélem, tudod, hogy ha nem lép közbe Sayari Kivégző, most nem beszélgetnénk itt, hanem egy cellában ülnél a Citadella alagsorában... vagy rosszabb.*

– *Igen, tisztában vagyok vele, de szerencsémre közbelépett* – feleltem mosolyogva. – *Kérlek, Satoru, ha nem nagy kérés, ezt ne add tovább Bansounak és Annie-nek.*

– *Persze, nem is terveztem* – válaszolta a fiú, megnyugtatva engem. – *Hiroto. Mit gondolsz, mi volt Sayari Kivégző célja a mai nappal?*

– *Azt mondta, hogy csak meg akar ismerni engem, de azt nem árulta el, hogy mi okból.*

– *Talán csak barátkozni szeretne veled... elvégre, mint ő is mondta, rajtad kívül mindenki retteg tőle.*

– *Kicsit jobban meg kellene ismernem ahhoz, hogy ezekre a kérdésekre képes legyek válaszolni vele kapcsolatban.*

Erre a végszóra házam bejáratához értünk.

– *Megérkeztünk* – jelezte Satoru.

– *Igen. Ha nem haragszol meg, elköszönök, szeretnék egy kicsit egyedül lenni a gondolataimmal.*

– *Persze, Hiroto, megértem. Vigyázz magadra.*

– *Te szintúgy, Satoru. Sok szerencsét a következő küldetésetekhez* – köszöntem el, majd beléptem otthonomba.

Szobámba érve ledobtam ruháimat és bedőltem az ágyba. Korán volt még, így tömérdek időm maradt agyalni.

Teltek a percek, velük az órák, de gondolataim folytonosan csak egy kérdésre vezettek vissza...

– *Vajon mit gondol rólam* **Sayari***?*

– *Vajon mit gondol rólam* **Hiroto***?*

Bizalom

Tegnap éjszaka megváltozott a szokásos rémálom, ami már régóta kísért engem. Mielőtt megtörténhetett volna a tragédia, egy hős közbelépett, majd hagyta, hogy a rém őt mészárolja le álmom szokásos áldozata helyett. Arra ébredtem, hogy a hős nevét kiáltom. Érdekes. Még csak pár napja ismerem, de már az álmaimba is beásta magát.

Mint mindig, ma is egy csésze teával kezdtem a napot. Szokásom kiülni az ablakom párkányára teázás közben, és az embereket figyelni, miközben végzik a napi teendőiket, hisz' innen fentről szinte az egész várost belátni. Sajnos nem szokott sokáig tartani ez a kellemes tevékenység, mert általában valaki, nem sokkal az ébredésem után, beilletlenkedik a szobámba. Természetesen ez ma sem történt másképp.

– *Saya...* – csuklott el a behatoló hangja. – *A Szentek nevére, felöltöznél, kérlek? Délután három óra van!* – folytatta, miközben egy hirtelen kézmozdulattal eltakarta a szemeit.

– *Ne csinálj úgy, mintha pucér lennék, Elise* – feleltem, miközben visszamásztam a szobámba.

– *Akkor sem illendő egy hálóingben tétlenkedni, tudván, hogy bárki beléphet váratlanul! És kérlek, szólíts Elise Védelmezőnek* – mondta ingerülten a lány, akit nem fogok a továbbiakban sem Elise Védelmezőnek szólítani.

– *Legközelebb kopogj, és kérdezd meg, hogy bejöhetsz-e.*

– *Miért, akkor mi változik?* – kérdezte kíváncsian.

– *Csak annyi, hogy megmondom, kopj le* – mondtam megvetően.

– *Kedvességed határtalan, mint mindig, Kivégző. A lényegre térve: a Fő Védelmező küldött, beszélni akar veled. Szedd össze magad, és amint tudsz, jelenj meg az irodájában.*

– *Rendben, úgy lesz. Tünés.*

Kérésemre Elise szó nélkül távozott, de még egy utolsó jelként, hogy mennyire utál engem, becsapta maga mögött az ajtót. Mégis miféle bánásmódot várt azok után, hogy szó nélkül belépett a szobámba, mintha bármit megtehetne? Most, hogy belegondolok, én is ugyanígy berontottam Hirotóhoz tegnap. Na, mindegy. Ami megtörtént, az megtörtént, biztos nem neheztel rám miatta. El kellene kezdenem öltözni, ha nem akarom, hogy még több kéretlen személy jöjjön be a szobámba hívatlanul.

Miután szokásos fekete szerelésemet magamra öltöttem, megindultam az ajtó felé, de mielőtt kiléptem volna, visszanéztem a szobámban lévő óriási tükörre. Tetőtől talpig fekete ruházat, vörös pupillák, fehér haj.

– *Utállak... **szörnyeteg.***

A Fő Védelmező irodája a Citadella legmagasabb pontján helyezkedett el. Akárhonnan is indulsz neki, nevetségesen hosszú az út odáig. Persze a nagyra becsült Fő Védelmező úr nem törődik azzal, hogy a felfedezőknek és a Kivégzőknek nap, mint nap meg kell tenniük ezt a hosszú utat, hisz' ő egész nap csak bent dekkol a szobájában. A mai nap mondjuk pont kapóra jött, mert én is beszélni szerettem volna vele valamiről. Amikor a hosszú séta után az irodához értem, bekopogtam.

– *Szabad* – válaszolt a kopogásra bentről egy hang.

– *Akihide* – szólítottam meg vidáman, miközben beléptem.

– *Már ezerszer elmondtam, hogy ne szólíts a nevemen, Sayari. Bárki meghallhat, és nem szeretném, ha ezek után mások is így szólítanának tiszteletlenségből* – mondta sóhajtva a Fő Védelmező.

– *Akkor te is szólíts Sayari Kivégzőnek!* – feleltem sértődötten.

– *Makacs vagy, mint mindig* – válaszolta, miközben székével felém fordult.

Arcán a szokásos mosoly ült, amivel mindennap köszönteni szokott engem. Szőke haja jólfésült volt, óceánkék szemeivel pedig engem fürkészett.

– *Foglalj helyet!* – mondta az asztala előtt lévő székre mutatva, én pedig követtem utasítását.

– *Miért hívtál?*

– *Teát?* – válaszolt kérdésemre egy újabb kérdéssel.

– *Tudod, hogy imádom. Milyen ízű?* – kérdeztem izgatottan.

– *Citrom. A kedvenced.*

– *Akkor természetesen elfogadom* – feleltem örömtelin.

Akihide elővett két csészét asztalának egyik rekeszéből, majd egy kancsóból mindkettőt telitöltötte gőzölgő teával.

– *Nos. Térjünk a lényegre!* – mondta komoly tekintettel. – *Az Iwao osztag talált egy barlangot Bastiontól délre. A barlang belsejében lévő humanoidokkal végeztek, a továbbhaladás után pedig a szokásos kőajtók jelezték a bejáratot a belső terembe.*

– *Szóval a megszokott szisztéma.*

– *Várj, most jön a lényeg. Azt mondták, a belső terem üres volt. Nos, nem merészkedtek be, de betekintve nem láttak szörnyet.*

– *Csapda* – jegyeztem meg. – *Valószínűleg a szörnyeteg arra vár, hogy valaki belépjen, és lesből támad. Volt már hasonlóval dolgom.*

– *Így van. Ezért kérlek, fokozott óvatossággal lépj be. Nem tudhatjuk, milyen típusúval van dolgunk. Holnapig keríts magad mellé pár lelkes vállalkozót az újoncok közül, én pedig még ma este feltüntetem a küldetés kezdetének pontos időpontját a Kivégzők tábláján.*

– *Akihide. Lenne egy kérésem.*

– *Éspedig?* – kérdezte felvont szemöldökkel.

– *Szeretnék előléptetni egy személyt Kivégzővé, és magammal vinni a következő küldetésre. Egy társra van szükségem... nem áldozatokra* – feleltem magabiztosan.

– *Sayari. Mi történt az Emberfaló barlangjában, amit nem mondtál el nekem?*

– *Nos...* – kezdtem bele félénken.

– *Valószínűleg már amúgy is tudok róla, Sayari.*

– *Egy Hiroto nevű fiú berohant a barlangba, és megmentette az életem. Dióhéjban ennyi.*

– *Urui Védelmező jelentette, hogy Hiroto az engedélyem nélkül cselekedett. Ha nem jelent volna meg és nem terelte volna el a harcról a figyelmed, akkor nem lett volna szükséged arra, hogy megmentsen* – felelte szigorúan Akihide.

– *Akihide. Nem lesz több kérésem, csak kérlek, ezt az egyet engedélyezd.*

– *Nem tudsz csapatban dolgozni, Sayari. Ezt te is tudod. Egyébként is, Hiroto még az Auráját sem tudja feloldani, mire mennél vele egy harc során?* – kérdőjelezett meg.

– *Ne aggódj miatta* – válaszoltam határozottan. – *Nekem ő kell.*

– Megbízol benne?

– Teljes mértékben. Tudom, furcsa, hogy ezt mondom, de látok benne valamit.

Akihide sóhajtott egyet, majd a szemembe nézett, és komoly arckifejezése mosolyra váltott.

– Ez esetben nem mondhatok nemet. Sosem hallottam ilyet tőled ezelőtt.

– Köszönöm, Akihide. Hiroto nem fog csalódást okozni, ígérem – feleltem magabiztosan.

– Írok egy meghatalmazást, hogy átvehesd a Kivégző felszerelést.

Akihide elővett egy üres papírlapot és egy tollat asztalának egyik fiókjából, majd belekezdett az írásba, kis idő elteltével pedig elém csúsztatta a kész felhatalmazást.

– Tudsz róla, hogy Hirotót miért fosztottam meg a felfedezői pozíciójától? – kérdezte.

– Nem, de nem is tőled akarom megtudni – válaszoltam egy mosollyal az arcomon. – Majd Hiroto elmeséli, ha szeretné.

A felhatalmazással a kezemben búcsút intettem a Fő Védelmezőnek, majd a földszinten lévő ruharaktár felé vettem az irányt.

Muszáj volt ilyen magasnak építeni ezt a palotát?

Végtelennek tűnő sétám végre a végéhez ért, és megérkeztem úticélomhoz. Szerencsére pont olyan időpontban érkeztem meg, hogy nem állt sor előttem.

– Üdv! Azért jöttem, hogy átvegyek egy Kivégző-köpenyt és két vállpáncélt – mondtam vidáman, miközben a pultra csúsztattam az Akihide által megírt felhatalmazást.

– Üdv, Sayari Kivégző. Ma vidámabbnak tűnik a szokásosnál... történt valami? – kérdezte kíváncsian a pult mögött álló magas fiú.

– Mondhatjuk úgyis – feleltem vigyorogva.

A ruharaktáros fiú felállt székéből, majd a raktár túlsó végébe sétált, ahol motoszkált egy ideig, majd visszatérve letett a pultra egy fekete köpenyt és két fekete vállpáncélt, melyeken egy-egy vörös csillag ragyogott.

– Nagyszerű, köszönöm – feleltem mosolyogva, majd hátat fordítottam és elindultam a kijárat felé.

Most pedig irány a...

Gondolataimat megzavarta egy bal oldali irányból érkező lökés, melytől a földre zuhantam. A Hiroto számára kikért ruhadarabok egytől egyig a földön hevertek szétszórva. Amikor felnéztem arra a személyre, aki a padlóra küldött, egy utálatos mosolyt láttam az arcán.

– *Oh, Sayari. Jól vagy? Már oly sokszor mondtam, hogy jobban figyelj a lábad elé. Olyan kis ügyetlen tudsz lenni néha* – mondta a támadó.

Naoko Kivégző.

– *Naoko* – mondtam ki nevét gyűlölettel.

– *Oh, megint kezdik* – hallatszott egy távoli bámészkodó szájából.

Egyelőre nem törődve a szétszórt ruhadarabokkal felálltam, és olyan közel álltam Naoko arcához, hogy biztosan kellemetlenül érezze magát, de ezzel sem sikerült letörölnöm a kárörvendő vigyort.

– *Zavaróan vidám voltál az előbb, Sayari. Felfordul a gyomrom, ha arra gondolok, hogy egy ilyen szörnyeteg, mint te, jól érzi magát. Miért vagy ilyen boldog? Talán megint sikerült a halálba küldened a csapattársaidat?* – mondta a lány undorral az arcán.

– *Semmi közöd hozzá, Naoko. Tűnj az utamból, mielőtt megbánod!* – feleltem agresszívan.

– *Ez az, Sayari! Mutasd meg a világnak, milyen is vagy valójában! Ha harcolni akarsz, nincs ellenvetésem* – mondta Naoko egy vigyorral az arcán, majd jobb kezét kardjának markolatára helyezte.

Naoko kijelentésére körbetekintettem. Több mint egy tucat újonc felfedező vett körül minket, várva az esemény kimenetelét. A tömegből négy fekete köpenyes fiú lépett Naoko mellé, szintén kardjuk markolatát szorongatva.

– *Látom, még megvan a kis háremed, Naoko.*

– *Így van, Sayari. Ellentétben a te csapatoddal* – mondta a lány egy kárörvendő mosollyal az arcán. – *Ne aggódj, csak nézni fogják a megaláztatásodat. Nem akarom, hogy a túlerőre fogd a vereséged.*

– *Oh, ugyan. Még ha öten támadnátok rám egyszerre, is én lennék túlerőben* – mondtam magabiztosan.

– *Úgy gondolod, Sayari? Miért nem teszünk, egy próbát?* – mondta Naoko, majd csapattársival hátralépett pár métert.

A levegő izzott a feszültségtől. A négy fiú, akik Naoko mellett álltak, mind arra várt, hogy megtegyem az első lépést. Naoko – ellentétben alacsony rangú csapattársaival – a kezeimet figyelte, ahogyan az várható egy hétcsillagos Kivégzőtől. Abban a pillanatban, hogy előrántom a kardomat, Naoko is így fog tenni, és akkor már nincs visszaút. A Lehetőségek tárháza futott át agyamon, hogyan intézhetném el mindegyiküket körülbelül tíz másodperc alatt, de nem fajulhat a helyzet át vérfürdőbe, hisz' abból még komoly problémám lehet a jövőben, akár közeli kapcsolatom van a Fő Védelmezővel, akár nem. Naoko iránt érzett gyűlöletem nagyobb, mint bármi ezen a világon, de nem ölhetem meg.

Már percek óta farkasszemet néztünk, de nem történt semmi.

Belefáradva a várakozásba a négy Kivégző Naokóra nézett, jelre várva. Pár másodperc elteltével... **Naoko bólintott.**

A négy fiú egy pillanatot sem vesztegetve, sebes léptekkel elindult felém. Egyikük a többi elé lépett, ökölbe szorított jobb kezét a levegőbe rántotta és megpróbált megütni, de tempója lassúnak bizonyult, így egy könnyed lépéssel elkerültem a csapást, majd elkaptam a csuklóját.

Gyorsabban.

Egy hirtelen mozdulattal hátrarántottam kezét, majd hangos roppanást követően a fiú a földre hullott, én pedig elengedtem. Egy tizedmásodperc sem telt el, és Naoko két másik csapattársa máris egy együttes támadásba lendült. Egyikük bal, a másik pedig jobb oldalról lendítette felém kezét.

Gyerünk, gyorsabban.

A támadók öklét arcomtól pár centire elkaptam, majd elkezdtem szorítani azokat fém kesztyűmmel. Szájukat tágra nyitották, de kiáltásukat nem hallottam, miközben a földre kényszerítettem őket. Nem hallottam semmit. Többé már nem a palotában voltam. Miután a két támadó a fájdalomtól összekuporodva a padlón hevert, az utolsó csapattárs támadására vártam, de ő csak földbe gyökerezve nézett rám, sokkos tekintettel.

Támadj.

– Gyerünk, üss meg.

– Nem, én...

Mielőtt mentegetőzését befejezhette volna, előrántottam a kardom és egyenesen mellkasába...

Nem tehetem.

Mielőtt a mentegetőzését befejezhette volna, egy erős lökéssel a földre taszítottam, majd elsétáltam a fiú mellett. Szemeimet utolsó ellenségemre szegeztem. Naoko dühös tekintettel nézett engem, de határozott, harcra kész pozitúrájának összképét kardjára helyezett remegő keze elrontotta.

Rántsd elő a kardod. Támadj, mintha az életemet akarnád elvenni.

– *Félsz?* – kérdeztem.

– *Szörnyeteg!* – kiáltotta undorral, majd kardjának markolatát szorongatva teljes sebességgel megindult felém.

– *Aurafeloldás.*

Naoko megállt. A félelem megfagyasztotta testét. Négy éles tárgyat éreztem meg a nyakam körül.

Hideg.

Fejem mozdítása nélkül körbetekintettem. Négy fehér páncélos alak vett körül, és kardjukat a nyakamhoz szorították. Egy rossz mozdulat, és biztosan leválasztják fejemet a testemről. Talán ha elég gyorsan rántom elő a kardom...

Lehunytam szemeimet. A tegnapi nap eseményei pörögtek le előttem.

Hiroto.

– *Csak vicceltem. Ugye nem gondoltátok komolyan, hogy a Citadella kellős közepén kiengedem az aurámat?* – mondtam vigyorogva.

– *Rossz vicc volt, Sayari* – mondta szigorúan Elise. – *Ha nem én járok erre, valószínűleg már nem élnél.*

– *De szerencsémre te jártál erre, szóval életben maradok* – válaszoltam a bal oldalamon lévő Védelmezőnek.

Elise és a három másik Védelmező leengedte kardját – valószínűleg azért, mert úgy gondolták, már nem jelentek veszélyt. Naivak. Ha akarnám, Naokóval együtt titeket is levágnálak egy másodperc alatt.

– *Gyerünk, nincs itt semmi látnivaló!* – mondta az egyik, számomra ismeretlen kétcsillagos Védelmező, miközben feloszlatta tömeget.

– Sayari, ezt jelentenem kell a Fő Védelmezőnek – mondta szigorúan Elise.

– Tudom, tudom. Tégy úgy, ahogy jónak látod – feleltem, miközben elindultam a szétszórt ruhadarabok felé.

Miután felkaptam a földről a köpenyt és a vállpáncélokat, elindultam a kijárat felé, de mielőtt kiléptem volna a palotából, megálltam egy pillanatra, és visszatekintettem a még mindig sokkos állapotban lévő Naokóra.

– Naoko – szólítottam meg. – Ha nem a palotában lettünk volna, ugye tudod, hogy már halott lennél? – félemlítettem meg egy mosollyal az arcomon.

Miután magam mögött hagytam a palotát, majd a főteret, az üzletek sorára értem, ahol egy bolt felé vettem az irányt. Még sosem jártam itt, pedig a többi Kivégző hetente látogatja az üzletet. Miért jöttem volna ide valaha? Hisz' a kardom, melyet magamnál hordok, mióta az eszemet tudom, jobb, mint új korában.

Az üzletbe belépve egy alacsony, középkorú, pocakos férfi köszöntött.

– Üdvözlöm a Szent Pengében, Kivégző. Miben segíthetek? – kérdezte a férfi egy mosollyal az arcán.

– Szükségem van egy kardra. A legerősebbre.

– Oh! Végre valaki, akinek számít a minőség is, nem csak az ár! Nos, a legjobb művem ez lenne – felelte, majd a pult alól előhúzott egy sámlit, és leemelt egy fehér kardot a legmagasabb polcról. – Én a Hóvirág nevet adtam neki.

– Hóvirág? Nem hangzik veszedelmesnek – figuráztam ki a kard nevetséges elnevezését, majd megemeltem. – Könnyű – jegyeztem meg.

– Így igaz. Könnyebb, mint bármi, amit eddig készítettem azelőtt. Ez teszi különlegessé. Még a legrosszabb fizikumú harcos is képes forgatni.

A kardot a kezemben tartva tettem hátra néhány lépést, majd suhintottam vele párat a levegőbe. Hihetetlen könnyű volt, mintha papírból lenne.

– Megveszem – mondtam határozottan.

– 850 arany az ára.

Oldaltáskám mélyére nyúltam, majd előhúztam egy kisméretű zsákot, melyben az előző heti fizetésem tartogattam.

– *Ennyi biztosan elég lesz* – feleltem, miközben a pultra öntöttem a pénzérméket.

– *Hölgyem ez... legalább 1200 arany* – mondta az eladó döbbenten.

– *Köszönöm, hasznát fogja venni az illető a fegyvernek* – feleltem mosolyogva, mit sem törődve a férfi megjegyzésével.

– *Én köszönöm a vásárlást. Kérem, jöjjön máskor is!* – integetett utánam.

Az üzletből kilépve utolsó célom felé indultam. Az újonnan vásárolt kardot foglalatával felerősítettem az övem másik felére.

„Sayari, a dupla-kardforgató". Egész jól cseng, kár, hogy nem tarthatom meg a Hóvirágot.

Utamat különféle gondolatok kísérték végig. Vajon mit fog szólni Hiroto a hirtelen előléptetéséhez? Tetszeni fog neki az új kardja? Neheztel rám vajon, amiért eltörtem az előzőt?

Megérkeztem.

Kopogjak, vagy elegánsan belógjak, mint legutóbb? A válasz egyértelmű.

Szétnéztem, hogy lát-e valaki, majd miután meggyőződtem róla, hogy egy lélek sincs a környéken, leguggoltam és belopóztam Hiroto ablaka alá.

Kezemmel kitapintottam, hogy nyitva van-e titkos bejáratom, majd egy hirtelen mozdulattal felrántottam magam és a párkányra ugrottam. Tervem tökéletesnek bizonyult, de sajnos valaki közbeavatkozott megvalósításánál. Az a bizonyos valaki Hiroto volt, aki a szoba másik feléből figyelte behatolásomat egy csészével a kezében.

Kínos.

– *H-Hiroto... te miért nem alszol?*

– *Nos... fél hat van. Annyira azért nincs felborulva a bioritmusom, hogy már ilyenkor aludjak.*

– *Oh... értem... szóval. Bejöhetek?* – kérdeztem megszeppenve.

– *Persze, kerülj beljebb. Gondolom, így jutottál be legutóbb is* – felelte egy mosollyal.

– *Köszönöm* – mondtam, miközben viszonoztam a mosolyt, és beugrottam a fiú szobájába.

– *Sayari, várj!* – kiáltott rám.

– *M-mi az? Mi történt?* – kérdeztem ijedten.

– *A csizmád. Kérlek.*

– *Oh, ne haragudj. Azonnal leveszem* – feleltem, majd elkezdtem kifűzni a lábbelim.

– *Fekete* – jegyezte meg csalódottan.

– *Igen. Miért, másra számítottál?*

– *Nos, elég komikus lett volna, ha a fekete szerelésed egy pink zoknit rejtett volna* – válaszolta nevetve.

– *Ne légy nevetséges, soha nem hordanák pinket* – feleltem, kacagva.

Csizmámat letettem a bejárati ajtó mellé, majd leültem Hiroto ágyára.

– *Megkínálhatlak egy teával? Nemrég főzt...*

– *Igen! Megkínálhatsz!* – feleltem izgatottan.

– *R-rendben. Máris töltök egy csészével* – válaszolta Hiroto, kissé furcsállva energikusságomat.

Csak egy dolog van az életben, ami jobban felpezsdíti a vérem a harcnál, az pedig egy forró tea. Ezt jó, ha az eszedbe vésed, Hiroto.

A fiú a kezembe adott egy csészét, majd leült mellém. A csészében lévő folyadék illata ellenállhatatlannak bizonyult, ezért nem tétovázva belekortyoltam.

A Szentek nevére!

– *Hiroto. Mi ez?*

– *Nos... cseresznyetea. Ha nem ízlik, nyugodtan kiöntheted, főzök másikat* – felelte kissé letörve.

– *Nem, félreértesz. Ez a legfinomabb dolog, amit valaha ittam. Amikor a kávéházba indultunk, miért nem szóltál, hogy ilyen jó teát tudsz főzni?*

– *Nem említetted, hogy ennyire odavagy a teáért, szóval nem gondoltam, hogy számít.*

– *Hiroto. A tea az életem. Ígérd meg, hogy főzöl nekem máskor is.*

– Persze, Sayari, szívesen főzök neked máskor is – válaszolta mosolyogva. *– Egyébként minek köszönhetem a látogatásod? Látom, még az átlagosnál is felszereltebb vagy. Küldetésre készülsz?*

– Nos, Hiroto – szólítottam meg, majd lecsatoltam övemről a fehér kardot. *– Mit gondolsz erről a kardról?*

– Gyönyörű. Drágának tűnik. Dupla-kardforgató leszel, Sayari? – kérdezte kíváncsian, csillogó szemekkel.

Csábító, de sajnos nem talált, Hiroto.

– Nem… Ez a tiéd, Hiroto – válaszoltam, majd felé nyújtottam a kardot.

– Az enyém? De Sayari… nem fogadhatom el. Nem neheztelek rád, amiért eltörted az előzőt, hisz' amúgy sincs szükségem kardra. Már nem vagyok felfedező – válaszolta lehangoltan.

– Várj, Hiroto, még nem végeztem – feleltem, majd felálltam az ágyról. *– Ezt is neked hoztam* – mondtam egy vigyorral az arcomon, majd az ölébe dobtam a köpenyt és a vállpáncélt.

Hiroto az egyik vállpáncélt a kezébe vette, és a vörös csillagot kezdte elemezni rajta. Pár másodperc elteltével könnyes szemekkel nézett fel rám, én pedig kinyújtottam felé a jobb kezemet.

– Köszöntelek a csapatomban. **Hiroto Kivégző.**

Emlékek

Sayari tegnap este meglátogatott, és egy kardot adott a kezembe. Egy kardot, mellyel bebizonyíthatom, hogy harcos vagyok. Bízik bennem. Nem okozhatok neki csalódást első küldetésemen, mint Kivégző. Így igaz. A mai naptól Kivégző vagyok. Egy harcos, ki a szörnyek gyilkolására esküdött fel. De ha tényleg egy ilyen magas rangú harcos vagyok...

Akkor miért küld padlóra egy felfedező?

– *Újra* – mondtam, miközben feltápászkodtam a földről.

– *Biztos vagy benne, Hiroto? Ez eddig hét–null a javamra* – felelte Satoru aggódóan.

– *Igen. Csináljuk.*

Satoruval már két órája a házam mögött edzünk, de eddig egyszer sem sikerült földre kényszerítenem.

Fókuszálj, Hiroto Kivégző, meg tudod csinálni.

Egy hirtelen lépést tettem barátom felé, kardomat pedig a levegőbe lendítettem, hogy bevigyek egy fentről érkező támadást, de Satoru könnyedén kivédte kétkezes kardjával. Szabaddá téve egyik kezét ellökött magától, és becélzott egy jobbról érkező csapással, mely elől egy hajszál híján kitértem, de ezzel szem elől tévesztettem lábait. Satoru egy erőteljes rúgással kilökte alólam lábaimat, és én újra a földön találtam magam.

– *Nyolc–null* – mondta a fiú örömtelien.

– *Ilyen gyenge vagyok?* – kérdeztem, miközben az eget bámultam.

– *Nem gyenge, csak figyelmetlen* – válaszolta egy mosollyal arcán, majd kinyújtotta felém jobb kezét.

Satoru segítségével felkeltem, majd leporoltam köpenyemet, és ablakomon keresztül a faliórára tekintettem. Fél tíz. Ilyenkor általában még aludni szoktam, de ma korán keltem, hogy legyen lehetőségem Satoruval edzeni, mielőtt elkezdődik a küldetése.

– *Azt hiszem, itt az ideje, hogy befejezzük mára. Tízkor jelenésem van az északi kapunál* – jelentette ki.

– *Rendben, Satoru. Elkísérlek* – feleltem, majd útnak indultunk.

Utunk nagy részét néma csendben tettük meg. Satoru gondolatait valószínűleg a küldetése foglalta le, én pedig a sajátom miatt izgultam. Amikor az üzletek sorára értünk, Satoru megtörte a csendet.

– *Megleszel, Hiroto? Mármint… ma lesz az első küldetésed Kivégzőként, ráadásul a magányos hóhér társaságában.*

– *Persze, minden rendben lesz. Sayari mellett nincs okom félni –* válaszoltam mosolyogva. – *Nem értem, miért beszél úgy róla mindenki, mintha valami különc lenne, akitől tartani kell.*

– *Nos… reggel a palotában azt hallottam, hogy Sayari Kivégző tegna…*

– *Jó reggelt!* – szakította meg Satoru mondandóját egy hang.

– *Jó reggelt, Sayari* – köszöntöttem csapattársamat, aki éppen a Nevelline előtt teázott fülig érő mosollyal.

– *Jó reggelt, Kivégző* – köszöntötte Satoru, majd illedelmesen meghajolt előtte.

– *Mi járatban ilyen korán, fiúk?* – kérdezte Sayari.

– *Hiroto az edzésünket követően felajánlotta, hogy elkísér az északi kapuhoz, ahol a mai küldetésem kezdetét veszi.*

– *Satoru felfedező, igaz? Nem kell ilyen formálisan beszélned velem. Hiroto barátai az én barátaim is –* mondta Sayari egy mosollyal az arcán.

– *Ne haragudj, majd észben tartom –* mondta Satoru, miközben viszonozta a mosolyt.

– *Azonnal jövök, Sayari* – szóltam a lánynak, majd Satoruval továbbálltunk.

Sayari vidáman integetett utánunk, miközben távolodtunk a kávézótól.

– *Tényleg nem tűnik olyan félelmetesnek, mint mondják* – jegyezte meg a barátom.

– *Ugye? Nem is értem, miért terjengnek róla undorító pletykák.*

A Citadellát a hátunk mögött hagyva megérkeztünk az északi kapuhoz, ahol Bansou és Annie már csak Satoru megjelenésére várt. Bansou szokásos fehér pajzsát az egyik kezében tartva állt az alacsony, fekete hajú lány mellett. Új kardomon és vörös csillagos vállpáncélomon nem lepődtek meg; valószínűleg Satoru mesélt az előléptetésemről a kora reggeli meetingen.

– *Sziasztok!* – üdvözöltem egykori csapattársaimat.

– *Jó reggelt, Satoru. Jó reggelt, Hiroto* – köszöntött minket Annie egy halovány mosollyal az arcán.

Bansou láthatóan nem örült annak, hogy itt vagyok.

– *Nos, Hiroto, úgy néz ki, eljött az elköszönés pillanata* – vett tőlem búcsút Satoru.

– *Úgy beszélsz, mintha utoljára látnánk egymást, Satoru.*

– *Sosem tudhatod, Hiroto* – válaszolta mosolyogva legjobb barátom.

– *Igaz. Vigyázzatok magatokra.*

Miután sok szerencsét kívántam az ex-csapatomnak, hátat fordítottam és megindultam a Nevelline felé.

– *Hiroto!* – szólítottak nevemen a hátam mögül.

– *Annie?*

– *Te is... vigyázz magadra* – mondta a lány, majd hátat fordított és elindult Bansouék után.

Annie óvatosságra intése lefagyasztott. Jól hallottam? Azt mondta, én is vigyázzak magamra? Ez új.

Amikor visszatértem a kávézóba, Sayari egy újságot tartott egyik kezében, másikban pedig teáscsészéjét szorongatta. A lány egy kültéri, a bejárattól távoli asztalt választott ki magának, valószínűleg annak reményében, hogy innen nem fogják elküldeni. Még mindig felfordult a gyomrom, ha eszembe jutott a bánásmód, amiben a minap részesültünk.

A Sayarival szemben lévő székben foglaltam helyet, de a lány oly mértékben bele volt merülve olvasmányába, hogy vélhetőleg, észre sem vette, hogy megérkeztem.

– *Nem félsz, hogy egyszer összeroppantod az egyik csészét a fém kesztyűddel?* – szólítottam meg.

– *Kopj le!* – válaszolta nemtörődöm hangnemben.

Tessék?

– *Oh... ne haragudj, nem akartalak megzavarni. Akkor találkozunk délután* – feleltem lehangoltan.

A lány bocsánatkérésemre egy hirtelen mozdulattal lecsapta az asztalra olvasmányát, mely eddig falként takarta arcát.

– *Hiroto? Bocsáss meg, nem tudtam, hogy te vagy. Kérlek... ne kopj le.*

– Semmi baj. Gondoltam, hogy ez a helyzet. Mibe vagy így elmerülve, Sayari? – kérdeztem.

– Egy cikket olvastam éppen, amiben egy idős férfi arról mesél, hogy milyen volt az élet, mielőtt a szörnyek újra megjelentek.

– Érdekesen hangzik. Biztosan csodás lehetett békességben élni – jelentettem ki.

– Igen... biztosan... – felelte Sayari szomorú tekintettel, mintha fejben máshol járna. – Tudod... nekem vannak halvány emlékeim azokról az időkről.

– Komolyan? Mesélnél, kérlek, hogy milyen volt? Sajnos én már nem emlékszem.

– Persze, Hiroto. Neked, szívesen mesélek róla – felelte egy őszinte mosollyal.

A mai világban, hol tisztában vagy vele, hogy talán ma fekhetsz be ágyadba utoljára vagy ma láthatod utoljára szeretteidet, ritkán lehet őszintén mosolygó embert látni. Mindenki mosolyában ott rejtőzik mélyen a fájdalom, szenvedés, vagy esetleg a megbánás. Sayari mosolya egy más érzést kelt bennem. Őszinte. Tiszta. Reményteli.

Mintha képes lenne elfeledtetni a világ összes fájdalmát. Ugyanez a tisztító látkép tárult elém, mikor pár napja az Emberfaló barlangjában futottam felé a kardjával. Erős, az állóképessége elképesztő, aurája hatalmas, harcban pedig verhetetlen... de ez a mosoly nem Sayari Kivégzőtől jön. Ezzel a mosollyal **Sayari**, a közvetlen, aranyos és kedves lány ajándékoz meg.

– Köszönöm – mondtam, viszonozva a mosolyt.

– Ugyan, Hiroto. Csapattársak vagyunk. Természetes, hogy mesélek neked magamról, ha valami érdekel velem kapcsolatban. A kapcsolatteremtés fontos része a hatásos együttműködésnek egy harc során.

... És a bizalmadat is köszönöm.

– Ez igaz, Sayari. Ha esetleg van bármi, amit szeretnél még rólam megtudni, te is kérdezz bátran.

– Rendben, Hiroto... mielőtt viszont belekezdenék a történetbe, lehet máris egy furcsa kérdésem? – kérdezte Sayari elmélkedő arckifejezéssel.

– *Persze* – feleltem.

– *Hogy lehet, hogy te nem emlékszel a gyerekkorodra?* – tette fel a kérdést érdeklődően. – *Hiszen idősebb vagy nálam.*

– *Nem tudom. Talán nem történt semmi emlékezetes velem akkoriban. Pár emlékfoszlány beugrik, ha nagyon erősen próbálok visszaemlékezni, de nem sok minden.*

– *Talán nem volt túl közeli kapcsolatod a szüleiddel.*

– *Elképzelhető* – feleltem helyeselve.

Sayarival még pár percig bogoztuk, hogy vajon mi okból veszthettem el emlékeimet a gyerekkoromról, de a beszélgetés nem vezetett sehova, így feladtuk.

A lányon látszott, hogy feszült, miközben sorjában tette fel a kérdéseket, melyekre, valószínűleg ő is tudta, hogy nem fogok tudni válaszolni. Tudom, hogy mit csinálsz, Sayari.

– *Nem akarsz beszélni a gyerekkorodról, igaz, Sayari?*

– *De, csak... nehéz* – felelte fájdalmas arckifejezéssel.

– *Nem gond, nem fogok megharagudni ha...*

– *Van egy bátyám...* – vágott bele mondandómba. – *Van egy bátyám, és nem tudom, hogy életben van-e. Nem tudok róla semmit. Nem emlékszem már az arcára. Nem emlékszem a hangjára. Nem emlékszem vele kapcsolatban semmire. Csak tudom, hogy van* – jelentette ki a lány könnyes szemekkel.

Most bármit is mondok, valószínűleg csak rontok a helyzeten.

– *Ezt azért volt fontos elmondanom, mielőtt belekezdek, mert nagy szerepe volt a nevelésemben* – folytatta. – *Mint azt már említettem, anyám a szülésbe belehalt, ezért hármasban éltünk: apám, én, és a bátyám. Apám sokat volt távol tőlünk, így a bátyám feladata volt, hogy figyeljen rám gyermekkorom nagy részében. A bátyám mindig is engem okolt édesanyánk haláláért, ezért nem voltunk jó viszonyban, de hálás vagyok azért, hogy ennek ellenére is nagy testvérként viselte gondomat. Apám gyakori távollétének oka az edzés volt. Egy nap sem telt el anélkül, hogy ne gyakorolta volna aurájának feloldását. A város többi lakója mindig is őrültnek tartotta ezért, de ő meg volt róla győződve, hogy a Szentek könyvében említett szörnyetegek bármelyik pillanatban visszatérhetnek* – mesélte Sayari.

– *Úgy tűnik, édesapád nem tévedett* – jegyeztem meg.

– *Így van. Mindvégig igaza volt, de senki nem hitt neki. Ez jelentette Kinou bukását a későbbiekben.*

– *Egy harcosnak, legyen akármilyen erős is, nincs esélye egy hadseregnyi szörnyeteg ellen* – jelentettem ki meggyőződve.

– *Apám erősebb volt, mint bárki ebben az egész városban. Erősebb, mint én valaha is leszek. A szörnyetegek lemészárlása nem jelentett gondot számára.*

Visszaverte egymaga a szörnyetegeket? Ezt a részét még sosem hallottam a történetnek azelőtt. Ha valóban így történt, akkor mégis...

Hogyan bukott el Kinou?

– *Hiroto... befejezhetnénk mára? Nehezemre esik a támadás pillanatait felidézni* – kérte szomorú hangon.

– *Persze, Sayari. Ne haragudj, hogy faggattalak a gyerekkorodról. Nem lehetett könnyű neked már akkoriban sem.*

– *Semmi gond. Mondtam, neked szívesen beszélek róla... de azt hiszem, eddig bírtam. Talán majd máskor folytatjuk* – felelte Sayari, miközben könnyeit törölgette arcáról.

– *Csak ha úgy érzed, készen állsz rá, Sayari* – feleltem együttérzően.

– *Köszönöm, hogy megértő vagy velem* – mondta, majd arcára erőltetett egy mosolyt. – *Sajnálom, hogy így kell látnod. Nem akartam már ilyen hamar elrontani a rólam alkotott összképedet.*

– *Nem rontott rajta, csak hozzátett, Sayari* – feleltem egy mosollyal arcomon.

Zavarba ejtő megjegyzésemet követően Sayari arcára egy boldog mosoly ült. „A magányos hóhér", „Szörnyeteg", „Fekete Démon". Sok nevet hallottam már, melyen Sayarit említették, de az „Érzelmekkel teli, magára hagyott lányt" még sosem.

Pedig ez az első, ami eszembe jut róla, akárhányszor csak szóba elegyedek vele.

Sayarival távozásunk előtt trécseltünk még kicsit jelentéktelen dolgokról, majd felálltunk asztalunktól és a déli kapu felé vettük az irányt, hisz' hosszú volt a szörnyeteg barlangjához vezető út, és szerettünk volna még sötétedés előtt odaérni. A kapuhoz történő sétánk során a város lakóit elemeztem pillantásommal. Mikor elhaladtunk mellettük, előbb Sayarira vetették tekintetüket, majd rám, felszerelésünket vizsgálva. Miután végeztek analizálásunkkal, legtöbben egy hangtalan bólintásra hajtották fejüket, de volt, aki meghajolt előttünk, amint a közelükbe értünk. Valószínűleg így fejezték ki köszönetüket, látván, hogy milyen céllal fogunk kilépni ma a városból.

Aggodalom kezdte tölteni elmémet. Attól féltem, belém vetett bizalmuk kárba vész, hisz' a munka nagy részét valószínűleg Sayari fogja végezni. A vállamon elhelyezett vörös csillag miatt az emberek vak bizalma érthető, de vajon amit az Emberfaló barlangjában tettem, elég volt ahhoz, hogy kiérdemeljem csapattársam hitét? Gondolataim elterelésének érdekében a kapun kilépve szóba elegyedtem Sayarival.

– Mit hozol az oldaltáskádban, Sayari? – kérdeztem a lánytól.

– Pár szendvicset, amit reggel készítettem. Mindig hozok magammal valami kaját a küldetésekre – válaszolta.

– Arra az esetre, ha hosszúnak bizonyulna az út?

– Nem, dehogy. Nem tudhatjuk, mennyi ideig fogunk küzdeni a szörnyeteg ellen. A harc utánra készítettem.

– Oh, értem. Ha már témánál vagyunk... mennyi időt vett igénybe az eddigi leghosszabb harcod? – kérdeztem érdeklődően.

– Körülbelül két napot, a Százlábú nevű bestia ellen, még kétcsillagos Kivégző koromban. A Fő Védelmező aggódni kezdett, hogy feldobtam a talpam, szóval küldött erősítést, de mire kiértek, már lemészároltam a szörnyeteget – válaszolta.

– Egyedül ölted meg, már ilyen alacsony rangúan is? – kérdeztem, csodálva Sayari erejét.

– Nos, a csapatvezető és társaim már a harc elején halálos sérüléseket szenvedtek, szóval nem volt más választásom.

– Sajnálom, biztosan borzalmas lehetett – feleltem együttérzően.

– Akkoriban még az volt, de már hozzászoktam – mondta egy mosollyal az arcán.

Ez nem hangzik túl megnyugtatóan. Remélhetőleg nem ma fogok csatlakozni Sayari elbukott csapattársaihoz a túlvilágon, kiknek elhalálozásához már hozzászokott.

Sayarival pár percig néma csendben sétáltunk, hisz' előbbi kijelentésére nem tudtam mit válaszolni.

– *Hiroto, ha rám gondolsz, mi az első érzelem, ami eszedbe jut?* – törte meg a csendet Sayari, majd megállt, válaszomat várva.

Mégis miféle kérdés ez, és hogyan válaszoljak rá?

Pár másodpercnyi némaságom után Sayari megszólalt.

– *Azt mondtam, elmagyarázom az aura használatának alapjait, ez pedig fontos része annak. Talán bizonytalan vagy?* – kérdezte, furcsállva szótlanságomat.

– *Bizalom. Ez az, ami először eszembe jut* – vágtam rá határozottan.

– *Örülök, hogy ezt mondod, Hiroto, te is hasonló érzést váltasz ki belőlem, ha rád gondolok. Tudom, furcsán hangozhatnak ezek a dolgok a számból, de az érzelmek fontos részei az aurádnak, elvégre az emócióid ereje oldja fel.*

– *Igen, ezt írja a Szentek könyve is, de nem teljesen értem, hogy az érzéseimet használva hogyan tudom feloldani az aurámat. Csak gondolok valami szépre, elkántálom, hogy „Aurafeloldás" és erősebb leszek?* – kérdeztem értetlenül.

– *Nem egészen, Hiroto. Elmagyarázom, amilyen részletesen csak tudom. Nézz úgy az aurádra, mintha egy képzeletbeli lakat akadályozná meg, hogy hozzáférhess. A magabiztosság a zárat nyitó kulcs fő alkotóeleme, az érzelmek, melyeket beletáplálsz a feloldásba, pedig a többi hozzávaló. Ha a kulcsod teljessé válik, képes leszel kiengedni a benned lévő rejtett erőt, melynek formája és energiája az érzelmeid típusától és mértékétől függ. Amikor szükségesnek érzed a feloldást, jobb pozitív érzelmekkel táplálni az aurádat, hisz' akkor stabil és kiegyensúlyozott formában jelenik meg körülötted. Természetesen negatív érzelmekkel is felélesztheted ezt az erőt, de ha így teszel, olyankor általában az aurád személyiségedtől függő színe sötétebb árnyalatban jelenik meg, és a testedet körbeölelő, kiegyensúlyozott folyás helyett instabilan vergődik körülötted. Ha harc közben csak negatív érzelmek jelennek meg benned, könnyen elveszítheted a fejedet, és olyan dolgokat tehetsz kiengedett aurával, melyeket tiszta elmével sosem tennél. Dióhéjban: jobb, ha arra koncentrálsz, kiket védesz meg, ha győzedelmeskedsz, mint arra, hogy meg akarod ölni az ellenfeled. Ja, még annyit hozzáfűznék, hogy tévhit* az, miszerint kötelező elkántálni, hogy „Aurafeloldás", hisz' az csak a határozottságod jeleként szolgál. Ha a benned lévő érzelmek elég erősek, a varázsszó kimondása nélkül is fel tudod oldani az aurád – fejezte be az oktatást, Sayari.

– Ez bonyolultabb, mint hittem. Nem csoda, hogy eddig nem sikerült – feleltem döbbenten.

– Egyáltalán nem bonyolult, Hiroto. Ha eljön az ideje, természetesebb lesz, mint bármi a világon – nyugtatott meg csapattársam.

Miután Sayari befejezte okításomat, továbbindultunk úticélunk felé. Miközben gondolataimat lefoglalta az információ, mellyel csapattársam ellátott, a tájat fürkésztem szemeimmel. Füves rétek és gigászi hegyek, amíg csak a szem ellátott. A délvidék sosem okoz csalódást, ha a látványvilágáról van szó. A hegyek, melyek kiemelkednek a pusztaságból, rejtik a szörnyetegek barlangjainak nagy részét, így ismeretlenül nem engedhetjük meg magunknak, hogy túl közel kerüljünk hozzájuk, hacsak utunk nem az egyik ilyen hatalmas kőkomplexushoz vezet. Ez a gondolat egy kérdést vetett fel bennem.

– Sayari, honnan tudod pontosan, hogy hol van a barlang, amit keresünk? – kérdeztem kíváncsian.

– Nos... Az igazság az, hogy fogalmam sincs. A Fő Védelmező mindig ellát egy térképpel, hogy odataláljak.

– Láthatnám a térképet?

– Persze – mondta Sayari, majd oldaltáskájának mélyére nyúlt és előhúzott egy papírlapot.

A térképet, melyet Sayari a kezembe adott, mély koncentrációval elemezni kezdtem. A lap tetején a város volt feltüntetve egy körként, melyből egy magas torony emelkedett ki, eddig megtett utunkat pedig egy nyíl jelölte, mely a kanyargós úton volt végigvezetve. A lap alsó részén két hegy volt látható, köztük pedig egy piros pont jelölte a barlangot.

– Sayari – szólítottam meg a lányt.

– Igen?

– Ez úgy néz ki, mintha egy gyerek rajzolta volna. Biztos, hogy a Fő Védelmezőtől kaptad? – kérdeztem, belekötve a térkép komolytalanságába.

– Igen! A Fő Védelmező rajzolta, csakis kizárólag az én részemre! – válaszolta Sayari sértődötten, majd kitépte kezemből a rajzot.

– Ne haragudj, nem akartalak megsérteni... de miért nem egy igazi térkép van nálunk?

– Mert az első küldetésemen, amikor csapatot vezettem... eltévedtünk – mondta a lány szégyellősen. – Tíz órán keresztül csak bolyongtunk, és vissza kellett mennünk a városba, hogy kérjek egy egyszerűsített térképet. Azóta mindig maga a Fő Védelmező rajzolja le az útvonaltervet számomra.

– Oh. Így már mindent értek – feleltem nevetve. – Nem is tudtam, hogy ilyen jó kapcsolatban vagy a Fő Védelmezővel, Sayari.

– Fogjuk rá... – felelte egy mosollyal az arcán.

Sayari pillantása a térképre szegeződött. Komoly arckifejezése arra engedett következtetni, hogy azt elemzi éppen, hol járhatunk.

– Ott! – jelentette ki, miközben az előttünk lévő hegyek találkozó pontjaira mutatott.

Sayari kijelentésére nagyot nyeltem, amivel felhívtam magamra figyelmét.

– Minden rendben lesz – nyugtatott meg, s kezét a vállamra tette.

– Persze... minden rendben lesz – feleltem vigyorogva, elrejtve aggodalmam.

Sayari a térképet visszacsúsztatta táskájába, az út maradék részében pedig mindketten gondolatainkba merültünk. Sayari valószínűleg taktikán dolgozott fejében, nekem pedig túlélési ösztönöm azt súgta, forduljak vissza, amit természetesen nem tehettem meg.

Kis idő elteltével a sötét barlang bejáratához értünk.

– Mi a terv, Sayari? – kérdeztem a lányt, aki, ha nem szólítom meg, szó nélkül besétált volna.

– Hm? – nézett rám csapattársam értetlenül. – Terv?

Sayari visszakérdezése azt sugallta, hogy nincs terve.

– Mivel állunk szemben, Sayari? – tettem fel egy kérdést ismét, már kissé aggódóan.

– Fogalmam sincs. A felfedezőcsapat nem látta a szörnyet. Valószínűleg arra vár, hogy valaki belépjen és rajtaüthessen.

Fogalmad sincs?

– *Sayari. Egyenesen belesétálunk egy szörnyeteg csapdájába?*

– *Pontosan. Mivel számítunk a csapdára, így nem tud minket meglepetés érni, nem igaz?* – kérdezett vissza a lány egy nyugodt mosollyal.

– *Ez nem hangzik túl jó ötletnek, Sayari.*

– *Ne most kezdj bennem kételkedni, Hiroto. Mondtam, minden rendben lesz.*

– *Rendben, bízom benned* – feleltem bizakodóan.

Sayari kijelentésemre bólintott egyet, majd belépett a barlangba, én pedig szorosan mögötte maradtam. A barlangot szörnyetegek holttestei töltötték meg. Számuk bőven felülmúlta azokét, melyekkel ex-csapattársaimmal harcoltunk, ami újfent aggodalommal töltött el engem.

Ha a felfedezők ilyen szintű ellenállásba ütköztek küldetésük során, vajon mit rejthet a belső terem?

A szörnyetegek testfelépítése egészen emberinek tűnt, habár méretük inkább hasonlított egy gyerekéhez, mintsem egy kifejlett felnőttéhez. Két kar, két láb, egy fej. Humanoidok. Lila vérük beborította a barlang külső termének egyenetlen kőpadlózatát. Ahogy a barlang mélyéhez közelítettünk, egyre inkább elnyelte a teret a sötétség. Nem sokáig tartott, míg már csak egy dolog maradt, melyre figyelmünket tudtuk helyezni, ami pedig nem volt más, mint a belső terem fényének kiszűrődése a nyitott kőajtókon át. Sayarival a képzeletbeli küszöbtől pár lépésre megálltunk.

– *Készen állsz?* – súgta felém.

– *Nem. De essünk túl rajta* – feleltem nem túl biztatóan.

Csapattársammal egyszerre léptünk be a belső terembe, melynek padlózata és fala egyenetlen kövekből lett összetákolva. Körültekintve a sarkokban karvastagságú, nyálkás hálót véltem felfedezni, mely rossz érzést keltett bennem a szörny típusát illetően.

Amikor már kezdtem azt hinni, hogy a barlang üres, és harc nélküli sikerélménnyel indulhatunk vissza a város felé, kopogó hangot érzékeltem a mennyezet felől. Sayari és én egyszerre rántottuk fel a fejünket a furcsa zaj hallatán.

Feltekintve horrorisztikus látvány tárult elénk: egy nyolc-lábú bestia, mely egyenesen a jelenlegi helyzetünk felé zuhan a plafonról.

– *Hiroto!* – kiáltott rám a lány, miközben én lefagyva vártam, hogy a szörnyeteg becsapódása elvegye életemet.

Az élőlény zuhanása az idővel együtt lelassult. Életem utolsó pillanatait éltem át éppen, miközben eddigi eseményei lepörögtek a szemem előtt. Nem tudtam mozogni. Legyökereztem.

Mielőtt sorsom beteljesülhetett volna, mint Sayari egyik elhullott csapattársa, erős lökést éreztem, mely elemelte testemet a padlózattól.

Mi történik?

A földre zuhantam. Az idő visszagyorsult eredeti állapotára, én pedig visszanyertem testem felett az irányítást. Egy hirtelen becsapódás ricsaja zavarta meg a csendet, melyet agyam vélhetőleg a halálközeli élmény miatt generált, ezt követően pedig egy gigászi porfelhő szüntette meg tisztánlátásomat. Arcomat karommal takartam, amint felültem, hogy ne lélegezzek be a kelleténél többet a portól zavaros levegőből, szemeimet pedig a szúró homokszemek miatt hunyorításig zártam.

– *Sayari!* – kiáltottam vakon megmentőm nevét, de nem érkezett válasz.

Kivégzés

Remegek az ismeretlentől való félelemtől. A porfelhőben csak egy gigászi, sötét alakot látok magam előtt. Menekülni akarok, de ha most elfutok és eljátszom Sayari bizalmát, azt sosem bocsátom meg magamnak.

Miután összeszedtem bátorságomat, hogy felkeljek és mozgásba lendüljek, a bejáratunktól ellentétes irányba kezdtem futni. El kell távolodnom a pókszerű lénytől, ha nem akarom, hogy pillanatok alatt darabokra szedjen. A porfelhőből kijutva csapattársam mellett rohanva találtam magam, ki velem egy időben ötlötte ki fejében ezt a tervet. Futás közben tekintetünk találkozott, Sayari arcán pedig látszott: örömmel tölti el, hogy életben lát engem. Csapattársam köpenye a tempónktól lobogott, így tökéletesen ráláttam Sayari felhasadt vállpáncéljára, mely alatt egy mély vágás volt.

– *Sayari...* – szólítottam meg futás közben aggódóan.

– *Nem esett bajod?* – kérdezte a lány.

– *Nem, én jól vagyok, de a karod...*

– *Ne aggódj miattam, ez semmiség* – vágott közbe.

A vállától könyökéig elhúzódó vágás aggodalommal töltött el, de biztos voltam benne, hogy nyugodtságának oka az, hogy nem először sérült meg harc közben.

– *Hogy csináljuk, Sayari?* – tettem fel a kérdést.

Sayari visszanézett a szörnyre, melyet magunk mögött hagytunk, így én is ezt tettem. A lény ebben a pillanatban elrugaszkodott a földről és megfelezte a köztünk lévő távolságot, majd nyolc lábát szedve rohanni kezdett felénk.

– *Szét kell, válunk* – vonta le a következtetést Sayari. – *Jelenleg egy célpont vagyunk neki. Nehezítsük meg a dolgát.*

Egy gyors bólintással jeleztem Sayari felé az egyetértésemet, majd leváltam tőle jobbra, ő pedig balra vette az irányt. Oldalra tekintettem, hogy megbizonyosodjak a szörny pozíciójáról, és azzal kellett szembesülnöm, hogy a lény engem követ, és vészesen lecsökkent a köztünk lévő távolság. A terem falához egyre közelebb érve tervet próbáltam kiötölni fejemben, de nem sikerült. Nem volt tervem, csak rohantam a halál elől.

A falhoz értem. Sarokba szorított.

Egy gyors mozdulattal megfordultam és a mögöttem lévő falnak dőltem, majd előrántottam kardomat. Lábaim és a kardot szorongató kezeim remegtek a félelemtől, amint farkasszemet néztem a bestiával, mely lassú lépésekkel közeledett felém, felismerve, hogy már nincs hová menekülnöm.

Meg fogok halni?

– *Aurafeloldás... aura... feloldás...* – kántáltam halkan, remegő hangon, de nem történt semmi.

Végem van. Nem fog menni.

– *Aurafeloldás!* – kiáltotta egy hang a szörnyeteg mögül.

Egy sötét alakot láttam felbukkanni a lény mögött a levegőben. A csillár fényét takarva a harcos identitása nem volt kivehető, de egyértelmű volt számomra, hogy csapattársam az, ki, amint közelebb ért hozzám, egyből felismerhető volt fehér hajának lobogása és vörös aurája alapján.

– *Sayari!* – szólítottam megkönnyebbülve, örömtelien nevén.

A lány a szörnyeteg hátán landolt, mely a becsapódás erejétől összeroskadt.

– *A félelem nem jó érzelem az aurafeloldáshoz, Hiroto. Idővel menni fog, hiszek benned* – biztosított bizalmáról a lány egy mosollyal az arcán.

Sayari előrántotta fekete kardját, majd megpróbálta a szörnyeteg hátába döfni, de a lény hátán található kemény páncél meggátolta azt.

– *Kemény...* – jegyezte meg.

Felfigyelve rá, hogy a szörnyeteg kezd magához térni, Sayari leugrott a hátáról. A lény, miután feltápászkodott, hátat fordított nekem, és a futásban lévő Sayari felé vette az irányt, engem maga mögött hagyva.

Tennem kellett valamit. Nem hagyhattam, hogy Sayari egyedül harcoljon a szörny ellen. De mégis mit tegyek? Megpróbálkoztam az aurafeloldással, de nem sikerült.

Az előttem lezajló események gyorsan véget vetettek végtelen, aggodalommal teli gondolataimnak. Sayari még feloldott aurával sem volt képes maga mögött hagyni a szörnyeteget, így az tartotta a folyamatos pár méter távolságot a lánytól. A póklény, miután beleunt a macska-egér fogócskába, elrugaszkodott a földtől, és Sayari akkor helyzetét célozta be landolási pontnak. Csapattársam gyors problémamegoldó képességének köszönhetően félre tudott ugrani, mielőtt a szörnyeteg ráugorhatott volna, de nem volt ideje átgondolni a következő lépését, hisz' a bestia földre érkezés után mellső lábaival egyből sebes csapásokkal kezdte sorozni Sayarit.

A támadássorozatot, melyet én alig voltam képes követni szemeimmel, Sayari könnyedén visszaverte. Miközben a lány sziklaként állt ellen a szörny csapásainak, egy centit sem változtatott a helyzetén. Az elképesztő mérkőzést tanulmányozva szemeimmel észrevettem, hogy Sayari minden egyes kardlendítést követően fájdalmasan csikorogtatja fogait, ugyanis a jobbkezes lány azzal a karjával forgatja fegyverét, mely a belepésünket követően nem sokkal megsérült. Nem volt időm agyalni. A csapattársam segítségére kellett sietnem.

Erőt véve testemen, a harc helyszíne felé kezdtem rohanni.

Folyamatos közeledésem közben végig a harcot figyeltem. Sayari egy támadást, melyet a szörnyeteg a jobb első lábával kezdeményezett, nem véett ki, helyette félrehúzódott előle, a másik lábával történő csapást pedig kardjának oldalra fordításával tartotta vissza. A lény óriási ereje elkezdte csapattársamat hátratolni. Tarts ki, Sayari...

Megmentelek.

Amint a szörny közvetlen közelébe értem, eldobtam testemet, és csúszás közben fehér kardom pengéjével levágtam a szörnyeteg bal első lábát, mely nyomást gyakorolt Sayarira. A lény vékony, fülsiketítő hangon felsikított a fájdalomtól, majd hátraugrott, hogy távolságot teremtsen köztünk.

Tekintetemet feltápászkodás után fáradt csapattársamra irányítottam.

– *Minden rendben?* – kérdeztem aggódóan.

– Persze. Ennyi azért nem tud padlóra küldeni... de köszönöm, hogy közbeléptél, nem tudom, meddig bírtam volna még visszatartani – mondta egy mosollyal az arcán.

Sayari arckifejezése köszönete kifejezését követőem komolyra váltott, és tekintetét újra a szörnyeteg felé szegezte. Miközben én is a bestiát kezdtem elemezni szemeimmel, mely félbevágott bal első lábát a levegőben lógatta, feltettem a kérdést csapattársamnak:

– Mi a terv?

– A gyomrát kell célba vennünk – válaszolta Sayari lényegre törően, majd teljes sebességgel megindult a szörnyeteg felé.

– Várj... – kértem a lányt, de ő már messze járt tőlem.

Sayari „tervét" követve én is elindultam a pókszerű lény felé, amilyen gyorsan csak tudtam. Csak egy lehetséges lépés járt a fejemben, amit végrehajthatok: át kell csúsznom a szörnyeteg alatt, és felvágnom a gyomrát... ám mielőtt a helyszínre érhettem volna, a szörnyeteg – elkerülve Sayari frontális támadását – elrugaszkodott a földtől és a mögötte lévő falra ugrott, ahonnan újra elrugaszkodott és egy másik célpontot talált magának, aki nem jelentett rá olyan mértékű fenyegetést, mint a Kivégző lány...

Engem.

Az idő mintha felére lassult volna, miközben a gigászi bestia széttárt lábakkal felém repült, azzal a céllal, hogy összeroppantson. Sayari meglepett arckifejezéssel felém kapta fejét, ugyanis ő sem számított arra, hogy a szörnyeteg – figyelmen kívül hagyva őt – ellenem irányuló támadásba lendül. Nem volt időm gondolkozni.

Mielőtt a szörnyeteg becsapódása elvehette volna életemet, képes voltam félreugrani, de még így sem voltam biztonságban, ugyanis a lény azonnal heves támadássorozatba kezdett, pont, mint Sayarinál tette legutóbb. Az, hogy már csak egy elülső lábbal rendelkezett, nem lassította sokkal támadásait. Miután a második taposást elkerültem, a szörnyeteg jobb oldalról a megcsonkolt lábával próbált eltiporni, erre pedig nem számítottam, így képtelen voltam időben félregurulni. Két kézzel, kardomat tartva magam előtt szorítottam vissza a lény sérült lábát. Nem bírom sokáig visszatartani. Szemem sarkából a bal első lábának mozgására lettem figyelmes, melyet támadásra emelt. Esélyem sem volt kivédeni.

– *Villám szabdalás!* – kiáltotta csapattársam.

Sayari elképesztő sebességgel lendítette kardját a szörnyeteg még sértetlen mellső lába felé, majd le is csapta azt, mintha csak papírt vágott volna. A lény a hirtelen okozott éles fájdalomtól újra fülsiketítően vékony hangú sikításba kezdett, majd elengedve engem nyomása alól felállt.

Most.

Egy pillanatot sem pazarolva felpattantam a földről, és kardomat egyenesen a bestia gyomrába döftem, amilyen mélyre csak tudtam, melynek hatására lila vér terítette be fröcskölve a ruházatomat. A lény egy kis időre mozdulatlan volt, ám utána még működőképes lábait egy felém irányuló, végső támadásba lendítette.

– *Dögölj már meg végre!* – kiáltotta a lány indulatosan.

Sayari, aki felfigyelt arra, hogy a szörnyeteg – utolsó kis erejét összeszedve – megpróbál engem magával vinni a túlvilágra, felugrott, és egy gyors csapással leválasztotta a pókszerű bestia fejét, majd hátrarúgta testét, hogy az ne ránk boruljon, miután kioltotta életét.

A szörnyeteg elernyedt teste undorító látványt keltett. Feje helyéről szökőkútként spriccelő lila vére elkezdte betölteni a terem egy részét, teste pedig szétterült, tudatva velünk, hogy már nem áll szándékában tovább harcolni. Megkönnyebbülve, hogy győzedelmeskedtünk a lény felett, visszacsúsztattam kardomat a tartójába, majd leültem a földre és Sayarira tekintettem. A lány még egy kis ideig feszülten a szörnyeteg tetemét tanulmányozta szemeivel, majd ő is hozzám hasonlóan tett, és leült mellém, majd egy nagy sóhajt engedett ki magából.

– *Kicsit megrémisztett, amikor téged célzott be, Hiroto* – mondta, aggodalommal telve a lány.

– *Ne is mondd, azt hittem, végem van. Sajnálom, hogy mindig a segítségemre kell sietned, Sayari* – válaszoltam bűntudatosan.

– *Ugyan… nem jelentett gondot. Elvégre legyőztük, nem?* – nyugtatott meg Sayari egy mosollyal az arcán.

Még pár percig pihentünk a szörnyeteg barlangjában, majd feltápászkodtunk és a kijárat felé indultunk. A bestia otthonából kilépve azzal kellett szembesülnünk, hogy már éjszaka van. A tiszta eget beterítő csillagok gyönyörű látványt keltettek, mint mindig. Lassú tempójú sétánk közben arra lettem figyelmes, hogy Sayari szintén az eget fürkészi szemeivel.

– *Gyönyörű, nem igaz?* – törte meg a csendet csapattársam. – *Még ha csak egy pillanatra is, a csillagok látványa mindig képes velem elfeledtetni az összes problémámat.*

– *Igen, egyetértek... gyönyörű* – válaszoltam.

Sayari az út mellett csordogáló patakra vetette figyelmét.

– *Itt jó lesz* – jelentette ki, majd letért az útról és a folyócska felé indult, én pedig szó nélkül követtem őt.

Sayari, amint a patak közvetlen közelébe értünk, ledobta magáról köpenyét, majd ezt követően két vállpáncélját és mellvértjét is. Most, hogy tisztában voltam azzal, mire készül, én is követtem példáját. Csapattársammal a csermely mellé ülve elkezdtük páncélunkat megtisztítani a lila vértől, mely beterítette azt; elvégre, még ha az éjszaka közepe is van, nem léphetünk be így a városba. Miután végeztem a mosással, az ingemre néztem, melyet szintúgy beterített a szörnyeteg vére. Amikor elkezdtem kigombolni felsőmet, Sayarira lettem figyelmes szemem sarkából, ki hátat fordított nekem, és lassan elkezdte lehúzni felsőjét.

Nos... erre nem számítottam.

– *Ha... nézel, nem fog menni* – jegyezte meg a lány, miközben lassan visszahúzta magára ruháját.

Nem számoltam vele, hogy Sayari érzékei harci helyzeteken kívül sem tompulnak el.

– *N-ne haragudj!* – kiáltottam zavaromban.

– *Nem haragszom... csak fordulj el, kérlek.*

Miután eleget tettem csapattársam kérésének, kínos csendben folytattuk öltözetünk tisztítását a patakban. Mikor végeztem, kicsavartam ingemet, majd újra magamra öltöttem.

Öltözködés közben egy fájdalmas, egyenetlen lihegésre lettem figyelmes, melynek hatására Sayari felé kaptam fejemet.

A lány benedvesített felsőjével tisztogatta a jobb karján található sebet. A sérülésből csordogáló vér egészen a kézfejéig lefolyt. Mennyiségéből adódóan a seb súlyos volt.

– *Sayari... hadd segítsek!*

– *Nem... nem kell, nem vészes* – felelte a lány remegő hangon.

Mit sem törődve Sayari kijelentésével, vagy azzal, hogy felsőtestét a fekete melltartóján kívül semmi sem takarta, közelebb ültem a lányhoz, majd kezemet, ráhelyeztem a nedves ruhadarabra, ő pedig elengedte azt.

– *Köszönöm* – hálálta meg a gesztust a lány.

Miközben lentről felfelé elkezdtem a vért törölgetni Sayari karjáról, a lány teste összerezzent.

– *Ne haragudj* – kértem elnézést bűntudatosan, majd a sebre nyomtam a kezemben tartott felsőt.

– *Miért haragudnék?* – kérdezte Sayari értetlenül.

– *Azért sérültél meg, mert félrelöktél, mikor én csak bambán álltam és vártam, hogy rám zuhanjon a szörnyeteg. Ha nem lennék ilyen tehetetlen...*

– *Hiroto!* – vágott közbe. – *Senki nem kötelezett arra, hogy félrelökjelek. Azért tettem, mert meg akartam tenni, ne okold magad miatta. Csak saját magamnak köszönhetem, hogy megsérültem.*

– *Ígérem, többet nem hagyom, hogy bajod essen.*

Sayari nem válaszolt az utóbbi kijelentésemre, csak csendben az eget tanulmányozta, miközben én a sebét tisztogattam.

– *Hálás vagyok, Hiroto* – mondta halkan.

– *Mégis... miért? Eddig csak problémát okoztam neked.*

– *Hogy itt vagy* – felelte a lány, miközben oldalra hajtotta fejét, hogy szemembe nézhessen, mikor kimondja ezeket a szavakat.

Sayari arcán boldog mosoly ült, szemei viszont könnyesek voltak. Komolyan ilyen sokat jelent neki, hogy csapattársak lettünk?

– *Induljunk* – mondta ki a végszót a lány.

Sayari még egyszer a patakba helyezte a felsőjét, hogy kimossa vérétől, majd kicsavarta belőle a vizet és magára húzta. Mikor csapattársam újra teljes páncéljában pompázott, útnak indultunk a város felé. Az út hátralévő részét szótlanul tettük meg, hisz' több szóra a mai nap megkoronázásaként nem volt szükség, mert sikerélménnyel és megerősített kapcsolattal térünk vissza otthonunkba. Ahogy a célunkhoz közelítettünk, a felkelő nap egyre jobban bevilágította utunkat.

A városba érve üresség fogadott minket, hisz' ilyen korán senki nem szeret kelni, ha nem muszáj. Sayarival úgy döntöttünk, jelentésünket alvás előtt leadjuk, hisz' valószínűleg egész nap ágyban leszünk, ezért a Citadellát vettük célba.

A palotába belépve Urui Védelmezővel találtuk szembe magunkat, kit én illedelmesen köszöntöttem, Sayari viszont nem volt ilyen udvarias vele szemben. Sosem láttam még Sayarit barátságosan viselkedni rajtam kívül mással.

– *Beugrom az orvosira. Pár perc az egész, itt várj meg, kérlek* – kérte csapattársam.

Kérésére engedelmesen leültem egy, az orvosi szoba bejáratához közeli padra, ahol egy számomra ismeretlen lány éppen a reggelijét fogyasztotta. Illata alapján almás pite lehetett. Már a látványától is megéheztem. Most, hogy belegondoltam, a Sayari által készített szendvicsek sosem kerültek elfogyasztásra.

Megfeledkezve magamról és az illemről, meg sem kérdeztem, hogy leülhetek-e.

– *Ne haragudj, ugye nem gond, hogy melléd ültem?*

– *De igen. Rettenetesen zavar. De már késő, nem igaz?* – felelte a lány.

– *Oh. Akkor magadra hagylak. Nem tudtam, hogy ilyen irritáló vagyok* – válaszoltam lehangoltan.

– *Ne vedd magadra, engem mindenki irritál. Ha már úgy gondoltad, hogy helyes döntés kérdés nélkül mellém ülni, megengedem, hogy maradj* – mondta teli szájjal.

Milyen távolságtartó lány. Biztosan nincs sok barátja. Akármilyen borzalmasan is hangzik, Sayarira emlékeztet.

– *Én… most tértem vissza az első kivégzői küldetésemről* – meséltem boldogan, hogy témát teremtsek.

– *Gratulálok. Túlélted. Nem néztem ki belőled, hogy te is Kivégző vagy* – jegyezte meg nyers hangnemben a lány.

– *Te is… Kivégző vagy?* – kérdeztem, nem törődve a sértő megjegyzéssel.

A lány összegyűrte elfogyasztott reggelijének csomagolását, majd a velünk szemben lévő kukába dobta, válaszul pedig félrehúzta köpenyét, hogy láthassam a csillagokat, melyet eltakart. Nem viccelt, tényleg Kivégző volt, ráadásul, elég magas rangú. Mielőtt gratulálhattam volna neki magas rangjának eléréséért, Sayari kilépett az orvosi szobából és engem kezdett keresni tekintetével, majd mikor megtalált, integetni kezdett nekem, én pedig viszonoztam ezt.

– *Jót beszélgettünk, de most mennem kell. Remélem, még lesz alkalmunk találkozni, Kivégző* – mondtam illedelmesen, majd meghajoltam előtte, hisz', mint kiderült, jóval felettem volt a ranglétrán.

– *Ne reménykedj benne. A túlzott kedvességed arra enged következtetni, hogy nem sokáig fogod túlélni odakint.*

Milyen kedves.

– *Hogy hívnak, kezdő?*

– *Hiroto vagyok* – mutatkoztam be.

– *Hiroto... ezt észben tartom.*

– *És... téged hogy hívnak?*

– *Elárulom, de csak, mert meghajoltál előttem. Ritka, hogy valaki tiszteletben tartja a rangbeli különbségeket. Naoko vagyok.*

– *Szép neved van, megjegyzem* – feleltem mosolyogva.

– *Te most fel akarsz szedni, vagy mivel próbálkozol? Előre szólok, hogy nem fog összejönni* – mondta ingerülten Naoko.

– *Nem, dehogy, én csak...* – Mielőtt befejezhettem volna a mentegetőzést, valaki megszorította a csuklómat, és a Naokóval ellentétes irányba kezdett húzni engem.

Elköszönésképp integettem beszélgetőpartnerem felé, ő viszont válaszképp elhajtotta fejét tőlem. Mikor megfordultam, egy dühös Sayari tárult a szemem elé, aki végigcibált a folyosón, amíg elég messzire nem értünk ahhoz, hogy kiessünk Naoko látóköréből. Sayari a folyosó végén elengedte a csuklómat, majd megállt előttem karba tett kézzel. Csapattársam tekintete villámokat szórt felém, ami arra utalt, hogy valami rosszat tettem.

– *Esetleg... megbántottalak valamivel?* – kérdeztem.

– *Ah. Nem tudok rád haragudni* – felelte, majd engedett feszült testtartásából. – *Remélem, Naoko nem tömte tele hülyeségekkel a fejedet velem kapcsolatban.*

– Nem, dehogy is. Nem beszéltünk rólad, csak megpróbáltam elütni az időt egy kis trécseléssel, amíg rád vártam – nyugtattam meg.

– Helyes. Tudod, nem vagyunk túl jó viszonyban, és nem szeretném, ha bemocskolná az elmédet hazugságokkal.

– Ugyan már, ha valaki rosszat mondana rólad a hátad mögött, úgysem hinném el. Sőt... megvédenélek! – feleltem lovagiasan, de valószínűleg már csak a fáradtság hozta belőlem elő ezeket a nevetséges kijelentéseket.

Sayari mélyet sóhajtott előző mondatom hallatán.

– Menthetetlen vagy – felelte kuncogva. – Még egy ilyen helyzetben is képes vagy zavarba hozni. Oh! Jut eszembe – tört ki Sayariból, majd kihúzta felsője alól jobb karját. – Nézd!

Sayari vállát kezdtem közelről elemezni, de akárhogy is kerestem, a sebnek, melyet nemrég még a patak mellett ápolgattam, nyomát sem láttam.

– Elképesztő, hogy mire képesek az itteni gyógyítók – jegyeztem meg csodálattal.

– Látod, mondtam, hogy nincs miért aggódnod – felelte csapattársam egy őszinte mosollyal.

Kíváncsiságból mutatóujjamat lassan végighúztam Sayari felsőkarján, de tapintásra sem maradt semmi a sérülésből. A lány – reagálva a hirtelen érintésre – tett hátrafelé egy gyors lépést. Amikor arcára emeltem tekintetemet, észrevettem, hogy vörösebb volt még a feloldott aurájánál is.

– Nem mondtam, hogy... hozzáérhetsz – mondta Sayari lesütött fejjel, miközben visszadugta felsőjébe karját.

Ezt talán tényleg nem kellett volna. Ide már egy egyszerű bocsánatkérés nem elég.

– Ne haragudjon rám, Sayari Kivégző! Meggondolatlanul cselekedtem! – esedeztem megbocsátásáért, közben pedig mélyen meghajoltam előtte.

– Hiroto! Erre semmi szükség! Megbocsátok, csak hagyd abba, kérlek! Mindenki minket néz – kérlelt halkan Sayari, majd vállamnál fogva kiegyenesített engem.

Sayari egy újabb sóhajtást engedett ki magából, majd megszólalt.

– Menjünk, adjuk le a jelentést. Úgy látom, nagyon lefárasztott téged a tegnap.

Sayari kérésére elindultunk a végtelennek tűnő csigalépcsőn.

Nem gondolja rosszul; tényleg elég fáradt vagyok.

Amikor a hosszas séta után a Fő Védelmező irodájához értünk, Sayari kopogását követően beléptünk, majd mindketten meghajoltunk felettesünk előtt.

Meglepetésemre, amint kiegyenesedtünk, a számomra eddig ismeretlen külsejű Fő Védelmező felénk fordult székével. A férfi aranyozott, elegáns öltözéket viselt, haja pedig szőke, jól fésült volt.

– Köszöntelek. Foglaljatok helyet.

A Fő Védelmező kérésének eleget téve Sayari leült a székbe, mely az asztalnál volt elhelyezve, én pedig a szoba sarkából odahúztam egyet, és én is így tettem.

– A szörnyeteget kivégeztük, Aki... Fő Védelmező – kezdett bele Sayari.

– Remélem, nem okozott túl sok gondot.

– Csak annyit, mint bármely másik, Fő Védelmező.

– Értem. Milyen típusú volt? – tette fel a kérdést felettesünk, közben pedig álla alatt összekulcsolt kezeire támasztotta fejét.

– Pók típusú, ötös nagyságrendű. Nem vagyok jártas a veszélyrangok meghatározásában, de ha saccolnom kéne, azt mondanám, legfeljebb hármas volt – jelentette csapattársam.

Sayari kijelentését követően a Fő Védelmező rám vetette tekintetét.

– Hatos veszélyrangú volt, uram – mondtam, hisz' biztos voltam benne, hogy tőlem vár választ az utóbbira.

– Oh, tényleg, te felfedező voltál ezelőtt, Hiroto. Te kened az ilyesmit – világosult meg Sayari.

– Köszönöm a jelentést. Ha nem nagy gond, ellátnálak titeket a következő küldetésekkel. Tudom, szükségetek lenne egy kis pihenésre, de ez sajnos nem várhat – mondta komoly tekintettel a Fő Védelmező.

– Ne már, még csak most értünk vissza! – tört ki Sayariból. – *Küldj egy másik Kivégzőcsapatot.*

– Sajnos nem lehetséges, Sayari. A többi osztag vagy létszámhiányban szenved, vagy már kapott küldetést.

– Rendben. Halljuk – válaszolta sértődötten a lány.

– Higgyétek el, ti lennétek az utolsók, akiknek ezt a küldetést adnám – jelentette ki a Fő Védelmező lehajtott fejjel. – Hiroto, előre figyelmeztetlek... ez nem mentőakció.

Mentőakció? Ezt meg miért mondta nekem?

– Északra fogtok menni. A barlangba különös óvatossággal lépjetek be; nem tudjuk, hogy kisebb szörnyekkel találkozni fogtok-e a külső részben. Ha igen, likvidáljátok őket, a belső teremben található szörnyeteggel együtt.

– Megint semmi infó, csak menjünk be az ismeretlenbe. Hogyhogy nem tudjuk még azt sem, hogy a kis szörnyek ki lettek-e irtva? – kérte számon a Fő Védelmezőt Sayari.

A Fő Védelmezőtől azonnali válasz helyett csak egy mély sóhajtást kaptunk, majd újra rám nézett, de most nem szigorú, hanem szinte együttérző tekintettel.

– A Bansou-felfedezőcsapat nem tért vissza a legutóbbi küldetéséről.

Megbánás

Ma reggel a Fő Védelmező tragikus hírt közölt velem. Egykori csapatom, melynek tagja gyermekkori barátom is, nem tért vissza a felfedező küldetéséről. A betervezett nappali alvásom helyett egész nap fent voltam, képtelenül arra, hogy egy perce is lehunyjam szemeimet. Aggodalom, megbánás és düh töltötte be elmémet. Aggodalom, hogy élve találunk-e rájuk; megbánás, amiért nem vettem komolyan Satorut, mikor azt mondta: „Sosem tudhatom, mikor látjuk egymást utoljára", és düh, mely erősítette a szörnyetegek iránt érzett gyűlöletemet. Az egész napot azzal töltöttem, hogy a legrosszabbra készülve, negatív gondolatokkal küzdöttem fejemben, melyekkel egyre mélyebbre üldöztem saját magamat az elkeseredettségbe.

– *Ez így nem mehet tovább* – jegyeztem meg az üres szobámnak.

Miután kimásztam ágyamból, magamhoz vettem az asztalomon lévő kis zsáknyi aranyat, melyet a tegnapi kivégzőküldetésünk sikeres végbeviteléért kaptam. A háromszáz aranyérmének, melyet zsákom tartalmazott, nem tudtam örülni a reggeli hír hallatán, pedig normál esetben majd' kiugranék a bőrömből, hisz' ilyen sok pénzt még sosem tartottam a kezemben.

Egész nap tartó böjtölésem miatt a gyomrom erőteljes görcsökkel emlékeztetett rá, hogy ma egy falatot sem nyeltem le. Ennem kell valamit, különben éhen halok.

Házamból kilépve a Citadellában található étterem felé vettem az irányt, mert úgy hallottam, elég jó a főztjük. Gondoltam, egy kis séta és friss levegő amúgy sem árthat, de sajnos félúton az ég eszméletlen zuhatag formájában rám szakadt. Nem bánkódtam miatta, hisz' ez az időjárás tökéletesen tükrözte hangulatomat. Sayari példáját követve, teljes felszerelésben indultam útnak, de a szörnyetegek ellen biztonságot nyújtó könnyű páncélom az esőtől nem védett meg, így nem kellett sok idő, hogy bőrig ázzak. Csendes, magányos sétám alatt végig a talajt néztem. Sajnálatos módon a kimozdulás nem űzte el gondolataimat, melyek már kezdtek megőrjíteni, de egy pillanat alatt kiürült a fejem, mikor egy számomra ismerős folyadékot láttam magam előtt egybevegyülni az esővízzel.

Vér?

Tekintetemmel a vér folyását kezdtem lassan követni, és mikor megláttam, hogy forrása egy mozdulatlan test, mely a főtéren fekszik, arccal a föld felé fordulva, futni kezdtem felé. Mi történhetett? Hisz' a város kellős közepén vagyunk! A testet megközelítve egyből a legrosszabbra kezdtem következtetni. Megérkezve elemezni kezdtem a látványt. Fekete, hosszú haj, tetőtől talpig fekete öltözet. Egy Kivégző. Jobb karjáról a ruháját leszakították, helyén pedig három hosszú, mély vágás volt. Közelebbről megfigyelve kiderült: nem kard okozta vágások voltak, hanem karmolások. Ez egy szörnyeteg műve.

Gyors mozdulattal térdre ereszkedtem, majd segítségért kezdtem kiáltozni, de senki nem hallott meg, hisz' az utcák üresek voltak az égből lecsapó vihar miatt. Amikor megfordítottam a testet, egyből felismertem a lányt arcvonásai és egyenesre vágott frufruja alapján.

– Naoko?! – szólítottam nevén, meglepődve azon, hogy kora reggeli beszélgetőpartneremet ilyen állapotban látom.

Két ujjamat a mozdulatlan lány nyakára nyomtam és éreztem...

Életben van.

Bal kezemet a lábai alá csúsztattam, jobb kezemmel pedig vállait öleltem át, majd amilyen gyorsan csak tudtam, a palota felé kezdtem rohanni, a Kivégző testét karjaimban tartva. Nem sokkal azután, hogy felkaptam, Naoko nyöszörögni kezdett, ami arra utalt, hogy magához tért. A lány résnyire kinyitotta smaragdzöld szemeit, melyek a minket körülvevő sötétség miatt szinte világítottak, és egyenesen az enyémbe nézett velük.

– Te... – kezdett bele, de arca fájdalommal telin eltorzult, és nem tudta folytatni.

Naoko a hasához kapta kezét, és mikor megláttam, hogy mi okból tette ezt, rájöttem, hogy a helyzet rosszabb, mint gondoltam. A csípője felett lévő, mély szúrt sebet szorította, melyből eszméletlen sebességgel ömlött a vér.

– *Tarts ki, Naoko!* – mondtam a sebesült lánynak.

Amint a palota bejáratához értünk, vállammal belöktem az ajtót, és nem törődve a kíváncsi szempárokkal az orvosi szoba felé rohantam.

– *Gyógyítót! Gyógyítót!* – kiáltottam, ahogy csak torkomon kifért, miközben az orvosi szoba ajtaját rugdostam.

– *Jövök már! Mi ilyen...* – kezdett bele frusztráltan a nő, aki ajtót nyitott, de amint meglátta Naokót a karjaimban, hangneme megváltozott. – *T-tedd le az egyik ágyra!* – kiáltotta rám sokkosan.

Naoko testét óvatosan elhelyeztem az ajtóhoz legközelebb lévő ágyon, majd tettem hátra pár lépést, hogy teret adjak a gyógyítóknak. A lány fájdalmas tekintettel engem nézett, miközben egyre több sötétzöldbe öltözött nő kezdett körülötte nyüzsögni.

– *Kérem* – tolt arrébb az egyik hölgy.

Naoko arcán fájdalmas tekintet ült, könnyei pedig végigfolytak rajta.

– *Kivégző.*

A fájdalom, melyet Naoko érzett, többé már nem fizikai volt, hanem lelki. Egyedül tért vissza a városba, ami azt jelentette, hogy a társai mind odavesztek a harc során.

– *Kivégző! Nem maradhat itt, akadályozza a gyógyítók munkáját! Ígérem, rendbe hozzuk a társát!* – kiáltotta rám az egyik gyógyító, majd kitaszított az orvosi szobából, és becsukta előttem az ajtót.

A mai világban sosem tudhatod, mikor látod utoljára a hozzád közel állókat. Minden velük töltött pillanatot értékelni kell, és ha elváltok, mindig úgy kell elköszönni, mintha utoljára látnád őket. Így élünk és éltünk mindig is, de sajnos ahhoz, hogy ezt komolyan vegyük, tragédiának kell történnie, mint kiderült.

Az orvosi szobával szemben lévő padra ültem, ahol reggel még a lánnyal ismerkedtem, miközben Sayarit vártam. Mielőtt a Fő Védelmező irodájához indultunk, Naoko személyében egy nyers, távolságtartó, magába zárkózó lányt láttam. Most viszont, amikor letettem az ágyra, egy összetört, csendben segítségért kiáltó, reménytelen lány nézett vissza rám.

Egy óra is eltelt már talán.

Mikor már kezdtem azon gondolkozni, hogy benyitok a gyógyítók szobájába azért, hogy megbizonyosodjak Naoko állapotáról, a lány abban a pillanatban lépett ki onnan. A Kivégző becsukta maga mögött az ajtót, majd szemembe nézett egy pillanatra, de aztán a szomorú tekintettel föld felé hajtotta fejét. Naoko sérült páncélja nélkül, melyet a gyógyítók eltávolítottak róla, védtelennek tűnt. A lány egy kis ideig még ácsorgott az orvosi szoba előtt lehajtott fejjel, majd rájött, hogy ez sehová sem vezet, így elindult – vélhetőleg a szobájához vezető lépcső felé. Naoko stílusát figyelembe véve nem vártam köszönetet azért, amit tettem... Meglepetésemre viszont pár lépés megtétele után megállt, visszatekintett rám, majd elindult felém.

A Kivégző, miután helyet foglalt mellettem, továbbra is a földet bámulta üres tekintettel. Én voltam az, aki egy kis idő elteltével megtörtem a csendet.

– *A karod...* – észrevételeztem, hogy a vágások még mindig jelen vannak Naoko bal karján, de már csak hegek formájában.

– *Én akartam, hogy ne gyógyítsák meg teljesen. Így amikor ránézek, mindig eszembe fogja juttatni a mai napot* – válaszolta.

– *Sajnálom. Őszintén* – éreztem együtt az összetört lánnyal.

– *Vesztettél már el valakit, aki fontos volt számodra?* – kérdezte tőlem a lány, de most a szemembe nézett közben.

– *Igen* – feleltem, megbizonyosodva válaszom helyességéről.

– *Sikerült túltenned magad rajta?*

Nem számítva arra, hogy Naoko ilyen fájdalmas kérdésekkel fog bombázni engem, gondolkodásba merültem. Elmélyülve Mitsurit láttam magam előtt. Az őszinte mosolyát és vidám ugrándozását, mikor messziről meglátott. Vékony hangját hallottam a füleimben csengeni egy pillanatra, de a számomra kedves hang hirtelen hangos csontropogásra váltott, az aranyos látkép pedig a véres káoszba torzult, melyet halála után maga mögött hagyott.

– *Nem, és valószínűleg sosem fogom teljesen feldolgozni.*

– *Értem* – válaszolta letörten a lány.

Sajnáltam Naokót azért, amiken keresztülment a mai napon, így tenni akartam érte valamit, hogy egy kicsit feldobjam a kedvét. Ez persze a körülményeket tekintve nem volt egyszerű, ugyanis én sem tudtam a legjobb formámat nyújtani, nem tudván, hogy ex-csapatom tagjait életben találjuk-e holnapi küldetésünk során.

– *Nem vagy éhes?* – próbáltam eltérni a szomorú témától.

– *De... azt hiszem, tudnék enni pár falatot* – válaszolta Naoko, így elindultunk az étterem felé.

Miután Naoko helyet foglalt az egyik asztalnál, letettem az önkiszolgáló pult tetejére négy aranyérmét, majd magamhoz vételeztem két tányért, és egy-egy nagy szelet süteményt helyeztem el rajtuk, ezután pedig leültem a lánnyal szemben.

– *Almás pite* – azonosította be Naoko az elé lehelyezett tányéron lévő ételt.

Arcára egy halovány mosoly ült, mikor felismerte a süteményt.

– *Köszönöm* – hálálta meg a gesztust.

– *Semmiség.*

– *Nem csak a vacsorára gondoltam... köszönöm, hogy becipeltél az orvosira.*

– *Természetes lépés volt, azt tekintve, hogy milyen állapotban találtam rád. Tudod... furcsa ezeket a dolgokat hallani tőled. Nem vártam, hogy megköszönöd.*

– *Persze, hogy megköszönöm, hisz' megmentettél! Ilyen modortalannak nézel engem?* – förmedt rám a lány. – *Ha a reggeli beszélgetésünkre utalsz, én mindenkitől megtartom a kellő távolságot, amíg meg nem ismerem. Nem bízom meg könnyen az emberekben* – folytatta.

– *Ez azt jelenti, hogy már megbízol bennem?* – kérdeztem kíváncsian.

– *Nem. Még mindig nem tudom hova tenni a túlzott kedvességedet. De hálás vagyok... ha ez jelent valamit.*

Naoko kijelentésére csak egy mosollyal tudtam válaszolni, melynek hatására a lány nem tudta velem tovább tartani a szemkontaktust, helyette elfogyasztotta süteményének utolsó falatját.

– *Kérdezhetek a küldetésedről?*

– *Nem kell* – válaszolta komoly tekintettel. – *Azt hiszem, tartozom annyival, hogy elmeséljem, mi történt.*

– *Csak ha nem nagy kérés.*

Naoko sóhajtott egyet, majd lehajtotta fejét, tekintete pedig újra fájdalmassá vált.

– Tegnap délután a Fő Védelmező magához hívatott minket. A feladatunk egyértelmű volt, mint mindig: a barlang belsejében lévő fő szörnyeteggel kell végeznünk. Amikor a helyszínre értünk, egy üres terem fogadott minket. Nem volt sem fő szörnyeteg, sem a kivégzett kisebb szörnyetegek teteme. Üres volt.

– Sosem hallottam még ilyet ezelőtt. De akkor mégis hogyan…

– Még nem végeztem. Amikor visszafordultunk, hogy leadjuk a jelentést, a barlang bejáratánál humanoidok vártak minket. Egy pár másodperc alatt több tucatnyi árasztotta el a barlang külső részét. A fő szörnyeteg termébe vonultunk vissza, hogy ne szűk helyen kelljen harcolnunk ellenük. A lények természetesen követtek minket, és körbekerítették ötünket. Azt a parancsot adtam ki, hogy tartsuk a pozíciónkat, és védekezzünk a végsőkig. Pár percig tudtuk őket viszszatartani; esélyünk sem volt. Hihetetlenül gyors mozgásúak voltak, és a testrészeiket… át tudták formálni. Sosem láttam még ilyet azelőtt. A vérük a szokásos lila helyett vörös volt, mint az embereké, és furcsán, feketén lángoltak, mintha…

Naoko hangja elcsuklott.

– Mintha?

– Mintha gonosz, fekete aurával rendelkeztek volna. Kerek, nagy, fehér, pupilla nélküli szemek… nagy, fehér száj, mellyel végig ördögien mosolyogtak ránk… de üresek voltak. Mintha csak kivetülések lettek volna az érzékszerveik, amiket a világ felé mutatnak, és a fekete láng alatt lett volna az igazi arcuk. Rémisztőek voltak. Talán sosem féltem ennyire semmitől életemben.

– Aura? De hisz' az lehetetlen! A szörnyetegek nem rendelkeznek aurával! – förmedtem Naokoóra döbbenten.

– Nézd… én csak azt mondom, amit láttam – válaszolta a lány szomorú tekintettel.

– S-sajnálom. Nem akartam felemelni a hangom. Csak… hihetetlenül hangzik.

– Tudom, én sem hittem a szemeimnek. Nem bírtam el velük. Talán öttel sikerült végeznem.

– Mi történt ezután? – kérdeztem kíváncsian.

– Elfutottam – válaszolta Naoko lesütött szemekkel, mintha szégyellné tettét. – A szörnyetegek viszont nem követtek. Nem *léptek ki a barlangból* – folytatta. – *Odáig bírtam a rohanást, ahol rám találtál.*

– *Sajnálom. Borzalmas lehetett végignézni a társaid halálát* – feleltem, de ahogy kimondtam, rájöttem, hogy jobb lett volna csendben maradnom.

– *Igen. Az volt. De legjobban azt bánom, hogy elmenekültem, és nem tudtam visszajuttatni a testüket a városba. Soha többé nem fogok elfutni* – határozta el magát a lány.

– *A szabályzat tiltja, hogy az elbukott társaink holttestét viszszahozzuk a városba* – jegyeztem meg.

– *Tudom, de a mai nap eseményei után nagy ívből teszek a szabályzatra* – válaszolta haragosan.

– *Ne mondd ezt. Tudom, dühös vagy, de ha ezt bárki meghallja, nagy bajba kerülhetsz.*

– *Tisztában vagyok vele. Tudod... Sayari hálás lehet, hogy ilyen figyelmes partnere van, mint te. Talán neked sikerülhet kordában tartani őt.*

– *Köszönöm, sokat jelent ezt tőled hallani... de mit értesz az alatt, hogy kordában tartani?*

– *Nos, Sayari...* – kezdett bele. – *Hagyjuk. Inkább rád bízom, hogy megismerd őt közelebbről.*

– *Ha nem akarod velem megosztani, nem erőltetem... de most, hogy szóba jött... mióta ismeritek egymást?*

– *Négy éve találkoztunk először, mikor Kivégzővé váltam. Eleinte csapattársak voltunk.*

– *Azta. Olyan fiatalon Kivégzővé léptettek elő?* – kérdeztem csodálattal.

– *Kivégzőként kezdtem, mivel elég kevesen voltak abban az időszakban, de Sayari sokkal régebb óta Kivégző, mint én. Mikor megkaptam az első vörös csillagomat, ő már négyet viselt a vállán. Csak mostanában kezdtem utolérni.*

Naoko története elgondolkoztatott.

Mégis mióta gyilkolja a szörnyeket Sayari?

– *Sayari erős, de ne hagyd, hogy a halálba küldjön. Harc közben képes elveszíteni a fejét, és nem figyel a társainak testi épségére.*

– *Ez nem igaz! Kérlek... ne mondj ilyeneket róla. Megbízom Sayariban.*

– *Régen sokan megbíztak benne, de miután több tucatnyi csapattársának bukását jelentette a parancsaiba vetett hitük, egyre kevesebben vállalkoztak arra, hogy mellette harcoljanak. Ma talán te vagy az egyetlen, aki nem tartózkodik tőle.*

– *Köszönöm, hogy figyelmeztettél, de mint mondtam, teljes mértékben megbízom Sayariban és a parancsaiban* – feleltem határozottan.

– *Mondd… milyen véleménnyel lennél egy olyan személyről, aki miatt elvesztetted a barátaidat?* – kérdezte Naoko haragos tekintettel.

– *Valószínűleg gyűlölném azt a személyt.*

– *Én pontosan ezt érzem Sayari iránt. Gyűlöletet. Az akkori társaim… a barátaim… mind elvette tőlem. Csak egy nem megfontolt parancs kellett hozzá, hogy a halálba küldje őket.*

Naoko szavai mélyre hatoltak bennem. Egy részem sajnálta azért, ami vele történt, gondolataim másik fele viszont máshol járt. Barátok, társak, és az azoknak elvesztése miatt érzett gyűlölettel teli gondolatok. Ezek azok, melyek megfogtak a lány szavaiban. Döntöttem.

– *Ne haragudj, mennem kell* – jelentettem ki, majd hirtelen felálltam a székemből, magára hagyva a haraggal teli lányt, de ő reakcióként megragadta a köpenyemet.

– *H-Hiroto… mondd… találkozunk még?* – kérdezte remegő hangon.

Naoko kérdése meglepett. Eszembe sem jutott, hogy számít neki, élve lát-e még. Tudtam, mi a helyes válasz.

– *A mai világban sosem tudhatod, hogy viszontlátod-e egy esetleges elköszönés után azokat, akik fontosak számodra* – költöttem át barátom bölcs szavait.

– *Én egy szóval sem mondtam, hogy…* – kezdett bele a lány indulatosan, de ahelyett, hogy befejezte volna, egy nagy sóhajt engedett ki magából. – *Vigyázz magadra.*

– *Igyekszem* – nyugtattam meg az aggodalmaskodó lányt, majd sebes léptekkel a kivégzői lakosztályok felé vettem az irányt.

Ilyen gyorsan szerintem még sosem jutottam fel erre az emeletre. A rohanástól kifáradva a célomtól nem messze nekidőltem a falnak, hogy kipihenjem magam. Biztos, hogy ezt akarom csinálni? Nem fog úgy végződni, mint legutóbb? Bár most, hogy belegondolok, a legutóbbi rossz döntésemnek köszönhetem, hogy találkoztam Sayarival.

Egy pár levegővételnyi pihenés után továbbindultam az egyik lakosztály felé, de meglepetésemre az ajtó, mely felé tartottam, kinyílt, és egy Védelmező bukdácsolt ki rajta.

– *Elise! Ezerszer megmondtam, hogy kopogj, ha akarsz valamit!* – szűrődött ki bentről.

– *Sajnálom, ne haragudj! Nem gondoltam, hogy fürdés közben fogok rád nyitni...* – kért elnézést a Védelmező.

– *Ha gondoltad, ha nem, sikerült. Most pedig kopj le, késő van!*

– *De a Fő Védelmező...* – kezdett bele a nő, akit kitaszítottak a szobából.

– *Ha a Fő Védelmező akar valamit, idejön és elmondja!*

Sayari, ezt még te sem gondolhatod komolyan...

– *Elnézést* – szóltam bele a vitába.

Csapattársam kidugta fejét az ajtón, amint felismerte hangomat.

– *Te meg mit csinálsz ilyen késő...* – kezdte volna a kioktatást Elise Védelmező, de Sayari ismét nem hagyta szóhoz jutni.

– *Áh, Hiroto. Kerülj beljebb!* – köszöntött társam egy őszinte mosollyal.

Amint beléptem Sayari szentélyébe, a Védelmező újra belekezdett, de sajnos...

– *Ez nevetséges! Egy fiúnak semmi dolga az éjszaka köze...*

– *Kotródj* – parancsolta meg szigorúan Sayari, és becsapta előtte az ajtót.

Miután az atmoszféra lenyugodott, Sayarira néztem, hogy belekezdjek mondandómba, de azzal kellett szembesülnöm, hogy a lány testét egy törölközőn kívül semmi sem takarta.

– *Mi járatban ilyen későn?* – kérdezte a lány egy mosollyal az arcán, csípőre tett kezekkel.

– *S-Sayari!* – kiáltottam megilletődve, miközben tenyeremet a szemeim elé kaptam.

– *Oh...* – ismerte fel a lány, hogy milyen hiányos öltözékben fogad engem. – *Adj pár percet.*

Ezután visszacsörtetett fürdőszobájába, ahonnan forró gőz áramlott, én pedig helyet foglaltam fehér kanapéján.

Eszméletlenül puha.

Ahogy körbetekintettem csapattársam szobájában, arra lettem figyelmes, hogy valószínűleg minden drágább volt, mint amit én valaha megengedhetnék magamnak. Szóval így él egy magas rangú Kivégző.

Sayari ismét egy szál törölközőben sétált be a nappaliba, egy fogkefével a szájában.

– *A legutóbbi küldetésünk után ennél azért szégyenlősebbnek tűntél* – jegyeztem meg, miközben próbáltam nem őt bámulni.

– *Az más, akkor fehérneműben voltam. Egyébként is... itthon vagyok* – válaszolta a lány teli szájjal.

Kivett egy fekete nadrágot, egy hosszú ujjú pólót és egy pár fehérneműt szekrényéből, majd ismét a fürdőszobába zárkózott. Várakozásom alatt egy fehér plüssnyuszira lettem figyelmes, mely a kanapé közepén ült, mellettem. Fehér bunda, aranyos, kis piros szemek. Pont, mint Sayari. Ezen a gondolaton nem bírtam nem elmosolyodni.

Pár perc elteltével Sayari újra kilépett gőzkamrájából, de végre felöltözve.

– *Szóval... pizsiparti?* – tette fel a nevetséges kérdést, miközben szekrényében kutatott.

– *Nem, sajnálom, de nem azért jöttem, hogy itt éjszakázzak, Sayari.*

– *Tudom, tudom. Gondoltam, hogy valami komoly indok kell hozzá, hogy meglátogass* – fejezte be a mondatot a lány.

Kicsit kellemetlenül éreztem magam amiatt, hogy ez mennyire igaz volt. Talán ezután nem csak akkor kellene meglátogatnom Sayarit, ha valami problémám van, hisz' barátok vagyunk... azt hiszem.

– *Szóval, ki vele, miért jöttél?* – kérdezte a lány, közben vélhetőleg megtalálta, amit keresett, mert kivett két tárgyat a szekrényéből, de nem igazán figyeltem oda rá, hogy mik voltak azok.

– *Tudom, mit fogsz mondani...* – kezdtem bele. – *Borzalmas ötlet, de mégis meg akarom tenni, és mint a csapattársad, jelezni szerettem volna feléd a tervemet, mert befolyásolni fogja a holnap elvégzendő küldetésünket.*

– *Már rosszul kezdődik* – jegyezte meg Sayari, miközben az egyik fiókjában kezdett kutatni.

– *Meg akarom menteni a Bansou-osztagot* – fejeztem be.

– *Tudtam, hogy ezt fogod mondani* – mondta a lány, majd az ajtó felé indult. – *Nos, megértem, hogyan érzel, a barátaidról van szó.*

– *Megérted?* – kérdeztem meglepetten.

– *Persze. Ha te kerülnél bajba, gondolkodás nélkül a segítségedre sietnék!* – felelte határozottan csapattársam.

Sayari kijelentése boldogsággal töltött el. Azt hiszem, én is így tennék, ha ő kerülne bajba. Gondolkodás nélkül, mi?

– *A lényeg viszont most jön* – folytattam. – *Nem tudok holnapig várni.*

– *Gondoltam. Másképp nem jöttél volna el azért az éjszaka közepén, hogy ezt közöld velem, nem igaz?* – tette fel a keresztkérdést társam, a lábánál matatva valamivel.

– *Ez fontos nekem. Nem akarok több, számomra értékes embert elveszíteni. Egy percet sem tudtam aludni ez miatt napközben. Lépnem kell. Most. Tudom, szabálysértést követek el azzal, hogy éjszaka elhagyom a várost és nem a meghatározott időben hajtom végre a küldetést... ha egyáltalán sikerül... de mennem kell. Nem bírom tovább. Így megkérlek, Sayari, mint társad, mint barátod, ne próbálj meg visszatartani!*

– *Te meg miről beszélsz?* – kérdőjelezett meg társam.

– *Én...* – kezdtem volna bele a mentegetőzésbe, de mikor Sayarira néztem, már nem az egy szál törölközőt viselő lány állt előttem, hanem egy teljes felszerelést felöltött Kivégző.

– *Induljunk* – mondta csapattársam mosollyal az arcán.

Viszontagság

Társammal útnak indultunk az éjszakába, mintha a világ legátlagosabb dolga lenne, hogy megszegjük a szabályzatot, melyet a Fő Védelmező állított fel. Jobban belegondolva, már nem ez az első ilyen eset számomra, de vajon Sayari miért egyezett bele ilyen könnyedén a törvénytelen cselekedetbe?

– *Mondd, Sayari* – kezdtem bele –, *mMiért döntöttél úgy, hogy velem tartasz?*

– *Milyen furcsa kérdés, Hiroto! Hisz' csapattársak vagyunk* – válaszolta a lány őszinte mosollyal az arcán.

– *Ez elég indok arra, hogy kilépj velem a városból éjfélkor, és megszegd a szabályzatot?*

– *Bőven* – felelte határozottan. – *Amúgy sem figyeltem oda különösebben arra, hogy betartsam őket.*

Erre a végszóra kiléptünk a város kapuján. Furcsa, kellemetlen érzés kapott el, mintha valami borzalmas bűnt követnénk el, ami részben igaz is volt. A szabályzat megszegése súlyos megtorlást von maga után – legutóbb csak szerencsém volt, hogy Sayari kiállt mellettem, s megúsztam büntetésemet. De vajon most is ilyen szerencsések leszünk?

Eme zavaró gondolatok kavarták fel elmémet, de ez csak a kisebb problémám volt jelenleg. Ami jobban aggasztott, az volt, hogy élve találjuk-e ex-csapatom tagjait.

– *Mi a véleményed a szabályzatról, Hiroto?* – tette fel a váratlan kérdést Sayari.

– *Nos... nincs különösebb véleményem a törvényekről. A mi érdekünkben hozta őket létre a Fő Védelmező.*

– *Az éjszakai kijárásra gondolsz, engedély nélkül?*

– *Például. A szabály létrejöttének oka nem más, mint az, hogy a szörnyetegek sokkal aktívabbak éjjel. Legalábbis ezt...*

– *Tanították, igaz?* – vágott közbe csapattársam.

– *Igen.*

– Ez egy tévhit, ami csak azért terjesztettek el a Védelmezők, hogy betartsd a szabályzatot.

– Úgy gondolod? – kérdeztem, furcsállva Sayari kijelentését.

– Nem gondolom, tudom – vágta rá magabiztosan a lány. – Mit tudhatnának a Védelmezők a szörnyetegek viselkedéséről? Higgy nekem, ez nem igaz. Pontosan ez az oka annak, hogy miért nem érdekelt sohasem a szabályzat – fejtette ki véleményét csapattársam, miközben előhúzott egy papírlapot oldaltáskájából.

Sayarinak szokása volt furcsa dolgokat mondani, de nem adott okot arra, hogy ne bízzak meg benne, így hittem neki. Elvégre... ki tudna nála többet a szörnyetegek viselkedéséről?

– Nincs túl messze. Talán egy óra séta.

– Ennek örülök. Kissé feszélyezve érzem magam, hogy az éjszaka közepén sétálgatunk nyílt terepen.

– Nincs mitől félned, a szörnyetegek nem tudnak kijönni a barlangjukból – nyugtatott meg csapattársam egy mosollyal az arcán.

– Ha már szóba jött... mit gondolsz, Sayari, mi ennek az oka?

– Fogalmam sincs. A világ tele van megmagyarázhatatlan dolgokkal – válaszolta a lány. – Talán egyszer megtudjuk.

Sayari válasza meglepett, mivel azt hittem, ő mindent tud a lényekről. Ez a kérdés már rég megfogalmazódott bennem, de eddig sosem volt olyan személy a közelemben, akinek feltehettem volna... de sajnos választ még így, hogy egy erre „kiélezett" csapattársam van, sem kaptam rá. Kíváncsiságom oka egyértelmű: ha a szörnyetegek képtelenek arra, hogy elhagyják otthonukat, mégis hogyan támadták meg Kinout tizenöt éve?

– Min agyalsz? – dugta be fejét a látókörömbe a kíváncsi lány.

– Semmi fontoson, csak azon gondolkoztam, hogy vajon minden rendben lesz-e.

Nem mondhatom el az igazságot, hogy mióta Sayari elárulta, miszerint Kinouban élt a tragédia előtt, sokat agyalok rajta, mi történhetett ott pontosan. Nem akarok rossz emlékeket felidézni.

– Nyugi, minden simán fog menni. Nem hagyom, hogy bajod essen – fejezte be Sayari egy őszinte mosollyal.

Nem pont erre gondoltam, mikor azt mondtam „minden rendben lesz", ettől függetlenül boldoggá tett, hogy csapattársam ezt mondta. Ha egy dolgot biztosra vehetek Sayarival kapcsolatban, az nem más, mint hogy őszinte. Ha valamit megígér, garantált, hogy úgy fog tenni, történjék bármi.

– *Köszönöm, jólesik, hogy ezt mondod* – mondtam, majd viszonoztam a mosolyt.

– *Te is… megígérted* – mondta szégyellősen, szinte suttogva csapattársam.

– *Igen, így van. Megígértem* – idéztem fel a kellemes, mégis zavarba ejtő emléket.

– *N-nem vagy éhes?!* – tört ki hirtelen Sayariból, gyaníthatóan tématerelés céljából.

– *Köszönöm, de vacsoráztam… almás pitét* – válaszoltam, majdnem lebuktatva magam, hogy Naokóval voltam, mely egy a dolgok közül, amit nem tervezek megosztani csapattársammal.

Nem akartam tikokat tartani Sayari előtt, de megbántani sem terveztem, így az volt a helyes döntés, ha nem árulom el neki ezt a részletet… azt hiszem.

– *Oh, pedig két szendvicset készítettem* – mondta szomorú arckifejezéssel. – *Nem gond, ha ettől függetlenül én eszem?*

– *Egyáltalán nem. Pihenjünk kicsit.*

Sayarival egy út melletti fa tövébe ültünk, ő pedig, mint mondta, elővett oldaltáskájából egy szendvicset és belekezdett annak elfogyasztásába.

– *Kérdezhetek valamit?*

– *Pferse* – válaszolt a lány teli szájjal, majd egy nagyot nyelt. – *Ne haragudj, persze kérdezhetsz.*

– *A képességedet hogyan szerezted?*

– *A Villám szabdalásra gondolsz?* – kérdezett vissza, miközben szendvicsét lehelyezte combjára. – *Sajnos ez sem a saját találmányom, lemásoltam valakitől.* – Eme mondat Sayari arcára csalt egy halovány mosolyt. – *Tudod, ha nincs jó fantáziád az ilyesmihez, mint nekem, a legegyszerűbb az, ha lemásolod valaki más képességeit. Figyelem, értelmezés, gyakorlás, kivitelezés. Nekem ezt tanították.*

– *Nehéz kitalálni egy új képességet?* – érdeklődtem.

– *Igen, mint mondtam, színes fantázia kell hozzá, de ez nem elég önmagában. Több olyan esetről hallottam, hogy valaki a saját képességét használva megsértette a körülötte lévőket, de még olyan is történt, hogy valakit a saját képessége végzett ki. Ha túlzásba viszed, vagy nem az adottságaidnak megfelelő képességet próbálod használni, az nagyon veszélyes lehet.*

Sajnálatomra bármit kérdezek Sayaritól, az kiderül, hogy bonyolultabb, mint én azt elképzelem. Nem kérdéses, hogy a fantáziám megvan hozzá, de vajon a testem egyáltalán képes lenne elviselni egy magas szintű képességet?

Válasz helyett lassan felálltam ülőhelyemről és vettem egy mély levegőt, szemeimet pedig lehunytam. Kardomat kirántottam tartójából, és hegyét az ég felé tartottam.

– *Hiroto...?*

– *Villám szabdalás!* – kiáltottam.

Nem érzem, hogy történne valami. Mikor szemeimet újra kinyitottam, pengémre vetettem a tekintetemet, mely kiáltásom hatására sem változott át villámló, halálos fegyverré. Halk, visszafogott kuncogásra lettem figyelmes hátam mögül.

– *Ha ez ilyen egyszerű lenne, éjjel-nappal feloldott aurával és aktív képességgel járnám a várost* – reagált a lány nevetséges próbálkozásomra.

– *Egy próbát megért* – feleltem lehangoltan, majd visszaültem csapattársam mellé.

– *Még ha nagyon jó formában vagyok is, csak egyszer használhatom a Villám szabdalást harc közben, különben elveszteném az eszméletemet a kimerültségtől. Nem szabad félvállról venni, hogy a tested és az elméd mennyit bír, ezt saját magamon tapasztaltam meg* – informált a lány egy kedves mosollyal. – *A másik probléma, hogy csak feloldott aurával tudod használni a képességeidet, ami már önmagában is kimerítő tud lenni.*

– *Hányszor tudod feloldani az aurádat egy harc során?* – kérdeztem kíváncsian.

– *Legfeljebb háromszor, mielőtt teljesen lemerítem magam... de szerencsére nem volt szükség arra, hogy többször megpróbáljam, hisz' nem kaptam be annyi súlyos csapást egy kivégzőküldetés alatt sem, hogy kettőnél többször elveszítsem a koncentrációmat.*

Sayari információi hasznosak voltak, mint mindig. Ha ő nem beszélne nekem a harcok során szerzett tapasztalatairól, nem tudom, kitől tanulhatnám meg ezeket a dolgokat.

– *Köszönöm, hogy megosztod velem a tapasztalataid, Sayari. Sokat tanultam tőled már ez alatt a kis idő alatt is, amit eddig együtt töltöttünk.*

– *Ugyan, ez semmiség. Kérdezz nyugodtan, ha valamit tudni szeretnél* – válaszolta a lány egy őszinte mosollyal.

– *Úgy lesz* – feleltem, viszonozva a mosolyt.

Néha még mindig nehezemre esik elhinni, hogy akivel még csak pár napja találkoztam először, az egyik legtehetségesebb Kivégző, a csapatársam. A végtelenül kedves és közvetlen lány… a magányos hóhér, ki azonnal a segítségemre siet, ha bajba kerülök. Talán meg kellene hálálnom valamivel azt, amit értem tesz.

– *Végeztem, indulhatunk* – informált a lány arról, hogy elfogyasztotta késői vacsoráját.

Mielőtt Sayari feltápászkodhatott volna, villámsebességgel felpattantam, majd kinyújtottam felé jobb kezem, hogy felsegítsem.

– *K-köszönöm* – fogadta el szégyellősen a gesztust csapattársam.

Válaszként csak egy őszinte mosollyal tudattam felé, hogy „semmiség", melyet azonnal viszonzott.

– *Mondd…* – kezdtem bele, amint újra útnak indultunk, de hangom elcsuklott – valószínűleg azért, mert kínosnak éreztem feltenni neki a kérdést.

– *Igen?*

Oh, Hiroto, miért tartottad ezt jó ötletnek… ez túl félreérthető, hogy kedves gesztusként fogadja.

Nincs visszaút.

– *A nyári… fesztivál* – folytattam remegő hangon.

– *Igen, minden évben megrendezik. Azt hiszem, most pénteken tartják. Egy nap küldetések nélkül, mikor megpróbálunk úgy tenni, mintha a problémáink nem léteznének* – fejezte ki véleményét társam.

– *Arra gondoltam, hogy… eljöhetnél velem.*

– *Családok és párok tömege fogja ellepni az utcákat, ez pedig azt jelenti, hogy egész nap a szobámba leszek bezár…*

Sayari félbeszakította mondandóját, majd hirtelen megállt. A lány, kinek reakciója aggodalommal töltött el, engem nézett tágra nyílt szemekkel, mintha próbálná feldolgozni, felkérésemet.

– *Szeretnéd, hogy... elmenjek... veled... a fesztiválra?*

– *Csak ha... van kedved.*

Ennél kínosabban már rég éreztem magam. Miközben azon kattogott az agyam, hogy mentésként hogyan tudnám kifejezni, hogy csak kedvességből hívtam el magammal, arra kellett rájönnöm, hogy... én is örülnék neki, ha társulna hozzám.

– *Igen!* – tört ki a lányból. – *Van kedvem* – fejezte be grandiózus mosollyal az arcán, majd újra lépdelni kezdett.

Csapattársammal csendben, kissé zavarban tettük meg az út hátralévő részét. Úgy éreztem magam, mint egy tinédzser, aki vette a bátorságot, hogy első szerelmét végre randevúra hívja. Miért volt ilyen kínos elhívni a társamat egy szociális eseményre? Körülbelül negyedóra elteltével Sayarival egyszerre megálltunk.

Megérkeztünk.

– *Minden rendben lesz* – próbált nyugtatni Sayari, miközben vállamra tette balkezét.

– *Remélem* – feleltem aggódóan.

A barlang, mely előtt álltunk, átláthatatlan volt a sötétségtől. Mit fogunk bent találni? Három, felismerhetetlenségig roncsolt holttestet? Akárhogy is próbáltam más eshetőséget összerakni fejemben, ez volt az egyetlen lehetséges látvány, mely fogadhatott minket. Féltem. Nem akartam még egyszer átélni.

Sayarira vetettem tekintetemet, ki engem vizslatott szemeivel, jelre várva. Miután bólintottam csapattársamnak, lassan előhúztuk kardjainkat, majd apró, óvatos lépésekkel elindultunk az ismeretlenbe. Belépve nem sok mindent láttunk, hisz' ez alkalommal még a nap beszűrődő fénye sem volt jelen, hogy segítse küldetésünket.

– *Lépéseket hallok* – észrevételezte halkan, Sayari. – *A belső terem felől.*

– *Én is hallom.*

A sötétben tapogatózva követtem Sayarit, aki lassan elindult a belső terem felé, melynek ajtaja tárva-nyitva állt. Amint közelítettünk a hang forrásához, úgy láttunk egyre többet.

Mikor a gigászi, kinyílt ajtókat elértük, egy magas, szürke köpenyes alakkal találtuk szembe magunkat, ki ütemtelen, bizonytalan lépéseket téve közeledett felénk, egy hosszú pallost húzva maga után.

– *Satoru?* – ismertem fel barátomat. – *Életben vagy! Úgy örül...*

Mikor közeledni kezdtem Satoru felé, Sayari kitette elém karját, jelezve, hogy ne menjek a közelébe.

– *Sayari?*

– *Rossz előérzetem van* – felelte a lány.

Satoru megállt előttünk és felemelte fejét, majd rám nézett. Szemei üresek voltak. Olyan érzés fogott el, mintha nem rám, helyette inkább keresztülnézne rajtam. Mikor már kezdtem örülni, hogy barátomat épségben láthatom, érthetetlen okból felemelte a levegőbe kardját és egy gyors, felém célzott suhintással megpróbált megtámadni engem, de Sayari a saját fegyverét használva kivédte a támadást, majd ellentámadásként kiütötte a kardot Satoru kezéből, amitől barátom kis híján hátraesett.

– *Nem önmaga. Valami az irányítása alatt tartja* – magyarázta meg csapattársam Satoru furcsa viselkedését.

Zavarodott barátom fegyvere elvesztése után sem akarta feladni a harcot, és ez alkalommal Sayarit célozta be. Két ütést próbált meg bevinni Sayari irányába, de a lány a mindkét irányból érkező ütést sikeresen elkerülte, majd egy gyors mozdulattal könyökével állkapcson sújtotta Satorut, amitől a fiú azonnal kidőlt.

– *Mit tettek vele?* – kérdőjeleztem meg Satoru furcsa viselkedését.

– *Nem tudom, de remélhetőleg választ kapunk rá, mikor visszatérünk a városba.*

Satoru testén csak kisebb sérülések voltak láthatóak, melyek pár karmolásból, kék és lila foltokból álltak. Hirtelen ráeszmélve, hogy ex-csapatom többi tagjára még nem találtunk rá, fürkészni kezdtem a gigászi termet pillantásommal, kis idő elteltével pedig rájuk is találtam a terem túlsó felében.

Miután az eszméletlen Satorut a falhoz támasztottuk, elindultunk Annie és Bansou irányába.

– *Nincs fő szörnyeteg* – jegyezte meg Sayari. – *Egy lélek sincs itt rajtunk kívül. Nem tetszik nekem ez az egész.*

– *Valaminek meg kellett támadnia Satoruékat* – jelentettem ki.

Megérkezve a régi csapatom másik két tagjához, életjelek után kezdtünk kutatni.

– *Ő életben van, de nincs magánál. Kiütötték* – közölte velem Sayari Bansou állapotát.

Amikor Annie felé kezdtem közeledni kezemmel, a lány csodálatomra lassan kinyitotta szemeit.

– *Annie! Magadhoz tértél!* – tört ki belőlem örömömben.

– *Hiro... to?* – ismert fel a legyengült lány.

– *Igen, én vagyok az!*

– *Kapjuk fel őket és menjünk, Hiroto. Nem tudhatjuk, mi tette ezt velük, de ha így el tudta intézni őket, talán még én sem bírok vele.*

Sayari kijelentése kissé megrémisztett. Nem gondoltam, hogy valaha olyat hallok tőle, hogy nem biztos a győzelmében.

– *Humanoidok...* – közölte az alacsony felfedezőlány. – *Több tucatnyi. Esélyünk sem volt. Hátba támadtak minket.*

– *Miért nem öltek meg?* – tette fel a kérdést lényegre törően csapattársam.

– *Nem tudom. Miután teljesen kimerültünk az aurafeloldástól, nem foglalkoztak velünk, magunkra hagytak.*

– *Sosem hallottam még ilyesmiről ezelőtt* – csatlakoztam be a társalgásba. – *Satoru... vele mi történt?*

– *Amikor megjelentek a szörnyetegek, egyszerűen csak... összeesett.*

Miután Annie közölte velünk a történteket, Satorura vetettem tekintetem és azon agyaltam, vajon milyen indítékból támadhatott ránk, mikor meglátott minket. Sayari szerint valaki vagy valami az irányítása alatt tartotta.

De mi, és hogyan?

Miközben Satorut néztem, szemem sarkából mozgásra lettem figyelmes a belső terem bejárata felől.

– *V-visszajöttek!* – kiáltotta Annie remegő hangon.

– *Csapda. Tudhattam volna* – mondta Sayari, majd mellém lépett.

A terembe, melyben tartózkodtunk, több mint egy tucatnyi humanoid csörtetett be, és időt sem hagyva nekünk, hogy előálljunk egy tervvel, rohanni kezdtek felénk.

– Ezek... már láttam ilyen típusú szörnyetegeket valahol – jegyezte meg Sayari. – Aurafeloldás!

Kimondva ezt a szót csapattársam körül megjelent szokásos, vörös aurája, majd ezt követően teljes sebességgel megindult a ránk támadó szörnyetegek felé.

A Naoko küldetésén megjelent lények leírása tökéletesen megegyezett az itt láthatóakéval. Fekete, szinte lángokban álló test; fehér, kikerekedett szemek és fehér száj, melyek valóban azt az érzést keltették, mintha ezek csak gonosz aurakivetülések lennének.

Sayari már le is választotta egy hirtelen csapással az egyik lény fejét, míg én Naoko elméletén gondolkoztam. Ha igaz a lány hipotézise és tényleg aurával rendelkeznek a lények, akkor annak... haláluk után el kell tűnnie.

Miután fejemet kitisztítottam a nevetségesnek tűnő elmélettől, ráeszméltem, hogy segítenem kell csapattársamnak a harcban, de mikor futásba kezdtem volna a harcmező felé... valami hozzáért a lábamhoz.

Egy fej. Egy... emberi fej.

A vérfagyasztó látványtól, mely elém tárult, mikor a földre tekintettem, teljesen lefagytam. Tekintetemet lassan elkezdtem felemelni, hogy megnézzem, hol van a test, melyhez ennek a férfinak a feje tartozik. Egy vörös rongyot viselő, kiterült alakra lettem figyelmes, mely a hátborzongató teóriámat beigazolta.

– S-Sayari...! – kiáltottam csapattársam nevét, ki sokkosan ádáz küzdelmet folytatott támadóink ellen. – Ezek... **ezek emberek!**

– Mi?! – kérdezett vissza csapattársam hihetetlennek tűnő kijelentésemre.

Sayari pont félbehasított egyet az ellenségeink közül, mikor meghallotta a rémhírt. A nő körül, kinek éppen elvette az életét, felszívódott a fekete aura, felfedve az alatta rejlő embert, melynek félbeválasztott teste pont csapattársam elé zuhant.

A lány a horrorisztikus látképtől mozdulatlanná vált, képtelenül arra, hogy feldolgozza az újonnan szerzett információt és a látottakat.

Sayari védtelenné vált, ugyanis aurája eloszlott, amint tudatában lett annak, hogy embereket ölt. Két sötét alak kapva a lehetőségen csapattársam felé vetette magát, kinek csak annyi reakciója volt erre, hogy védekezésképp bal kezét maga elé emelte, de azt a két sötét humanoid – jobban mondva ember – elkapta. Emberek vagy sem, nem hagyhatom magára Sayarit.

Rohanni kezdtem csapattársam felé, olyan gyorsan, ahogy csak lábaim bírták, de mielőtt segítségére siethettem volna, bal oldalról egy támadó rám vetette magát és padlóra küldött. Lassan Sayari felé fordítottam a fejemet, miközben a lény a földre szorított. A lány körül, ki próbált kiszakadni az ellenség szorításából, egyre több sötét aurájú támadó jelent meg, sorra kerülésüket várva.

Nem fogom végignézni, ahogy egy másik csapattársamat is darabokra tépik!

A támadót lerúgtam magamról, majd amint feltápászkodtam, torkába döftem kardomat. Ellenfelem pár másodperc ficánkolás után mozdulatlanná vált, de nem vártam meg, míg az őt takaró fekete aura eloszlik, helyette Sayari felé kezdtem sietni.

Mikor már azt hittem, megmenthetem csapattársamat, a két sötét alak elkezdte Sayari karját két ellenkező irányba húzni, mely erejüktől egy hangos roppanást követően szilánkosra tört.

– SAYARI! – kiáltottam a sokkos állapotban lévő, óriási fájdalmakkal küzdő lány nevét.

Kardomat a levegőbe emeltem, majd lendületet generálva ezzel a bestiák felé dobtam, melyek Sayarit kínozták. Az egyik támadónak sikeresen a fejébe állítottam fegyveremet, de ezzel felhívtam magamra a figyelmet, és a horda ezután felém kezdett rohanni. A tömeg támadássorozatát kerülgetve csapattársam és a kardom felé rohantam továbbra is. Bal vállamon egy mélyre hatoló karmolást éreztem, de nem hagyhattam, hogy ez megállítson. Mikor már kezdtem társam közvetlen közelébe érni, egy támadóval találtam szemben magam, ki arra készült, hogy rám vesse magát, de mielőtt ezt megtehette volna, egy mögüle érkező fekete penge átszúrta koponyáját. Felismerve, hogy ez nem más, mint Sayari kardja, futás közben kirántottam rosszakaróm fejéből, de ezt követően ismét egy karmolást éreztem – ez alkalommal a hátamon. Hirtelen hátrafordultam, így szembenézve az ellenféllel, ki véres karmai közt szorította köpenyem egy részét. Egy másodpercet sem pazarolva ezután, a kölcsönvett kardot használva átdöftem mellkasát, majd visszafordultam eredeti célom felé, s Sayari irányába kezdtem futni.

A lány mellé érve átnyújtottam neki hőn szeretett kardját, melyet megpróbált mosolyogva megköszönni nekem, de fájdalma túl nagy volt ahhoz, hogy ilyen arckifejezést tudjon ölteni, én pedig kirántottam a holttest fejéből a sajátomat.

Mivel sikeresen csapattársam mellé értem, állapotom ellenére is biztonságban éreztem magam.

Visszafordultam abba az irányba, ahonnan érkeztem, és négy, harcra kész sötét alakkal találtam szembe magam.

– *Már csak... négy* – jegyezte meg Sayari fájdalommal teli hangon.

– *Csináljuk* – válaszoltam felbátorodva.

Sayarival – egyidőben ellenségeinkkel – futásba kezdtünk.

Csapattársam sikeresen kettéhasított egy támadót, de amíg ez elvonta figyelmemet, az egyik élőlény túl közel került hozzám ahhoz, hogy ki tudjam védeni támadását. A bestia jobb karját aurája használatával pengévé alakította, és átdöfte vele a bal vállamat. A hirtelen fájdalomtól ordítani tudtam volna, de vissza kellett fognom magam, és a harcra koncentrálnom. Nem pazarolva több értékes másodpercet leválasztottam a lény karját, így a fekete penge is kámforrá lett, amivel átszúrt, ezt követően pedig mellkasába döftem kardomat.

Amíg én ezzel az egy ellenféllel voltam elfoglalva, Sayari végzett kettő másikkal, ami azt jelentette, hogy már csak egy maradt. De hová tűnt?

Mikor megfordultam, az ellenfél, kit kerestem, összeszorított ököllel rohant felém, készen arra, hogy bevigyen egy halálos csapást. Nem volt esélyem kivédeni. Túl gyors volt.

Végem.

Mikor már felkészültem a legrosszabbra, egy erőteljes lökést éreztem a bal oldalam felől, mely kitaszított a támadó csapása elől, és mikor visszanéztem, csapattársamat láttam a helyemen állni, ki – mint kiderült – ismét megmentett a biztos haláltól. Sayarit a vakmerő lépése következtében a támadó telibe találta, így mellvértje darabokra tört. Szájából nagy mennyiségű vér távozott – valószínűleg azért, mert a csapás ereje megsérthette fontosabb szerveit is.

Kardomat kezembe vettem, majd felpattantam és átszúrtam ellenfél torkát, ezzel elintézve az utolsó támadót is. Sayari ezt követően elvesztette egyensúlyát, de mielőtt a földre hullhatott volna, elkaptam testét.

– *Miért...?* – tettem fel a leegyszerűsített kérdést, hisz' kimerültségem miatt többre nem tellett.

– *Mert... megígértem...* – válaszolta a lány remegő hangon.

Sayari válasza érzelmileg mélyre hatolt bennem. Azért lökött félre, mert ígéretet tett nekem. A lelkiismeret-furdalás, melyet éreztem, bőven felülmúlta a harc közben szerzett sérüléseim miatt érzett fájdalmat. Nem tudtam visszatartani tovább könnyeimet.

– *Én is... ígéretet tettem neked* – feleltem zokogva.

– *Hé... ne sírj. Életben vagyok, nem?* – vigasztalt meg Sayari, miközben egy mosolyt erőltetett arcára. – *Menjünk... haza* – fejezte be.

– *Igen. Menjünk haza* – viszonoztam a mosolyt.

Sayarit a karomba véve elindultam Annie felé, ki egyből felpattant, hogy segítsen, amint a közelébe értem. Mire csapattársamat átadtam az alacsony lány kezébe, Bansou is magához tért, és miután közöltem vele a történteket, ő is felajánlotta segítségét, így vele párost alkotva, együtt támogattuk Satorut, miközben haladtunk a barlangból kifelé.

Utunkba szótlanul kezdtünk bele; valószínűleg mindannyian csak arra tudtunk gondolni, hogy vége van ennek a rémálomnak. Satorut cipelve a vállamon arra lettem figyelmes, hogy egyre nehezebb emelni a lábaimat... járásom lassult, és egyre nehezebbé vált Satoru támogatása. Nem sokkal később már szemeimet is nehezemre esett nyitva tartani, de mielőtt lehunytam volna őket, fényre lettem figyelmes a távolban. Fáklyák.

Megmenekültünk.

– *Bansou* – szólítottam meg ex-csapatvezetőmet.

– *Igen?*

– *Meg bírod tartani Satorut... egyedül?*

– *Egy ideig biztosan. Miért? Megálljunk pihenni?*

– *Azt hiszem, eddig bírtam.*

Amint ezt kimondtam, testem felett elvesztettem uralmamat és a föld felé kezdtem zuhanni. Földet érésemet nem éreztem, és sötétségen kívül már többé nem láttam semmit. Kis idő után hallóképességemet is elvesztettem, de az utolsó dolog, amit hallottam...

– *Hiroto!*

... Az Annie kétségbeesett kiáltása volt.

Párváltás

Sötétség vett körül. Nem tudtam, hol vagyok és hogyan kerültem ide. Egy dologban viszont biztos voltam: a fényt kell keresnem. Egy ismerős fényt. Amint bolyongtam a végeláthatatlannak tűnő alomvilágban, egy alakra lettem figyelmes. A fekete ruhás személy meglátta, hogy közeledni próbálok felé, így ő az ellenkező irányba kezdett el lépdelni. Futni kezdtem. Habár a fekete öltözék megtévesztő lehet, tudtam, hogy őt keresem. Ő a fény a sötétségben. Mikor már kezdtem utolérni, az ismerősnek tűnő alak megállt. Vörös energiakivetődése egyre láthatóbbá vált számomra és kezdtem rájönni, kivel is állok szemben. Mikor már csak pár méter választott el minket egymástól, az őt körülvevő aura sötétedni kezdett. A lány felé nyújtottam kezemet, de ő válaszképp átdöfött kardjával. Szemein látszott a gyilkolási vágy, szája pedig egy ördögi mosolyra görbült. Éles fájdalmat éreztem a gyomromban, de mit sem törődve ezzel, még mindig a lányt próbáltam elérni, de mielőtt arcát elérhettem volna, kegyetlenül kirántotta fegyverét belőlem, én pedig a földre hullottam.

Hangokat hallottam. Hangokat, amint rémülten a nevemet kiáltották, de a lány nem kiáltott utánam, csak nézett. Miután végigtanulmányozta tehetetlen, mozdulatlan testemet, hátat fordított nekem és elsétált. Ez volt az utolsó dolog, amit láttam. Ezután minden elhomályosult.

– *Hiroto? Hiroto!* – kiáltotta nevemet egy női hang.

A hirtelen felszólításra kinyitottam szemeimet és felültem. A szekrény, mely szemben volt velem; az ágy, melyben nemrég még ki voltam terülve; a falak, de még a lány hangja és óceánkék szemei is mind ismerősek voltak. Visszatértem a valóságba.

– *Elkezdtél levegő után kapkodni és fájdalmas arcot vágtál. Minden rendben?*

A rémült lány, ki az ágyammal szemben ült egy széken, az ex-csapattársam volt, Annie.

– Csak... rémálmom volt. Hogyan kerültem ide? – kérdeztem kómásan.

– Észrevették, hogy éjszaka kiléptetek a városból, ezért Védelmezőket küldtek utánatok. Ők találtak ránk és juttattak haza minket. Urui Védelmező vitt el téged az orvosira, majd hozott haza. Azt mondta, akár napokig is kilehetsz majd ütve a kimerültségtől, de úgy néz ki, hamarabb felkeltél, mint gondolta.

– Urui Védelmező? – kérdeztem meglepetten. – Ő az utolsó, akinek a segítségére számítottam volna.

– Ha hiszed, ha nem, Hiroto, Urui Védelmező nem utál téged... ha viszont folyamatosan megszeged a szabályokat, ne számíts más bánásmódra.

– Sajnálom. Nem tudtam tovább várni.

– Mi nem haragszunk, Hiroto. Hálásak vagyunk, hogy megmentettetek minket. Akivel beszélned kellene, az a Fő Védelmező, aki azt mondta, vár téged, amint felébredtél.

– Köszönöm, hogy itt voltál, amíg ki voltam ütve, Annie.

– Ugyan, ez semmiség. Valójában Satoru kért meg rá, hogy ne hagyjalak magadra... de természetesen én is... aggódtam miattad – mondta ex-csapattársam, miközben pillantása máshol bóklászott.

– Ez rendes tőled – háláltam meg a gesztust egy kedves mosollyal. – Ha már szóba jött... mi van Satoruval?

– Kivizsgálás alatt áll reggel óta, de egyelőre nem jöttek rá a furcsa viselkedésének okára. A csapattársad pedig...

– Sayari! – eszméltem rá, hogy a lány állapota még ismeretlen számomra.

– Sayari jól van. Az orvosiban fekszik... de kérlek, mielőtt odarohansz, adj jelentést a Fő Védelmezőnek. Ne ronts a helyzeten.

– Igazad van, felöltözöm és indulok.

– Nekem is dolgom van a főtér felé, szóval... kint megvárom, hogy elkészülj – mondta Annie, majd kilépett a szobából.

Miközben öltöztem, a jelentésemen gondolkoztam. Egyértelműen tud róla a Fő Védelmező, hogy éjszaka hagytuk el a várost a kiállított időpont helyett, de vajon mennyire kapok ezért súlyos büntetést? Mindenképpen az a célom, hogy Sayarit kimentsem a büntetés alól, így magamra vállalok minden vádat, ami ellenünk szól, és elfogadom a szankciót, mely ezzel jár.

A fejem tele volt megválaszolatlan kérdésekkel és zavaros gondolatokkal. Miért támadott meg Satoru, amint meglátott? Mik, vagy inkább kik támadtak meg minket, és miért hagyták életben az ex-csapattársaimat?

Sayari...

Látni akartam Sayarit.

Mikor kiléptem az ajtómon, kis híján felbotlottam az apró lányban, ki a lépcsőmön ülve várt engem.

– *Indulhatunk?* – kérdezte a lány, miközben felegyenesedett.

Egy nagy sóhajjal jeleztem aggodalmamat.

– *Induljunk.*

A mai nap alkalmasnak ígérkezett volna akár egy Citadella-parki piknikhez vagy csak egy romantikus sétára is, de sajnálatomra az események több okból is borúsnak tűntek, az időjárástól eltekintve. A nagyobbik probléma az volt, hogy ma valószínűleg vagy újra munkanélkülivé tesznek, vagy kivégeztetnek, a kisebbik akadály pedig az, hogy nem lenne olyan személy, akivel piknikezhetnék vagy romantikázhatnék a parkban.

– *Furcsa ilyen öltözetben látni* – jegyezte meg Annie, utalva a fekete ingemre és nadrágomra.

– *Illik a hangulatomhoz* – válaszoltam.

– *Ne légy már ilyen levert, nem fognak kivégezni!*

– *Nem amiatt aggódom... nem vagyok biztos benne, hogy ezt veled kellene megbeszélnem, de tudod... elég gondterheltnek érzem magam mostanában... mintha ezerfelé akarnának a saját gondolataim szétszakítani. Olyan gyorsan történik minden, és minden napra jut valami, ami nyomaszt.*

– *Azóta érzed magad így... igaz?* – kérdezte Annie, egyből ráébredve, hogy mi miatt érzem így magam.

– *Igen. Holnap lesz egy hete...* – vágtam rá a választ.

– *Tudom, mit érzel. Igaz, hogy én sosem voltam túl jó kapcsolatban vele, de akkor is kihat rám, ami aznap történt.*

– *Én... végignéztem. Tehetetlenül. De tudod, Sayari... képes elfeledtetni velem a gondjaimat. Amikor vele vagyok, olyan, mintha nem is léteznének. Emellett pedig segít erősebbé válni, hogy többé az aznapi események ne fordulhassanak elő...*

– Hiroto! Csak nem szerelmes vagy? – tört ki a lányból a kérdés.

– *Nem, dehogy, szó sincs ilyesmiről!*

– Oh... értem – mondta lehangoltan.

– *Honnan jött ez egyáltalán?*

– *Tudod, nekem is van egy ilyen személy az életemben... de én azt hiszem, szeretem őt...* – vallotta be Annie.

– *Ooh! Van egy tippem, hogy ki lehet az a bizonyos személy* – feleltem egy ravasz mosollyal.

– *Ne mondd ki! Már így is elég kellemetlenül érzem magam az egész beszélgetés miatt.*

Annie kérésére csak egy barátságos bólintással jeleztem együttértésemet. Amint csend állt be köztem és ex-csapattársam közt, azon kezdtem el agyalni, hogy...

Vajon milyen lehet szerelmesnek lenni?

Pár percnyi séta után Annie hirtelen megállt, majd felém fordult.

– *Eddig kísérhettelek, Hiroto. Találkozóm van.*

– *A fontos személlyel?* – kérdeztem rá arcátlanul mosolyogva.

– *Igen... a fontos személlyel* – válaszolta Annie, akin látszódott, hogy kellemetlenül érzi magát.

– *Rendben, sok szerencsét* – köszöntem el tőle, miközben ő már hátat fordítva nekem haladt a randevúja felé.

Szeretet. Szerelem. Olyan dolgok, melyekre én már rég nem emlékszem, vagy sosem tapasztaltam még.

Feldolgozva az információt, mellyel Annie ellátott, elindultam a palota felé, aminek bejárata előtt gigászi méretű tömeg állt. Eddig észre sem vettem; valószínűleg azért, mert el voltam mélyülve a lánnyal való beszélgetésben. Vajon mi miatt lehet ekkora felhajtás?

– *Elnézést!* – kiáltottam a tömegre. – *Be szeretnék menni!*

– *Mi is, kölyök, várd ki a sorodat!* – kiáltott vissza rám valaki, aki – ironikusan – nem volt sokkal idősebb nálam.

– *De én... Kivégző vagyok!* – válaszoltam vissza, majd átverekedve magam a tömegen résnyire kinyitottam a Citadella ajtaját és átpréseltem magam rajta.

Mi lehet ez a felhajtás?

Bejutva a palotába azzal kellett szembesülnöm, hogy itt sem volt sokkal jobb a helyzet. Mielőtt alaposabban körülnézhettem volna menekülőútvonal után kutatva, valaki tolakodás közben egy erős lökéssel a földre küldött.

– *Uram, kérem, figyeljen oda jobban! Fellökte azt a szegény fiút!* – utasította rendre egy fiatal lány hangja a férfit, aki fellökött.

– *E-elnézést.*

Amikor felnéztem, egy apró, csokoládébarna hajú, sötétbarna szemű lány hajolt le hozzám, majd nyújtotta ki kezét felém, hogy felsegítsen.

– *Köszönöm* – háláltam meg a gesztust.

– *Igazán nincs mit. Hogy hívnak?*

– *Hiroto vagyok* – mutatkoztam be, majd meghajoltam az ismeretlen lány előtt.

– *Erre semmi szükség, Hiroto* – kuncogott illedelmességemen a lány.

Mikor felemelkedtem, körülnéztem a palota aulájában, ahol minden egyes kíváncsi szempár minket nézett. Zavarba jöttem. Miért néz minket mindenki?

– *Yurikónak hívnak. Ne haragudj a tömeg miatt, az én hibám* – kért elnézést, miközben végig mosolygott.

Miatta van itt ez a tömeg? Ezt meg hogy érthette? Ki ez a lány?

Eddig fel sem figyeltem rá, hogy a lány mögött áll két fekete köpenyes, kapucnis alak is. Egyikük magas, nagytestű volt, így kiemelkedett a tömegből, mint egy góliát, szeme pedig szürkés-kékes volt. A másik rejtélyes alak körülbelül egymagas lehetett velem, vékony testalkata volt és vérvörös, fenyegető szemei. Arcukat nem láttam, ugyanis elrejtették azt egy-egy fekete, madárfejről koppintott maszkkal.

Milyen félelmet keltő kísérete van ennek az aprócska lánynak!

– *Ideje indulnunk. Talán még találkozunk, Hiroto* – vágta ketté gondolataim folyását a lány.

Elköszönésképp újra meghajoltam előtte, ami egy újabb mosolyt csalt arcára.

A búcsút követően a lány elindult az ajtó felé, ahol én bejöttem, és kilépett rajta, a két fenyegető alak pedig szó nélkül követte őt. Miután elmentek, az emberek csillogó szemekkel összesúgtak egymás között, mintha magukat a Szenteket látták volna.

Nos, ez érdekes volt. Túltéve magam a furcsa találkozón, átsétáltam a tömegen és a lépcső felé vettem az irányt, de mikor felléptem az első lépcsőfokra, megálltam. A szobára néztem vissza, melybe tegnap este rontottam be Naokóval.

Sayari...

Megszegve az ígéretet, melyet Annie-nek tettem, visszafordultam és az ajtó felé indultam. Kopogásomat követően egy női hang szólt vissza.

– *Jövök!*

Mikor az ajtó résnyire kinyílt, egy fiatal lány kukucskált ki rajta.

– *Én... Sayari Kivé...* – kezdtem bele, de a lány közbevágott.

– *Sajnálom, Kivégző... nem engedhetem be* – mondta szomorú tekintettel, majd becsukta előttem az ajtót.

Nem engedtek be. Nem láthattam Sayarit. Nem bizonyosodhattam meg az állapotáról. Szorítást éreztem a torkomon, mintha valaki meg akart volna fojtani. Egy nagy sóhajt követően úgy döntöttem, egyelőre nem pazarolok több gondolatot erre. Sayari biztosan jól van, valószínűleg csak azért nem engedtek be, mert alszik.

Úticélom újfent a Fő Védelmező irodája lett, így elindultam felfelé a csigalépcsőn. A végtelennek tűnő úton gyorsan túlestem, hisz' elmém, tele volt problémákkal és zavartsággal. Minél több dolgot ki kell derítenem a tegnap történtekről.

Mikor az ajtó elé értem, kopognom sem kellett; a Fő Védelmező valahogyan megérezte, hogy megérkeztem.

– *Gyere be.*

Gyomrom görcsölni kezdett a félelemtől és a stressztől. Tudtam, hogy előjönnek előbb vagy utóbb ezek az érzések. Beléptem az irodába.

Tiszteletem kimutatásaképp egy mély meghajolással kezdtem, amint becsuktam magam mögött az ajtót, de a Fő Védelmező válaszként csak az asztala előtti székre mutatott, hová parancsára le is ültem.

– Hiroto… a Bansou-felfedezőcsapat teljes jelentést adott a tegnap éjszakai küldetésetekről. Szép munka volt, hogy kitisztítottátok a barlangot…

– Köszön…

– Ne vágj közbe! – kiáltott rám a férfi, miközben öklével az asztalra csapott.

Összerezzentem. Nagy bajban vagyok.

– Ettől függetlenül újabb szabálysértést követtél el, ez a viselkedés pedig a továbbiakban megengedhetetlen. Sayari… Sayari Kivégző, a csapattársad, kit akár az életed árán is meg kellett volna védened, súlyosan megsérült, így pár napra teljesen harcképtelenné vált. A bal karja konkrétan darabokra tört, több bordájával együtt… míg te, aki miatt az egész történt, pár vágással visszatértél, és úgy fest, mintha semmi nem történt volna. Elfogadhatatlan! – fejezte be a Fő Védelmező fennhangon.

Természetesen igaza volt. Elfogadom a büntetést, legyen az akármi… de tisztáznom kell valamit.

– Sayari… nem tehet semmiről, kérem, helyette is engem büntessen.

– Ezt mondanod sem kell. Befolyásoltad Sayarit. A büntetésedről… ha tehetném, kivégeztetnélek, Hiroto. Ezzel remélem tisztában vagy.

– Igen, Uram.

– Sajnálatomra viszont ezt nem tehetem meg. A Bansou-osztag egyenesen áradozott rólad és a dolgokról, amiket tettél, csak azért, hogy megvédd őket és Sayarit… emellett Sayari azt mondta, hogy saját akaratából ment veled, az, hogy megsérült, pedig nem miattad, hanem az önfejűsége miatt történt. Tisztán láthatóan mindannyian téged védenek.

Mindannyian engem védenek, pedig semmit nem tettem. A Fő Védelmezőnek igaza van… már csak azért is megérdemelném a legsúlyosabb büntetést, amiért Sayari ilyen állapotba került miattam.

Jelezve, hogy megértettem, amit a Fő Védelmező mondott, bólintottam.

– Most megúszod egy enyhe büntetéssel, de legközelebb nem leszek már ilyen lágyszívű – mondta, majd egy papírdarabot csúsztatott elém. – Az új csapattársad… nem, csapatvezetőd szobaszáma. Még ma találkozz vele, ha lehet. Holnap küldetésre mentek.

112

– *Új csapat!? De Sayari...* – mondtam remegő hangon, de dadogásom nem talált hallgató fülekre.

– *Ne gondold, hogy jelen helyzetben van jogod panaszkodni bármiért is. Sayarit pedig... felejtsd el. Nem akarom megtudni, hogy a közelébe mész.*

A Fő Védelmező szavai olyanok voltak, mintha több ezer kard szúrta volna át szívemet egyszerre.

– *Nem kell semmit mondanod, csak törődj bele és fogadj szót. Végeztünk.*

Felálltam a székből és a kijárat felé indultam. Mikor megfogtam a kilincset, hogy kinyissam az ajtót, rájöttem, hogy van valami, amit tudni akarok.

– *Fő Védelmező... mik támadtak ránk éjszaka? Mi történt Satoruval?*

– *Visszahívtam a városba a legmagasabb rangú Kivégzőcsapatomat, ők fogják kideríteni a támadások okát, nem kell foglalkoznod az üggyel. Ami Satorut illeti, kivizsgálás alatt áll; próbálják kideríteni, mi okozhatta a furcsa viselkedését. Amíg nem derül ki, mi történt vele pontosan, addig veszélyesnek nyilvánítom, legrosszabb esetben kivégeztetem.*

– *Kivégez...*

– *Végeztünk.*

Kiléptem az ajtón, és távoztam a Fő Védelmező irodájából. Zsebemben a cetlivel, melyen a szobaszám volt, elindultam lefelé a lépcsőn, melyen feljöttem. Szükségem volt egy kis levegőre, hogy tiszta fejjel átgondolhassam az itt elhangzottakat, így a park felé vettem az irányt.

Ahelyett, hogy kattogtam volna a büntetésen, miszerint Sayarit nem láthatom többet, vagy hogy Satorut még ki is végeztethetik, ha nem jönnek rá viselkedésének okára, elmém üres volt. Nem tudtam gondolkozni. Egy ép gondolatom em akadt, csak arra tudtam gondolni, hogy bárcsak inkább kivégeztetett volna a Fő Védelmező.

Kiértem a palotából. A parkban egy, a Citadellára néző padon foglaltam helyet. A tiszta levegő és nyílt tér hatására visszanyertem az elmélkedőképességemet, így elkezdtem őrölni magam a mai és tegnapi napon történteken. Mondanom sem kell, hogy gyorsan rám esteledett, mire feleszméltem... talán el is aludtam, már én sem voltam biztos benne. A civilek szinte mind egy szálig eltűntek a parkból, a Védelmezők és szabad Kivégzők pedig már valószínűleg mind a saját szobájukban tartózkodnak, én pedig csak ültem a parkban, csendben, egyedül, gyilkolva magamat saját gondolataim erejével. Így van... mindenki visszavonult mára...

Támadt egy rossz ötletem.

Bemértem helyzetemet, hol is vagyok pontosan a Citadellához képest, majd elindultam egy ablak felé, melyet szerencsémre nyitva találtam. Sayari módszerét alkalmazva elrugaszkodtam a földtől, és sikeresen belekapaszkodtam az ablakpárkányba, majd felhúztam magamat rá. Szerencsémre nem okoztam nagy hangzavart, ugyanis a Citadella teljes szerkezete kőből épült, így érkezésem csendes volt.

A szobába tekintettem, mely láthatólag üres volt. Csak egy lány tartózkodott benne, ki a plafont nézte unalmában. Mikor óvatosan bemásztam, a lány egyből felfigyelt az ablak felől érkező neszre.

– Hiroto!? – mondta ki halkan nevemet a lány. – Mit keresel itt!? Bajba fogsz kerülni.

– Tudom... de látni akartalak, Sayari.

– Látni... akartál? – kérdezett vissza a lány elpirult arccal.

Sayari felült az ágyán, én pedig leültem annak szélére.

– Hiroto... én mondtam a gyógyítóknak, hogy engedjenek be, de nem hallgattak rám. Azt mondták, nem engedhetnek a közelembe.

– A Fő Védelmező megtiltotta, hogy találkozzak veled. Áttett egy másik csapatba.

– Mi? De miért? – kérdezte sokkosan, értetlen arckifejezéssel a lány.

– Azt mondta, miattam sérültél meg, amiben igaza is van. Éjszaka bebizonyosodott, hogy csak teher vagyok számodra – válaszoltam bánkódva.

– Ez nem igaz – tagadta le Sayari az igazságot, miközben bekötözött kezére nézett. – Magamnak köszönhetem, és ezt neki is elmondtam tisztán és érthetően.

114

A bűntudatom okozta érzelmek elnyomták Sayari előző pár mondatát, gyomorgörcsöm pedig felerősödött, amint tudatosult bennem, hogy Sayari nem képes mozgatni bal karját. Éreztem, nem sok választ el tőle, hogy visszatartott könnyeim előtörjenek.

– É-én... sajnálom! Nem koncentráltam eléggé! Gyenge és tehetetlen vagyok! Nem vagyok méltó rá, ho...

Sayari félbeszakított. Jobb karjával maga felé rántott engem, majd átölelt. Melegség járta át a testemet, de könnyeim nem hagytak fel a potyogással.

– Megígértem, hogy megvédelek – suttogta fülembe lágy hangon.

Sayari lehelete forró volt. Sosem éreztem még ennyire biztonságban magam, mint most. Még ha a világ omlott volna össze körülöttem, sem engedtem volna el ezt a lányt.

– Kudarcot vallottam. Sajnálom, hogy nem tudtam betartani az ígéretemet.

– Tudod... senki nem tett még nekem ilyesfajta ígéretet. Már ez is nagyon sokat jelentett.

– De én... komolyan gondoltam. Talán így, hogy eltiltott engem tőled a Fő Védelmező, nem adok esélyt rá, hogy újra veszélybe sodorjalak.

Amint ezt a mondatot kimondtam, akaratlanul távolodni kezdtem Sayaritól, mintha testem úgy érezte volna, hogy nem érdemlem meg ezt a mértékű törődést... de mielőtt kibújhattam volna a lány öleléséből, ő visszahúzott magához.

– Ezzel próbálod nyugtatni magad? Ha nem vagy a közelemben, nem esik bajom? Ezt csak azért mondod, hogy magadat nyugtasd... igaz? – tette fel a fájó kérdéseket Sayari, ki szintén a zokogás határán volt. – Tudom, hogy azt gondolod, az én érdekem is, hogy ne legyünk többé csapattársak... de ez a legutolsó dolog, amit szeretnék. Ne... hagyj itt. Nem akarok többé a „magányos hóhér" lenni. Nem akarok újra... egyedül lenni. Együtt akarok veled menni a nyári fesztiválra. Együtt akarok veled harcolni. Végig akarom nézni a fejlődésed. Látni akarom, mikor először feloldod az aurádat. Társak vagyunk. Ha ez azzal jár, hogy néha megsérülök, ám legyen... de nem akarom ezt a köteléket elveszíteni. Ez a legjobb dolog, ami velem történt... az elmúlt tizenöt évben...

Sayari őszintesége meglepett. Ha ezt más mondta volna nekem, biztosan kételkedtem volna az igazságtartalmában, de

Sayarival kapcsolatban biztos voltam benne, hogy minden egyes szó, melyet kimondott, valós volt. Nem akatam magára hagyni.

– *Nem leszel egyedül többé, Sayari. Melletted maradok* – nyugtattam meg a lányt, miközben erősítettem szorításomon.

Sayari a vállamra hajtotta a fejét, és erőteljesen zokogni kezdett. Éreztem, hogy kiengedi az összes elnyomott érzelmét. Csapattársam egyik pillanatról a másikra erős Kivégzőből törékeny lánnyá változott, kit, úgy éreztem, az életem árán is meg kell védenem.

– *Ígéred?* – tette fel a kérdést Sayari, amint felemelte fejét és szemeimbe nézett.

– *Ígérem* – válaszoltam határozottan.

Most tartani fogom a szavam, Sayari.

Ígérettételem után a lány újra a karjaim közé csomagolta magát. Nem szóltunk egymáshoz. Engedtük, hogy a pillanat szépsége beszéljen szánk helyett. Úgy érzem, egy szoros kötelék fogamzott meg köztünk ma, melyet én legalább annyira nem szerettem volna elveszíteni, mint Sayari. Teltek a percek, talán az órák is, nem tartottam számon jelenleg az idő múlását... egészen addig a pillanatig, míg rá nem jöttem, hogy a mai napon még van egy feladatom, mely elvégzésre vár.

– *Sayari...!* – tört ki belőlem, de amint megláttam, hogy a lány elaludt, félbeszakítottam magamat.

Olyan békésen aludt, mintha a világ összes problémája megszűnt volna számára, arcán pedig egy halovány mosoly ült. Miután óvatosan kibújtam Sayari szorításából, lassú mozdulattal visszahelyeztem felsőtestét az ágyra, jobb kezét pedig mellé hajtottam, majd betakartam.

Mielőtt improvizált bejáratomon kimásztam volna, még utoljára visszatekintettem a lányra, kinek látványa egy boldog mosolyt csalt arcomra, ezután pedig távoztam.

Szerencsémre egy lélek sem volt a környéken, így valószínűleg nem vették észre illegális látogatásomat. Megkerülve az épületet az „igazi" bejárat felé kezdtem rohanni, majd mikor beléptem azon, a lépcső felé folytattam utamat. Futás közben elővettem a papírdarabot zsebemből, és elemezni kezdtem a rajta található számot. Szerencsémre csak három emeleten kellett túltennem magam, hogy elérjem úticélomat. Fogalmam sem volt, mennyi az idő, de valószínűleg sokkal több, mint az ideális lenne a bemutatkozásra.

Megérkeztem.

A kopogást követően egy nyúzott, morcos hang szólt vissza.

– Mi van?

– É-én... elnézést, hogy ilyen későn zavarom... az új csapattársa vagyok.

Miután elárultam, milyen célból jöttem, lépteket kezdtem hallani bentről. Mikor kinyílt az ajtó, az első dolog, amire felfigyeltem, az a szobában lévő rendetlenség volt. Ruhák szétdobálva, az ágy feltúrva, de még volt olyan üvegszekrény is, melynek ajtaja darabokra volt törve, annak üvegszilánkjai pedig a földön hevertek. Miután körbeszemléltem az elém táruló látványt, felismertem az előttem álló fekete, kócos hajú lányt, kinek szemei alatt olyan táskák voltak, hogy egyből arra következtettem, előző éjszaka egy percet sem aludt.

– Naoko... – szólítottam meg a megviselt lányt.

Üresség

Nem számítottam rá, hogy mikor az ajtó kinyílik előttem, egy ismerős arccal fogom szembetalálni magam, de az első érzelem, ami átjárta szívemet, mégsem öröm, inkább sajnálat volt. Naokón látszott az első pillanattól, hogy nagyon megviselték a csapattársaival történtek, de mivel engem a hasonló események után a bizonyítás vágya elvakított, nem volt idő magamba roskadni... Naokónak viszont szemmel láthatóan nem volt motivációja a hirtelen továbblépéshez.

– *Bejössz?* – kérdezte, miközben már hátat is fordított nekem és visszaindult szobája felé.

Mivel Naoko nem várta meg a válaszomat az ajtóban állva, így ezt egyértelmű utalásnak vettem arra, hogy azt szeretné, bemenjek... szóval így is tettem.

Miután levettem a cipőmet és becsuktam magam mögött az ajtót, helyet foglaltam Naoko fekete kanapéján a lány mellett.

– *Hogy érzed magad?* – tettem fel a kérdést, amire már tudtam, milyen válasz fog érkezni, de nem jutott eszembe más, amivel beszélgetést kezdeményezhettem volna.

– *Céltalanul. Reményvesztetten. Borzalmasan... soroljam még?* – felelte a lány, majd egy lassú mozdulattal felkelt és a konyha felé indult.

Pár másodperc elteltével Naoko visszatért egy ügyetlenül megsodort cigarettával szájában és egy félig üres borosüveggel a kezében, majd újra helyet foglalt mellettem.

– *Nem tudtam, hogy dohányzol* – jegyeztem meg.

– *Tegnap még én sem tudtam... kell valami, ami eltereli a figyelmem.*

Legszívesebben erre azt válaszoltam volna, hogy „a saját szervezeted leamortizálása talán nem a legjobb mód a figyelemelterelésre", de nem azért voltam ott, hogy kiosszam Naokót a rossz szokásai miatt.

– *Hol találom a seprűt?*

– *Nem azért vagy itt, hogy rendet rakj utánam, ugye?*

– *Természetesen nem... de legalább az üvegszilánkokat hadd tüntessem el, ha már itt vagyok. Veszélyes így sétálgatni mezítláb.*

– *Milyen figyelmes úriember.* A konyhában van – válaszolta a lány hangsúlyából leszűrhető, egyértelmű szarkazmussal.

A konyhába érve nem a seprű volt az első dolog, amin megakadt a szemem, hanem a pulton hagyott három üres borosüveg. Nem voltam biztos benne, hogy Naoko olyan állapotban van, hogy holnap küldetésre menjen.

A seprűvel és a lapáttal a kezemben visszatértem a nappaliba, és egyből munkához is láttam.

– *Szóval* – kezdett bele Naoko, amint kiengedte a szájában gomolygó cigarettafüstöt –, *csapattársak leszünk?*

– *Úgy néz ki* – válaszoltam, miközben az üvegszilánkokkal teli lapáttal visszaindultam a konyha felé.

– *Nem tűnsz túl boldognak* – kiáltotta utánam a lány.

– *Ne érts félre, örülök, hogy nem egy idegen lesz a csapatvezetőm* – feleltem, miután elvégeztem az önkéntes feladatomat és visszatértem Naokóhoz. – *Annak viszont nem örülök, hogy ilyen állapotban látlak* – fejeztem be, majd helyet foglaltam.

– *Miért, milyen állapotban szeretnél látni? Táncoljak a szoba közepén vidáman, mintha semmi sem történt volna?*

– *Nézd... érthető, hogy magad alatt vagy... de holnap küldetésünk lesz, és ilyen állapotban nem tudsz harcolni.*

– *Ooh. Most már mindent értek... a küldetés miatt aggódsz.*

– *Nem, én miattad aggódom. A küldetés sikeressége számomra nem azon alapul, hogy megöljük-e a szörnyet, hanem, hogy túléljük-e... mindketten.*

– *Mint két ellentét...* – vonta le magyarázat nélkül a következtetést Naoko.

– *Ellentét?*

– *Te és Sayari.*

Naoko kijelentése arra engedett utalni, hogy úgy gondolja, Sayarinak nem számít mások testi épsége, csak a gyilkolás... ez pedig most okkal, de jobban kihozott a sodromból, mint kellett volna.

– *Ne beszélj így Sayariról... legalábbis nekem ne. Bármi is történt köztetek, az már a múlté. Ha nem Sayari állt volna mellettem, valószínűleg nem itt lennék, hanem egy ágyhoz lennék kötözve, az ő helyén, törött csontokkal... vagy rosszabb.* Nem hiszem, hogy te akár feleannyit is tudnál tenni értem életem során, mint Sayari tudott pár nap alatt – tört ki belőlem.

– *Milyen lovagiasan véded. Csak nem történt köztetek valami, ami nem tartozik a Fő Védelmezőre?*

– *Holnap találkozunk* – határoztam el, hogy távozom, de Naoko elkapta a csuklómat, miközben felálltam.

– *Ne haragudj. Kérlek... ne menj el.*

Biztos voltam benne, hogy Naoko nem csak az alkohol miatt mond ilyen dolgokat, hisz' a személyiségének része volt a cinikusság és az eltúlzott szarkazmus, valamiért mégis eleget tettem kérésének és visszaültem mellé.

– *És most?*

– *Csak... társaságra van szükségem* – mondta Naoko kissé szégyellősen.

– *Ha nem sértegeted a számra fontos embereket, akkor maradok.*

– *Tudom, neked is nehéz... hallottam róla, hogy min mentél keresztül te és a felfedezőcsapatod... Sayari pedig kórházba került, most pedig egyedül érzed magad. Nem akartam így neked támadni* – kerítette körbe bocsánatkérését Naoko, majd felém nyújtotta a borosüveget.

– *Már kezdem megszokni tőled ezt a stílust* – feleltem, miközben elfogadtam az italt.

Nem vagyok az ivós típus, hisz' a tizennyolcadik születésnapomon is csak egy pohár pezsgőt ittam meg, de úgy érzem, most rám fér egy pár korty.

– *Nem voltam mindig ilyen. Ilyenné tett az élet. Ha már úgyis csapattársak leszünk... megpróbálok... másképp viselkedni veled* – mondta a lány, majd a karját kezdte fürkészni szemeivel. – *Pont te vagy az utolsó, akivel így kellene viselkednem. Meg sem köszöntem... szóval... köszönöm.*

– *Mit?* – kérdeztem érdeklődően.

– *Hogy megmentettél.*

– *A gyógyítók mentettek meg. Én csak bevittelek az orvosira.*

– *Ne alacsonyítsd le magad* – mondta Naoko, majd egy lassú mozdulattal behajolt a látókörömbe.

– Furcsa ezt pont tőled hallani, Naoko – mondtam, miközben a lány kezére vetettem tekintetemet, melyben a már rég kialudt cigarettacsikket szorongatta.

Naoko reakcióként kijelentésemre sóhajtott egyet, majd újra hátradőlt és ledobta a földre az eddig ujjai közt forgatott szemetet.

– Most, hogy te is láttad a… „szörnyeket", amik elintézték a csapatomat, mit gondolsz, mivel van dolgunk?

Ez a kérdés már sokszor megfogalmazódott a fejemben, mióta felébredtem. Egy szörnyeteg tarthatta az irányítása alatt azokat az embereket, mint Satorut? Vagy talán… egy titkos organizmus? Akármilyen indíttatásból támadtak ránk, volt valami, ami nagyon zavart a kellemetlen találkozó egy aspektusával kapcsolatban, mely Naoko esetében is ugyanúgy volt. Az üres barlang.

Hová tűnt a Fő szörnyeteg?

– Nos, amit mondtál, beigazolódott. Valóban emberek támadtak meg mindkettőnket. De vedd számításba, hogy én új vagyok a Kivégzők körében… Ha Sayari és te sem tudtok magyarázatot mondani rá, akkor én hogyan tudhatnék?

– Felfedező voltál, ezért azt hittem, talán ki tudtad elemezni őket…

– Naoko. Három felfedezőküldetésen vettem részt. Egyébként is, nincs mit kielemezni. Emberek voltak.

A pár másodpercnyi gondolkodás miatt bekövetkezett csend után Naoko újra megszólalt.

– Nem vagyok biztos benne, hogy tovább tudom ezt csinálni.

– A kivégzéseket?

– Igen – válaszolta Naoko kis hezitálás után.

Kicsit kezdem tompának érezni magamat, bár nem csodálkoztam rajta, hisz' ennyi alkoholt egész életem során nem hajtottam le, mint most.

Naoko gyengéd mozdulattal kihúzta a kezemből a borosüveget, melynek alján már csak pár nyelésre elegendő folyadék volt, majd ki is hajtotta azt. Mondanom sem kell, hogy fogalmam sincs, ezután Naokóval miről beszélgettünk – ha beszélgettünk egyáltalán. Az alkohol hatására elmélyültem gondolataimban. Agyaltam kellemes dolgokon, mint például a holnapi nyári fesztivál Sayarival, de később volt olyan gondolatom is, hogy kiszabadítom

Satorut a Védelmezők fogságából, és elmenekülünk hármasban Sayarival a városból... emellett furcsa érzelmek keringtek bennem Sayarival, Naokóval, de még a rejtélyes... hogy is hívták... Yurikóval kapcsolatban is, amelyeket inkább nem részleteznék. Kezdett olyan érzésem lenni, mintha már órák teltek volna el, mióta az utolsó kimondott szó elhagyta számat.

Egy ismerős illatot kezdtem érezni... egy kellemes illatot, de nem tudom kinyitni szemeimet, hogy megbizonyosodjak a forrásáról. Bízom a megérzéseimben, így átkarolom a személyt, ki hozzám bújt puha testével. Ki akarom mondani a nevét, hogy én is hallhassam még egyszer, amint ő kimondja az enyémet. Hiányzol...

– *Mitsuri.*

Amint kimondtam a lány nevét, hangos kopogásra lettem figyelmes, így kinyitottam szemeimet, ám nem az a látvány fogadott, amire számítottam.

– *Ez nem a szobám mennyezete* – észrevételeztem, majd a hasam felé tekintettem, melyen nyomást éreztem.

A súly forrása, mely nyomást gyakorolt gyomromra, Naoko volt, ki a fejét ráhajtva aludt, gyűrött ingembe kapaszkodva, én pedig hátán pihentettem a jobb karomat. Naoko alvási pozitúrája nem volt úrinőhöz illő, hisz' kifolyt nyálával fekete ruhadarabomat áztatta hangos szunyókálása közben.

– *Alszik... alszik?* – ébredtem rá hirtelen, hogy mit is jelent ez.

Miközben próbáltam összerakni a képet, hogy mi is történt pontosan, hogy így kötöttünk ki, újabb kopogás hallatszott a folyosóról. Nem volt időm gondolkozni.

Miután óvatosan kibújtam Naoko szorítása alól, az ajtó felé vettem az irányt, majd mielőtt kinyitottam volna, úgy gondoltam, a hangja alapján megpróbálom beazonosítani a bejutni kívánó személyt.

– *Igen?* – kérdeztem, kicsit elvékonyítva hangomat.

– *Naoko Kivégző? Minden rendben? Betegesnek tűnik a hangod.*

Ismerős volt... de nem tudtam hová tenni. Nem volt más választásom, ajtót kellett nyitnom.

– *Te...* – ismert fel a hatcsillagos Védelmező.

– Én... pont indulni készültem – feleltem egy kellemetlen vigyorral az arcomon.

– A Szentek nevére... tisztában vagy vele, mennyi az idő, Hiroto Kivégző? – tette fel a kérdést Elise Védelmező morcos hangnemben.

– Egy? – utaltam arra, hogy valószínűleg még csak pár óra telt el érkezésem óta.

– Majdnem talált. Dél van.

– Dél? – kérdeztem vissza riadtan.

Ez azt jelenti, hogy egy órája már úton kellene lennünk Naokóval.

– Azonnal elkészülök! Naoko... – fordultam hátra, hogy felébresszem a szunyókáló lányt, de a Védelmező megragadta a vállamat.

– Naokót majd én elintézem. Menj, és készülj el.

– Köszönöm – mondtam, majd meghajoltam a nő előtt.

Egy sóhajtást követően Elise Védelmező félreállt az ajtóból, hogy kiengedjen a szobából, de mielőtt távozhattam volna, újra megszólított.

– Hiroto. Kérlek, ne lógj túl sokat a női lakosztályok körül, különben jelentenem kell a Fő Védelmezőnek.

– Értettem! – válaszoltam a kérésre kissé megszeppenve, majd rohanni kezdtem otthonom felé.

Pillanatok alatt leértem a Citadella földszintjére, ahol egy tucatnyi kíváncsi szempár követte végig rohanásomat. A palotából kilépve a főtér felé vettem az irányt, ahol egy tömeggel találtam szembe magam, mely a Szentek szobrait vette körül. Futás közben arra pillantottam és megláttam a tömeg közepén, egy dobogón állni a rejtélyes Yurikót, ki amint észrevett, egy lassú tempójú integetéssel köszöntött engem. Miután viszonoztam a gesztust, folytattam utamat az otthonom felé. A város tele volt emberekkel. Egy része a lakóknak a főtér felé tartott, hogy láthassa a Yuriko vezetésével tegnap érkezett csapatot, a másik fele pedig a fesztivál készületeivel volt elfoglalva. A házakat virágok kezdték beborítani, az utcákat pedig színes szalagok díszítették... de most nem volt időm ezzel törődni.

A házamhoz érve becsörtettem az ajtón és egyből a tükör elé léptem, ahol szembesültem vele, hogy milyen borzalmasan nézek ki. A hajam a szélrózsa minden irányába állt egyszerre az alvástól, az ingem pedig olyan gyűrött volt, mintha egyenesen a szennyesek közül vettem volna ki, nem is beszélve a közepén található nyálfoltról.

Miután szélsebesen ledobtam magamról a megviselt göncöt, magamra kaptam egy fehér pólót egy fekete nadrág kíséretében, majd felkaptam köpenyemet. Miután túlestem a felszerelkezésen is, további időhúzás nélkül kiléptem otthonról és bezártam magam mögött az ajtót.

Újabb rohanás vette kezdetét.

Fárasztó utam végére érve a főtéren helyet foglaltam egy padon, hogy kipihenjem magam. Nem törődve a környezetemmel, el kellett pár percnek telnie, hogy észrevegyem a tőlem körülbelül tíz méterre várakozó, megviselt arcú Naokót.

– *Jó reggelt* – köszöntöttem egy mosollyal az arcomon, mikor a közelébe értem.

– *Neked is* – viszonozta a köszönést Naoko monoton hangon. – *Induljunk.*

Naoko, miután megadta a jelet az indulásra, a keleti kapu felé vette az irányt, ami arra utalt, hogy a hegyek között lesz a barlang, amihez tartunk. Míg ki nem értünk a városból, nem szóltunk egymáshoz.

– *Új kard?* – észrevételeztem Naoko újszerű, fényes fegyverét.

– *Csak kölcsönzött. Az új fegyverem még nem készült el* – válaszolt a lány kedvetlenül, mintha semmi kedve nem lenne beszélgetni velem.

– *Egyedi fegyvert készíttetsz?* – folytattam a kérdezősködést ennek ellenére.

– *Ja. Olyasmi. De nem biztos, hogy szükségem lesz rá ezután.*

Újdonsült csapattársam kijelentését a tegnap elhangzott szavaira vonatkoztattam vissza, mikor azt mondta, nem tudja, meddig tudja ezt a munkát csinálni. Ha valóban le akar mondani a Kivégzői posztjáról, ki lesz a csapattársam?

– *Naoko… tegnap…*

– *Nézd, Hiroto… Értékelem, hogy tegnap nálam maradtál, de nincs kedvem beszélgetni.*

Naoko ezen mondata nem esett jól, de muszáj volt tudomásul vennem, ha nem akartam a terhére lenni. Úgy nézett ki, hogy az út hátralevő részét szótlanul fogjuk megtenni.

Sajnálatomra ez így is történt.

Mikor látszólag már közeledtünk úticélunkhoz, letértünk a kitaposott útszakaszról és elmerültünk az erdőben, hol a fák lombjai olyan hatalmasak voltak, hogy kitakarták az alkonyodó nap fényét. Némi bolyongás után Naoko egy kőfal előtt megállt, majd feltekintett.

– *Mászunk* – adta ki a parancsot a lány.

– *Várj! Legalább annyit ossz meg velem, hogy mivel állunk szemben* – kértem Naokótól érthető indítékkal.

– *A Falkavezér nevet kapta. Farkasszerű, kettes nagyságrendű, a látó érzékszervei hiányoznak. Mehetünk végre?*

– *Rendben. Menjünk.*

Szerencsénkre nem kellett az egész hegyet megmásznunk; körülbelül tizenöt méter megtétele után megérkeztünk célunkhoz. Felhúzva magunkat a kőfalon lévő párkány segítségével, egyből a barlangban találtuk magunkat. Hátrafordulva Bastion gigászi, gyönyörű városa tárult elém, mely a nyári fesztivál készületei miatt színesen pompázott még ilyen messziről is. Csapattársam viszont nem a tájban gyönyörködött, helyette egyből a fő szörnyeteg felé vette az irányt. A lány mellé sietve a tervről kezdtem faggatni, melyet még nem osztott meg velem.

– *Naoko, várj! Mi a terv?* – tettem fel a kérdést, miközben próbáltam tartani a tempót- Naoko sebes lépéseivel.

Naoko nem válaszolt a kérdésemre.

– *Naoko! Beszélj hozzám!* – kérleltem a lányt kissé aggódva, de már késő volt.

Beléptünk a szörnyeteg otthonába. Nem volt tervünk, Naoko pedig úgy viselkedett, mintha csak egy városi sétára mennénk együtt. A küszöbön állva a terem túlsó felében szaglászó szörnyeteget kezdtem elemezni. Ezüstös bundája csillogott a termet bevilágító fénytől, mérete nem sokkal volt nagyobb egy átlagos farkasénál, szemei pedig, mint ahogyan csapattársam is mondta, nem voltak.

Mire észbe kaptam, Naoko már a terem közepén kullogott a lény felé.

– *Naoko! Mit művelsz?!* – kiáltottam utána, de mint vártam, nem érkezett válasz.

A szörnyeteg mozgásba lendült.

Naoko, amint észrevette a felé rohanó bestiát, megállt... de nem rántotta elő kardját.

A lény elképesztő sebességgel rohant Naoko felé. Futni kezdtem. Nem hagyhattam, hogy a szemem előtt széttépje, még akkor sem, ha reményvesztett csapattársamnak ez volt a terve a kezdetektől.

Túl messze van, nem érek oda időben.

A farkasszerű lény tágra nyílt szájjal ugrásba kezdett. Azt tervezte, hogy keresztülharap csapattársam testén. Nem hagyhatom... Naoko...

Megmentelek!

Talán pár centi választotta el Naokót a biztos haláltól, de valamilyen csoda folytán sikerült rávetni magam és félreugrani vele. Elrugaszkodásom lendületének következtében mindketten elvesztettük egyensúlyunkat. Míg én a helyszíntől nem messze landoltam, Naoko messzire gurult a szörnyetegtől.

– *Te meg mit művelsz?* – förmedtem feltápászkodás közben a lányra, aki láthatóan fel sem fogta, mi történt az imént.

– *Fehér...* – hallatszott a távoli lány szájából a halk megjegyzés.

– *Mi feh...* – tettem volna fel a kérdést, de mikor a szörnyeteg felé fordultam, az már elképesztő sebességgel repült felém, nem hagyva nekem lehetőséget arra, hogy előrántsam a kardomat.

Újra a padlóra kerültem. A bestia, mely a jobb csuklómon csámcsogott, nem engedett szorításából, akárhogy is rugdostam a gyomrát. Ha nem teszek valamit, elveszítem az eszméletem a fájdalomtól.

Remegő bal kezemmel a kardom felé kezdtem nyúlni, majd mikor elértem azt és előrántottam, egyenesen a lény hasába döftem. A szörnyeteg ennek hatására egyből hátraugrott. Mikor felkeltem, hátrálni kezdtem a bestiától, mely bizonytalanul állt reszkető lábain, miközben gyomrából, patakszerűen ömlött lila vére. Kardomat bal kezemmel szorongattam, hisz' csuklótól lefelé nem éreztem a jobbot... ha ezt nem kezelik le rövid időn belül, elköszönhetek tőle.

Néhány másodpernyi „szemezés" után a lény előbb lassú, majd egyre gyorsabb lépésekkel kezdett közeledni felém. Mozgása lassult sérülésének köszönhetően, de nem engedhettem le a védelmemet, hisz' jelenleg én is az ügyetlenebbik kezemmel forgattam a fegyvert.

A szörny elrugaszkodott a földtől.

Bal karom pontos időben történő lendítésével talán képes lehetek a farkasszerű lény torkán letolni kardomat... ez volt az egyetlen stratégia, amivel elő tudtam állni. Ám mielőtt összecsapásunk bekövetkezhetett volna, csapattársam virító, zöld aurája védelmében elém ugrott és kettéhasította a szörnyeteg testét.

Térdre rogytam.

Éppen a megkönnyebbülés sóhaját engedtem ki magamból, mikor Naoko lehuppant velem szembe, majd letépte szétroncsolt csuklómról a ruhadarabom egy részét, ezután rányomta jobb tenyerét a sérülésre.

– *Gyógyítás* – mondta ki Naoko remegő hangon, ennek hatására pedig aurájának nagy része a tenyerébe összpontosult.

Viszkető érzés kapott el a frissen keletkezett harapás helyén, amiből arra következtettem, hogy eszméletlen sebességű gyógyulásba kezdett.

Miközben a lány a gyógyításomra fókuszált, én őt figyeltem. Szemei könnyesek voltak, szája pedig remegett, mintha bármikor kitörhetne belőle a sírás.

– *Komolyan úgy akartál eltávozni a világból, hogy széttép egy szörnyeteg?* – tettem fel a kérdést.

– *É-én... sajnálom. Nem számítottam rá, hogy megmentesz... megint* – felelte Naoko, majd elemelte tenyerét csuklómtól, aurája pedig szertefoszlott.

Naoko gyógyító technikája jobb volt, mint gondoltam; harapásnak nyoma sem maradt.

– *Pihenjünk itt egy pár percet* – kértem a lánytól.

– *P-persze... ahogy kívánod* – tett eleget kérésemnek Naoko, kissé nem hozzáillő szavakkal.

– Ismerjük egymást? Hová lett a nemtörődöm, szarkasztikus, ellenséges Naoko?

– Milyen kedves jelzőkkel illetsz engem. De igazad van. Nem vagyok jó társaság – tett vallomást magának a lány, majd egy nagy sóhajtást adott ki magából. – Szánalmas vagyok. Hagynod kellett volna meghalni.

Naoko kijelentésére képtelen voltam szavakkal válaszolni, így hagytam, hogy cselekedeteim mutassák ki érzéseimet vele kapcsolatban.

Egy hirtelen mozdulattal magamhoz húztam Naokót, és átöleltem. A lány kissé hezitálva, de viszonozta a gesztust, majd pár pillanat elteltével szorítani kezdte köpenyemet, fejét pedig a vállamra hajtotta. Eddig bírta.

Naokóból előtörtek elnyomott érzelmei és a sírás úrrá lett rajta. Kellett egy kis idő, hogy összeszedje magát és újra szóba elegyedjen velem, de nem bántam, hogy kisírja magából a lelki fájdalmait.

– Miért maradtál tegnap nálam annak ellenére, hogy olyan undorítóan viselkedtem veled? Miért mentetted meg az életemet kétszer is? Miért törődsz velem? – kérdezte Naoko, miközben kiegyenesedett, hogy szemembe nézhessen, mikor felteszi nekem ezeket a fontos kérdéseket.

– Tudod, nem különbözök olyan sokban Sayarival, mint gondolod – ismertem fel ex-csapattársamat az összetört lányban.

– Most az egyszer... elnézem neked ezt a megjegyzést – felelte a lány egy halovány mosollyal az arcán.

– A kérdésedre válaszolva pedig... azért törődöm veled, mert csapattársak vagyunk. A csapattársak pedig ott vannak egymásnak, ha szükséges, nem igaz?

– Ha ilyeneket kezdesz mondani nekem, féltékeny leszek Sayarira.

– Féltékeny? – kérdeztem vissza, meglepődve Naoko kijelentésén.

– B-biztosan egy csomó ígéretet tettetek egymásnak... és tuti, hogy több törődést kapott tőled, mint amit megérdemelne...

– Mindenkivel csak annyira törődöm, amennyire megérdemli – válaszoltam egy őszinte mosollyal az arcomon.

– É-értem...

– Ha szeretnéd, hogy szóban is kimondjam ugyanazt, mint Saya-rinak, akkor szívesen megteszem.

Naoko lefagyott az előző mondatom hallatán, mintha azt gondolná, arra készülök, hogy szerelmet vallok neki... de bízom benne, hogy nem tette ilyen magasra a mércét.

– H-hallgatlak.

Reménykedtem benne, hogy visszatér az érzéketlen oldala és megmondja, hogy „kopjak le a csöpögős szövegemmel", de nem így történt. Ehelyett tágra nyílt, még könnyes szemekkel várta, mit készülök neki mondani.

– Ígérem, nem hagyom, hogy bajod essen. Ugyanúgy, mint a mai napon, a jövőben is meg foglak védeni, akár a saját testi épségem árán is – tettem ígéretet Naokónak, miközben behajlított mutatóuj-jammal letöröltem könnyeit az egyik szeméről. – Nem akarok elveszíteni még egy csapattársat... Rendben?

Naoko láthatóan teljesen zavarba jött ígéretemtől.

– E-ez... rendes tőled – felelte, miközben hirtelen elfordult tőlem, hogy elrejtse kipirult arcát.

A lány reakciójára csak egy mosollyal tudtam visszajelezni.

– Menjünk haza, Naoko – mondtam, majd felálltam, és lova-giasan kinyújtottam felé jobb kezem, hogy felsegítsem.

Miután Naoko elfogadta a gesztust és talpra állt, elindultunk a kijárat felé. A kifelé vezető út megtétele közben eszembe jutott valami, amiről még meg szerettem volna kérdezni csapattársamat.

– Naoko...

– I-igen?

– Miért nem használtad magadon a gyógyító képességedet, mikor elmenekültél a szörnyek elől?

– Nem tudom... talán nem találom a saját testi épségemet olyan fontosnak, mint másokét. Sosem használtam még magamon.

– Ne alacsonyítsd le magad.

– Valami rosszul elsütött poén akart lenni, hogy a tegnap esti részeg szövegelésemet idézted?

– Talán – válaszoltam, majd mindketten nevetésben törtünk ki.

Naokóval a lassú tempójú sétánk során a nyári fesztiválról kezdtünk beszélni, de szerencsémre, mielőtt rákérdezhetett

volna arra, hogy kivel fogom tölteni, kiléptünk a barlangból...
kiérve viszont rémálomba illő látvány fogadott minket.

– *Mondd... mondd, hogy meghaltam és a pokolban vagyok* – mondta Naoko, majd térdre rogyott a sokk hatására.

Azonban az elénk táruló látkép sajnos nem rémálom volt, hanem a valóság. Éjszaka... amikor a tájat sötétségnek kellett volna borítania, egy vakító fény világította be a teret. Bastion... az otthonom... a szülővárosom...

Lángokban állt.

Vérengzés

Az elmúlt tizenkét órát a plafon bámulásával töltöttem, képtelenül arra, hogy lehunyjam a szemeimet. Újra és újra ugyanaz a kérdés zaklatott fel engem:

Mivel érdemeltem ki, hogy bezárjanak ide?

A Védelmezők azt állítják, a Fő Védelmező szerint veszélyt jelentek a városlakókra, de még saját magamra is, ezért nem engedhetnek ki. Nem emlékszem, mi történt azután, hogy beléptünk a barlangba... persze Bansou és Annie este meglátogattak, hogy elmeséljék az ott történt eseményeket, de olyan lehetetlennek tűnt minden, amit megosztottak velem.

Rátámadtam volna Hirotóra?

Az utolsó dolog, amire emlékszem, az egy érintés volt a fejem hátulján, de nem vagyok biztos benne, hogy valós emlék-e, vagy csak a képzeletem játszott velem... már semmiben sem vagyok biztos.

– *Szükséged van valamire?* – jelent meg Urui Védelmező a cella ajtajánál.

– *Mire lenne szükségem az éjszaka közepén?*

– *Mivel nem ettél egész nap, ezért gondoltam, éhes vagy.*

– *Ki fognak végezni, igaz?*

Semmiből érkező kérdésemre felettesem nem tudott választ adni, helyette nagyot sóhajtott, majd lehajtotta fejét.

– *Satoru, én...* – kezdett bele, de mondandóját félbeszakította egy hatalmas...

Robbanás?

A hang hatására, melytől még a föld is megremegett, mindketten szinte kiugrottunk a bőrünkből, hisz' közelről érkezett.

– *Ez meg mi volt?!* – tört ki Urui Védelmezőből.

Mi történhet odakinn? Megölt a kíváncsiság és az aggodalom, de cellám rácsai visszatartottak a cselekvéstől.

– *Urui Védelmező, kérem, engedjen ki! Nem tudom, mi történhet odakinn, de segíteni akarok!* – kérleltem felettesem.

– *Satoru…* – mondta ki nevem, majd vetette rám tekintetét Urui Védelmező.

Mielőtt a Védelmező lépést tehetett volna a kiengedésem, vagy itt hagyásom érdekében, egy számomra ismerős figura csörtetett le a kalitkámmal szemben lévő lépcsőn.

– *U-Urui Védelmező! Szükségünk van a segítségére! A várost… a várost megtámadták!*

A remegő hangú, ijedt fiú Iwao volt, egy másik felfedezőcsapat vezetője, kinek szavai ugyanakkora döbbenettel sújtottak mindkettőnket. Nem gondoltam volna, hogy ezt a mondatot hallani fogom valaha életem során. Az, hogy Bastion ostrom alá kerüljön, oly lehetetlennek tűnt eddig, hogy esélye még csak fel sem merült eddig bennem.

– *Hogyan jutottak be?!* – vágta a kérdést Urui Védelmező a felfedező felé.

– *N-nem tudjuk. A falak érintetlenek.*

– *Tehát… a támadás a városon belülről indult* – ismerte fel felettesem. – *Mivel állunk szemben?*

– *Fekete…* – kezdett bele Iwao, de egy újabb robbanás félbeszakította mondandóját.

Iwao szemeiből folyni kezdtek a könnyek.

– *Kérem, Védelmező…* – könyörgött a fiú, miközben térdre borult Urui Védelmező előtt.

Urui Védelmező válasz helyett hátat fordított a kétségbeesett Iwaónak, majd előrántotta egykezes ezüstbuzogányát és lecsapta az engem bezárva tartó lakatot cellám ajtajáról.

– *Maradjatok mellettem* – mondta Urui Védelmező, majd elindult a kivezető lépcső felé, de előtte megállt és felém fordította fejét. – *Ez főleg rád vonatkozik, Satoru.*

Utasítására, miután az asztalon elhelyezett pallosomat hátamra kaptam, Urui Védelmező vezetésével elindultunk a palota földszintjére vezető úton. Mindig is felnéztem kis felfedezőcsapatom tanítójára valamilyen szinten, de most, hogy kiengedett, elfogadva segítségemet, sokat nőtt a szememben.

– *Hol van az osztagod, Iwao?* – kérdeztem.

– *Nem tudom… egyedül voltam, mikor az első robbanás bekövetkezett a lakóövezet felől. Jouta Védelmező azt az utasítást adta, hogy* keressem meg Urui Védelmezőt a celláknál... mivel végrehajtottam a parancsot, ezután a csapattársaim megkeresése lesz a prioritás számomra.

– Értem... – feleltem, majd vállára tettem kezemet együttérzően, hisz' éreztem, ha nem kapott volna parancsot, azonnal a csapattársai felkutatására indult volna. – *Biztosan épségben fogod találni őket, Iwao. Ne aggódj.*

Iwao válasz helyett csak egy bizonytalan bólintással jelezte felém, hogy reménykedik: így fog történni.

Mikor felértünk a lépcsőn, az utolsó lépcsőfokon Urui Védelmező hirtelen megállt, majd kirakta elénk kezét, jelezve, hogy álljunk meg. Felettesem megérzései nem okoztak csalódást, ugyanis ha felsétáltunk volna a földszintre, szembetaláltuk volna magunkat az előttünk elrohanó négy fekete alakkal, kik az orvosi szoba felé tartottak sebes tempóban. Nem kellett sok időnek eltelni ahhoz, hogy sikolyokat kezdjünk hallani ellenségeink célpontja felől. Urui Védelmező – reagálva segítségért kiáltozó női hangra – előrántotta fegyverét és futni kezdett a sikolyok irányába, mi pedig követtük őt... A látványt, ami minket fogadott, nem volt könnyű feldolgozni, de nem volt idő hezitálásra.

Az orvosi szoba ajtaján, melyet beszakítottak a szörnyetegek, egy zöld ruhába öltözött nőt rángatott ki lábánál fogva az egyik alak, a tehetetlen nő pedig körmeivel kapaszkodott a földbe sikoltozás közben. Mellette pár méterre két teremtmény egy másik gyógyítót szaggatott éppen darabokra. Utóbbinak megmentésére már nem volt esélyünk, de talán a lábánál vonszolt gyógyítót még megvédhetjük a kegyetlen sorstól.

– *Aurafeloldás!* – kiáltotta Urui Védelmező, majd körülvette őt tiszta, világoskék aurája.

A Védelmező hezitálás nélkül szétcsapta az ajtón kiérkező szörnyeteg fejét, melynek nem volt ideje védekezni a támadás ellen. Amíg Urui Védelmező belépett a szobába, hogy elintézze az oda berontó szörnyeteget, Iwaóval a kinti kettő felé vettük az irányt. Iwao a még háttal lévő humanoid bestia hátát vette célba egykezes kardjával, én pedig a távolabbi lényt vágtam ketté, pallosom pengéjének hosszát felhasználva.

Miután lekaszaboltuk ellenségeinket, arra lettünk figyelmesek ideiglenes társammal, hogy a fekete aura, mely körülvette őket, elpárolgott, felfedve az eddig takarásban lévő emberi testüket.

– *E-ez meg… mit jelentsen?!* – kiáltott fel Iwao sokkosan, miközben egy gyors mozdulattal kirántotta kardját ellenségünk hátából.

– *Szóval ugyanazok támadták meg a várost, mint amik elintéztek minket a barlangban…* – feltételeztem, összehasonlítva az itt látottakat és Annie elmondását.

Iwao – képtelenül arra, hogy feldolgozza a tényt, hogy emberek ellen harcolunk – térdre borult és üres szemekkel nézett maga elé.

– *Ha nem tudsz megbirkózni vele, inkább maradj itt. A harcmezőn csak útban lennél* – szólt ki az orvosi szobából egy ismerős hang.

– *Sayari Kivégző!* – ismertem fel örömmel az Urui Védelmező előtt sétáló lányt.

Sayari Kivégző nem a szokásos Kivégzőszerelésében volt, helyette csak egy fekete pólót és nadrágot viselt.

– *Hol van?* – tette fel nekem a kérdést határozottan a magas rangú Kivégző.

– *Ki…?*

– *Hiroto* – felelte a Kivégző, miközben felerősítette kezeire fémkesztyűjét.

– *Nem tudom* – válaszoltam őszintén.

– *Chh* – hallatta Sayari Kivégző egyértelműen, hogy nincs megelégedve a válaszommal, majd a Citadella kijárata felé indult.

– *Hová tartasz, Sayari?* – kérdezte a lánytól Urui Kivégző.

– *Mit gondolsz? Megkeresem a társamat* – válaszolta határozottan Sayari Kivégző, majd kilépett a palotából.

– *Induljunk* – mondta Urui Védelmező.

Parancsára felsegítettem Iwao felfedezőt a földről, majd elindultunk a főtér felé. Kilépve a palotából szembesültünk a hatalmas káosszal, mely jelen volt a városban.

Lángokban álló épületek, szanaszét heverő, leválasztott testrészek, vérbe fagyott holttestek és életükért küzdő harcosok. A névtelen felfedezők sorban hullottak el szemünk láttára, másodpercek lefolyása alatt. Aurák oszlottak el sorban, amint életek vesztek kárba, úgy a támadó, mint a védekező fél részéről egyaránt. Nem küzdelem zajlott le előttünk... ez vérengzés... vérfürdő.

Nem tudtam tovább tétlenül állni. Csatlakoznom kellett a harchoz.

– *Aurafeloldá...* – kezdtem bele, de amint kezdtem érezni az erő áramlását testemben, egy fájdalmas szúrást éreztem koponyámban, mely térdre kényszerített.

– *Satoru! Minden rendben?* – kiáltott rám Urui Védelmező.

Sem megmozdulni, sem válaszolni nem voltam képes. Látásom elhomályosult. Egy lány arcát láttam magam előtt. Szájából csörgedezett a vér, szemei pedig könnyesek voltak. A lány, ki fájdalmas arccal nézett vissza rám, számomra kedves csapattársam volt, Annie. Miután realizáltam a lány identitását, a képzeletem által róla alkotott mozaikkép szétoszlott és visszakerültem a valóságba.

– *Miért láttam ezt?* – tettem fel magamnak a kérdést olyan halkan, hogy senki más ne hallja.

– *Satoru...* – szólított újra nevemen a Védelmező.

– *Jól vagyok... minden rendben* – nyugtattam meg, miközben feltápászkodtam. – *Aurafeloldás!* – kiáltottam újra, és ez alkalommal sikeresen feloldottam a bennem lapuló erőt.

– *Aurafeloldás!* – követte példámat Iwao, ki körül halovány, citromsárga aura jelent meg

Fejem még mindig lüktetett, de már nem fájt olyan intenzíven, mint pár másodperccel ezelőtt. A képnek, mely elém tárult, még mindig tisztázatlan volt az oka, de nem aggodalmaskodtam túl sokáig rajta... ráfogtam a kialvatlanságra, hisz' mióta bezártak abba a ketrecbe, nem sokat aludtam.

Miután Urui Védelmező megnyugvást nyert az állapotommal kapcsolatban, Iwaóra majd újra rám nézett, hogy meggyőződjön róla, készen állunk-e a harcra, erre pedig mindketten egy egyértelmű bólintással reagáltunk.

Urui Védelmező vezetésével a főtéren zajló csata felé kezdtünk rohanni. Urui Védelmező tétovázás nélkül lesújtott a hozzá legközelebb lévő ellenfélre, én pedig átdöftem egynek testét, mely háttal állt nekem. Mikor jobbra tekintettem, láttam, hogy az egyik delikvens felém rohan. Felkészültem a megfelelő alkalomra, s mikor közel ért hozzám, egy gyors suhintással leválasztottam a támadó fejét.

A harc így folytatódott még pár percig, míg a támadók fogyni nem kezdtek. Az egy harcosra jutó ellenfelek száma csökkenni kezdett. Az erőfölény a mi oldalunkon állt, de nem bízhattuk el magunkat. Egy rossz mozdulat, egy ballépés vagy figyelmetlen pillanat, és megszűnik az életünk.

Pont egy lénnyel vívtam párbajt, mikor kiáltásra lettem figyelmes.

– Emi! – kiáltotta Iwao egy rövid szőke hajú lány felé, majd rohanni kezdett az irányába, figyelmen kívül hagyva a körülötte zajló eseményeket.

Ellenfelem gyors levágása után az Iwao irányában zajló eseményekre vetettem tekintetem.

Emi egy magas, szőke hajú lány volt – vélhetőleg Iwao csapattársa. Iwao örömtelien rohant felé, a lány pedig egy gyengéd mosollyal köszöntötte őt... a kellemes pillanatért viszont sajnálatukra nagy árat kellett fizetniük, ugyanis a lány nem vette észre a mögötte megjelenő fekete alakot, ki pengévé alakítva jobb karját, egy másodperc töredéke alatt átdöfte testét. A fájdalommal küzdő felfedező nem adott ki egy hangot sem magából... valószínűleg már képtelen volt rá. A támadó kirántotta karját a lányból, ki ezután egyből a földre zuhant, majd a lefagyott Iwao felé kezdett rohanni.

Esélytelen volt, hogy megmentsem.

Amint a gondolat, hogy Iwaót elveszítettük, összeállt fejemben, egy alacsony lány szinte fénysebességgel becsúszott a harcképtelen fiú elé, majd az immár felé rohanó támadónak elkapja ütésre készülő bal karját, kicsavarja azt, és földhöz vágja testét... mindezt anélkül, hogy valami elképesztő, óriási, ragyogó aura venné körül őt. A lány, miután mozgásképtelenné tette ellenfelét, egy kegyetlen mozdulattal rátaposott fejére, szétzúzva azt fémcsizmájával. Mikor visszanéztem az eddig körülöttem zajló harcra, arra lettem figyelmes, hogy egyetlen támadó sem maradt életben a főtéren. Ez meg... hogyan történhetett az a pár másodperc alatt, amíg én Iwaót figyeltem?

– *Ez elképesztő volt, Yuriko Kivégző* – jegyezte meg a lány felé sétáló Urui Védelmező.

– *Ugyan, ugyan* – intette le a lány a Védelmező bókját.

A lány, kit Urui Védelmező Yurikónak hívott, egy Annie-nél talán pár centivel magasabb, barna, copfba kötött hajú lány volt. Míg őt elemeztem tekintetemmel, két fontos tényezőt is észrevettem vele kapcsolatban. Az egyik az volt, hogy a lány birtokában nem láttam semmilyen fegyvert a Sayari Kivégzőéhez hasonló fémkesztyűkön kívül. A másik, ami nagyobb meglepetéssel sújtott engem, az a Yuriko Kivégző vállán található, tíz vörös csillag volt. Tíz. A legmagasabb elérhető rang harcosaink körében.

A lány, mintha érezte volna magán tekintetemet, egyenesen a lelkembe nézett pillantásával, és egy rideg mosolyt vetett felém.

Átfutott a hideg a gerincemen.

Nem gondoltam volna, hogy egy ilyen apró lány ilyen félelmet tud valaha kelteni bennem egyetlen aprócska gesztussal...

Míg Urui Védelmező és Yuriko Kivégző taktikai eszmecserét folytatott a távolban, én a maréknyi életben maradt harcost kezdtem fürkészni. Páran a további parancsok megvárása nélkül szétoszoltak és a város különböző pontjai felé vették az irányt, míg néhányan pihenésképp lehuppantak a földre, nem törődve a vérrel, mely beszennyezi így öltözéküket. Tekintetem utoljára Iwao felé terelődött, ki még mindig lefagyva állt ugyanazon a helyen, hol kis híján életét vesztette. Iwao mellé érve vállára tettem kezemet, de viszonzásképp nem kaptam tőle semmilyen reakciót. Teljesen összetört. Urui Védelmező, ki vélhetőleg megkapta parancsait az aprócska lánytól, mellém lépett és csóválni kezdte fejét, jelezve ezzel azt, hogy feleslegesen pazarlom energiámat Iwaóra, nem fog magához térni egy ideig. Kezemet levéve a fiú válláról, Urui Védelmező elé léptem.

– *Mi a parancs, Védelmező?*

– *Nem örülök neki, de sajnos itt kell maradnom a palotánál, így nem követhetlek figyelemmel a továbbiakban. Yuriko Kivégző parancsa*

az volt számomra, hogy gyűjtsem össze a még életben lévő osztagve-
zetőket és védjem meg a segítségükkel a Citadellát.

– *Én... mit csináljak?* – tettem fel a kérdést, mivel nem érzem
úgy, hogy részese lennék az eddig elhangzottaknak.

– *Keresd meg Bansout. Mondd meg neki, hogy jelentkezzen a*
Citadellánál, amilyen hamar csak lehet. Ha ezzel megvagy... keresd
meg Annie-t. Van valaki, akinek ígéretet tettem, hogy megvédem
az életem árán is. Mivel nekem itt a helyem, ezt a feladatot rád
bízom.

– *Értettem!* – feleltem, majd meghajoltam felettesem előtt.

Nem tétovázva az üzletek sora felé vettem az irányt. Volt
pár tippem, hogy hol találhatom a csapattársaimat, így mindet
át kellett kutatnom. A Nevelline ki volt zárva, hisz' a főtérről
láttam, hogy üres. Először Bansou otthona felé indultam, bár
szinte lehetetlennek tartottam, hogy otthon kuporogna a város-
ban zajló helyzetet tekintve... de ez most nem volt lényeges: nem
zárhatam ki semmilyen lehetőséget. Belefeledkezve a kutatásba
és az itt-ott felbukkanó támadók elleni harcba, rájöttem, hogy
megfeledkeztem egy fontos személyről.

– *Hiroto... hol vagy?* – tettem fel halkan a kérdést az ismeret-
len helyszínen lévő barátom felé.

Nem terelhetem el a figyelmem aggodalommal. Biztos vagyok
benne, hogy jól van. Sayari Kivégző már biztosan rátalált, így
nincs miért aggódnom... egyébként is... Hiroto Kivégző.

Miközben el voltam mélyedve gondolataimban futás közben,
hangos kiabálásra és káromkodásra lettem figyelmes, mely az
egyik üzletből szűrődött ki. Mivel úgy hangzott, mintha egy
bajba esett embertől érkeznének az obszcén kifejezések, az üz-
let felé vettem az irányt.

– *Pusztuljatok a boltomból, szörnyetegek!* – ordította a férfi.

Mikor közelebb értem, megláttam, hogy az üzlet nem más,
mint a Szent Penge, Bastion leghíresebb fegyverkovácsának boltja.
Már szinte az ajtóban álltam, mikor egy fekete alak nagy sebes-
séggel kirepült az épületből, egy vaskos nyíllal a homlokában.

A férfi, miután elvette támadójának életét, büszkén kisétált
az üzletből.

– *Ne aggódjon, fiatalember. Elbírok velük* – mondta a férfi, kezében egy gigászi nyílpuskát szorongatva.

Válaszként bólintottam az üzletvezető felé, majd továbbindultam.

Kezdtem fáradni. Már jó ideje fenntartottam az aurámat.

Mikor szembesültem vele, hogy így nem fogok tudni sokáig talpon maradni, eloszlattam aurámat és így folytattam tovább az utat.

Már talán egy óra is eltelt, mióta szétváltunk Urui Védelmezővel, de még semmi nyomát nem találtam csapattársaimnak, pedig mindkettejük házánál jártam már. Már visszamentem egyszer az üzletek sorára is, ahol még több ellenféllel találtam szembe magam. Túl voltam a második aurafeloldásomon... nem bírtam már sokáig. A lakóövezetben való kullogásom során egy lángoló, szétrobbantott házra lettem figyelmes. Ha jó a helyérzékem... ez Hiroto háza.

Mondd, hogy nem itthon pihentél éppen, Hiroto.

Kiáltások hangzottak el a lángokban álló ház mellől, így kíváncsiságból elindultam a hang irányába.

– *Eressz már el végre! Be kell mennem!* – kiáltotta könnyes szemekkel Sayari Kivégző.

Sayari Kivégző, mint mondta, Hiroto megkeresésére indult és úgy néz ki, végül itt kötött ki.

– *Nem mehetsz be, Sayari! Nézz már a helyre! Lángokban áll!* – válaszolta egy Védelmező, ki hat aranycsillagot viselt a vállán.

– *Nem érdekel! Hiroto bent van!* – válaszolt vissza fennhangon Sayari Kivégző, meggyőződve állításáról.

– *Nem, Sayari, nincs bent Hiroto! Hiroto még csak a város közelében sincs!*

A Védelmező szavai meglepetésként értek, de hallatukra még Sayari Kivégző is leállt a próbálkozással, hogy kitörjön a Védelmező szorításából.

– *Így igaz. Hiroto Kivégző küldetésen van.*

– *Küldetésen... nélkülem?* – tette fel a kérdést a Kivégző értetlenül.

Mégis miféle küldetésen van Hiroto a csapattársa nélkül?

– Hiroto a Naoko Kivégzőosztag tagja tegnap óta, de… ezt komolyan most kell megbeszélnünk?

Szóval Hirotót áthelyezték egy másik csapatba – valószínűleg Sayari állapota miatt. Ez új… de persze, hogyan tudhattam volna erről egy cellába zárva?

– Naoko… – mondta ki dühösen a nevet Sayari a fogait csikorgatva.

– Most meg hová mész?! – kiáltotta a Védelmező Sayari Kivégző után, ki engem levegőnek nézve elsétált mellettem.

– Levezetni a feszültséget – szólt vissza a lány, majd továbbállt.

A Védelmező egy nagy sóhajt követően felém fordult.

– Mi dolgod van itt, felfedező?

– Azt az utasítást kaptam, hogy keressem meg Bansou csapatvezetőt.

– Értem… nos, sok szerencsét – monda a nő, majd megveregette vállamat és Sayari Kivégző után indult.

Újonnan összegyűjtött információmmal én is elindultam, eredeti küldetésemet szemem előtt tartva. Mint azt gondoltam is, nem volt okom Hiroto miatt aggódni… így teljesen ráfókuszálhattam a csapattársaimra.

Pár percnyi séta után az üzletek sorára vezetett vissza utam, ahol szembetaláltam magam három ellenséggel. Előrántva kardomat felkészültem a csatára, de mielőtt feloldhattam volna aurámat, a sötét alakok egy sikátorba rohantak be. Hová mennek?

Kíváncsiságból követni kezdtem a lényeket a szűk járat felé, de mielőtt beléphettem volna…

– Visszaverés! – hallatszott el Bansou szignatúra képességének neve, melynek hatására a három támadó kirepült a sikátorból, keresztül az utcán, egyenesen neki a mögöttük lévő falnak.

Megbizonyosodva róla, hogy társaim odabenn rejtőznek, bekanyarodtam a helyre, honnan nemrég kiszálltak a fekete alakok, s örömömre szembetaláltam azokkal magam, kiket már több mint egy órája kerestem. Bansou, amint meglátta, hogy közeledek, maga elé rántotta pajzsát, felkészülve arra, hogy a levegőbe repítsen, de szerencsére felismert, mielőtt ez bekövetkezhetett volna, így leengedte védelmét.

– *Satoru!* – tört ki boldogan a lányból, ki előbújt csapatvezetőm mögül.

– *Annie! Végre rátok találtam!*

Bansou, ki nem volt ilyen helyzetekben a szavak embere, egy mosollyal köszöntött engem, mely tőle nem volt szokványos gesztus, így egyértelműen arra utalt, hogy örült annak, hogy épségben lát.

– *Bansou. Jelenésed van a Citadellánál. Urui Védelmező utasítása* – tértem egyből a lényegre.

– *Értettem.*

Mikor hátat fordítottam, készen arra, hogy elinduljunk a Citadella felé hármasban csapattársaimmal, egy fekete alakkal találtam szembe magam, mely mintha csak arra várt volna, hogy megforduljak és farkasszemet nézzek vele.

– *Satoru!* – kiáltott Bansou figyelmeztetésképp rám, de már késő volt.

Mikor elkezdtem kardomat lendíteni felé, akadályba ütköztem, hisz' fegyverem túl hosszú volt ahhoz, hogy ilyen szűk helyen használni tudjam, így az megakadt a falban. A lény velem ellentétben sikeresen betalált pengévé alakított karjával és átdöfte vele csuklómat, melyben a kardomat tartottam. A támadó lendületével lenyomott a földre és rám zuhant. Pár pillanatnyi szemezés után egy kard hegyével találtam szembe magam, melyet Annie tolt át ellenségem koponyáján.

– *Köszönöm.*

Miután a lány lerúgta rólam a tetemet, Bansou felsegített és a falnak támasztott, majd Annie egyből neki is látott kezelésemnek.

– *Meglesztek?* – kérdezte Bansou, visszatekintve rám és Annie-ra.

– *Persze, menj csak. Nemsokára találkozunk* – felelte Annie egy mosollyal az arcán.

Most, hogy Bansou magunkra hagyott, Annie sebesült csuklómra tette kezeit és lehunyta szemeit.

– *Gyógyítás* – mondta halkan, ennek hatására pedig zöld aurája megjelent tenyerein.

– *Ne haragudj… csak problémát okozok neked* – mondtam bűntudatosan.

– *Ezt meg sem hallottam* – mondta Annie, majd elmosolyodott. – *Ha tudnád, ma már hányszor gyógyítottam meg Bansou sérüléseit.*

Bansou. Miért lyukadunk ki mindig Bansounál, akárhányszor csak beszélgetésbe kezdek Annie-val?

– *Ki tanított meg a gyógyításra, Annie?* – kérdeztem érdeklődően, tématerelésképp.

– *A... nővérem* – felelte Annie kissé hezitálva.

– *Nem is tudtam, hogy van nővéred* – válaszoltam meglepetten.

– *Egyértelmű, hogy nem tudtad, mert még nem beszéltem róla neked.*

– *Mesélnél róla?* – tettem fel újabb kérdést, nem törődve Annie előbbi rideg válaszával.

– *Miért?* – kérdezett vissza a lány értetlenül.

– *Csak, hogy elüssük az időt, amíg befejezed.*

Annie sóhajtott egyet, majd úgy döntött, eleget tesz a kérésemnek.

– *Szigorú, határozott, undok, nem hagyja, hogy az útjába álljon bármi vagy bárki, ha véghez akar vinni valamit... legalábbis... most ilyen ember a nővérem.*

– *Most?*

– *Pár éve történt valami, ami miatt megváltozott. Kiskoromban még megértő, szeretetteli, boldog lány volt. Mióta ilyen, nem beszélek vele túl gyakran... Ne érts félre, nem hagyott magamra, inkább mondjuk úgy, hogy az én döntésem volt, hogy megszakítom vele a kapcsolatot.*

– *Sajnálom...*

– *Nem kell sajnálnod. Ilyen az élet. Az emberek... változnak* – felelte kissé bánatosan Annie.

Pár perc elteltével elemelte tenyerét a meggyógyított csuklómtól, majd felállt.

– *Köszönöm, Annie* – háláltam meg a lány szolgáltatását, majd én is felálltam.

– *Szóra sem érdemes, Satoru* – felelte csapattársam egy vidám mosollyal.

A szívem majd' kiszakadt a helyéről amint szemezni kezdtem Annie mosolyával. Mit érzek... Annie iránt? Ezt a kérdést már többször feltettem magamnak, de választ még nem sikerült találnom rá.

A körülményeket tekintve gyorsan ki kell vernem a fejemből az ilyen felesleges gondolatokat.

Mikor már úgy gondoltuk mindketten, megindulhatunk a Citadella felé, hangos, tömeges lépteket kezdtem hallani. Annie-t hirtelen, egy hang kiadása nélkül a falhoz szorítottam, jelezve ezzel, hogy ne menjen tovább. A sikátor bejárata előtt már legalább egy tucatnyi fekete alak rohant el eddig a szemünk láttára, de még mindig nem fogytak el. Ha most kilépünk, biztosan csúnya véget ér az életünk.

Sajnos, amitől rettegtem, megtörtént. Az egyik sötét alak lelassított a sikátor előtt, és egyenesen minket kezdett bámulni. Ellenfelünk lassú lépésekkel közeledni kezdett felénk, miközben egyre több jelent meg mögötte. Hátrálni kezdtünk.

– Futás! – kiáltottam, majd megragadtam Annie kezét rohanás közben.

A sikátorlabirintusban fogalmunk sem volt, merre kellene mennünk, hogy elmeneküljünk az üldözők elől. Egyszer balra, egyszer jobbra kanyarodtunk, reménykedve a jó végkimenetelben… míg nem találtuk szembe magunkat két ellenféllel, kik elállták utunkat.

– *Enyém a jobb oldali* – jelentette ki Annie, majd kirántotta szorításomból bal kezét és előhúzta kardját.

Miközben ellenségeink felé tartottunk, taktikát próbáltam kiötölni fejemben és arra jutottam, a szúró támadásokra kell hagyatkoznom, ha nem akarok úgy járni, mint nemrég. Annie a levegőbe ugrott, majd pördült egyet, mint egy balerina, így levágva a fekete alak fejét, én pedig – egyidejűleg vele – átdöftem a saját oldalamon lévőnek mellkasát… de az rámarkolt fegyveremre, így próbálva visszatartani engem, míg utolérnek az üldözők. Miután nem voltam ennyire ragaszkodó, így ejtettem a kardomat és továbbálltam.

– *A kardod…* – kezdett bele a mellettem szaladó lány.

– *Nem számít, majd visszajövök érte, ha véget ért ez a káosz* – válaszoltam könnyelműen.

Ahogy futottunk, észrevettem, hogy nem tudunk sem balra, sem jobbra lehúzódni erről az útvonalról, ehelyett láttam a kijáratot velünk szemben, mely kijuttathat minket ebből a labirintusból.

– *Kijutottunk* – jegyeztem meg megkönnyebbülve, amint kiléptünk az útra.

Mikor körültekintettem, már nem volt olyan fényes a helyzet, mint én azt első ránézésre gondoltam. Előttünk egy kétméteres kőfal állt; ha balra tekintettem, öt fekete alakkal találtam szemben magam, kik felfigyeltek érkezésünkre, jobbról pedig szintén egy csoport támadó közeledett felénk sebes léptekkel. Bekerítettek.

Csapattársammal a fal felé kezdtünk araszolni, hátat fordítva annak, szembenézve a minket eddig üldöző hat támadóval. A kardomat elhagytam, túl gyengének éreztem magam az aurafeloldáshoz, és Annie-t elnézve ő is hasonlóképp érezhette magát. Ennyi volt. Vége.

– *Annie...*

– *Igen?*

– *Ha már úgyis meghalunk... szeretném, ha valamit tud...* – kezdem bele talán életem legnagyobb hibájába, de mielőtt végigmondhattam volna, csoda történt.

Egy bal oldalról érkező, kétélű fegyver, mely hihetetlen sebességgel pörögve érkezett be látókörünkbe, félbevágta az összes fekete aurájú ellenfelet, kik sarokba szorítottak minket, majd mikor elvégezte dolgát, zölden izzani kezdett, és bumerángként szállt vissza az irányba, melyből érkezett. Mikor megmentőnk irányába tekintettem, két fekete köpenyes alakot láttam. Kivégzők... és nem is akármelyik Kivégzők.

– *Hé, hugi* – köszöntötte vélhetőleg Annie-t a Hiroto mellett álló lány.

Ellenállás

Naoko kitérőjének hála belebotlottunk ex-csapatom egy részébe, nem messze az üzletek sorától. Satoru – miután nagy nehezen rávettem, hogy fejezze be a hálálkodást – felvázolta nekünk a városban folyó eseményeket és közölte Yuriko Kivégző parancsát csapattársammal, miként a Citadella előtt kell gyülekeznie a többi csapatvezetővel és túlélővel.

– *Úgy néz ki, több okból is megérte elmennünk a fegyveremért, Hiroto.*

– *Pont jókor voltunk jó helyen. Egyébként meglepően gyorsan elsajátítottad az új fegyvered használatát.*

– *Nos, mindig is jó voltam a tárgyak dobálásában* – válaszolta Naoko egy elégedett mosollyal.

Valamiért e mondat hallatán egyből a lány rendetlen szobája jutott eszembe.

– *Így igaz, Kivégző! Nem győzöm elégszer elmondani, milyen hálásak vagyunk a mentésért!* – kezdett bele újra Satoru.

– *Hé, Saruto. Kezdesz idegesíteni* – váltott hirtelen kedves stílusáról a jól ismertre Naoko.

– *Satoru* – javította ki barátom halkan, de Naoko már nem figyelt rá.

Beszélgetésünket nem szakította meg egyetlen támadó megjelenése sem, így utunk nehézségek nélkül folyt le eddig, de az aggodalom által felfűtött gyomorgörcsöm így sem enyhült. A csillogó szemű, hálálkodó barátomtól és Naokótól kicsit lemaradva Annie mellett találtam magam, ki egyből észrevette, hogy valami nyomja a lelkemet.

– *Minden rendben?* – tette fel a kérdést ex-csapattársam.

– *Persze... örülök, hogy egyben vagytok.*

– *Aggódsz Sayari Kivégző miatt, igaz?* – tért a lényegre Annie.

– *Igen* – válaszoltam kis hezitálás után.

Annie telibe találta az aggodalmam okát. Fogalmam sem volt, Sayari hol van, mit csinál... vagy egyáltalán életben van-e.

A városban lévő helyzetet elnézve semmiben sem vagyok biztos, még úgy sem, hogy egy nyolccsillagos Kivégzőről van szó.

– *Akkor mire vársz?* – szakította félbe a gondolataimat Annie.

Mikor kis csapatunkra tekintettem, mindannyian engem néztek támogató mosollyal, kivéve Naokót, ki továbbra is háttal állt nekem.

– *Pár órával ezelőtt azzal a céllal indult útnak a Citadellából, hogy megkeressen téged. Úgy tűnik, egy húron pendül az agyatok* – mondta Satoru mosollyal az arcán.

– *De a... Citadella...*

– *Ne aggódj miatta, ha menni akarsz, menj csak. Ha rákérdeznek, azt mondom, szétváltunk, mikor beléptünk a városba* – adott engedélyt Naoko.

– *Köszönöm, Naoko* – mondtam, majd meghajoltam a lány előtt.

– *Mit művelsz?* – kérdezte csapattársam, mikor visszanézett rám.

Válasz helyett rámutattam a vállpáncélomra egy játékos mosoly kíséretében. Naoko egy szinte kislányos nevetést engedett ki magából, majd ő is rámutatott sajátjára.

– *Ez számomra nem jelent semmit. Egyenrangúak vagyunk* – válaszolta egy kedves mosollyal. – *Na, indulj* – fejezte be, majd ismét hátat fordított nekem.

Naoko mondata örömmel töltött el, hisz' pár napja még ennek az ellenkezőjét állította nekem, ez pedig arra engedett következtetni, hogy elnyertem a bizalmát.

Egy bólintást követően hátat fordítottam barátaimnak és elindultam az ismeretlen felé. Satoru elmondása szerint Sayari a Citadellát elhagyta abból a célból, hogy engem megkeressen, így azt kihúzhatom a lehetséges tartózkodási helyei közül. Úgy döntöttem, a civil, majd a felfedezői lakosztályok környékét veszem célba először, de nem zárhatom ki azt sem, hogy még az üzletek sorának elhagyása előtt rábukkanunk egymásra.

– *Találkozunk a palotánál!* – kiáltott utánam Satoru.

Miközben a házak felé rohantam jobbra-balra tekingetve, hátha észreveszek egy bajba jutott harcost vagy esetleg civilt, szembetaláltam magam két sötét alakkal, kik tőlem ellenkező irányba, a palota felé tartottak. Az összeütközés elkerülhetetlen volt. Tempómat lelassítottam, majd előrántottam kardomat, felkészülve arra, hogy amint a közelembe érnek, a behatolók nekem ugranak, de ehelyett, figyelembe sem véve jelenlétemet, elrohantak mellettem.

– H-hé...

Lesokkolva az eseménytől, legyökerezve álltam az út közepén, azt bámulva, ahogyan a fekete lények egyre csak távolodnak tőlem. Miért nem támadtak meg? Nem számított; nem pazarolhatom az időt, meg kell találnom Sayarit.

Kis bolyongás után elhagytam a civil lakosztályok körzetét, mivel senkit nem találtam ott... ezt pedig kissé furcsállottam. A város támadás alatt állt, de mégis olyan... üres volt. Hol van a több száz támadó, kik ekkora kárt tudtak tenni a városban? Hol vannak a civilek? Hol van... akárki? Ha a felfedezői lakosztályok környékén sem találok senkit, meg kell állnom, újratervezni az útvonalamat.

Mikor a felfedezőlakosztályokhoz elértem, az első dolog, melyre felfigyeltem, az a romokban heverő otthonom volt. A jelek arra utaltak, hogy az egyik robbanás pontosan itt történt. Vennem kellett egy nagy levegőt és továbbállnom... nem ragadhattam le itt. Attól nem lesz jobb a helyzet.

Mielőtt beljebb férkőzhettem volna a házak labirintusába, motoszkálásra lettem figyelmes egy közeli épület mögül. Lopakodásba kezdtem a hang forrása felé. Nem tudhattam, hogy bujkáló túlélőkkel, vagy esetleg ellenségekkel fogom szembetalálni magam, így résen kellett lennem.

Fegyveremet a kezemben tartva, a falhoz simulva settenkedtem az ismeretlen felé, majd mikor az épület azon sarkához értem, ahonnan a hang érkezett, kidugtam fejemet, hogy rálátást kapjak a túloldalán lévő személyekre. Két fekete alak tárult szemeim elé, kik egy-egy holttestet vonszoltak maguk után. Egyikük áldozata egy fiatal lány volt, kinek testét egy szürke köpeny ölelte körül, a másiké pedig egy, a lánnyal egykorú fiú volt. Mivel a fiú nem rendelkezett sem köpennyel, sem fegyverrel, arra következtettem, hogy nem csapattársak, inkább egy pár lehettek, kiket otthonukból rángattak ki a támadóik.

Mikor már nem tudtam tovább várni, tettem egy lépést a sötét alakok felé, de ennyi elég is volt ahhoz, hogy egyikük felfigyeljen rám. A behatoló Tétovázás nélkül elengedte áldozatának elernyedt testét és rohanni kezdett felém. Úgy döntöttem, nem kezdek azonnali ellentámadásba, helyette elkerülöm az övét, majd ezután sújtok le rá. Amikor elég közel ért a támadó ahhoz, hogy elérjen engem, egy gyors suhintásba kezdett jobb kezével, melyet kétszeresére növelt meg egy pillanat töredéke alatt, de sajnálatára, mivel ilyen típusú támadásra számítottam, el tudtam hajolni előle. Ellenségem támadása helyettem az épület sarkát találta telibe, csapásának ereje pedig oly mértékű volt, hogy könnyedén kirobbantott egy darabot belőle. Mivel tervem első fele sikeres volt és elkerültem a támadást, belekezdtem kardom lendítésébe, ezzel becélozva ellenfelem mellkasát, de felfigyelve szándékomra a sötét alak egy gyors mozdulattal elkapta pengémet, mielőtt reagálni tudtam volna, eközben pedig szemem sarkából a másik delikvensre lettem figyelmes, ki mellém ugrott, készen a kivégzésemre.

Gyorsan kellett cselekednem.

Teljes testsúlyomat beleadva a mozdulatba bal kezemmel is ráfeszültem kardomra, így ennek erejével sikeresen félbevágtam ellenségem kezét, majd ahelyett, hogy lelassítottam volna, ugyanezzel a lendülettel leválasztottam a másik oldalamon lévőnek fejét, nem hagyva időt arra, hogy belekezdjen az ellenem irányuló támadásba. Tettem pár gyors lépést, hogy eltávolodjak a még életben levő ellenségemtől, majd mikor rátekintettem, észrevettem, hogy azonnali támadás helyett a sötét alak a félbevágott kézfejével szemez, mintha várna valamit. A furcsa tevékenység tanulmányozása, olyannyira lefoglalt, hogy eszembe sem jutott, hogy addig támadjak, míg ellenségem nem figyel rám. Ráfókuszálva, hogy vajon mit nézhet kezén így elmélyülve, felfigyeltem a furcsa jelenségre, melyre vélhetőleg a fekete alak is várt. A kézfeje, melyet pár másodperce választottam ketté, szemmel láthatóan...

Regenerálódni kezdett.

Mikor ellenfelem teljes kézfeje visszanőtt, nem pazarolva tovább az időt, teljes sebességgel megindult felém, ezért én is ugyanígy tettem. Jobb keze helyett ellenségem most futás közben a balba küldött át több energiát, így átformálta azt egy hosszú pengévé, és azzal lendített felém, ennek elkerülésének érdekében pedig lehajoltam. Karjával felettem suhintott el, így én, ellentámadásképp, leválasztottam egyik lábát még lendületben levő testéről, mire ellenfelem ennek hatására előreesett. Nem hagyhattam neki időt a gyógyulásra, ezért azonnal felé fordultam és gerincébe döftem pengémet.

Az összecsapás végére érve kardomon ráztam egyet, hogy eltávolítsam a vért róla, majd visszacsúsztattam hüvelyébe és elindultam az elhullott városlakók teste felé, melléjük érve pedig leguggoltam.

A páros, kik talán még nálam is fiatalabbak voltak, mozdulatlanul feküdt a földön. Körbetekintve nem láttam harc nyomát, így arra következtettem, hogy az összecsapás a házban zajlott le... vagy talán még idejük sem volt reagálni a támadók megjelenésére? A lány testét, mely közelebb volt hozzám, óvatos mozdulattal arccal felfelé fordítottam... ekkor figyeltem fel rá, hogy résnyire kinyitott száján levegő után kapkod.

Életben van!

– *Minden rendben! Hívok segítsé...* – szólottam a leányzó felé, de mielőtt befejezhettem volna mondatomat, éles, szúró fájdalmat éreztem arcom jobb oldalán.

Mi történt?

Kezemet a fájdalom forrásához kaptam, s mikor elvettem onnan azt és rátekintettem kézfejemre, észrevettem, hogy ujjaim végei véresek. Megvágtak. De mégis mi és honnan?!

Hirtelen felkaptam a fejemet és körbetekintettem, ekkor vettem észre egy nyilat, mely nem messze tőlem volt a földbe szúródva. Gyors elemzést követően egyértelműen arra utaltak a jelek, hogy a nyíl a hátam mögül érkezett, ezért hirtelen felpattantam és előrántottam kardomat, hogy szembenézzek ellenfelemmel... de a mögöttem lévő ház tetejére tekintve csak hűlt helyét láttam a támadónak. Nem talált telibe elsőre, ezért inkább lelépett? Vagy talán... elterelés?

Mielőtt feldolgozhattam volna a történteket, éreztem, hogy valami megragadja a lábamat, ezért visszatekintettem oda, hol eddig elbukott bajtársaim teste feküdt mozdulatlanul. A lány, ki pár másodperce még eszméletlenül volt szétterülve a szemeim előtt, a bokámat szorította üres tekintettel.

– *Nyugodj meg, veled vagyok* – szólítottam meg egy támogató mosollyal az arcomon, amint leereszkedtem hozzá, de nem érkezett válasz.

A felfedező másik kezével arcom felé kezdett nyújtózkodni, de mielőtt újra megszólalhattam volna... elkapta a torkomat és lenyomott a földre. Mivel nem számítottam erre, képtelen voltam reagálni. Támadóm rám mászott, a földre nyomva testemet, így meggátolva azt, hogy fel tudjak kelni, miközben üres szemeivel a lelkem mélyére bámult. Szorítása egyre erősödött, így egyértelművé vált, hogy célja az volt, hogy elvegye az életem. Mikor sikerült újra észhez térnem, csuklójához kaptam kezemet, megpróbálva ezzel eltolni az övét, de szorításában oly mértékű erő volt, hogy képtelen voltam meggátolni a tevékenységét. Testem felett már alig uralkodtam. Gyengülni kezdtem. Nem kaptam levegőt. A lány körül halványan fekete aura kezdett megjelenni, eközben pedig arcára egy ördögi mosoly ült. Ez lenne az utolsó dolog, amit látok életem során...? Egy felfedező lányt, ki mosolyogva fojt meg? Mikor már kezdtem belenyugodni, hogy eljött végzetem pillanata és lehunytam szemeim, a szorítás megszűnt a nyakam körül. Mikor hirtelen újra kinyitottam a szemem, a lány helyén egy teljes, fekete aurába borult alakot láttam, kinek bal karja nem kapcsolódott össze többé testével. Elernyedt karja több méterre tőlünk ért földet, ez pedig arra utalt, hogy bármi vagy bárki is választotta le, óriási sebességgel tette azt. Ellenfelem leszállt rólam, és miután megvizsgálta karjának hűlt helyét, összezavarodva forgolódni kezdett, hogy megkeresse azt, ki ezt tette vele, de sem ő, sem én nem találtam megmentőmet.

A sötét alak pár másodperc elteltével feladta a keresést és újra rám vetette tekintetét, de mielőtt folytathatta volna félbehagyott kivégzésemet, hirtelen összerezzent, aurája szertefoszlott és összeesett. Mikor teste földet ért, feje eltávolodott attól, ugyanebben az időben pedig a másik delikvens, kit már szintén fekete aura vett körül, hasonló halált szenvedett. Mintha láttam volna egy árnyat elsuhanni mögöttük, mielőtt kivégezték őket, de szinte biztos voltam benne, hogy csak szemem káprázott, hisz' ilyen sebes mozgást még soha életemben nem láttam.

Mikor sikerült feldolgoznom a történteket, egy barna köpenyes férfira lettem figyelmes, ki a falnak támaszkodva bámult engem. Teleportálás? Akárhogy is törtem fejemet, más magyarázat nem jutott eszembe. A férfit egyből felismertem vörös, szinte világító szempárjáról... Yuriko egyik kísérője volt.

– *K-köszönöm.*

Megmentőm nem adott választ köszönetemre, helyette szó nélkül megindult az út felé, majd mikor az mellé ért, megállt és visszanézett rám.

– *Maradsz?*– kérdezte szinte megvetően.

– *Nem, én... keresek valakit* – válaszoltam bűntudatosan amiatt, hogy a maszkos idegennek meg kellett mentenie.

– *Értem* – felelte, majd további faggatás helyett továbbállt.

Miután végignéztem, ahogyan megmentőm távozik a helyszínről, gondolkodásba merültem. Miért támadtak rám az emberek, kiket nemrég még a behatolók vonszoltak maguk után? Honnan jött a fekete aurájuk? Ki próbált meg hátba támadni, és miért adta fel egy próbálkozás után? Mégis... kik ezek a maszkos alakok, kik Yuriko kíséretében érkeztek a városba? Tucatnyi kérdés vetődött fel bennem a történtekkel kapcsolatban, de biztos voltam benne, hogy úgy, mint sok másikra, ezekre sem fogok választ kapni... egyelőre. További felesleges elmélkedés helyett, úgy döttöttem, folytatom Sayari keresését.

Körülbelül félórája bolyongtam már a felfedezői lakosztályok között, de nem találtam jelét sem Sayarinak, sem annak, hogy valaha itt járt volna. Kezdem elveszíteni a reményt. Visszatért volna a palotához, hogy gyülekezzen a többi csapatvezetővel?

Mikor végül úgy döttöttem, hogy ezen a szálon indulok tovább, vettem egy hirtelen 180 fokos fordulatot, ekkor pedig egy gigászi, fehér páncélos alakkal találtam szembe magam. A Védelmező megjelenésére nem számítottam, így magától értetődő reakció volt tőlem, hogy megijedtem és tettem hátra pár lépést, de ezután egyből le is csillapodtam, hisz' nem volt mitől félnem.

– Megtaláltam – jelentette ki a nő.

Minden világossá vált, mikor kijelentését követően a Védelmező hatalmas alakja mögül egy fehér hajú lány dugta ki a fejét kíváncsian. Az előttem álló páros Elise Védelmező volt Sayari társaságában, kik ugyanabból a célból járták a várost, mint én.

– Hiroto! – kiáltotta nevemet Sayari boldogan, miközben felém rohant.

Sayari, amint elért, teljes erejével átölelt, kis híján leverve lábamról. Én is legalább annyira örültem Sayarinak, mint ő nekem, de túl kellemetlenül éreztem volna magam, ha ugyanilyen reakcióval köszöntöttem volna őt Elise Védelmező jelenlétében, ezért úgy döntöttem, visszafogom érzelmeimet és csak egy gyengéd öleléssel jelzem boldogságomat.

– Mondtam, Elise! Tudtam, hogy a városban van! – fordult hátra Sayari a Védelmezőhöz.

– Nos, igazából... nemrég értem vissza a városba – szólaltam fel Elise védelmére.

– Remek, Sayari, örülök, hogy igazad volt. Most, hogy ezzel megvagyunk, elindulhatnánk a Citadellához? Majd útközben átbeszélitek, kivel mi történt.

Miután Sayari kiölelkezte magát és elengedett, Elise Védelmező társaságában elindultunk a Citadella felé.

– Szóval... Naoko – szakította meg a csendet Sayari, mikor az üzletek sorához értünk.

– Biztosan ez a legmegfelelőbb időpont arra, hogy ezt megbeszéljétek, Sayari? – szólalt fel a Védelmező, mielőtt én válaszolhattam volna.

Sayari nem válaszolt szokásos szurkálódó modorral Elisenek, helyette csak továbbra is engem nézett, mintha valamiféle magyarázatot várna tőlem.

– Sayari... – kezdtem bele, de a lány félbeszakított.

– Csak... vigyázz vele. Naoko manipulatív személyiség, és nem szeretném, hogy bajba kerülj miatta – árulta el aggodalmának okát Sayari.

– Manipulatív? – kérdeztem vissza, hisz' nem értettem, mire gondol pontosan egykori csapattársam.

Sayari már nem a szemembe nézett, helyette az eget fürkészte tekintetével, majd sóhajtott egyet.

– *Mikor csapattársak voltunk* – kezdett bele a lány hezitálva, mintha nem lenne biztos benne, hogy elmesélje-e bizalmatlanságának forrását –, *a csapato...* – folytatta volna a történetet Sayari, de ekkor egy elképesztően gyors tárgy repült el köztünk és Elise Védelmező között, ki előttünk sétált.

– *Ez meg...* – lepődtem meg a hirtelen eseményen.

Sayari, ki szintén felfigyelt a semmiből érkező támadásra, megragadta a vállam és a földre rántott, majd beállt elém. Ex-csapattársam, kinek reakcióideje nem okozott csalódást, azt az irányt kezdte böngészni, ahonnan a nyíl érkezhetett, mely megegyezett azzal a típussal, amivel nemrég engem támadtak hátba. Elise Védelmező előrántotta kardját és Sayari példáját követve a házak tetejét kutatta szemeivel, de ő sem járt sikerrel ellenségünk megtalálásában. A szisztéma ugyan az volt, mint nemrég... egy lövés, a támadónak pedig semmi nyoma. Talán... ez is csak egy elterelés lett volna?!

Hirtelen a mögöttünk lévő épületre vetettem tekintetemet, ekkor pedig megláttam a vörös köpenyes alakot, ki vadászott ránk.

– *Vigyázz!* – kiáltottam Elise Védelmező felé, kit becélzott az íjász... de túl késő volt.

Ellenségünk kilőtte nyilát tehetetlen prédája felé, ez pedig egyenesen Elise Védelmező combjába fúródott, átszakítva magát vastag páncélzatán. A Védelmező egyből térdre ereszkedett, hisz' sérült lába már nem bírta el testének súlyát. Sayari, amint felfogta, mi történt, el akart indulni támadónk felé, de én felpattantam és megragadtam csuklóját.

– *Sayari, ne!* – kiáltottam a felhevült lányra. – *Fegyvertelen vagy.*

Sayari, eleget téve kérésemnek, nem rohant a futásban lévő íjász után. Akárki is volt a vörös köpenyes alak, két dologban biztos voltam vele kapcsolatban. Az egyik, hogy biztosan nem állt szándékában megölni minket, hisz' azt könnyedén megtehette volna. A két lövés, melyet leadott, pontosan oda talált, ahova szerette volna. Az egyik csak elterelés volt, a másik pedig azért fúródott Elise Védelmező combjába, hogy harcképtelenné tegye őt... de mi célból? A másik dolog pedig... habár nem láttam arcát tisztán a távolság miatt, biztos voltam benne, hogy nem vette körül őt fekete aura.

– *A mi hibánk, Védelmező. Nem figyeltünk eléggé* – kértem Elise megbocsátását amiatt, hogy Sayarival lefolyó beszélgetésünk elterelte a figyelmünket.

– *Nyilak...* – mondta halkan Elise Védelmező, nem reagálva bocsánatkérésemre, miközben felsegítettük Sayarival. – *Sosem találkoztam ezelőtt íjásszal.*

– *Ilyen nehéz elsajátítani a használatát?* – kérdezte Sayari kíváncsian.

– *Nehéz... de nem ez az oka az íjhasználat megszüntetésének* – szálltam be a beszélgetésbe.

– *Egyszerűen nincs értelme íjat használni. Lehetetlen vele szörnyet ölni, ezt a Szentek Könyve is leírja. Az egyetlen, aki képes volt erre, az a Szentek egyike volt, Molakhin* – fejezte be Sayari oktatását Elise.

– *Tehát hacsak nem egy Szent erősségű emberrel van dolgunk, a támadónk kifejezetten emberölés céljából használja ezt a fegyvert* – rakta össze a képet Sayari.

– *Emberölés céljából...* – szörnyedtem el a gondolaton.

– *Lesz átbeszélnivalónk, ha lezajlik ez az egész, de addig is, kérlek, összpontosítsatok a környezetünkre* – mondta Elise, kit kétoldalról átkarolva támogattunk a járásban.

– *Mintha te észrevetted volna, Elise* dobta a Védelmező felé a megjegyzést Sayari.

Elise nem válaszolt Sayarinak, így csendben lépdeltünk tovább a főtér felé.

A meglepetés-támadás, melynek áldozatául estünk, okot adott arra, hogy igazat adjak Elise Védelmezőnek... lesz időnk beszélgetni, ha vége ennek az egésznek. Most a városban lezajló helyzetre kellett koncentrálnunk.

– *Nem tetszik ez nekem. Nyílt téren vagyunk és úgy sétálgatunk, mintha nem történhetne meg ugyanaz bármelyik pillanatban, mint az előbb* – jegyezte meg Sayari.

– *Igazad van. Ez így nem lesz jó* – válaszolta Elise. – *Tegyetek le.*

– *Nem… én nem így értettem…* – kezdett bele a mentegetőzésbe Sayari, de úgy nézett ki, Elise magára vette utalását.

– *Tegyetek. Le* – ismételte meg Elise már határozottabban.

Sayarival bekanyarodtunk egy, az üzletek között lévő sikátorba, és eleget téve Elise kérésének, a falhoz támasztottuk őt.

– *Menjetek. Megleszek* – mondta Elise Védelmező.

Miután Elise Védelmező megkért minket arra, hogy hagyjuk magára, Sayarival egymásra néztünk. Mindketten bizonytalanok voltunk, hogy mi a helyes döntés.

– *Nézzétek. Ha elcipeltek a csatatérig, sem fogok tudni harcolni. Jobb, ha itt maradok.*

Igazat beszélt. Nagyobb biztonságban volt itt, mint a Citadellánál… akármi is ott a helyzet. Sayarival egy együttes bólintást követően elindultunk a palota felé. A lány arcán látszódott a szomorúság, ez pedig azt igazolta, hogy törődik Elise Védelmezővel – véget nem érő civakodásuk ellenére. Sayari nem akkora szörnyeteg, mint amilyennek beállítja Naoko, vagy bárki más.

– *Hé, Hiroto…* – szólalt fel Sayari futás közben.

– *Igen?*

– *A nyári fesztivál…*

– *Tudom. Ma lett volna* – feleltem leverten.

Sayari valamiért fontosnak gondolta, hogy erre emlékeztessen. Talán ennyire bánja, hogy nem tölthette velem a napot? Ez a gondolat boldogsággal töltött el, de emellett ugyanennyire megbánással is… nem mintha tehetne bármelyünk is a jelenlegi helyzetről. Sayari, felfigyelve arra, hogy elmerültem gondolataimban, rám mosolygott.

– *Nem kell hozzá fesztivál* – kezdett bele Sayari halkan –, *hogy együtt töltsünk egy napot. Nem hagyom, hogy kárba vesszen a meghívásod.*

Ha valaki megkért volna arra életem során, hogy idézzem fel a pontos időt, mikor először pillangók repkedtek a gyomromban, azt felelném, hogy ez volt az.

Sajnálatunkra a kellemes pillanat nem tartott sokáig. Egy robbanás zavarta meg beszélgetésünket, mely elég közelről érkezett… egészen pontosan a Citadella irányából. Sayarival egyszerre megálltunk és egymásra néztünk. A lány aggodalommal telve pillantott szemeimbe, választ várva tőlem a következő lépésünkre. Miután egy nagyot nyeltem, a robbanás irányába vetettem tekintetemet.

– *Menjünk* – mondtam ki azt, amire Sayari várt, majd folytattuk futásunkat megnövelt tempóval.

A robbanás egyértelműen a Citadellától érkezett. Nem tudtam másra gondolni. Satoru, Annie, Bansou... Naoko... kérlek, legyetek egyben!

Mikor a főtérre értünk, az a látvány tárult elénk, amitől tartottam. Egy kráter annak helyén, hol nemrég még a Szentek szobrai voltak. Szanaszét hullott testrészek, melyek beazonosíthatatlanok voltak, hogy bajtársainkhoz vagy az ellenséghez tartoztak. A Citadella földszintjét szinte teljesen beterítette a porfelhő, melyet a nyári szellő hordott arra, de kis idő elteltével felfedte számunkra életben maradt társainkat, kik védelmező képességükbe sugározták át aurájukat, hogy megvédjék magukat és a védtelen civileket, kik mögöttük voltak összekuporodva. A Védelmezők két oldalról álltak sorfalat pajzsukat maguk elé tartva, egybevegyült színekben pompázó védelmet alkotva, míg Yuriko Kivégző középen helyezkedett el, jobb kezét kinyújtva a robbanás iránya felé. Mikor bajtársaink észrevették, hogy a veszély elmúlt, leengedték védelmüket és szétoszoltak a Citadella előtti területen. A Védelmezők tömegéből egy fiú tört elő és rohanni kezdett felénk.

– *Hiroto! Hála a Szenteknek!* – tört ki barátomból, miközben átölelt.

– *Én is örülök, hogy egyben vagy, Satoru* – viszonoztam a gesztust. – *Mi történt?*

– *Nem tudom pontosan...* – válaszolta Satoru, majd elengedett. – *Az egyik pillanatban még harcoltunk több tucat ellenféllel, majd egyszer csak Yuriko Kivégző felkiáltott, hogy mindenki húzódjon a Citadellához, és aki tudja, az küldje az auráját a pajzsába és álljon előre. Neki köszönhetjük, hogy életben vagyunk... de fogalmam sincs, ő honnan tudta, hogy mi fog történni.*

Yuriko Kivégző... szóval nem véletlenül nevezik a legtehetségesebbnek.

– Hol vannak a többiek?

– Annie-ra és Naokóra gondolsz? A palotában vannak és kezelik a sérülteket. Mivel sok gyógyítót elvesztettünk, szükség van a segítségükre az orvosin. Kész káosz.

– Hiroto – szólított meg, a mellettem álló Sayari. – Bemegyek a felszerelésemért. Pár perc és…

Sayarit megzavarta az egyik Kivégzőnktől érkező kiáltás mondandójának befejezésében.

– Délről! Nézzétek! – kiáltotta az egycsillagos lány.

Mikor figyelmeztetésének irányába tekintettünk, egy tömeg fekete aurájú ellenfél tárult szemünk elé, kik az üzletek soráról lépdeltek felénk. Több tucatnyi… talán húsz… harminc? Körbetekintettem, hogy megszámlálhassam oldalunkon álló erőinknek létszámát. Kimerült harcosaink Sayarival és velem együtt is csak tizenhatan voltak. Kizárt, hogy ilyen kevesen elbánjunk velük.

– Jobbról!

– É-és… balról is… – szólott fel két fiú, kik kis létszámú csapatunk két oldalán helyezkedtek el.

Körültekintés után tisztává vált: bekerítettek minket. Nem volt kiút.

Mindannyian mozdulatlanok voltunk… sokkos, reményvesztett tekintet ült mindenki arcán.

Miözben legtöbbünk elmondta utolsó imáját, ellenfeleink a közvetlen közelünkbe értek, s egy félkört alkotva álltak körbe minket… de nem mozdultak. Mire várnak? Miért nem támadnak?

A főtéren elült csendet egy fémbakancs kopogása zavarta meg, mely az előttünk álló tömeg felől érkezett. Mindannyian rémülten vártuk, hogy felfedje magát a hang generálója… még nem is láttuk, de már tudtuk, hogy egy veszedelmes alak fog kilépni a több tucatnyi ellenfél közül.

Így is lett.

Félrelökve előtte álló csatlósát, egy tetőtől talpig vörös páncélos, magas férfi lépett ki, majd állt meg a tömeg előtt. A férfi szótlanul, lassú fejmozgással körbepásztázott minket, majd tekintete megállt az irányomban. De nem engem nézett… hanem a mellettem álló, sokkos tekintetű lányt. Sayarit.

157

Sayari tekintete más volt, mint a többi harcosunké. Az ő arcán lévő sokk nem félelmet sugárzott... inkább dühöt...

Gyűlöletet.

Sayari lassú léptekkel közeledni kezdett a férfi felé.

– *Sayari!* – kiáltottam nevét, majd az indokolatlanul elinduló lány felé nyúltam, de valaki elkapta a kezem, mielőtt elérhettem volna.

Mikor hátrakaptam fejemet, Yuriko Kivégzővel találtam szembe magam, ki rázott egyet fején, jelezve ezzel azt, hogy ne tartsam vissza Sayarit.

– *Yuriko Kivégző... Saya...* – súgtam halkan felé, de ő közbevágott.

– *Meg akarsz halni?* – tette fel a kérdést a magas rangú Kivégző.

Meg akarok-e halni? Ez meg mit jelentsen?

Mivel nem tudtam mit válaszolni Yuriko Kivégző furcsa kérdésére, újra Sayari felé vetettem tekintetem. A lány pár méterre megállt a páncélos férfi előtt, és szótlanul nézte őt.

– *Fehér haj, vörös szemek. Megnőttél, kislány* – kezdett bele a mély hangú férfi.

– *A bátyám... hol van a bátyám?!* – tört ki Sayariból.

– *Egyből a lényegre, hmm? A bátyád ugyanarra a sorsra jutott, mint apád. Ellentétben veled, ő nem élte meg a felnőttkort.*

– *Hazudsz...*

– *Mi okom lenne hazudni neked?*

– *Hazudsz!* – ordította Sayari a páncélos férfira, a következő pillanatban pedig kioldotta óriási vörös auráját, melynek hatására még a föld is repedezésbe kezdett a lány alatt.

Sayari aurája nem a megszokott volt. Sokkal gigászibb és egyenetlenebb volt, mint eddig... és sötétebb.

A lányt körülvevő energia szikrákat szórt a térbe. Sosem láttam még ezelőtt ilyen mennyiségű színtiszta erőt összegyűlni valaki körül. Ezernyi kérdés fogalmazódott meg bennem, miközben döbbenten néztem az előttem lezajló eseményeket.

Honnan ismeri Sayari ezt a férfit? Miért tőle vár választ a bátyjának állapotáról? Miért hozta szóba Sayari apját a páncélos alak? Miért támadta meg a várost a hadseregnyi fekete aurájú csatlósával? Miért ilyen sötét Sayari aurája?

A megválaszolatlan kérdések tovább növelték félelmemet.

Mi történik?

A Véres Lovag

Ha azt mondanám, hogy a vörös páncélos férfi megjelenése meglepetésként ért, hazudnék. A barlangban történt incidens óta szinte biztos voltam benne, hogy ő is itt van, a közvetlen közelünkben. Tizenöt éven át készültem erre a pillanatra. A nagy találkozó a „Véres Lovaggal". Akihidével így neveztük el a férfit, ki a sötét aurájú alakok légióját vezette... a férfit, ki tizenöt éve lemészárolta a falum összes lakóját, beleértve apámat is, majd ismeretlen okokból elhurcoltatta testüket. Ez volt az az esemény, mely gyökerestül megváltoztatta életemet. A bosszú rabjává váltam, az életcélom pedig az erő hajszolása lett annak érdekében, hogy eltiporhassam a mészárost. Az évek múlásával egyre erősebb s magabiztosabb lettem. Biztos voltam benne, hogy ha összetalálkozom ellenségemmel, képes leszek helyt állni ellene egy harcban. Most, hogy eljött az alkalom, hogy bosszút álljak...

...remegek a félelemtől.

Dúl bennem az adrenalin, mely haragommal összevegyülve feloldotta aurámat. Erősebbnek érzem magam, mint valaha, de határozott beállásomnak összképét elrontja reszkető testem. Ha győzni akarok, össze kell szednem magam.

– *Csak nem fegyver nélkül akarsz harcolni?* – szólalt fel ellenségem kacagva, megtörve a csendet.

Szemeimet lehunytam, majd vettem egy nagy levegőt. Koncentrálnom kell. Meg kell szüntetnem a körülöttem lévő világot, és csak az előttem álló ellenségre fókuszálnom.

Mikor újra kinyitottam szemeimet, sötétség vett körül. A romos város eltűnt. Az idő teltét már nem észleltem többé. Nem volt itt más, csak én és az ellenségem. Megszűnt a remegésem. Nyugodt voltam. Uraltam a helyzetet.

Egy hirtelen mozdulattal elrúgtam magam a földtől és ellenfelem felé kezdtem rohanni. Jobb öklömet a nálam másfél fejjel magasabb férfi sisakjának irányába lendítettem, de a mozdulatsor elől célpontom könnyedén kihajolt. Miközben elvétett találatom miatt elhaladtam a férfi mellett, a szemébe néztem. Mélykék szemeiből áradó jéghideg tekintetével egyenesen átdöfte lelkemet.

Nem hagyhatom, hogy megfélemlítsen!

Lendületemet megállítva lábaimmal fékeztem sebességemen, majd újra támadásra emeltem jobbomat, de ellenfelem tett egy lépést hátra, mielőtt betalálhattam volna. Hihetetlen gyors...

– Még az aurámat sem kell feloldanom, hogy átlássak a támadásaidon – jegyezte meg kacagva ellenfelem.

– Fogd be!

Ez alkalommal bal kezemet lendítettem a Lovag felé, de most, ahelyett, hogy elkerülte volna, jobb tenyerét kitartva megfékezte ütésemet. Támadásom erejének hatására alkaromról lerobbant ruházatom egy része, de ő meg sem rezzent a becsapódástól. Mielőtt elránthattam volna öklömet, a férfi megragadta azt, majd egy hirtelen lendítéssel felrántotta testemet a levegőbe. Amint ellenségem maga fölé emelt, elengedte kezemet, visszahúzta maga mellé sajátját, majd öklét egy elképesztően gyors mozdulattal mellkasomba döfte, kipasszírozva az összes levegőt tüdőmből. Elernyedt testem ráhajlott ellenfelem öklére, a csapástól tágra nyílt számat pedig egy vérköpet hagyta el, mely egyenesen ellenfelem páncéljára érkezett. Egy pillanatra mintha az eszméletemet is elvesztettem volna... ez pedig azt jelenti...

– Egy ütés. Ennyi kellett ahhoz, hogy kámforrá váljon az aurád. Gyenge vagy. Értéktelen. Talán meg sem érdemled, hogy a saját kezeimmel végezzelek ki.

Nem szoktam figyelembe venni az ilyesféle sértegetéseket, a Lovag iránt érzett gyűlöletemet mégis tovább növelték a bántó szavak. Ha tehettem volna, azon nyomban kivéstem volna jeges szemeit a koponyájából... de képtelen voltam a mozgásra. Egy ütéssel eldöntötte volna a harc kimenetelét?

– H-hé! – kiáltott felénk egy ismerős hangú fiú.

Mikor a hang irányába fordította fejét a Lovag, egy kard találta el sisakját, majd egyből le is pattant arról. Ez a kard...

Hiroto?!

A hirtelen ráeszmélés hatására visszanyertem testem felett az irányítást, és a támadás felé vetettem tekintetem. Csapattársam dühtől ökölbe szorított kezekkel, könnyes, haragos szemekkel állt pár méterre tőlünk, míg Satoru és Urui minden erejüket beleadva fogták vissza őt, hogy ne jöjjön a közelünkbe. Hiroto meggondolatlan támadása kétségkívül felkeltette a Lovag figyelmét. Ha hagyom, hogy viszonozza a csapást, biztosan kivégzi őt. Ki kell használnom az alkalmat, míg nem rám figyel.

Hirtelen ellöktem magam ellenségem öklétől, majd földet érés után időt nem pazarolva felé ugrottam, s balomat irányába lendítettem. A Lovag felfigyelt arra, hogy visszatértem a harcba, de mire reagálni tudott volna, sikeresen betaláltam gyomrába. Ellenfelem pár métert hátracsúszott ütésem erejétől, de ez sem volt elég ahhoz, hogy felsértsem vastag páncélzatát.

A férfi rápillantott a csapás helyére, majd újra rám vetette tekintetét és lassú léptekkel elindult felém.

– Aura...

Fejemen egy hatalmas erejű ütést éreztem, mielőtt feloldhattam volna aurámat. A Lovag, ki egy pillanattal ezelőtt még előttem volt, mellettem termett és lesújtott rám.

Mielőtt a csapás hatására a földre hullhattam volna, ellenfelem belevájta térdét gyomromba, majd hajamba kapaszkodva ismét elemelt a földtől. Újra képtelenné váltam a mozgásra. Igazat mondott: gyenge vagyok. Lehetetlen, hogy legyőzzem.

Ellenfelem szemmagasságba emelt. Mintha mondott volna valamit, de nem hallottam hangját. Füleim sípoltak. A Lovag jéghideg tekintete mellett elnézve távoli bajtársaimat fürkésztem. Legtöbbjük arcára ráfagyott az iszonyat, hisz' tudták, ha velem végez, ők következnek. Mindenki remegett a félelemtől... kivéve őt. Az egyetlen személyt, ki nem a saját életét féltette... hanem az enyémet. Arcán lecsordultak a könnyek, szája pedig tágra nyílt, mintha kiáltozott volna felénk valamit. Tisztán látható aggodalma egy utolsó mosolyt csalt az arcomra, mielőtt a Lovag meglendítette testemet, majd eldobott magától.

Lehunytam szemeimet. Ez a végzetem. Nem tudtam legyőzni. Nem tudtam bosszút állni.

Már nem voltam többé a levegőben. Éreztem, testem már nem volt lendületben, a becsapódás okozta fájdalmat mégsem éreztem. Talán az érkezés egyből elvette volna az életem?

– *A Kardforgató testét én magam viszem el az Úrnőnek. A lakosokat rátok bízom* – adta ki a parancsot egy mély hangú férfi.

A hirtelen felismerés hatására kinyitottam szemeimet.

Egy kicsiny ház falának támaszkodva ültem a fűben. Sötét volt. Éjszaka. Hideg esőcseppek hűsítették arcomat.

Gyors körbetekintést követően egyből felismertem a helyet, ahol magamhoz tértem. Kinou… az egykori otthonom. De miért vagyok itt? Ez egy emlékkép a múltból… mégis valósnak tűnik.

Feltápászkodás után lépdelni kezdtem a férfi hangjának forrása felé.

***

– *Eresszetek el!* – kiáltottam Satorura és a Védelmezőre, kik teljes erőbedobással fékezték meg, hogy Sayari felé indulhassak.

– *Hiroto, ha az ellenség közelébe mész, meghalsz!* – válaszolta felemelt hangon Urui Védelmező.

Felettesem figyelmeztetése nem fojtotta el a vörös páncélos férfi iránt érzett dühömet, így tovább fészkelődtem, hogy kitörjek fogságából.

Sayari engem nézett, miközben mozdulatlanul lógott a levegőben. Tekintete üres volt. Tehetetlennek és gyengének éreztem magam. Nem tudtam rajta segíteni… pedig megígértem neki. A lelki fájdalom, melyet a tudat okozott, hogy csak nézni tudtam a lány kivégzését, könnyeket erőszakolt ki szemeimből.

– *Sayari!* – kiáltottam nevét teli torokból, fájdalmas hangon.

Egykori csapattársamnak láthatóan nem sok ereje maradt izmainak mozgatására, de megmaradt energiáját egy felém irányuló mosolyba fektette… ez pedig tovább növelte a fájdalmat, melyet éreztem.

A férfi, nem húzva tovább az időt, lendített egyet a tehetetlen lány testén, majd elhajította őt. Dobásának ereje túlszárnyalta az általunk ismert mértékegységeket, ugyanis Sayari mozdulatlan teste a lendület hatására keresztülrepült a főtéren, s a túloldalán lévő kávézó falába csapódott be.

Satoru és Urui Védelmező engedtek szorításukból. Vélhetőleg a sokk hatására, elvesztették összes koncentrációjukat. Térdre rogytam. Képtelen voltam feldolgozni a látottakat. Egy újabb, számomra kedves személy vesztette a szemem láttára életét... én pedig nem tettem semmit, hogy meggátoljam ezt.

Az égre vettetem tekintetem. Viharfelhők gyülekeztek felettünk.

Egy esőcsepp landolt arcomon, mely egybevegyült patakban áradó könnyeimmel.

– *A Kardforgató testét én magam viszem el az Úrnőnek. A lakosokat rátok bízom* – adta ki a kivégzőparancsot az ellenségnek a férfi.

Eljött hát számunkra a vég. Mikor körbenéztem bajtársaimon, reményvesztett tekinteteket láttam. Miközben a fekete alakok lassú léptekkel közelíteni kezdtek felénk, a túlélők egy része a félelemtől remegve hátrálni kezdett, a másik fele pedig kardjához kapta kezét, hogy megvívja utolsó harcát a gonosz serege ellen. A vörös páncélos férfi hátat fordított nekünk és Sayari felé vetette tekintetét.

Az eső, mely egyre szaporábban verte a csatateret, elkezdte elmosni a porfelhőt, melyet Sayari becsapódása vert fel... az pedig, amit így felfedett, mindenkit lefagyasztott a csatatéren. A férfi, ki az előbb még magabiztosan adta ki a kivégzőparancsot ellenünk, a kardjának markolatához kapta kezét. A fekete alakok légiója megfeledkezett rólunk, s abba az irányba kezdtek figyelni, ahová vezérük is... ugyanis az elernyedt holttest helyén egy hófehér hajú lány állt kiegyenesedve.

Az esőcseppek földet érésének hangjától eltekintve síri csend volt. Mindenki a halottnak hitt lányt figyelte. Könnyeim hirtelen örömkönnyekké változtak át az érthetetlen látványtól... boldogságom viszont nem tartott sokáig, ugyanis miután Sayari megtett pár lépést az ellenséges hadsereg vezére felé, testéből áradni kezdett az előzőnél még sokkal sötétebb aura. Erejének mértéke oly gigászi volt, hogy még ilyen távolról is földrengésként ért minket.

– *Szörnyeteg...* – törte meg a csendet halkan Naoko.

***

Pár lépés megtétele után megálltam. A távolban egy tömegnyi fekete alakot láttam, kik mind engem figyeltek. Közülük kiemelkedett egy vörös páncélos férfi, ki kardjának markolatát szorongatta. Ő volt az, ki hidegvérrel lemészárolta szülőfalum lakosait... beleértve apámat is. Az iránta érzett harag újra fűteni kezdte testemet.

– *Aurafeloldás!* – kiáltottam, minden erőmet beleadva.

Elképesztő erő járta át testemet... oly nagyságú, melyet ezelőtt még sosem éreztem.

Elrugaszkodtam a földtől, s egyenesen a Lovag felé kezdtem rohanni. Sebességem túlnőtte még a vízcseppekét is. Célpontom elé beugrott két fekete alak, de ellentámadásuk lassúnak bizonyult, így mielőtt kezet emelhettek volna rám, egy gyors jobbossal, majd egy ezt követő balossal könnyedén szétcsaptam fejüket. Miután kivégeztem a két akadályt, a levegőbe ugrottam, s a Lovag fejét becélozva rúgtam egyet, de ő az utolsó pillanatban kikerülte a támadást. Mielőtt földet érhettem volna, ellenfelem előrántotta hosszú, vörös kardját, s lendített egyet vele felém, feltépve oldalamon a ruhát.

– *Elképesztő. Nem elég, hogy az előző összecsapásunk sérülései is begyógyultak... de még az előző vágásomnak sem maradt nyoma.*

Csak el akarja terelni a figyelmem. Fókuszban kell maradnom.

Újra támadást kezdeményeztem ellenfelem felé. Ez alkalommal fémökleimmel próbáltam csapást mérni testére, de úgy a jobbosaimat, mint a balosaimat mind elkerülte. Taktikát kellett váltanom.

Gyorsabban.

– *Villám szabdalás!*

Technikámat bal fémkesztyűmbe koncentráltam, majd kezemet karmokká formáltam és így céloztam be mellkasát a következő támadásommal, melybe minden erőmet beleadtam. A hirtelen megnövekedett tempójú csapás, melyre bizonyosan nem számított, betalált, négy mély karmolás nyomát hagyva mellvértjén. Sikeres támadásom egy kárörvendő mosolyt csalt arcomra. Meg tudom csinálni. Át tudok törni a páncélján.

A momentumot kihasználva jobb kezembe irányítottam át aurámat, majd kézfejemmel pengét formálva lendítettem felé, de ő bal kezével egy gyors mozdulattal elmarta fémkesztyűmet.

– *Fém karmok... milyen idegesítő.*

Ellenfelem rászorított kézfejemre, majd egy hirtelen mozdulattal letépte fémkesztyűmet, ezzel megszüntetve az aurát is, melyet beleösszpontosítottam. Tömérdeknyi fémszilánk szállt el a szemeim előtt. Mielőtt feldolgozhattam volna a történteket, a Lovag lábát a gyomromba mélyesztette, majd elrúgott magától. Miután pár méterrel tőle földet értem, megéreztem az éles fájdalmat, melyet rúgása okozott, hisz' nem vett már többé körül aurám, hogy tompítsa.

A földről felkelve azzal szembesültem, hogy körém gyűlt a tucatnyi fekete alak, kik eddig csak nézői voltak az összecsapásnak. Csak akadályok. Ez lesz a harmadik alkalom. Gyorsan túl kell esnem rajtuk.

– *Aurafeloldás.*

***

A vörös páncélos férfi hátat fordítva nekünk figyelte Sayari összecsapását csatlósaival. Hátba támadhattam volna... de biztos voltam benne, hogy észrevenné a jelenlétem és egy pillanat alatt elintézne... számításba véve, hogy az előző összecsapásuk Sayarival pár másodperc alatt lerendeződött, úgy, hogy mi alig láttunk belőle valamit. Teljesen más szinten vannak, mint mi. Nem, hogy a mozdulataimmal, még a szemeimmel is alig tudom követni az eseményeket. Akármennyire rosszul esik is kijelenteni, egyelőre csak néző lehetek.

Egy pillanat elteltével a fekete alakok közül újra kitört a szörnyen sötét aura. Sayari harmadszorra oldotta fel. Elmondása szerint ez számára a maximum... habár a jelenlegi erejét tekintve már nem lepődtem volna meg azon sem, ha kiderül: nincsenek korlátai. Nehezemre esett feldolgozni a történteket. Gyorsabban történtek a dolgok, mint a gondolatok áramlása a fejemben. Erre a végszóra egy leamputált kar landolt egy-két méterre tőlem. Folytatódott a harc.

Sayari hihetetlen sebességgel sorozta a fekete aurájú alakok hadseregét, kiütve mindet egy csapással. Mire a felé rohanó ellenség támadásra lendíthette volna kezét, vagy megváltoztathatta volna annak alakját, a lány már el is vette életét. Az ellenség létszáma szinte másodpercenként kettővel csökkent.

A férfi, ki eddig mozdulatlanul figyelte a harcot, kardjának markolatáért kezdett nyúlni.

Be fog szállni a harcba!

Itt a megfelelő alkalom. Míg arra fókuszál, hogy mikor ugorhatna neki Sayarinak...

Hátba fogom támadni.

Miközben felugrottam és elindultam a földön heverő kardom felé, az idő lassulni kezdett. Ki kell használnom a momentumot, míg az ellenség egy rést keres, hogy lesújthasson Sayarira. Közeledtem. Már csak pár méter választott el a fegyveremtől.

Célpontom tekintetének irányába néztem futás közben, így rálátást kaptam arra, hogy az utolsó fekete alak is elhullott Sayari keze által. Kardomat elérve felkaptam azt a földről. Biztos voltam benne, hogy most fog támadásba lendülni a vörös páncélos férfi... ám nem így történt. Amint kardomat szúró pozícióba helyeztem jobb kezemben, célpontom elengedte kardjának markolatát és tett oldalra egy sebes lépést. Elképesztően gyors volt: nem érhette el időben a kardom hegye. Célt tévesztett a támadásom. A férfi kilépett látókörömből... így szembetaláltam magam Sayarival, ki villámokat szóró bal kezével szintén csapást próbált mérni a rejtélyes férfira.

Az idő már szinte teljesen megállt.

Feldolgozva a helyzetet, melyben találtam magam, változtattam pengém pályáján, hogy nehogy megsebezzem vele Sayarit... de ő, ellenben velem, nem lassított tempóján.

***

Már legalább húszat kivégeztem. Fogyjatok már el végre!

A bal oldalról érkező támadónak elkaptam a nyakát, majd minden erőmet beleadva elroppantottam azt... de nem hagytak időt pihenésre; jobb oldalról is érkezett egy ellenség, őt pedig sarkammal rúgtam fejbe. Esélyük sem volt ellenem. Kezdtem élvezni.

Eldobtam az eddig kezemben tartott holttestet, majd körbetekintettem. Még tizenketten voltak.

Ez alkalommal az előttem álló három alak indult meg felém. Tettem jobbra egy lépést, majd felugrottam a levegőbe, ezt követően egy rúgással levittem mindhárom fejét, ám mielőtt földet érhettem volna, az egyik mögöttem lévő támadó elkapta a másik lábamat. Kezemet kitettem magam elé, hogy azzal érjek földet, majd szabad lábammal gyomron rúgtam ellenfelem, így ő jó pár métert hátrarepült. Mikor felpattantam a földről, egy másikkal találtam szembe magam. Őt egy erőteljes jobbossal ütöttem ki, majd ezt követően egy másik ugrott felém bal oldalról. Miután elintéztem a magabiztos támadót egy rúgással, újra körbetekintettem. Még hat... és mind a hatan egyszerre támadnak.

– *Villám szabdalás.*

Bal kezembe áramoltatva aurámat egy, még levegőben lévő ellenfél gyomrát átdöftem. Miután kikaptam belőle kézfejemet, a másik kettő felé lendítettem azt, így leválasztva azok fejét, de a pillanat hevében nem volt időm többet tenni. A még életben maradtak közül egy a hátamon landolt, és szorítani kezdte nyakamat. Rámarkolva szabad kezemmel elkaptam a szorító mancsot és ledobtam támadóm testét magamról, majd hátrafordultam és átszúrtam egy másik ellenfél mellkasát képességemmel. Még kettő.

A földre hajított ellenfél feltápászkodott a földről, s a másik mellé állt.

Egyszerre fognak támadni.

Az előttem álló sötét alakok begörnyedtek, majd elrúgták magukat a földtől, de mielőtt megmozdíthatták volna valamelyik végtagjukat, hogy támadásra emeljék azt, elkaptam fejüket és a földbe nyomtam őket, bezúzva koponyájukat.

Nem állhattam le.

Hirtelen megfordulva a Lovag felé kezdtem rohanni. Koncentrációm csöppet sem lankadt az elmúlt pár másodpercben, stabilan fenntartottam a Villám szabdalást a még megmaradt fémkesztyűmön. Egy gyors csapás. Nincs több akadály. Ha ez betalál, véget vethetek a harcnak. Bosszút állhatok. Megölhetem. Bal kezemet a félbevágására lendítettem. Nem támadott. Nem mozdult. Sikerülni fog... legalábbis, azt hittem... de félreugrott.

Kimozdulva látóteremből felfedett egy másik alakot, ki vélhetőleg végig mögötte állt, arra várva, hogy bevihessen nekem egy meglepetés-támadást. Mivel eredeti célpontomat lehetetlen volt, hogy teljes erejű támadásommal eltaláljam, így arra összpontosítottam, hogy az előttem álló ellenséget irtsam ki vele. Támadóm egy kardot szorított jobb kezében, mellyel arcomat sikerült csak megkarcolnia, én viszont sikeresen eltaláltam őt saját csapásommal.

Feltéptem a mellkasát.

Az esőcseppek, melyek eddig szinte egyhelyben álltak, ismét felgyorsultak, jelezve ezzel azt, hogy aurám már nincs többé feloldott állapotban. Az álomvilág, melyben a falba csapódásom után találtam magam, megszűnt... visszatértem a valóságba. Kinou, melyet haragtól összezavarodott elmém alkotott, visszaváltozott Bastionná. A sötét éjszaka helyét visszavette a reggeli, felhős ég. Nem volt többé füves rét, csak a palota, mely előtt ijedt arcú harcosok álltak... s nem volt többé sötét alak velem szemben, kinek mellkasát feltéptem...

– Sa... ya... ri?

Csak egy könnyes szemű fiú... és vér. Sok vér.

Szökés

Újra és újra átélem a főtéren történt események utolsó pár pillanatát. A vörös páncélos férfi, amint félreugrott előlem, felfedte Sayarit, ki hozzám hasonlóan csapást akart mérni rá. Egymással szemben találtuk magunkat. Amint ráeszméltem, hogy kardom pengéje Sayarit találja telibe, ha nem változtatok irányán, félrehúztam, így az csak a lány arcát karcolta meg... de ő, kiről azt hittem, hogy ugyanígy fog tenni, nem fékezte meg támadását, ebből kifolyólag telitalálatot mért mellkasomra fémkesztyűjébe összpontosított sötétvörös, villámló aurájával. Éles fájdalmat éreztem. Sayari arckifejezése beleégett retinámba, miközben csapást mért rám, s feltépte a felsőtestemen lévő húst karmaival. Tekintete üres volt, szája pedig egy ördögi mosolyra görbült. Nem volt önmaga. Bosszúvágya és haragja elvakította őt. Esélytelen volt, hogy a pillanat hevében felismerjen, s megfékezze magát. Az én hibám volt. Én voltam az, ki beugrott a támadásának rádiuszába. Nem okolhatom amiatt, amit tett.

Elvesztettem egyensúlyomat, és zuhanni kezdtem a föld felé. Amint Sayari aurája kámforrá vált, a lány arcmimikája arra engedett utalni, hogy visszatért a valóságba s felismerte tettét, ugyanis üres szemeibe visszatért a fény, szája pedig kitágult a meglepetéstől. Sayari a kezemért kapott, hogy meggátolja földre zuhanásomat, de már késő volt. Arccal az ég felé feküdtem a földön, képtelenül a mozgásra. Éreztem, ahogyan az élet távozik testemből. Mellkasomat s torkomat egyaránt fűtötte a vér okozta forróság.

Látókörömben feltűnt a lány, kinek csapása földre küldött. Sayari könnyei az arcomra folytak, mikor lehajolt hozzám, miközben nevemet szólítgatta. Szája mozgásán láttam, hogy beszél hozzám, de szavait nem tudtam többé értelmezni. Egykori csapattársam ezt követően felkapta fejét, mintha megijedt volna valamitől, majd ezután egy határozott jobbos landolt kifehéredett arcán, mely Naokótól érkezett. A lány, ki dühödt csapást mért Sayarira, felém fordult, s bal kezét arcomra tette, majd beszélni kezdett hozzám, de hangja nem jutott el fülemig. Hallásomat már régen elveszítettem, testrészeim mozgatásának képességével együtt.

Sötétség.

Aggódó bajtársaim, kik megfeledkezve az ellenség jelenlétéről rohantak felém, eltűntek...

– *Hiroto.*

Ekkor újra kinyitottam szemeimet.

Amint szembesültem a körülöttem lévő színes világgal, hirtelen felültem. Miközben levegőért kapkodtam, körbetekintettem, s bizonyossá vált, hogy már nem a csatatéren vagyok. Látásom még nem tért vissza teljesen, de felismertem, hogy egy házban tartózkodom... egy házban, melyben még sosem jártam ezelőtt. Egyszer csak egy kellemes, meleg érintést éreztem szemem alatt, így annak érkezési iránya felé tekintettem.

Miután könnyeimet letörölte a velem szemben ülő illető, látásom kitisztult. A lány, ki gyengéd mozdulattal megtörölte szemeimet, Yuriko Kivégző volt.

– *Jó reggelt* – köszöntött az élők sorában arcán egy kedves mosollyal.

Szótlanul szemeztem az ágy másik végén ülő lánnyal. Nem értettem, mi történik. Mit keresek itt? Hogyan kerültem ide? És...

– *Biztos vagyok benne, hogy rengeteg kérdés fogalmazódott meg a fejedben. Kezdjük a legfontosabbal. Hogyan lehetsz életben, miután az egyik bajtársad felhasította a mellkasodat? Nos... megmentettelek.*

Megmentett... ez azt jelenti, hogy...

A sérülés helyéhez kaptam kezemet, melyet egy fehér bandázs takart, ami felsőtestem köré volt tekerve.

– *Meggyógyítottam a sérülésedet.*

– *K-köszönöm.*

Nehezemre esett feldolgozni a helyzetet, amiben találtam magam.

– *Szóra sem érdemes* – válaszolta egy boldog mosollyal a lány, majd felállt és a szoba túlsó végében lévő ajtó felé indult.

Mielőtt a Yuriko távozhatott volna, megállítottam egy újabb kérdéssel.

– Hol vagyok… és hogyan kerültem ide?

Yuriko Kivégző megállt a szoba közepén, majd felém fordult. A lány a plafont kezdte tanulmányozni szemeivel, szájával csücsörített, mutatóujját pedig nekibiggyesztette, mintha ő maga sem tudná a választ.

– Nos… az otthonomban – válaszolta egy derűs mosollyal. *– Én magam hoztalak ide. A karjaimban.*

Mikor utolsó megjegyzése elhagyta száját, a lány derűs mosolya ravasszá vált, mintha csak kóstolgatni akart volna vele. Válasz hiányában Yuriko ismét hátat fordított nekem.

– Öltözz fel és gyere ki a konyhába. Főzök neked egy kávét.

Yuriko elhagyta a szobát, így rajtam kívül egy lélek sem maradt a helyiségben. A mögöttem lévő falnak nekidőlve lehunytam szemeimet, s gondolkodásba merültem. Mégis mi történt, miután elvesztettem az eszméletem a csatatéren? Emlékszem, Sayari egyből odarohant hozzám… aztán Naoko… várjunk egy pillanatot!

Hirtelen kinyitottam szemeimet és lerúgtam testemről a takarót. Egy megkönnyebbült sóhajt engedtem ki magamból. A fekete nadrág volt rajtam, melyet még a küldetésre indulás előtt öltöttem magamra. Yuriko „öltözz fel" felszólítása megrémisztett. Jelen helyzetben már nem csodálkoztam volna semmin.

Kimászva az ágyból a gardróbszekrény felé indultam, melynek ajtajára volt akasztva köpenyem és a megtépett pólóm. Nem volt más választásom, sérült ruházatomat kellett magamra öltenem, hisz'… nem volt más ruhám. Nem volt miért kellemetlenül éreznem magam; a bandázs, melyet Yuriko tekert körém, elfedte bőrömet.

Elvégezve a felöltözés feladatát, kinyitottam a szoba ajtaját, melyet a lány becsukott maga után, és elindultam a lépcsőn lefelé, abba az irányba, honnan a frissen lefőtt kávé illata áradt. Lassan lépdelve a kitűzött irányba, körbetekintettem. Yuriko Kivégző háza hatalmas volt. Leérve a földszintre balra vettem az irányt. Vendéglátóm – egyben megmentőm – asztalnál ülve várta érkezésemet. Helyet foglaltam vele szemben, Yuriko pedig elém csúsztatott egyet a teli kávéscsészék közül.

– *Köszönöm* – háláltam meg kedvességét.

Yuriko nem válaszolt köszönetemre, helyette csak egy bájos mosolyt vetett felém.

– *Azt mondtad, „jó reggelt"* – kezdtem bele az információgyűjtésbe. – *Ez azt jelenti, hogy egy napig ki voltam ütve?*

Yuriko visszafogott kuncogásba kezdett kérdésem hallatán.

– *Nem, dehogy. Három napig.*

– *Három?!* – tört ki belőlem, miközben felpattantam székemből a sokktól.

– *Hétfő van.*

Fejemet fogva lassan visszaültem az asztalhoz.

– *Kérlek... mondd el, mi történt, miután Sayari eltalált.*

– *Természetesen.*

Kezeimet combjaimra helyeztem, felkészülve, hogy úgy figyeljem Yuriko Kivégző minden egyes szavát, mint egy gyermek, kinek esti mesét szavalnak.

– *Miután kifeküdtél, a Lovag visszavonult. Azt mondta, elvégezte a feladatát... nekünk pedig nem volt más választásunk, mint hagyni, hogy elsétáljon, mivel tudtuk, mire képes. Nem lett volna esélyünk visszatartani.*

– *Elvégezte a feladatát?*

– *Igen. A feladata pedig, véleményem szerint, a lakosok elhurcolása volt.*

A lakosok elhurcolása. Azt hiszem, sikerült összeraknom a képet... ennek ellenére maradt még valami, ami azóta zavart, mióta Sayari harcolni kezdett az úgynevezett „Lovag" ellen.

– *Yuriko Kivégző... ha megkérdezhetem, miért nem segítettél Sayarinak? Elvégre... te vagy a legerősebb Kivégző, nem igaz?*

Yuriko lehajtotta fejét, majd sóhajtott egyet.

– *Nem szálltam be a harcba, mert nem kaptam rá parancsot. Sayari Kivégző bosszúhadjárata nem tartozik rám. Az én küldetésem alapvetően a fekete aurájú alakok rejtélyének megoldása volt. Ezt pedig elvégeztem.*

Ismét felpattantam ülőhelyemről, de ez alkalommal dühösen félresodortam az elém lehelyezett kávéscsészét, mely tartalmával együtt a falnak csapódott.

– *Nem tartozik rád?! Sayari egyedül harcolt több tucatnyi ellen-féllel, beleértve a „Lovagot" is, míg te csak a távolból bámultad őt!*

Yuriko Kivégzőt nem rémisztette meg vulkanikus kitörésem, helyette lassan felemelte fejét, hogy ismét a szemembe nézhessen

– *Ha nem lettem volna éppen a városban, sokkal többen haltak volna meg a mi oldalunkról, beleértve téged is. Kicsit... lehetnél hálásabb.*

Yuriko tekintete harag helyett sértődöttséget vetített felém. Megbántottam.

– *Ha nincs több bántó megjegyzésed vagy számonkérésed felém, de szeretnél még kérdezni valamit a történtekről, foglalj helyet. Ha nincs, nyugodtan távozhatsz. Nem tartalak vissza.*

– *Elnézést* – hajoltam meg megmentőm előtt, majd visszaültem.

Zavar, hogy Yuriko Kivégző nem segített a „Lovag" elleni harcban, de nem sértegethetem, hisz' megmentette az életem. Halás vagyok, azért amit értem tett.

– *Azt mondtad, megoldottad a fekete aurájú alakok rejtélyét. El-mondanád, mire jöttél rá?*

– *Nos... normál körülmények között nem szabadna ilyenekről beszélnem senki mással Akihidén kívül, de veled megosztom.*

Akihide?

– *Mivel te már bizonyosan harcoltál ellenük, így nem kell elmon-danom, hogy haláluk után eltűnik a fekete aura körülük, így felfed-ve az alatta rejlő személyt... egy embert. Nos, az emberek, kiket a fekete aura rejt, már azelőtt meghaltak, hogy mi „megölnénk" őket. Az aurájuk miatt tudnak harcolni ellenünk, anélkül csak üres báhok.*

– *É-élőholtak?!* – kérdeztem vissza riadtan.

– *Bizonyos értelemben igen, azaz mégsem. Az aura mutatja meg a világ felé az érzelmeket, melyek bennünk rejlenek. Színe és árnyalata tükrözi a lelkünk mélyén megbújó gondolatokat. Egy ha-lott nem rendelkezik aurával... ugyanis már nem rendelkezik lélek-kel. Az ellenség seregének minden tagját fekete aura veszi körül, ez pedig azt jelenti, hogy szívük mélyén nincs semmi más, csak gyűlö-let, harag, bosszúvágy, vagy egyéb negatív érzelem. Ezek, teóriám szerint, azok az érzelmek, melyeket egy harc során utoljára érez-het egy lemészárolt személy... de ez a teóriám megbukna, ha arra alapoznánk, hogy élőholtak ellen harcolunk, hisz' mint mondtam,*

174

a halottak nem rendelkezhetnek aurával. Az egyetlen lehetséges magyarázat a fekete aurájú ellenfeleinkre nem más, mint hogy... haláluk előtt nem sokkal, erőszakkal oldatják fel velük az aurájukat. Mivel csak negatív érzelmek keringenek fejükben, utolsó pillanataikban, így nem ismernek barátot, családot, bajtársat... csak ellenségeket. Elvakítja őket a sötétség.

Ez megmagyarázná a szemem láttára történt átváltozást, miként egy általam halottnak hitt felfedező vérszomjas szörnyeteggé lett és megtámadott...

– *De... mi van azokkal, akiket nem negatív érzelmek töltenek el utolsó pillanataikban?! É-és, ha irányíthatatlan bestiákká válnak aurafeloldás után, hogyan állítják őket az oldalukra az ellenségeink?! Hogyan tudják rájuk kényszeríteni az aurafeloldást?!* – tettem fel zavarodottan a kérdéseket Yurikonak.

Yuriko Kivégző meglepett arckifejezést vágott kíváncsiskodásom hallatán. Talán nem számított rá, hogy több kérdésem lesz az elmondottak után.

– *Nem tudok neked hazudni, Hiroto* – kezdett bele egy sóhajtást követően –, *ezért nem is fogok. Nem adhatok választ ezekre a kérdésekre.*

Nem adhat választ? Ezt meg hogy értette?

– *Így is többet mondtam, mint kellett volna* – tett pontot a beszélgetés végére a Kivégző.

Annak ellenére, hogy Yuriko láthatóan nem akart több információt megosztani velem, volt még valami, amit mindenképp tudni akartam.

– *A vörös páncélos férfi, akit „Lovagnak" neveztél... ki ő, és honnan ismeri Sayari?*

Yuriko elmosolyodott.

– *Nos, ezt miért nem kérdezed meg tőle?*

Egyetértve Yuriko Kivégző javaslatval felálltam az asztaltól, meghajoltam előtte, majd elindultam a kijárat felé, hol fémbakancsom és hőn szeretett hófehér kardom várt rám.

– *Köszönök mindent, amit értem tettél, Yuriko* – háláltam meg távozásom előtt a lány vendégszeretetét... és tapintatát.

– *Ugyan* – intett felém elpirulva egyet megmentőm.

Amint az ajtót kinyitottam, a huzat meglobogtatta Yuriko gesztenyebarna haját, felfedve eddig takarásban lévő bal szemét, melyet egy szemkötő fedett. Megsérült volna egy harc során? Az ajtót becsuktam magam mögött, majd körbetekintettem, hogy felismerjem hollétemet. Yuriko otthona a keleti kaputól nem messze volt.

Az utcákat járva szembesültem ellenségünk munkásságának eredményével. Már több perce sétáltam, de még egy lélekkel sem találkoztam. Sikerrel járt. Elhurcolta a lakosság nagy részét.

A főtérre érve megláttam pár koszos ruhájú férfit, kik talicskákkal hordták el a Szentek szobraiból maradt kőtörmelékeket. A vérnek és a holttesteknek már nyoma sem maradt... bár ezen nem csodálkotam, elvégre három teljes nap telt el a harc óta.

Megérkeztem a Citadellához.

Belépve a csendes utcák összképének ellentéte fogadott. Fel-alá rohangáló Védelmezők, kik az itt maradt civilek civakodását próbálták csillapítani. Kivégzők, kik egymással osztottak meg képzeletbeli taktikákat, hogyan lehetett volna megállítani a vörös páncélos férfit. Káosz uralkodott a palotában.

Átsurranva tömegen elindultam a lépcső felé, mely a Kivégzőlakosztályok felé vezet. Minél hamarabb találkozom Sayarival, annál jobb. Tisztázni akartam vele, hogy nem az ő hibájából sérültem meg, hanem a sajátomból. Még ha nem is így történt volna, felépültem... és csak ez számított, nem igaz? Látni akartam. Meg akartam nyugtatni, hogy minden rendben van. Nem haragszom rá. Nincs okom haragudni rá. Segíteni akartam neki megbirkózni a történtekkel.

Mikor elértem a kívánt emeletet, s célirányosan Sayari szobája felé vettem az irányt, egy ismerős hang szólította nevemet mögülem.

– *Hirotooo!*

Miközben hátat fordítottam célomnak, Satoruval találtam szembe magam, ki karjait széttárva rohant felém, majd mikor elért, szorosan átölelt.

– *Úgy örülök, hogy jól vagy!*

176

– *Én is örülök, hogy egyben vagy, Satoru* – paskoltam meg legjobb barátom hátát.

Mikor Satoru elengedett és letörölte könnyeit, egy, a közelünkben lévő padhoz kísért, majd leültetett.

– *Yuriko Kivégző tényleg csodákra képes! Eleinte kételkedtünk, mikor azt mondta, hogy ő akar gondoskodni a sérülésedről…*

– *Yurikónak köszönhetem, hogy életben vagyok* – válaszoltam mosolyogva.

– *Naoko… nagyon aggódott érted. Egy egész napon át bőgött, mert azt hitte, elveszített.*

– *Oh? Pedig nem ismerjük régóta egymást* – feleltem meglepetten. – *Talán beugrom hozzá is, hogy megnyugtassam. Kíváncsi leszek az arckifejezésére, mikor meglátja, hogy semmi bajom. Na de, ha nem haragszol meg, Sato…*

Mikor felkeltem volna a padról, hogy továbbinduljak, Satoru rámarkolt ruhám ujjára, hogy visszatartson. Barátom, mikor visszanéztem rá, egy erőltetett mosolyt vetett felém.

– *Satoru?* – kértem számon, miközben visszaültem.

– *Nos… én…*

– *Tudod, hogy bármit elmondhatsz nekem. Mi a gond?* – kérdeztem barátomtól, hogy megnyugvást nyújthassak neki.

– *Velem… nincs semmi gond.*

– *Akkor? Bökd már ki, Satoru. Nem vagyok gondolatolvasó.*

– *Nos… Sayari Kivégző szobájához indultál, igaz?*

– *Igen… és?*

– *Nem fogod ott találni.*

Nem fogom ott találni? Ezt meg Satoru honnan tudhatná? Hacsak nem…

– *Satoru. Hol van Sayari?*

– *Én nem… nem mondhatom el. A Fő Védelmező megparancsolta, hogy ne beszéljünk neked Sayariról.*

– *Mégis… milyen indíttatásból?!* – förmedtem rá barátomra.

– *Kiindulva a reakciódból, a Fő Védelmező okkal nem akarja, hogy tudj róla. Nem árulhatom el, hol van Sayari.*

Satoru szavai mélyre hatoltak bennem.

– *Satoru. Ha nem akarod, hogy hátat fordítsak neked, elárulod, amit Sayariról tudsz.*

Satoru nem reagált fenyegetésemre, csak nézett tovább csendben maga elé.

Elveszítve a türelmemet felálltam a padról, s elindultam a lépcső felé.

– *Mondd* – szólalt fel Satoru távozásom láttán –, *miért foglalkoztat Sayari Kivégző azok után, amit veled tett?*

A válasz eddig kimondatlanul hevert elmém mélyén. Sayari...

– *Ő egy nagyon fontos személy számomra. Sayari az egyik legerősebb Kivégző, ezért mindenki azt gondolja róla, hogy nincs szüksége segítségre... komfortra... vagy megnyugvásra... azt hiszitek, hogy ő csak egy fegyver. Ő maga is azt gondolja, hogy csak egy eszköz... mert ezt ültetik a magadfajta rosszakarók a fejébe. De ez távol áll a valóságtól. Sayari egy törékeny lány... én pedig meg akarom védeni ezt a törékeny lányt. Akár az életem árán is.*

– *Hiroto... hallod te, miket mondasz? Komolyan fontosabb számodra az, aki kis híján megölt, mint a barátságunk?*

– *Az egyetlen dolog, ami jelenleg fontosabb, mint a barátságunk, az a Fő Védelmező parancsa. Nem igaz, Satoru?*

– *Nem ismerek rád, Hiroto. Nem veszed észre, hogy nem a Fő Védelmező parancsa miatt titkolózom előtted, hanem azért, mert féltelek attól a... lánytól?*

– *Nincs szükségem arra, hogy félts, Satoru. Információra van szükségem. Ha ezt nem kapom meg tőled, kiszedem másból.*

Satoruval összeszólalkozásunkat követően farkasszemet néztünk. Nem akartam neki ilyen durva dolgokat mondani... de muszáj volt megtudnom, hol van Sayari.

– *Sayarit bezárták* – szólalt fel Satoru, megtörve a csendet. – *A Fő Védelmező tiltakozott ellene, de a többség akarata győzött.*

– *Szóval lecsukatták az egyetlen személyt, aki szembe mert szállni az ellenség vezérével. Akkor a Citadella zárkájában van, igaz?*

Satoru sóhajtott egyet, mielőtt folytatta volna.

– *Nem. Most jön az a része a dolognak, amitől meg akartalak óvni...*

– *Satoru... kérlek.*

– *Sayari Kivégző... tegnap este megszökött a cellájából.*

– Megszökött?!

– Így igaz. Megszökött. A város minden szegletét átkutatták az éjszaka folyamán, de nem találták. Minden jel arra mutat, hogy Sayari Kivégző elhagyta Bastiont.

Sayari megszökött a cellájából és elhagyta Bastiont?! De mégis hová...

– Mielőtt megkérdeznéd, hogyan tudott kijutni a börtönből, választ adok a kérdésedre. Kiütötte a két Védelmezőt, akik őrizték a celláját. Sayari Kivégző veszélyes, Hiroto.

– Van tippje bárkinek is, hogy hová mehetett?

– A Fő Védelmező azt állítja, hogy tudja. Ugyan nem árulta el, hogy hová, de azt elárulta, hogy küldött egy csapatot Sayari elfogására.

– Milyen csapatot?

– Egy csapat... Kivégzőt. Naoko Kivégző vezetésével.

– Pont Naokót... – kaptam homlokomhoz egyik kezem.

Naokónak fogalma sincs róla, hogy felépültem. Ha valami véletlen folytán rátalálna Sayarira... bele sem merek gondolni, mi történne kettejük között.

– Köszönöm, Satoru – háláltam meg a segítséget, majd sarkon fordultam.

– Hiroto... – szólt utánam barátom. – Kérlek, ne csinálj hülyeséget.

– Mondd, Satoru – fordultam hátra. – Ha csinálnék valami hülyeséget... a barátom maradnál?

– Persze – válaszolta Satoru egy mosollyal az arcán.

Egy értékelő bólintást követően rohanásba kezdtem a lépcsőn lefelé.

Leérve a földszintre ismét áttörtem a tömegen, majd kilöktem a kijárat ajtaját és tovább folytattam utamat a déli kapu felé.

A Fő Védelmező azt állítja, tudja, Sayari hová szökött... de sajnálatára, egykori csapattársam sok információt osztott meg velem a múltjáról. Oda kell érnem, mielőtt Naoko Kivégzőcsapata elér céljához. El kell kerülnöm, hogy bármelyiküknek is baja essen... márpedig, ha nem érkezem meg időben, biztosan vérfürdő lesz a végeredménye a találkozójuknak. Vajon ezzel a szándékkal küldte el a csapatot Sayari megkeresésére a Fő Védelmező?

Hogy kivégezzék Sayarit? Nem... az nem lehet. Elvégre Sayari közeli kapcsolatban van a Fő Védelmezővel. Nem áll össze a kép. Megérkeztem... a déli kapu gigászi ajtói viszont zárva voltak. Se ki, se be. Sayari szökése miatt Bastion karanténzónává vált. Más utat kellett találnom. A kaputól pár méterre lévő ajtó előtt álltam meg, mely bejuttathatott a lépcsőkhöz. Fel kellett jutnom a fal tetejére. Miután berúgtam a faajtót, sebes léptekkel lépcsőzni kezdtem, míg el nem értem célomat. Miután kidugtam fejemet, hogy meggyőződjek róla, tiszta a terep, a fal széléhez sétáltam. A mélybe tekintve szembesültem azzal, hogy félelmetesen magasról akarom levetni magamat. Mégis mit gondoltam? Ha innen leugrom, azt biztosan nem élem túl... de mégsem hátrálhatok meg. Meg kell találnom Sayarit. Egy magas fa lombjával kezdtem szemezni. Talán ha... a lombjára ugrom, az tompítaná az esést, onnan pedig, ha átugranék a másikra...

Egy nagy sóhajt engedtem ki magamból. Ez sosem sikerülne. Bárki, akinek helyén vannak a dolgok a fejében, azt mondaná, hogy őrült vagyok és biztosan meg akarok halni, de...

Nemrég hoztam egy rossz döntést... vagyis többet, hogy pontosítsunk... de ha nem így tettem volna, sosem találkoztam volna Sayarival. Talán sosem váltam volna Kivégzővé. Az eddigi életem során elért sikereimet mind a rossz döntéseimnek köszönhetem... és Sayarinak. Ha most nem lépek, azt életem végéig bánni fogom.

Hátrálni kezdtem, majd nekifutásból elrúgtam magam a falról. Kérlek... csak most az egyszer működj!

– *Aurafeloldás!* – kiáltottam zuhanás közben.

Nyúlvadászat

Akárhogy is próbálkoztam, nem sikerült álomba merülnöm. Ráfoghatam volna ideiglenes társaim mocorgására, vagy horkolására éjszakai éberségemet, de valójában nem ez volt az oka inszomniámnak... napok óta nem aludtam. Hála Hiroto közbelépésének, egy olyan szakaszába léptem az életemnek, melyet nem terveztem előre... hisz' én... készen álltam a halálra. Öszsze voltam zavarodva. Legalább annyira érzelmileg, mint fejben. Fogalmam sem volt, mit tegyek. Hiroto... miért mentettél meg? Hisz' én...

– ... *nem vagyok jó ember* – mondtam ki hangosan gondolataimat, miközben a csillagokat fürkésztem szemeimmel.

Reménytelen volt: ma sem fogok aludni. Túlságosan feldúlt volt az elmém hozzá... mint minden éjszaka.

Lehetetlenné nyilvánítva, hogy elvonatkoztassam magam a világtól, s álomba merüljek, felültem, majd végignéztem átmeneti társaimon, kik láthatóan könnyedén elaludtak.

– *A parancs teljesítése. Ez a ti legnagyobb problémátok. Bár cserélhetnék veletek...* – szóltam feléjük, de természetesen nem érkezett válasz.

Szánalmas vagyok. Ilyen mélyre süllyedtem volna, hogy olyanokat sértegetek, akik még válaszra sem képesek?

A legjobb lenne, ha sétálnék egyet. Át kell gondolnom, mit akarok tenni.

Kibújva hálózsákomból magamra öltöttem fekete felsőmet és fémbakancsomat, ezután útnak indultam az erdőből kivezető, általunk kitaposott úton.

Nekem halottnak kellene lennem. Ha Hiroto hagyta volna, hogy véget vessek az egésznek... most nem lenne tele a fejem zavaros dolgokkal. Oly sok minden kering az elmémben... mégsem beszélhetek semmiről... senkinek sem. Az elmúlt pár évben azon voltam, hogy minél jobban elszakítsam magam mindenkitől, erre jött ő... és egy közös küldetés alatt képes volt közelebb

kerülni hozzám, mint bárki. „Az életem árán is megvédelek".
Miért mondtad ezt? Miért nekem? Miért fontos számodra az
életem? Ezek természetesen mind nevetséges kérdések, melyek-
re valószínűleg még ő maga sem tudna válaszolni... figyelembe
véve, hogy alig ismerjük egymást. Pont ez az oka az összezava-
rodottságomnak. Nem is ismersz... mégis megmentettél. Mivel
érdemeltem ki, hogy belecsöppenj az életembe, Hiroto?

Szánalmasnak tartottam magam, mikor a vállán sírtam, még-
sem tudtam visszafogni az érzelmeim. Szánalmasnak tartom
magam, hisz' azóta nem tudom kiverni a fejemből. Szánalmas...
de mégis aggódom miatta. Mióta Sayari támadása telibe találta
a mellkasát, másra sem tudok gondolni, csak rá. Bár én lehetnék
az, aki ápolja őt... talán azzal meghálálhattam volna, hogy meg-
mentett... de az a sérülés... reménykedem benne, hogy Yuriko
Kivégző olyan jó gyógyító, mint ahogy azt ő állítja. Reményke-
dem, hogy a társam felépül. Nem ismerek magamra... de mégis...
akármilyen borzalmasan is hangzik, jó érzés aggódni valakiért.

Rövid sétámat követően az erdő széléhez értem, hol nekitá-
maszkodtam egy fának, s újfent a csillagokat kezdtem nézegetni,
ekkor vettem észre, hogy akaratlanul egy olyan dolgot teszek,
amire már rég került sor utoljára: mosolygok. Ilyen boldog lennék,
hogy megismertem Hirotót? Ilyen örömet okoz már csak az, ha
rá gondolok? Talán előtte levehetem a maszkomat. Talán... neki
megmutathatom az igazi arcomat. Vajon elítélne azért, aki vagyok
valójában? Megutálna, ha megtudná, miket tettem? Lehet, hogy ő...
megértene... megértené, hogy miért lettem azzá, aki ma vagyok.

A hirtelen felismerés eredményeképp az arcomhoz kaptam
kezemet, kitakarva látásomat, mintha ezzel elűzhetném a gon-
dolataimat, majd lassan, lecsúszva a fa törzsén, ülésbe helyez-
tem magam a tövében.

Mi történik velem? Miért nem tudom kiverni a fejemből
Hirotót?

Talán még... nem késő visszaváltoznom egykori önmagammá.

Persze mielőtt megnyílhatnék Hiroto felé vagy a jövőmön
agyalnék, van egy elvégzendő feladatom... elvégre ezért vagyok
itt a semmi közepén.

Hány órája is tartottunk délre, míg meg nem álltunk? Tizenkettő? Nem... talán még tizenháromnál is több. Ha jó a helyérzékem, körülbelül az út háromnegyedét tehettük meg ennyi idő alatt. Még négy-öt óra és megérkezünk oda, ahová Akihide szerint Sayari mehetett. De mit fogunk tenni, ha megtaláljuk? Vagyis a kérdés inkább az... hogy én mit fogok tenni? Mi lenne a helyes döntés? Sayari vajon hallgatna ránk, ha megkérnénk, hogy térjen vissza Bastionba? Elképzelhető, hogy amint meglátna minket... vagyis inkább engem, egyből harcba torkollana a találkozásunk. Mi lenne, ha azt mondanám neki, hogy nem kell visszajönnie? Azt mondhatnám a Fő Védelmezőnek, hogy Sayari nem akart hallgatni a szép szóra, én pedig nem akartam harcolni vele... de ezt úgy sem hinné el. Tudja, hogy az első adandó alkalommal egymás torkának esnénk, amint van rá lehetőség. Akihide tisztában van vele, hogy Sayari utál engem. Nekem pedig... utálnom kell őt. A legegyszerűbb az lenne ha... Sayari megszűnne... ha eltenném láb alól... de ha Hiroto megtudná, hogy végeztem Sayarival, soha többet nem állna szóba velem. Arról nem is beszélve, hogy Akihide biztosan kivégeztetne.

Egyszerűen csak... teljesítsem a küldetést? Vigyem vissza Sayarit a városba? Még ha ez is lenne a helyes döntés...

Elmélkedésemet megzavarta egy hang, mely az erdő felől érkezett. Léptek. Követtek. Mivel biztos voltam benne, hogy az egyik Kivégzőtársam az, így megszólítottam, mielőtt közelebb érhetett volna.

– *Miért jöttél utánam?* – kérdeztem az azonosítatlan személytől.

– *Én csak... abban reménykedtem, hogy tudunk beszélni.*

Fujiko. A lány, ki a legalacsonyabb ranggal rendelkezik spontán csapatunkból. Mit akarhat az éjszaka közepén?

– *Nem érne rá nappal?*

– *Úgy vélem... nem lesz több alkalmunk kettesben beszélgetni, Kivégző.*

Kettesben? Mi lehet az, amit nem hallhatnak a többiek?

– *Hallgatlak.*

– *Nos... nem is tudom, hogy kezdjek bele. Tudom, illetlenség ilyet kérnem... de...*

– *Bökd már ki, Fujiko. Mi a gond?* – siettettem a kellemetlen helyzetben lévő lányt.

– *Naoko Kivégző... elmesélné, hogy az előző csapatával... mi történt pontosan?*

Fujiko kérése enyhén szólva váratlanul ért. Előző társaim kegyetlen sorsának felidézése vegyes érzelmeket ébresztett fel bennem. Düh, bűntudat, szomorúság, mind egyszerre hatoltak be fejembe a kérés hallatán.

– *Mégis... mit képzelsz, hogy erre kérsz?!* – pattantam fel dühösen.

– *Sajnálom, Kivégző, nem akartam magamra haragítani... de tudnom kell* – vágott vissza komoly tekintettel Fujiko.

Érthetetlen. Miért akarná, hogy elmondjam neki?

Válasz helyett hátat fordítottam a lánynak, majd elindultam a vele ellenkező irányba, hogy kivágjam magam a kellemetlen szituációból.

– *Kérem!* – kiáltott utánam remegő hangon, mintha a sírás kerülgette volna.

Egy nagy sóhajt engedtem ki magamból, majd visszafordultam a lány felé. Nem tudok hátat fordítani valakinek, aki ilyen határozottan vár tőlem válaszokat... még ha az is lett volna a jó döntés.

Mikor a nálam alacsonyabb lány előtt megálltam, ő felnézett rám könnyes szemekkel.

– *Miért érdekel ennyire? Az imént kis híján sírva kérleltél, szóval vélhetőleg nyomós okod van rá.*

– *Kazaki...* – kezdett bele, miközben egyik kezét elém nyújtotta –... *eljegyzett, nem sokkal a halála előtt.*

Kazaki. Az előző Kivégzőcsapatom legalacsonyabb rangú tagja. A kétcsillagos Kivégző, aki sosem vette komolyan a küldetéseket. Mindig azon volt, hogy az agyamra menjen, hisz' tudta, hogy irritálnak a gyerekes viccelődései. Az utóbbi pár missziónk alatt folytonosan csak a barátnőjéről beszélt, ezzel hergelve, s féltékennyé téve a másik két fiút. Persze... én sosem figyeltem rá. Akármennyire is a szívemhez nőttek a másfél év alatt, amit együtt töltöttünk, sosem törődtem velük... hisz' tudtam, mi a sorsuk, amint alám sorolták be őket.

– Sokat beszélt rólad. Emlékszem, a többieket mindi...

– Kérem, Kivégző. Engem csak az érdekel... hogy hogyan vesztette el az életét – vágott közbe mondandómba határozott hangnemben Fujiko.

Amint a lány újra megkért, hogy mondjam el, hogyan halt meg Kazaki, a szemembe nézett. Amit az övében láttam, az nem volt más, mint harag... sokkal mélyebben gyökerező harag, mint amit én éreztem nemrégiben.

– Nem szenvedett... ha erre vagy kíváncsi – hazudtam a dühös lánynak.

– Hogyan lehetséges... hogy ez megtörtént? Miért pont ő?

– Erre nem tudok választ adni. Rosszkor voltunk rossz helyen. Senki nem tudhatta előre, mi vár ránk a barlangban.

Fujiko arcán folyni kezdtek a könnyek.

– Menj vissza a táborba. Reggel korán kelünk – mondtam a lánynak, majd hátat fordítottam neki, s útnak indultam.

Azt hiszem, én még sétálok kicsit. Ki kell tisztítanom a fejemet... főleg ezek után.

– Miért?! – kiáltott utánam dühösen Fujiko. – Miért te vagy az egyetlen, aki visszatért?! Miért nem mentetted meg őt?! Miért hagytad hátra a csapattársaid?! – sorozott meg a lány választ várva.

A hátam mögül egyre gyorsuló lépteket kezdtem hallani. Fujiko rohanni kezdett felém. Mikor hirtelen hátrakaptam a fejemet, egy vágást éreztem az arcomon. Nem hagyva nekem időt arra, hogy felfogjam, mi történt, a lány szabad kezével lökött egyet rajtam, így, elveszítve egyensúlyomat, hátraestem. Fujiko, amint földet értem, rálépett bal kezemre, hogy meggátolja a szabadulásomat, majd kardjának pengéjét arcom elé nyomta. Természetesen könnyedén ki tudtam volna törni a fogságából... de nem akartam.

A lány könnyei, ismét csöpögni kezdtek, s arcomon landoltak.

– Áruld el... miért... – tette fel a befejezetlen kérdést.

„Miattad haltak meg, Sayari." „Zavaróan vidám voltál az előbb, Sayari. Felfordul a gyomrom, ha arra gondolok, hogy egy ilyen szörnyeteg, mint te, jól érzi magát. Miért vagy ilyen boldog? Talán megint sikerült a halálba küldened a csapattársaid?" „Szörnyeteg!"

Szörnyeteg. Mindig is így hívtam Sayarit. De valójában kettőnk közül...

Ki az igazi szörnyeteg?

– Mert... gyáva vagyok. Sajnálom. Nem voltam jó csapatvezető... sem csapattárs. Nem érdemlem meg, hogy életben maradjak. Tedd azt, amit jónak látsz.

A lány arcára, vélhetőleg azért, mert nem számított erre a válaszra, sokkos tekintet ült. Keze, melyben a kardját fogta, remegni kezdett. Lábát lassan leemelte csapdába ejtett bal kezemről.

Rájött, hogy elhamarkodottan cselekedett. Elvégre... akárhogy is nézzük, rátámadott a csapatvezetőjére.

Dühösnek kellene lennem. Normál esetben már rég viszonoztam volna a támadást... talán meg is öltem volna, ha úgy látom, fenyegetést jelent. De ezt most, úgy érzem, megérdemeltem.

Fujiko tett hátra pár lépést, hogy teret hagyjon nekem a feltápászkodáshoz. Mikor felálltam, ő még mindig remegő kézzel szorongatta kardját.

– Ha megölnél, és ez a többiek tudtára jutna, téged visszahurcolnának a városba. Mivel Sayari nélkül térnétek vissza, a küldetés sikertelennek lenne nyilvánítva, s nem csak téged, de a többieket is kivégeztetné a Fő Védelmező. Ha ezt akarod, tedd meg. Vedd el az életem. Én nem félek a haláltól. De vajon... te félsz tőle?

Fujiko pár másodpercig hezitált, de ezután eldobta kardját.

– Én... s-sajnálom! – kiáltotta, majd rohanni kezdett a tábor felé.

Nem akartam ráijeszteni. Én csak a valóságot tálaltam fel neki.

Miután Fujiko kikerült a látókörömből, ismét leültem egy fa tövébe... ekkor éreztem meg a nyakamon lefolyó vért, mely az arcomon lévő vágásból csörgedezett.

– Mély – jegyeztem meg magamnak.

Mikor ide tartottunk, úgy láttam, az utat végig követi egy patak. A legjobb lenne, ha megmosakodnék.

Kiérve az erdőből, kis séta után el is értem úticélomat. A víz fölé hajolva szembenéztem önmagammal. A tükörképemen tisztán látható volt, hogy arcom bal oldalától egészen nyakamig vér terít be. Kezeimet belemerítettem a patakba, majd mosni kezdtem arcomat, s egészen addig csináltam ezt a folyamatot, míg el nem tüntettem a vér nyomait róla. Kimerültnek éreztem magam. Talán az lenne a legjobb, ha megpróbálnék aludni.

Útközben rábukkantam Fujiko kardjára, mely a fűben hevert. Mikor magamhoz vettem a fegyvert, láttam, éléről csöpögni kezdett a tárgy által kiontott vérem. A kard letakarítása után eszembe jutott valami, amit nemrégiben Hiroto kérdezett tőlem.

„Miért nem használtad magadon a gyógyító képességed, mikor elmenekültél a szörnyek elől?"

Miért nem gyógyítom meg a sérüléseim? Nos... talán azért, mert a sebek, amiket eddig szereztem, mind a rossz cselekedeteim miatt keletkeztek rajtam. Nem érdemlem meg, hogy eltűnjenek. Vajon mit szólt volna Hiroto, ha ezt válaszolom neki? Biztos vagyok benne, hogy kiakadt volna... de ez az igazság.

Mikor visszaértem a táborhoz, mind a három csapattársam mélyen aludt. A két fiú ugyanabban a pózban feküdt, mint mikor útnak indultam, Fujiko pedig az ég felé fordulva, fájdalmas tekintettel sírta magát álomba vélhetőleg. Sajnálom. A fájdalom, melyet érez, miattam keletkezett. Nincs bocsánat azért, amit tettem.

Miután kardját óvatosan mellé helyeztem, ledobtam magamról a bakancsom, majd ezt követően a felsőmet és a nadrágomat is, és visszabújtam a hálózsákomba. Kihúzva bal karomat a zsák védelme alól, vizsgálgatni kezdtem a rajta lévő sebeket. Eleinte csak az eseményre tudtam gondolni, ahogyan szereztem őket, de ezután támadt egy gondolatom, mellyel kissé zavarba hoztam saját magamat. Igaz, látta már a sebeim... de ha **így** látna... vajon mit gondolna? Azt, hogy undorító vagyok... vagy talán...

Ez volt az utolsó gondolat, melyre emlékszem, mielőtt álomba zuhantam volna.

Alszom. Biztos vagyok benne. Mégis... olyan, mintha ébren lennék. Mintha egy másik világba csöppentem volna, amint lehunytam a szemeim. Ez egy álom... mégis valósnak tűnik.

– *...oko.*

Valaki beszél hozzám.

– *Hé Naoko. Minden rendben?* – kérdezte egy lány.

Haja hófehér volt, arca homályos, de hangja ismerős.

– Persze... azt hiszem.

– Mintha máshol jártál volna fejben – mondta kuncogva az idegen.

– Hé. Tudnánk beszélni egy kicsit? Kettesben, ha lehet.

Kettesben?

– Nos... persze. Beszélhetünk.

– Köszönöm. Menjetek előre, **Sayari**. Beszélni szeretnék pár szót **Naokóval** – mondta a fehér hajú lánynak a barna hajú fiú, ki a jobb oldalamon sétált.

Sayari. Naoko. Olyan ismerős nevek... mégsem tudom őket hová tenni. A fiú... ki lehet ő?

Nem tétovázva a fiú megragadta kezemet, s húzni kezdett engem maga után, míg egy falhoz nem értünk.

– Miről akartál beszél... – kezdtem bele, de a fiú nekinyomott engem a falnak, s kezemet hozzá szorította, hogy ne tudjak elmenekülni.

Mit művel? Mit akar tőlem? Miért csinálja ezt?

– Miért csin...

Hangom elcsuklott, amint a fiú szabad kezével szorítani kezdte a torkomat... de ami ezután történt, lepett meg igazán. A fiú... hozzányomta ajkait az enyémhez. Megcsókolt. Lehunytam szemeimet. Az extázisba ejtő élmény forró és hosszú volt. Mikor éreztem, hogy a fiú elhúzza arcát tőlem, kinyitottam a szemeim... ekkor ismertem fel őt.

– H-Hiroto?! Te m-meg mit...

Arcom forrósodni kezdett, hisz' a felismeréstől egyből zavarba jöttem. Valami furcsa volt vele kapcsolatban... de biztos voltam, hogy ő az.

– Meglepődtél? – kérdezte monoton hangon Hiroto.

– P-persze. Ne érts félre... boldog vagyok, de...

– Nem. Azt hiszem, te vagy az, aki félreérti a dolgokat. Csak érezni akartam, milyen íze van egy...

Gyilkosnak.

Felriadtam. Mikor hirtelen kinyitottam szemeimet, a kéklő éggel találtam szembe magamat. Léptek hangja vegyült egybe a madarak csicsergésével. Mikor felültem, homlokomhoz kaptam kezemet. Szakadt rólam a víz.

– *Oh, Naoko Kivég...* – kezdett bele egyik csapattársam a köszöntésbe, de félbeszakította azt, amint rám nézett. – *Hé. Minden rendben?*

– *Persze* – nyugtattam meg az aggódó fiút – *Csak... eszembe jutott, miért nem alszom.*

– *Biztosan minden oké?*

– *Azt mondtam!* – kezdtem bele frusztráltan, de rájöttem, hogy nem rajta kéne levezetnem a feszültséget, figyelembe véve azt is, hogy csak aggódik értem. – *Igen. Biztosan.*

– *Merre jártál az éjszaka, Naoko? Láttuk, hogy megvágtad az arcod valamivel* – tette fel a kérdést az idegesítőbb srác.

– *Hm?*

Az arcomon végighúztam az ujjam a fiú észrevételezése után, de nem éreztem semmit a vágás helyén.

– *Oh. Amíg aludtál, Fujiko volt olyan rendes, hogy meggyógyított. Persze... szerintem sebhelyesen is elég vonzó voltál Naoko* – fejezte be a fiú egy undorító grimasszal az arcán.

Ahelyett, hogy tudomást vettem volna a fiú tiszteletlen beszólásáról, Fujikót kezdtem keresni pillantásommal, s meg is találtam őt a hálózsákjánál, amint éppen összecsomagolta azt. Tekintetünk találkozott. Tekintete teli volt bűntudattal.

– *Köszönöm. Rendes tőled.*

Fujiko eleinte meglepett arcot vágott a köszönetem hallatán, de ezután elmosolyodott, majd bólintott egyet.

– *Furcsa vagy, Naoko. Nem estél nekem az után, hogy vonzónak hívtalak... de még az miatt sem, hogy nem hívlak Kivégzőnek.*

Míg ide tartottunk, ez az alacsony fiú, kinek szinte fétise, hogy engem felidegesítsen, végig bókolt nekem, s nem volt hajlandó „Naoko Kivégzőnek" hívni. Egészen idáig az járt a fejemben, hogy amikor legközelebb megpróbál velem „viccelődni", leszúrom... de azt hiszem... változtatnom kellene a gondolkodásmódomon.

– *Hé... hogy is hívnak?* – kérdeztem a tiszteletlen fiút.

– *Én... nos... én...* – kezdett bele dadogva, miközben a földet nézte. – *Etsuya vagyok.*

Fujiko bemutatkozással kezdte, mikor találkoztunk, de a fiúk nevét sosem kérdeztem meg.

– *Remélem, nem támadtak furcsa gondolataid. Csak tudni akarom a csapattársaim nevét.*

Mikor a magasabbik, kopasz fiúra néztem, ő egyből tudta, hogy mire gondolok.

– *Genkinek hívnak. Ne haragudjon, hogy nem mutatkoztam be eddig... de úgy tudtam, nem túl barátkozó személyiség.*

– *Nos... nem is vagyok az. Csak tudni akartam, hogy hívnak titeket. Elvégre, még ha csak erre az egy küldetésre is, de csapattársak vagyunk.*

Miután befejeztem a mondandómat, egy kedves mosollyal jelezték, hogy örülnek a hirtelen változásomnak.

– *Naoko Kivégző. Jobban tenné, ha felöltözne. Van itt egy bizonyos személy, aki... –* kezdett bele Fujiko, de Etsuya közbeszólt.

– *Neem, nem szükséges. Szerintem* **így** *pont tökéletes, Naoko –* grimaszolt felém ismét az idióta.

– *Meg akarsz halni?*

„Kellemes" reggeli trécselésünknek a kötelességtudatunk vetett véget, s miután összepakoltuk hálózsákjainkat és hátunkra vettük azokat, útnak indultunk. Pár óra, s elérjük célunkat. Most kilenc óra körül lehet, hála nekem, amiért sokáig aludtam, és csapattársaimnak, amiért nem voltak hajlandók felkelteni.

– *Hé... Naoko –* szólított meg Etsuya. – *Mikor elindultunk, azt mondtad, te végezni akarsz Sayari Kivégzővel. Ezt... komolyan gondoltad, igaz?*

– *A Fő Védelmező azt mondta, hogy kövessük minden parancsát... de ha megölné a lányt, akit vissza kellene vinnünk Bastionba... az elég durva szabályszegés lenne, nem? Még ha azt is mondta, hogy vállalja a következ... –* próbált választ találni tervemre Genki, de félbeszakítottam őt.

– *Tudom, hogy mit mondtam. De azóta... megváltozott a tervem.*

Ha megölném Sayarit, az megoldaná sok problémámat. A következmények biztosan komolyak lennének, de valahogy kihúztam volna magam a csávából. Az egyetlen dolog, amiért megváltozott a tervem... az Hiroto. Ha felébredsz, melletted akarok lenni, nem egy cellában. Nem akarok neked csalódást okozni, tudom, hogy fontos számodra Sayari... pont ezért...

Haza fogjuk őt vinni.

Már több mint egy nap telt el, mióta elmenekültem. Azért jöttem ide, hogy felelevenítsem az emlékeimet, mégsem tudok másra gondolni, csak arra, hogy vajon Hiroto felépült-e már. Hogyan is tudnék másra gondolni? Az, hogy a múltam miatt jöttem ide, csak egy fedősztori, amit magamnak próbálok beadni, egészen azóta, mióta elhagytam Bastiont. Valójában... azért jöttem el, mert nem tudtam volna Hiroto szemébe nézni, mikor magához tér... ha magához tér egyáltalán valaha.

Már csak a gondolata annak, amit tettem, képes a padlóra küldeni. Hogy tehettem ezt? Hogyan sebezhettem meg az egyetlen embert, aki érdeklődést mutatott irántam? Borzalmas vagyok.

Az illedelmességet, kedvességet, törődést, amit tőled kaptam... a legkevésbé sem érdemeltem meg. Eljátszottam a belém vetett bizalmadat... még arra sem voltam képes, hogy megvárjam, míg felépülsz, s a szemedbe nézve esedezzek a bocsánatkérésedért. Elfutottam. Gyáva vagyok. Talán... hallgatnom kellett volna rád, Akihide. Talán az lett volna a legjobb, ha Hiroto sosem vált volna a csapattársammá. Magányosnak kellett volna maradnom.

Csak azért éltem eddig, hogy gyilkoljak... de Hiroto megváltoztatott mindent. Úgy éreztem... többet akarok az élettől. Úgy éreztem, ő az, aki megment engem saját magamtól. Mindent elrontottam.

Már biztosan magához tért. A Védelmezők azt mondták, Yuriko Kivégző meg tudja gyógyítani. Remélem, már jól vagy, Hiroto... és remélem, elfelejtesz engem. Nincs arra szükséged, hogy egy ilyen ember, mint én, foglalja le a gondolataidat. Miket gondolok... biztosan utál engem... látta, milyen vagyok valójában... biztos vagyok benne, hogy ő is azon van, hogy kiverjen engem a fejéből.

Gondolataimnak gyomrom korgása vetett véget. Ha így folytatom, éhen fogok halni. De nem is érdemlek jobb sorsot ennél, nem igaz?

Mikor kiléptem a fakunyhóból, mely egykor az otthont jelentette számomra, az eget kezdtem kémlelni.

A bosszúvágyam az, ami ide vezetett. Végül még arra sem voltam képes, hogy bosszút álljak apámért és a bátyámért. Egy csődtömeg vagyok.

Lehunytam szemeim. Az ég tiszta, én mégis abban reménykedem, hogy belém csap egy villám, s elveszi a szánalmas életemet.

Mikor újra el akartam merülni gondolataimban, lépteket hallottam. Kinyitottam szemeim, s nem hittem el azt, amit láttam... jobban mondva, akit. Előredőlve fókuszáltam, majd törölgetni kezdtem szemeimet, hisz' biztos voltam benne, hogy amit látok, az csak délibáb. Az arcom csipkedése sem segített. Nem álmodom. Ez a valóság. Mikor az alak közelebb ért, bizonyossá vált, hogy valaki olyan áll előttem, kinek megjelenésére a legkevésbé sem számítottam. Melegséget éreztem a mellkasomban. Talán boldogság... talán más érzelmek összevegyülése volt... de amint ő közeledett hozzám, az érzés is egyre csak erősödött, mígnem könnyek formájában kezdte elhagyni testem.

Ruhája megegyezett azzal, ami aznap volt rajta, mint mikor az esemény történt, de köpenye, felsője s nadrágja is poros és szakadt volt itt-ott. Testét érthetetlen okokból vágások borították. Pólójának közepén egy gigászi szakadás tátongott, alatta pedig bőrét egy kosztól bebarnult kötés takarta.

Egyre csak közeledett. Mit akar tenni? Talán felpofoz? Talán... azért jött, hogy végezzen velem? Akihide őt küldte volna? Különféle kérdések okozták összezavarodásomat... de amikor a közvetlen közelembe ért, úgy éreztem, minden gondom s problémám megszűnt létezni. Ahelyett, hogy utálatból nekem esett volna, vagy bántó szavakat kiáltott volna felém... átölelt.

Könnyeim folyóként csörgedeztek arcomon lefelé. Nem tudtam reagálni. Nem tudtam mit tegyek... de biztossá vált, hogy ez az, amire szükségem van, így viszonoztam az ölelést. Amint én is körülöletem karjaimmal s nekinyomtam arcom a vállának, szorítása erősödni kezdett. Ez az ölelés... ugyanolyan őszinte volt, mint amikor meglátogatott a sérülésem után.

– Te... *miért vagy itt?* – kérdeztem, még mindig a sokk hatása alatt.

– *Ez meg miféle kérdés? Aggódtam érted. Nem szökhetsz meg csak így, szó nélkül. Ha ennyire szerettél volna ide jönni, szólhattál volna. Szívesen eljöttem volna veled.*

Minden egyes szava beivódott a szívembe. Aggódott értem... annak ellenére, amit tettem vele.

– *Én... úgy sajnálom... tudom, szavak nem elegek ahhoz, hogy megbocsátást nyerjek azért, amit tettem, de...*

– *Sayari* – szakított félbe. – *Tudod, nem szokásom a szavadba vágni, ha beszélsz, de nem akarom azt hallgatni, ahogy a megbocsátásomért esedezel... elvégre miért akarnám azt hallgatni? Hisz' nem haragszom rád.*

– *Nem... haragszol rám? Hiszen... majdnem megöltelek!*

Ahelyett, hogy utóbbi megjegyzésemre választ adott volna, szimplán csak kibújt karjaim közül, majd jobb kezét az arcomra helyezte. Láthatóan kellemetlenül érezte magát hirtelen reflexből történő cselekvése miatt, mert ezután már nem nézett a szemembe, arca pedig elpirult. Mikor el akarta venni kezét arcomtól, én visszanyomtam azt magamhoz, s csillogó szemekkel vártam továbbra is, amit mondani akart.

– *H-ha haragudnék... miért jöttem volna el ilyen messzire... cs-csak azért, hogy lássalak?*

A könnyeim megállíthatatlanul folytak továbbra is. Hogyan lehet valaki... ennyire...

Egy nagy sóhajt követően ismét belekezdett.

– *Tudod, én mindig próbálom elkerülni, hogy megsirassalak, de valahogy mindig így végződnek a dolgok* – mondta egy kellemetlen mosollyal az arcán.

– *Ne törődj vele. Mostanában... könnyen elérzékenyülök* – feleltem egy boldog mosollyal.

– *N-nos, akkor, most, hogy ezen túl vagyunk...*

Nem. Nem akarom, hogy „túl legyünk" ezen. Azt akarom... hogy örökké tartson ez a pillanat.

– *Ne, várj...* – szólaltam meg hirtelen felindulásból, ez pedig láthatóan meglepte az előttem álló fiút. – *Mondj még... valamit...*

Amint ezeket a szavakat kimondtam, arra lettem figyelmes, hogy egyre erősebb légszomjam van. Még sosem éreztem ilyet ezelőtt. Ilyen... melegséget. Még sosem éreztem magam ennyire zavarban... de egyben boldognak is.

– *H-hogy érted?*

– *V-valamit... amivel boldogabbá teszel.*

Ezután még vörösebb lett az arca. Valószínűleg hasonlóan érezheti most magát, mint én.

– *É-én... n-nekem... nos... s-sokszor eszembe jutott útközben... amit mondtál...* – kezdett bele dadogva. – *A-azt mondtad, nem hagyod kárba veszni a... meghívásomat. Az viszont csak úgy lehetséges ha... ha... ha a közelemben vagy* – fejezte be, majd arcához kapta a kezét, hogy eltakarja azt zavarában.

Ahogy ismerem, most biztosan azt gondolja, hogy „ez nagyon béna volt", vagy, hogy „miért mondtam ezt?"... de valójában, szavakba sem tudnám önteni, hogy milyen boldoggá tett ezzel a... „mondattal". Akaratomon kívül nevetni kezdtem.

– *Ennyire béna volt?* – kérdezte, becsatlakozva a nevetésbe.

– *Nem, dehogy, csak olyan... mintha egy álomban lennék* – mondtam ki őszintén. – *Mondd csak... mivel érdemeltem ki, hogy ilyeneket mondj nekem?*

A fiú lehajtott fejjel, zavarában simogatni kezdte tarkóját, képtelenül arra, hogy azonnali választ adjon kérdésemre.

– *Őszintén?* – kérdezett vissza.

– *Igen. A legőszintébben* – válaszoltam egy, az arcomról letörölhetetlen boldog vigyorral.

– *Nos... azt hiszem, azzal, hogy adtál nekem egy új esélyt... és, hogy te voltál az első, aki úgy szólított... h-hogy...*

– *Ha ez valóban, ilyen sokat jelent neked, akkor annyiszor szólítalak „úgy" ahányszor csak szeretnéd...*

– *... Hiroto Kivégző.*

Kitárulkozás

Hazudnék, ha azt mondanám, teljesen vakon jöttem el egészen idáig, de az egyetlen kiindulási pontom az volt, hogy Kinou délre van. Annak reményében indultam útnak, hogy ha ideérek, meg tudom nyugtatni Sayarit, s szóra bírni őt, de jelen helyzetben mégis ő az, aki ellát engem. A megérkezésem utáni zavaros, tinédzseres légkör pár óra elteltével kezdett megszűnni körülöttünk, és mindketten visszazuhantunk a valóságba. Sayari faggatni kezdett a sérülésekről, amiket szereztem, majd erőszakosan rám parancsolt, hogy feküdjek le. Talán ha elferdítettem volna a valóságot... mondjuk azt mondtam volna, hogy elestem és egy rózsabokorban landoltam, nem találtam volna magam ebben a kellemetlen szituációban.

– *Szóval te... komolyan leugrottál a falról?!* – kérdezte tőlem ismét Sayari, mert úgy tűnt, nehezére esik megbirkózni ezzel a ténnyel.

– *Már mondtam... nem volt más választásom...* – feleltem bűntudatosan, amiért aggodalomra adtam okot neki.

– *Már hogyne lett volna! Mondjuk az, hogy... nem ugrasz le?*

Mázlimra a tervem félig-meddig sikeres volt, és egy fa lombjára érkeztem, ezzel lassítva a zuhanásom sebességén, de a több száz ág meghagyta a nyomát rajtam, nem is beszélve a földet érésemről. Hirtelen az volt az első gondolatom, hogy biztosan eltört a karom, mivel arra érkeztem, de valami csoda folytán ez nem történt meg. Azóta párszor elgondolkoztam rajta, de mindig ugyanarra a konklúzióra jutottam... nem oldottam fel az aurámat, hogy tompítsam az esést. Az lehetetlen.

– *Sajnálom. Nem akartam, hogy aggódnod kelljen értem... de a lényeg, hogy itt vagyok. Nem?* – kérdeztem vissza egy őszinte mosollyal az arcomon.

– *Persze, én örülök, hogy itt vagy, de... biztos, hogy átgondoltad ezt az egészet?* – kérdezett rá Sayari, miközben tapogatni kezdte az arcomon lévő vágást egy nedves ronggyal. – *Úgy értem... te is megszöktél a városból. Ez súlyos bűncselekmény.*

– *Tisztában vagyok vele, hogy súlyos szabálysértést követtem el azzal, hogy idejöttem.*

Sayari egy nagyot sóhajtott, majd folytatta az arcom tisztogatását rászáradt véremtől. Az elkövetkezendő pár percet csendben töltöttük el. Valószínűleg ő is azon agyalhatott, mint én. Hova tovább?

– *Felülnél, kérlek?* – vetett véget a némaságnak Sayari.

Miután teljesítettem kérését, ő a mellkasomra helyezte kezét, majd szépen lassan elkezdett felfelé haladni apró érintésekkel, ennek hatására én akaratlanul összerezzentem.

– *N-ne haragudj!* – tört ki a lányból hirtelen, amint elrántotta kezét tőlem. – *Csak... a köpenyed...*

Minden tisztává vált, miután kimondta a „köpeny" szót. A megkötőjét kereste. Utalására reagálva kioldottam, majd a földre dobtam köpenyemet. Mióta megérkeztem, azóta olyan érzésem volt, mintha minden érintkezésünk kellemetlen helyzetté fajulna át.

– *A... felső d* – adta ki nekem a következő utasítást a lány szinte olyan halkan, hogy még én is alig hallottam.

– *Oh. Persze. A felsőm* – realizálódott bennem, hogy lehetetlen ellátnia olyan sérüléseket, amikhez nem tud hozzáférni.

Sayari kérésére felsőmet is ledobtam magamról... persze csak idézőjelesen „dobtam le", ugyanis a textil anyagának minden egyes érintése olyan volt, mint apró tűk hatoltak volna be a vágásokba.

– *Köszönöm, hogy ellátod a sérüléseimet, Sayari. Mindig csak gondot okozok neked* – háláltam meg a lány figyelmességét, de válasz nem érkezett tőle, még pár másodperc elteltével sem.

– *Sayari?* – szólítottam nevén, majd hátrafordultam.

A lány fel sem figyelt arra, hogy ránéztem, csak megmeredve pislogott, elpirult arccal, a hátamat figyelve.

– *Oh, ugyan. Nem kell szégyellősnek lenned, én is láttalak már felső nélkül* – próbáltam nyugtatni egy vigyorral, de az gyorsan lefagyott arcomról, mikor rájöttem, mit is mondtam.

Sayari levette tekintetét a hátamról, s egy dühös arckifejezéssel és összekulcsolt kezekkel jelezte nemtetszését az előbbi felszólalásomra. Mielőtt elnézést kérhettem volna, ő hirtelen közrefogta fejemet, s elfordított magától.

Ex-csapattársam az előbbi ellenére gyengéden érintette bőrömhöz a nedves rongyot, nehogy fájdalmat okozzon vele nekem.

– *Mintha a mániád lenne, hogy zavarba hozz engem, Hiroto.*

– *E-esküszöm, hogy nem direkt csinálom.*

Mivel azt láttam jelen helyzetben legjobbnak, ha csendben maradok, így beszélgetés helyett körbetekintettem a fakunyhóban, mely egykor a lány otthona volt. Akárhogy is kerestem, nem találtam semmit, ami extravagánsnak vagy drágának tűnt volna, ez pedig arra engedett utalni, hogy Sayari és a családja szegénységben éltek. Egy egyterű épület, három ággyal a ház három külön szegletében, három gardróbszekrény, egy pult, s egy asztal, székekkel középen. A házban még van egy helyiség, melyet egy faajtó takart, vélhetőleg az lehetett a fürdőszoba.

– *Sayari...* – szólítottam meg a lányt, ki hirtelen elkapta a rongyot hátamtól.

– *Igen?*

– *Mesélnél nekem, kérlek arról... mi történt **aznap**?* – tettem fel lényegre törően a kérdést, melyre már rég választ akartam kapni,.

Sayari pár másodpercig hezitált, de azután egyenes választ adott nekem.

– *Persze. Elvégre... én is azért jöttem ide, hogy felidézzem az emlékeimet.*

A lány letette mellém a ruhadarabot, mellyel eddig ápolgatott, s a pult melletti ablakhoz indult, hol letámaszkodott és kifelé kezdett tekingetni. Kellett neki pár másodperc, hogy felkészüljön, de ezután belekezdett.

– *Átlagos napnak indult. A lakók közül... senkinek nem fordult meg a fejében, hogy ez lesz számukra az utolsó. Apám, mint mondtam, a mindennapjait edzéssel töltötte, ez akkor sem volt másképp. Miután elköszönt tőlünk, a bátyám egyből nekilátott az ebéd készítésének... ebéd... ami nem állt másból, csak friss zöldségekből. Nem* voltunk gazdagok akkoriban. Valójában... egyik lakos sem volt az. Szegényebbek voltunk, mint bárki Bastionban.

– A bátyád... hány éves volt akkor?

– Csak tizenegy. Mégis úgy viselte gondomat, mint egy felnőtt. Sokkal érettebb volt, mint azt a számok mutatták, ellentétben velem. Én egész nap csak az ágyamban játszottam.

– Ugyan... hisz' gyerek voltál, mi mást csináltál volna? – próbáltam megvigasztalni a szomorkás hangú lányt.

– Így van... csak gyerek voltam... egy tehetetlen, gyenge gyerek.

– Mi történt... ezután? – kérdeztem kíváncsian.

– Mielőtt a bátyám befejezhette volna az étel elkészítését, egy kürtszó rengette meg a falut. A kürtöt csak akkor szólaltatták meg, mikor nagyobb veszély közeledett, mint például egy vihar. Mindanynyian tudtuk a jelentését: Mindenki térjen vissza az otthonába, s maradjon ott, míg meg nem hallja a második kürtszót, mely a veszély végét jelezte. De a második kürtszó... sosem hangzott el. A veszedelem, ami közeledett... pedig nem vihar volt. A bátyám és én nem törődtünk a jelzéssel, hisz' úgy gondoltuk, biztonságban vagyunk, apánk pedig nemsokára visszatér, mint azt mindig tette ilyen esetben... de hamar rájöttünk, hogy a szituáció most más, mint a megszokott. Ricsajt kezdtünk hallani kintről. Eleinte, csak az átlagosnál hangosabb összeszólalkozásokat, de az hamar átment sikolyokba, s kiáltásokba... ekkor hagytam abba a plüssjátékom babrálását, a bátyám pedig az ebéd elkészítését. Fülelni kezdtem, a testvére, pedig az ablakhoz ugrott, hogy megnézze, mi történik odakinn. Ekkor még semmit nem tudtam... a bátyám sokkos tekintetéből viszont, sikerült kikövetkeztetnem, hogy nagy a baj. Féltem. Remegtem a félelemtől. A bátyám egészen addig megdermedve figyelte a kinti eseményeket, míg apánk be nem csörtetett a házba, s becsapta maga mögött az ajtót. Az első dolog, amit belépés után tett, az volt, hogy a bátyámat a földre rántotta, majd ezután odarohant hozzám, s megfogta egyik kezemet. A tekintete kétségbeesett volt. Félt... félt attól, hogy elveszít minket. A hátán lévő két kardja közül az egyiket előrántotta és a kezembe nyomta.

Sayari félbehagyta a történetet, s kardjának markolatára helyezte jobbosát.

– Szóval... így kaptad meg a kardodat.

– „Vigyázz erre, Sayari." Ezt mondta – folytatta a történetet. – *Ezután a bátyámhoz sietett, s kezébe adta a másik kardját, miközben súgott neki valamit, majd az ajtó felé kezdett rohanni, útközben lekapva a falról egy másik, átlagos kinézetű pengét... ezután megállt. Szótlanok voltunk. Nem tudtunk mit mondani. Minden olyan hirtelen történt. Mikor hátrafordult, elköszönésképp azt mondta...*

Sayari félbeszakította magát, s felém fordult. Tekintete szomorúbb volt, mint valaha... de a könnyei nem potyogtak.

– *„Ne aggódjatok, megvédelek... akár az életem árán is", majd kilépett a házból. Ekkor az ablakhoz rohantunk, egyszerre a bátyámmal, s én is szembesültem a kint lefolyó eseményekkel. Több tucatnyi fekete aurájú alak küzdött a lakosok ellen. Természetesen semmi esélyük nem volt a falusiaknak. Közeli szomszédok, gyermekek, kikkel egy nappal azelőtt még vidáman játszottam, mind véres tetemként feküdtek a földön rövid idő után... viszont amint apám a harcmezőre lépett, az esélyek visszaálltak a mi oldalunkra. Nem pazarolva időt, azonnal feloldotta az auráját. Ekkor láttam először ilyet. A hófehér erőmező, mely körülvette, gigászi volt, a feje felett pedig láttam valamit... mintha... egy glória lett volna.*

– Glória? – kérdeztem vissza meglepetten. – *Még... sosem hallottam ilyesmiről azelőtt.*

– *Akihide szerint csak képzeltem... de biztos vagyok benne, hogy láttam. Egy jelkép, ami azt jelzi, hogy az illető szándékai teljesen tiszták. Az egyetlen dolog, amire koncentrálhatott, az volt... hogy megvédjen minket.*

– *Ne haragudj... nem akartam úgy hangzani, mintha kételkednék benned. Kérlek... folytasd.*

– *Apám sorban végezte ki az ellenfeleket. Úgy tűnt, minden rendben lesz... de ekkor előlépett ő...*

A Véres Lovag.

– *Egy másodpercig sem hezitált, egyből harcba kezdett apám ellen. Apám mozdulatai gyorsabbak voltak a Lovagnál, de nem tudta megsérteni a páncélját. Csak egy pillanatnyi figyelmetlenség kellett ahhoz, hogy az ellenfél le tudjon sújtani apámra. Mindketten végignéztük, ahogy... átdöfi a mellkasát. Egészen addig lefagyva bámultuk, miként apánk kifekszik a földön, s mozdulatlanná dermed, míg a Lovag fel nem figyelt ránk. Kardjának felénk történő suhintásával jelezte csatlósainak, hogy fogjanak el... vagy öljenek meg minket. A bátyám ekkor hirtelen megragadta a kezem, s berántott engem a szoba közepére, majd a szőnyeget félretolva felfedett egy csapóajtót. Mikor felnyitotta, nem hagyott nekem időt, hogy reagálni tudjak, belökött... aztán lecsukta.*

– *Én... sajnálom. Borzalmas lehetett ezt átélni* – mondtam együttérzően.

– *Igen... az volt. Régen történt már, de a találkozásom a Lovaggal felszakította a sebeimet.*

– *Hogyan jutottál ki onnan?*

– *A becsapódás valószínűleg kiüthetett. Fogalmam sincs, mennyi idő telt el, mire felébredtem. Mikor végül feltápászkodtam, szembesültem vele, hogy ez nem csak egy szimpla rejtekhely, hanem egy alagútrendszer. Az, hogy visszamásszak, lehetetlen volt létra hiányában, így útnak indultam az idegen felé, a sötétben tapogatózva. Pár órányi bolyongás után az alagút végén fényre lettem figyelmes. Rohanni kezdtem... de minden csepp megmaradt erőmet elhasználtam erre. Mielőtt elérhettem volna a célomat, összeestem. Később egy fiatal fiú karjaiban ébredtem... Akihide volt az. A férfi, akit most Fő Védelmezőként ismer mindenki. Ő mentette meg az életem. Nem tudom, hogyan talált rám... de neki köszönhetem azt, hogy most itt vagyok.*

– *A bátyád... biztosan szeretett téged, ha a saját élete elé helyezte a tiédet.*

– *Igen... szeretett engem... én mégsem emlékszem még a nevére sem* – bánkódott Sayari lehajtott fejjel. – *Tudod... furcsa. Kiskoromban sosem gondoltam volna, hogy a házunk alatt...* – kezdett bele, de hangja elcsuklott, amint félresöpörte a ház közepén lévő szőnyeget lábával.

Sayari szemei kikerekedtek, miközben a padlózatot kutatta tekintetével. Eleinte csak a lábával kaparászta a fadeszkákat, de ezután térdre rogyott, s kezével folytatta a tapogatózást.

A lány meglepetése érthető volt, hisz' a helyen, ahol állította, hogy egy csapóajtó volt...

– *Nincs... nincs itt semmi* – mondta remegő hangon a kétségbeesett lány.

– *Sayari...* – mondtam ki nevét aggódóan.

– *Ne haragudj... kicsit... magamra hagynál? Menj... fürödj le... biztosan többet érsz el vele, mint az én sikálásommal.*

– *Rendben* – feleltem engedelmesen, majd elindultam az ajtó felé, mely a fürdőszobába vezetett.

Mikor becsuktam magam mögött az ajtót, ledobtam magamról maradék ruhadarabjaimat, s beálltam a zuhanyzófülkébe. A csapot megnyitva a hűsítő folyadék csapkodni kezdte hátamat, ez pedig pont tökéletes volt a nyári melegben. Egy mély sóhajtást követően gondolkodásba merültem az előbbi dolgokkal kapcsolatban.

Sayari állítása szerint a csapóajtón keresztül menekült el innen... de akkor mégis hová tűnhetett az a földalatti járat? Talán annyira felkavarták az aznapi események, hogy félrevezetik őt a saját emlékei? Biztos vagyok benne, hogy Sayari nem hazudna nekem szándékosan... és elég kétségbeesetten kereste azt a csapóajtót, szóval... mi történhetett?

Elveszve a gondolataimban a helyiséget kezdtem tanulmányozni. Elvégre... mindig ezt csinálom, mikor elmélkedem valamin. A falak, melyeket hófehér csempe borított, tisztának bizonyultak, mintha frissen lettek volna takarítva. Talán Sayari csinált itt egy kis rendet, mikor megérkezett. Megértem, hisz' fontos számára ez a hely. Sehol egy porszem. A tükör, mellyel szemben álltam, tiszta képet mutatott jómagamról, miként a zuhanyzóban áztatott engem a hűs, kristálytiszta víz.

Sayari igyekvésén, hogy rendbe tegye ezt a helyet, elmosolyodtam. Mikor végül a padlózatra tekintettem, látványától olyan érzés fogott el, mintha... mintha...

Hirtelen felindulásból magamra kaptam az egyik falra akasztott fehér törülközőt, s miközben magam köré csavartam, kitörtem a fürdőszobából, és egyenesen a bejárati ajtó mellé letámasztott kardom felé vettem az irányt.

– *Hiroto?* – szólított meg meglepetten a lány.

Válasz helyett, amint megragadtam kardom, beledöftem azt a deszkák közötti részbe, ahol Sayari elmondása szerint a csapóajtó volt.

– *Mintha új lenne!* – kiáltottam el magam.

Ebben a pillanatban a deszka feladta a harcot és sikerült kifeszítenem a helyéről, így felfedve az alatta lévő lyukat. A hirtelen erőfeszítéstől kifáradva kapkodtam a levegőért, miközben találkozott Sayarival a tekintetünk. Arcán eleinte a meglepődöttség látszódott, de ez gyorsan átformálódott kipirult megkönnyebbültséggé.

– *Tudtam! Tudtam, hogy nem őrültem meg!* – kiáltozta örömében a lány, majd átölelte a lábaimat, s combomnak nyomta arcát.

– *S-Sayari...*

– *Köszönöm, Hiroto! Én olyan boldog vagyok, hogy... hogy szavakba sem tudom önteni!* – folytatta elérzékenyülve.

– *Sayari... ne haragudj, de...*

Sayari boldog mosollyal nézett fel rám, várva, hogy mit szeretnék neki mondani, de mosolya gyorsan lefagyott arcáról, amint ráeszmélt, hogy egy törülközőn kívül semmi nincs rajtam... ekkor arcához kapta egyik kezét, hogy eltakarja azt, s hátrébb kúszott.

– *N-ne... h-haragudj...* – kért elnézést remegő hangon.

– *S-semmi gond... én... szerintem felöltözöm.*

– *I-igen... az lesz a legjobb.*

Miután visszasiettem a fürdőszobába s megtörölköztem, magamra vettem alsóneműmet és a nadrágomat, majd újra kiléptem.

Sayari bekuporodva a sarokba, a fal felé fordulva várt engem.

– *M-most már... nézhetek?*

– *Igen...*

Azt hiszem...

Mikor a lány ismét felém fordult, találkoztam kérdő tekintetével.

– *Nem vetted le a kötésed?*

– *Oh... teljesen kiment a fejemből* – észrevételeztem a szétázott ruhadarabot magamon. – *Egyébként nem értem, Yuriko Kivégző miért pólyázott be engem, hisz' azt mondta, begyógyította a sérülést* – tettem megjegyzést, majd elkezdtem letekerni magamról a fehér textilt.

Sayari végig engem nézett, miközben „vetkőztem", ezért kicsit kellemetlenül éreztem magam, de végül sikeresen eltávolítottam magamról a fölösnek nyilvánított kötést.

Mikor az lekerült rólam, szembesültem a heggel, mely testemen maradt. Yuriko Kivégző nem tudta teljesen begyógyítani... de ez persze érthető volt, hisz' elég mély vágást hagyott rajtam Sayari Villám szabdalása. Mikor felnéztem, sokkos tekintettel találkoztam. Nem sok idő kellett hozzá, hogy a könnyek is gyülekezni kezdjenek a lány szemében. Engem is meglepetésként ért a látvány, hisz' még nem láttam ezelőtt, de Sayarin látszódott, hogy rettenetesen érzi magát... hisz' ez az ő keze műve volt. El kellett terelnem a szót.

– *N-nos, mit gondolsz?* – mutattam a padlózatban található lyukra. – *Ez mind zuhanyzás közben állt össze a fejemben!* – mondtam egy erőltetett vigyorral az arcomon.

– *Hálás vagyok, hogy... hittél nekem* – válaszolta Sayari kipirult arccal, miközben letörölte a könnyeit.

– *Miért ne hittem volna? Társak vagyunk.*

Sayari ezen megjegyzésemen eleinte elmosolyodott, majd lehajtotta fejét.

– *Úgy érted, voltunk.*

– *Ebbe inkább ne menjünk most bele, Sayari. Ha visszatérünk a városba, megoldjuk, hogy újra társak lehessünk, ígérem. Legalábbis... én ezt szeretném* – mondtam ki őszintén gondolataimat.

– *Nem vagyok biztos benne, hogy visszatérek... Hiroto.*

– *Tessék?!*

– *Mármint... ne érts félre, most, hogy tisztáztuk egymás közt a dolgokat, szívesen visszatérnék... de már valószínűleg vadásznak rám.*

Képtelenül arra, hogy reagálni tudjak, csak ledermedve álltam. Már meg is feledkeztem Naokóékról.

– *Az arckifejezésedből ítélve igazam van, nemde?*

– *De... így van* – válaszoltam lehangoltan. – *Naoko, és még pár Kivégző.*

– *Naoko...* – mondta ki csapattársam nevét Sayari, miközben visszaült az ágyra.

A lány egy ideig üres tekintettel nézett ki fejéből, de egy sóhajtást követően mosolyt erőltetett az arcára.

– *Meggondolatlanság volt idejönnöm. Ha tudtam volna, hogy utánam jössz... sosem szöktem volna meg.*

Lehetetlen volt nem észrevenni a Sayari arcáról leolvasható fájdalmat s megbánást.

– *Nem szükséges aggódnod értem, a saját döntésem volt, hogy idejöjjek* – próbálkoztam a lány megnyugtatásával.

– *Mivel azért vagy itt, mert aggódtál értem... engedd meg, hogy én is aggódjak érted* – felelte egy őszinte mosollyal az arcán.

– *Ezek szerint ugyanabban a helyzetben vagyunk* – viszonoztam a mosolyt, de Sayari tekintete ezután újra szomorkássá vált.

– *Nem egészen. Te miattam kerültél ebbe a helyzetbe.*

– *Ez így... nem teljesen igaz.*

Akárhogy is próbáltam vigasztalni Sayarit, ő mindig visszatért ehhez a témához, de nem hibáztathattam emiatt. Biztos voltam benne, hogy ha helyet cserélnénk, én is ugyanilyen mértékű bűntudatot éreznék... pont ezért kellett megtennem mindent, hogy megnyugodjon.

– *Mikor megjelentél* – kezdett bele ismét –, *én nem tudtam, hogy milyen célból vagy itt. Tulajdonképpen még mindig nehezemre esik felfogni, hogy ilyen messzire eljöttél miattam. Egyből a legrosszabbra kezdtem gondolni. Azt hittem, téged küldtek a levadászásomra... azt hittem, utálsz engem.*

– *Ugyan, én... sosem tudnálak megutálni téged.*

– *Biztos vagyok benne, ha mást sebeztem volna meg, ő nem rohant volna utánam aggódva, ha megszököm a városból...*

– *De én voltam az, akit megsebeztél, szóval minden rendben van.*

– *Nem, dehogy van rendben!* – kiáltott fel hirtelen, – *Te... te vagy az utolsó ember, akinek fájdalmat akarok okozni. Én... nem csak azért jöttem ide, mert fel akartam idézni a múltamat. Azért szöktem meg... mert úgy éreztem, nem fogok tudni a szemedbe nézni többé.*

– *Sayari...* – mondtam ki nevét, miközben lassan helyet foglaltam mellette.

– *Azt hittem, azzal, hogy eljövök, megoldódik minden. Azt gondoltam... sosem akarsz majd többé látni engem, s szívességet teszek neked azzal, ha eltűnök. De... pont az ellenkezője történt... megkerestél... és most te is bajba fogsz kerülni a meggondolatlanságom miatt.*

– *Figyelj* – ragadtam meg a kezét hirtelen. – *Azt hittem, tisztán fogalmaztam, mikor azt mondtam, hogy nem haragszom rád.*

Számítottam rá, hogy a bűntudat volt a fő oka a szökésednek, de azért jöttem ide, hogy megnyugtassalak. Nincs bennem egy csöppnyi utálat, de még düh sem. Fontos vagy számomra. Nem akarom, hogy emészd magad a történtek miatt.

Sayari szótlanul, kipirult arccal ült a szavaim hallatán. Amiket mondtam neki… mindent komolyan gondoltam. Nem akartam, hogy feszült legyen a légkör körülöttünk a történtek miatt.

– *Még senki… nem mondott nekem ilyen dolgokat… így kicsit nehéz…* – szólalt meg a lány kissé feszengve.

– *Ne aggódj miatta. Nem kell mondanod semmit. Én csak… kimondtam, amit érzek…* – nyugtattam meg egy mosollyal.

Így ültünk még pár percig, elmerülve gondolatainkban, kézen fogva Sayarival, ám egyszer csak ő kihúzta kézfejét sajátom alól, s lassú mozgással végigsimította vele a karomat, mígnem a nyakamnál kötött ki. A lány zavarában a földet kezdte nézni, kerülve a szemkontaktust. Pár másodperc elteltével Sayari újra rám nézett… és közeledni kezdett felém arcával.

– *Hiroto…* – suttogta a nevemet.

Miközben Sayari kipirult arca közeledett felém, éreztem, szívem zakatol, mint egy időzített bomba. Vörös szemei, talán a pillanat szépsége miatt, gyönyörűbbnek tűntek, mint valaha… kezdem elveszíteni a képességemet a tiszta gondolkodásra. Mikor már csak pár centi választotta el arcunkat egymástól, felfigyeltem rá, hogy Sayari levegővételei egyenetlenek. Biztos voltam benne, hogy ő sem gondolkozik tisztán. Biztosan ezt akarja csinálni? Velem? Ezek a kérdések keringtek fejemben… de rájöttem… pontosan ezt akarom én is. Már többszörösen bevallottuk egymásnak érzéseinket. Rá van szükségem.

Sayari lassan elkezdte lehunyni szemeit, így én is követtem példáját. Ám ekkor…

– *Sayari!* – hallatszott kintről. – *Tudjuk, hogy itt vagy! Gyere elő!*

Az ismerős hang nem máshoz, mint Naokóhoz tartozott. Sayari és én lassan elhúztuk egymástól arcunkat, véget vetve a pillanatnak. A velem szemben ülő lány lassan levette kezét a nyakamról, majd sóhajtott egyet, s hirtelen felállt.

– *Saya…*

– *Hiroto... kérlek. Majd én lerendezem* – tett pontot a végére a lány, majd előrántotta kardját, s kilépett az ajtón.

Megpróbálkozva az előbbi pár perc eseményeinek feldolgozásával, lassan az ajkaimhoz emeltem két ujjamat. Nem-nem-nem-nem. Most nem agyalhatok ezen.

A bejárati ajtó melletti falhoz húzódtam, hogy hallgassam a kint lefolyó eseményeket. Legszívesebben én is kimentem volna, de Sayari kifejezetten megkért rá, hogy ne lépjek közbe.

– *Naoko. Számíthattam volna rá, hogy téged fognak küldeni.*

– *Ki mást küldtek volna? Még odafenn is tisztában vannak vele, hogy én vagyok az egyetlen, aki simán le tudna nyomni téged.*

– *Szóval azért jöttél, hogy megölj.*

– *Hmm? Melyikünk szorongatja a kezében a fegyverét, Sayari? Te vagy én?*

– *Akkor... mit akarsz?*

– *A küldetésem az, hogy hazavigyelek... ezt még talán a te borsónyi agyad is fel tudja dolgozni... jól figyelj. Azért jöttem, hogy hazavigyelek.*

– *Hogy... hazavigyél? Én azt hittem, hogy azért küldtek téged...*

– *Rosszul hitted. Nem akarok veled harcolni. Legalábbis most nem.*

Hála az égnek.

– *Naokooo!* – törtem ki a fakunyhóból széttárt karokkal és egy grandiózus mosollyal az arcomon.

– *Hi-Hiroto?!* – kiáltotta el magát Naoko, elcsodálkozva megjelenésemen. – *Te... mit keresel itt?!* – kérdezte társam, s a homlokához kapta kezét.

Nem csodálkoztam rajta, hogy nehezére esett összerakni a képet.

– *Mikor elindultunk... te még... mégis hogyan... honnan tudtad, hogy itt van Sayari?*

– *Nos... pár órával utánad indultam el és nem álltam meg egyszer sem, míg ide nem értem. Ilyen egyszerű. A hely pedig... megérzés volt* – adtam választ csapattársamnak, s ezzel egyidőben egy kellemes mosolyt cseréltünk Sayarival. – *Kicsit azért rosszulesik, hogy amint leépültem, lecseréltél, Naoko* – fejeztem be viccelődve.

– Nem, én… esküszöm, fogalmam sincs, kik ezek – szólalt felt Naoko egy kellemetlen vigyorral az arcán, miközben a háta mögött álló Kivégzőkre mutatott.

– Hé! Ez nem volt szép, Naoko! – kiáltott rá az alacsonyabbik fiú.

– Fogd be! Ne most! – szólt vissza Naoko, majd rohanni kezdett felém.

Mikor csapattársam elért, azonnal egy szoros öleléssel mutatta ki irántam érzett aggodalmát. Oh, Satoru! Ha tudnád, milyen helyzetekbe keveredem mostanában, biztosan féltékeny lennél.

– N-Naoko! Te meg mit… – tört ki Sayariból hirtelen, de Naoko nem engedte, hogy befejezze mondandóját.

– Nem! Most én kérdezek! – vágott vissza.

Naoko, miután elengedett, először Sayarira, majd rám nézett megvető tekintettel.

– Miért vagytok mindketten kipirulva és… r-rajtad miért nincs f-felső?

Oh, Satoru! Kérlek, tégy meg minden tőled telhetőt, hogy elkerüld az ilyen helyzeteket, mint amikbe én kerülök mostanában.

Anonimitás

Két nap telt el, mióta Hirotónak nyoma veszett. Én pontosan tudtam, milyen indíttatásból hagyta el a várost, de senki nem tett fel nekem gyanakodó kérdéseket ezzel kapcsolatban. A Fő Védelmező megparancsolta mindegyikőnknek, hogy tartsuk a szánkat Sayari Kivégzőről előtte, így senki sem gondolt arra, hogy egyikünk elszólta magát. Valójában... olyan, mintha rajtam kívül senki nem vette figyelembe barátom eltűnését. Hát ennyire értéktelen lenne egy egycsillagos Kivégző?

Hiroto... remélem, sikerült rátalálnod Sayari Kivégzőre, s biztonságban vagy.

– *Elkalandoztál, Satoru?* – tette fel hirtelen a kérdést Annie.

– *Kicsit. Azon agyaltam, vajon merre lehet Hiroto.*

Jelenleg egy tető alatt élek csapattársaimmal, ugyanis, mint utólag kiderült, hármunk közül csak Bansou háza maradt épen a város ostroma következtében. Természetesen ők sem tudnak róla, hogy elárultam Hirotónak a harc után történteket, miután magához tért.

– *Érthető. Mi is aggódunk érte. Nem igaz, Bansou?* – kérdezte a még kócos hajú apró lány.

– *De* – felelte Bansou, szűkszavúan, mint mindig.

Mivel már lassan egy hete élünk együtt, gyakran előfordult, hogy kifogytunk a témából, s elterült felettünk a csend. Ez most is így történt.

– *Tessék* – nyomta a kezembe a forró kávéval teli csészét vendéglátónk.

– *Köszönöm.*

Pár percet reggeli italom elfogyasztásával s gondolkodással töltöttem, míg Annie meg nem szólított ismét.

– *És... hogy haladsz az edzéseddel, Satoru? Tegnap elég későn tértél vissza.*

A kérdés hallatán egy nagy sóhajt engedtem ki magamból. Tegnap elhatároztam, hogy kemény edzésbe kezdek annak érdekében, hogy kifejlesszek egy saját technikát, melyet alkalmazhatok az eljövendő harcok során... de semmire sem jutottam eddig vele. Minden gondolatomat a szörnyűségek foglalták le, melyek a város megtámadása alatt történtek. Akárhányszor próbáltam feloldani aurámat, egyszer sem sikerült.

– Sehogy. Odáig sem jutottam, hogy feloldjam az aurámat.

– Feloldani... az aurádat? A városban, Satoru? Nem tudtam, hogy ilyen edzést folytatsz.

A szabályzat szerint tilos lenne feloldanunk az auránkat a város falain belül... de biztos vagyok benne, hogy a hely, amit kinéztem magamnak, megfelelően elrejti a jelenlétemet.

– Mint mondtam, nem sikerült... szóval nincs miért aggódnod, Annie.

Utóbbi megjegyzésem kissé nyersre sikeredett. Mostanában a stressz ezt hozza ki belőlem. Hiroto eltűnése... a város ostroma... túl sok minden történt mostanában ahhoz, hogy nyugodt tudjak maradni, ez pedig néha a körülöttem lévő embereken csapódott le.

Újabb pár perc kínos csend vette kezdetét.

– Szóval... mondtak valami újat a tegnap esti rendkívüli gyűlésen? – tettem fel a kérdést csapatvezetőmnek, megtörve a csendet.

– Igen. Annie-t már informáltam, de téged nem tudtalak, mivel nem voltál itt.

Ez egyértelmű, ezért kérdeztem.

– Szóóóval... mit mondtak?

Mielőtt elindultam volna edzeni, egy számomra ismeretlen Védelmező kopogtatott be hozzánk azzal a szándékkal, hogy Bansout elkísérje a Fő Védelmezőhöz, ugyanis rendkívüli gyűlésen kellett részt vennie, mint csapatvezető. Több információt nem hallatott előttünk, de valószínűnek tartom, hogy a városban történtekről volt szó. Kissé meglep ugyan, hogy el kellett telnie pár napnak, mielőtt a Fő Védelmező gyűlést szervezett.

– A témák a városban történtek s a további lépések voltak – mondta ki Bansou pontosan azt, amire számítottam. – A gyűlés nagy részét Yuriko Kivégző vezette le, míg a Fő Védelmező háttal ült nekünk. Elmondása szerint a támadás indítéka az volt, hogy embereket vigyenek el, s „élőholt" szerű katonákat formáljanak belőlük. A támadás előtt pár nappal tapasztalt furcsa találkozások a fekete aurájú ellenfelekkel valószínűleg arra szolgáltak, hogy felmérjék az erőnket, s megbizonyosodjanak arról, mekkora létszámú sereget kell ideküldeniük, hogy elnyomhassanak minket.

– De hisz'... óriási túlerőben voltak – jegyeztem meg.

– Talán túlbecsültek minket – tette hozzá meglátását a beszélgetéshez Annie.

– Benne van a pakliban. Ha a vezérük nem fordít hátat nekünk, s hagyja el a várost magától, valószínűleg képtelenek lettünk volna rá, hogy tovább védjük a Citadellát.

– Mi van a robbanásokkal? Miféle robbanószert használhattak? Erről mondott valamit Yuriko Kivégző?

– A robbanások eredete ismeretlen. Amit biztosra kijelentett Yuriko Kivégző ezzel kapcsolatban, az volt, hogy robbanószernek nyomait sem találták sehol.

Furcsa... semmi nyoma robbanószereknek, mégis olyan erővel bírt a pusztítás, hogy egy házat könnyedén elsöpört.

– És... mi fog történni ezután? Visszatérünk a szokásos körforgáshoz, amint helyrehozták a várost?

– Nem. Míg a Lovagot meg nem találjuk, addig nem kezdünk bele újabb szörnyek felkutatásába.

– Míg... meg nem találjuk? Úgy érted...

– Magától értetődő – vágott közbe Bansou. – Míg a támadók szabadlábon vannak, addig nem térhet vissza a nyugalom a városba. A Fő Védelmező három csapat felfedezőt küldött a Lovag felkutatására, három Védelmező kíséretében.

– Minket miért nem küldtek?

– Mert még mindig nem tiszta, hogy miért vesztetted el a fejedet a barlangban, támadtál rá Sayari Kivégzőre, és hogy milyen kapcsolatban áll ez az ellenséggel.

– Értem.

Szóval eltekintve attól, hogy már nem vagyok kalitkába zárva, még mindig nem tekintenek rám beszámítható egyénként.

– Ennyi. A következő lépés az után következik, hogy megtalálják a Véres Lovagot. Addig várunk – fejezte be Bansou a tájékoztatást.

210

Az, hogy Sayari Kivégzőre támadtam akaratomon kívül, megmagyarázhatatlan jelenség volt. Érthető, hogy nem bíznak meg bennem, de mégis... rosszulesik, hogy potenciális veszélyforrásként tekintenek rám.

Mielőtt elmélyedhettem volna a gondolataimban, egy gyengéd érintést éreztem jobb vállamon. Mikor érkezési irányába tekintettem, Annie támogató mosolyával találkoztam.

– *Mikor a város támadás alatt állt, mellettem voltál az utolsó pillanatig, Satoru. Nekünk nincs okunk rá, hogy ne bízzunk benned* – nyugtatott a lány.

– *Így igaz* – tette hozzá Bansou.

Mondanom sem kell, hogy a barátaim támogatása sikeresen eloszlatta aggodalmaim nagy részét.

– *Köszönöm* – háláltam meg belém fektetett bizalmukat. Válaszképp Annie egy boldog mosolyt irányított felém, de még Bansou arcán is halványan megjelent egy.

Ha Hiroto itt lenne, biztosan ő is ugyanezt mondta volna, mint Bansou és Annie. Nem hagyhatom, hogy ilyen könnyen letörjenek a dolgok. Ha már megadatott a lehetőség, folytatnom kell az edzésemet.

– *Ebéd után folytatom az edzést* – álltam fel, hirtelen elhatározásból. – *Velem tartotok?*

– *Nem, köszi. Nagy nehezen rávettem Bansout, hogy a napot pihenéssel töltsük* – felelte vigyorogva Annie.

Oh, igen. Bansou és Annie, úgy néz ki, hivatalosan is egy pár lettek. Már a nagy harc előtt is lehetett látni, hogy érzelmeket táplálnak egymás iránt, de nemrég Annie bevallotta neki, mit is érez. Ezt... Annie osztotta meg velem, nem sokkal Hiroto távozása után. Akkor hirtelen rosszul érintett a dolog, de mára már sikerült elfogadnom s feldolgoznom a kapcsolatukat. Nem tudni, ez milyen hatással lesz a jövendőbeli küldetéseinkre, de egyetlen szabály sem tiltja, hogy a csapattársak... „közeli kapcsolatban" álljanak egymással. Mázlista Hiroto, az állandó női csapattársaival... na, mindegy. Kár ezen morfondíroznom.

– *Rendben, akkor... kellemes időtöltést nektek* – köszöntem el, majd becsuktam magam mögött az ajtót.

Elhatároztam, hogy a Citadella földszintjén lévő étkezdében fogok ebédelni, elvégre... nagyon nincs is más lehetőségem. A legtöbb üzlet emberhiány miatt „határozatlan időre" bezárt, a többi pedig, nos... a porba lett tiporva. Az utcák, melyeken a palota felé tartottam, üresnek bizonyultak, mint mindig. Még mindig nehezemre esik felfogni, hogy a körülbelül ezer fős lakosságunk a negyedére csökkent. Míg Hiroto eszméletlenül feküdt Yuriko Kivégző rezidenciáján, a Fő Védelmező számlálást rendelt el, a végeredmény pedig elborzasztóra sikeredett. A civilektől eltekintve a harc előtti hatvan felfedezőből velünk együtt csak tizenkilenc, azaz öt csapat maradt életben, a huszonöt Védelmezőből tizenegy bukott el, az egyébként is alacsony létszámú Kivégzők közül pedig tízen élték túl. Tehát „hadseregünk" létszáma jelenleg negyven fő, az ellenség végtelennek tűnő sergével szemben... arról nem is beszélve, hogy a negyven főből körülbelül húsz sérült, így harcképtelen. Gyógyítók hiányában a megsebzett harcosok állapotának javulása is lelassult, így akár hetekbe is telhet, míg mindenki talpra tud állni.

Mikor végiggondoltam városunk helyzetét, egy mély sóhajt engedtem ki magamból. Komolyan újra szembe akarunk szállni a Lovaggal? Jelenleg a győzelmünk esélyét nagyon csekélynek tartottam.

Elmerülve gondolataimban hamar a főtéren találtam magam, hol megálltam egy pillanatra körbetekinteni.

Először a legfeltűnőbb dolgon akadt meg a szemem, mely egy több tucat, földbe döfött kardból álló emlékmű volt a kráterben, ahol egy hete még a Szentek szobrai álltak. Jelenleg is voltak páran, kik szeretteiket gyászolták térdre ereszkedve, az általuk egykoron forgatott fegyvereket szorongatva, de a legszembetűnőbb szörnyűség az két árva gyermek volt, kik egy kard tövében voltak összekuporodva. Mondanom sem kell, hogy a látvány szívgyötrő volt. Mindegy, hányszor találtam szemben magam ezzel, sosem tudtam teljesen túltenni magam rajta. Kételkedtem benne, hogy sikerrel járhatunk a Lovag ellen, de mikor ezt láttam, mindig felerősödött bennem a küzdési vágy. Akármilyen gyengék is vagyunk, a végsőkig harcolnunk kell...

ezt pedig Sayari Kivégző mutatta be azon a napon nekünk legjobban. Fegyvertelen volt, mégis szembenézett a Véres Lovaggal... igaz, a végén nem alakultak jól a dolgok, de példát kell vennünk a küzdőszelleméről.

Mikor továbbálltam, s elértem a palota ajtaját, egyszer utoljára visszanéztem a tömérdeknyi, földbe szúrt kardra és elgondolkodtam. Mivel már Kivégző... vajon Hiroto is a frontvonalon fog harcolni, ha rábukkanunk a Lovagra?

Megakadályozva, hogy a gondolat túl mélyre hatoljon bennem, beléptem a Citadellába. A földszinten két felfedezővel találtam szemben magam, kik éppen távozni készültek az épületből.

– Iwao... – szólítottam meg egyiküket.

Iwao felfedezőt a csata napja óta nem láttam. Könnyen észrevehető volt, hogy állapota nem javult azóta. Szemei üresek voltak, mintha csak kiszívták volna belőlük a fényt, azok alatt pedig grandiózus karikák húzódtak. Ránézésre megállapítottam, hogy nem sokat aludt az elmúlt pár napban.

Megszólításom ellenére ő elsétált mellettem, mintha észre sem vette volna jelenlétemet, kísérője pedig követte őt. Mélységesen sajnáltam Iwaót... Nem hiszem, hogy képes lettem volna feldolgozni, ha végig kell néznem, ahogyan Annie-t lemészárolják a szemem láttára. Ekkor újra feltört az emlékeim mélyéről a felfedezőlány... egykori csapattársunk kegyetlen sorsa, ki még csak a harmadik küldetésén volt, mikor életét vesztette.

Mitsuri halála kétségkívül mély sebet hagyott mindenkin, de valószínűleg Hiroto volt az, akit legjobban megviselt a dolog. Úgy érezte, az ő hibája volt Mitsuri halála. Magára vette, ezzel leépítve a saját mentális épségét. Az ő mentsvára a találkozás volt Sayari Kivégzővel. Ez az, amit még a Fő Védelmező sem érthet meg igazán... ezért tiltotta meg, hogy beszéljünk a Kivégzőről Hirotónak. Talán... mikor megtudta, hogy Sayari Kivégző elhagyta a várost, úgy érezte, elvesztett még egy személyt, aki fontos számára, ezért indult útnak, s tesz meg mindent, hogy visszahozza Sayari Kivégzőt. Azt hiszem... tisztává vált, hogy tennem kell valamit érte.

Eredeti úticélom helyett lépcsőzni kezdtem, hogy elérjek a Fő Védelmezőhöz. Beszélnem kell vele. Meg kell mondanom neki, hogy én árultam el Hirotónak, hogy mi történt Sayari Kivégzővel, míg ő eszméletlen volt. Megkérem, hogy ha visszatér Hiroto, ne büntesse meg őt, amiért elhagyta a várost, helyette büntessen engem, amiért megadtam neki a kellő lökést ehhez. Hiroto valóban sok szabályt megszegett, mióta harcossá vált, de bele sem merek gondolni, ha ez továbbra is így marad, a Fő Védelmező milyen büntetést fog kiszabni neki. Segíteni akarok neki ott, ahol csak tudok, elvégre... a legjobb barátomról van szó.

Amint magam mögött hagytam a negyedik emeletet, az egyik lépcsőfok tetejéről úgy éreztem, mintha figyelnének engem. Mikor feltekintettem, egy lánnyal találtam szembe magam. Hirtelen megálltam, s elemezni kezdtem az ismeretlent, ki lenézett rám. Először hosszú szőke haján akadt meg a szemem, mely körülbelül derekáig érhetett, majd csodálatos kék íriszeit kezdtem figyelni. Egy valódi szépség állt előttem. Mikor sikerült túltennem magam a szemein, felfigyeltem rá, hogy a lány sérült. Arcának jobb oldala vörös volt, mintha egy nagy erejű ütést kapott volna be vele, jobb lábát pedig a levegőbe emelve lógatta, helyette mankóval tartotta meg azon oldalon az egyensúlyát. A harc közben sérült volna le így? De az arca... a sérülés frissnek tűnt.

Hirtelen ráeszmélve, hogy egy ismeretlen lány sorsán töröm a fejem, melyhez semmi közöm nincs, folytattam a lépcsőzést felfelé. Mikor a lány mellé értem, elnézést kértem tőle, amiért feltartottam (és másodpercckig bámultam rá), majd ő rám nézett, egy bólintással jelezte, hogy semmi gond, s elindult... legalábbis elindult volna, de mivel rám nézett, felfigyeltem rá, hogy mankóját egy lépcsőfokkal lentebb tette a kellettnél, így lassan elveszítette egyensúlyát, s zuhanásba kezdett. Egy másodperc töredéke alatt arckifejezése ijedtre formálódott át, tekintetét levette rólam, én pedig, ráeszmélve, hogy a lány le fog esni, nyújtani kezdtem kezemet felé...

De már túl késő volt ahhoz, hogy innen elérjem.

Nem volt időm gondolkozni. El kellett kapnom, mielőtt leesik.

Gyorsan elrugaszkodtam a földtől, s abba az irányba kezdtem zuhanni, mint a lány. Karomat kinyújtottam, azzal pedig

214

átkaroltam a lány vékony derekát... de hála a hirtelen mozdulatsornak, nem figyeltem rá, hogy az én lábam hol fog földet érni. A lépcsőfok széléről, melyre landoltam, azonnal lecsúszott jobb lábam, így együtt kezdtünk szállni az alsó emelet felé. Túl gyorsan történt minden, hogy felfogjam, de abban biztos voltam, hogy óriási mértékű fájdalmat érzek a hátamban és a fejem hátulján. Valószínűleg ezekre sikerült a spontán landolásom. Az első érzékszervem, mely magához tért, az egyértelműen nem a zúgással kínzó fülem volt, hanem az orrom. Egy csodálatos illat csapott meg, amint kezdtem magamhoz térni. Miközben lassan elkezdtem kinyitni szemeimet, megláttam, hogy a lány feje búbja csak pár centire van arcomtól, így valószínűleg hajának aromája csapta meg szaglószervemet.

A lányt hasánál szorítottam, így hátát a mellkasomnak nyomva feküdt rajtam, miután padlóra kerültünk. Nos... ez a zuhanás, azt hiszem, simán felért azzal a fájdalommal, amit akkor éreztem, mikor az Emberfaló nekitaszított a falnak. Képtelenül arra, hogy megmozduljak, a földön feküdtem s a plafont bámultam, szorításomból viszont engedtem, tudván, hogy már nincs veszélyben a lány. Valószínűleg neki is kellett pár másodperc, hogy felfogja a történteket, ugyanis egy ideig ő is csak mozdulatlanul feküdt rajtam. Miután magához tért, egy gyors mozdulattal megfordult, majd feltápászkodott, s térdre ereszkedve végignézett rajtam meglepett arccal.

– Egek! Te... megmentettél! – formálódott arca sokkosra a felismeréstől. – Jól vagy? Nem sérültél meg?

– Egyben vagyok... azt hiszem – ültem fel, miközben a fejem hátulján keletkezett puklit simogattam.

Talán puszta szerencse, hogy az eséstől nem tört el semmim, de nagyobb baj is lehetett volna, ha nem kapom el és ő gurul le a lépcsőn – figyelembe véve, hogy eleve sérült volt.

– Hogyan lehetsz ilyen meggondolatlan? Csak úgy utánaugrassz egy idegennek? – szidott le felemelt hangon a lány.

Megmondom őszintén, nem ilyesfajta köszönetre számítottam.

– Nos, én... észrevettem, hogy le fogsz esni, szóval... reflexből cselekedtem – adtam magyarázatot.

A lány egy sóhajtást követően magához húzta mankóját, majd felállt, s csípőre tett kézzel nézett le rám.

– *Ha ismeretlenekkel így viselkedsz, akkor a barátaid nagyon jól jártak veled* – felelte egy halovány mosollyal.

Ebben egyetértettünk.

Mikor újra végignéztem a lányon, figyeltem csak fel rá, hogy tetőtől talpig fehérbe van öltözve. Talán egy Védelmező lenne?

– *Fel tudsz állni?*

– *Igen... azt hiszem* – válaszoltam a hirtelen felszólításra.

– *Akkor miért ülsz még mindig a földön?*

Oh, elnézést kérek. Gondoltam, pihenek egy kicsit, miután hat lépcsőfokot zuhantam.

Miután feltápászkodtam, a lány a falon lévő órát kezdte figyelni.

– *Ebédidő van. Lenne kedved velem tartani? Szeretném meghálálni a vakmerőséged.*

A „vakmerőségem". Mintha minden egyes szavával az önbizalmamat próbálná lerombolni.

– *Elfogadom a meghívást. Én is ebédelni tartottam éppen.*

A lány erre felhúzta szemöldökét elcsodálkozásában, majd visszatekintett oda, honnan lezuhantunk.

– *Az ebédlő a földszinten van. Ha ebédelni indultál, mit kerestél az ötödik emeleten?*

– *Én éppen...*

Éppen hova is tartottam?

– *Oh, szegénykém. Ennyire beütötted volna a fejed? Ne törődj vele, nem fontos. Menjünk le az ebédlőbe, rendben?*

A lány javaslatára elindultunk a földszint felé, közben pedig azon törtem a fejem, miért kezdtem el felfelé lépcsőzni, amikor tisztán emlékeztem rá, hogy ebédelni akartam... de akárhogy is erőltettem, nem jutott eszembe.

Megérkezésünk után a pulthoz álltunk, hogy megvizsgáljuk a mai kínálatot, mely ugyanolyan „sokszínűnek" ígérkezett, mint mindig. Az egyik lehetőség paradicsomfőzelék volt, melyet a hátam közepére sem kívántam, a második spenót párolt hússal, az utolsó pedig sült hasábburgonya húsgolyócskákkal.

– A húsgolyókat kérném, sült krumplival.

A pult mögött álló hölgy egyből előkapott egy tányért, melyet megrakott egy adag étellel, majd egy másik tányérba spenótot mert – vélhetőleg a mellettem álló lánynak. Mielőtt a zsebembe nyúlhattam volna, hogy előkapjak egy aranyérmét, a lány már nyomott abból kettőt a konyhásnő tenyerébe.

– Nem kellett volna.

– Ez a legkevesebb – válaszolta, majd a tányéromra tekintett. – *Ha nem eszel zöldséget, nem fogsz nagyra nőni.*

Ez a lány teljesen üresfejű, vagy csak viccelődni próbál a magasságommal? Egyébként... a krumpli zöldség.

– Én... nem akarok már ennél nagyobbra nőni, de azért köszönöm, hogy aggódsz az egészségemért – feleltem egy kínos mosollyal az arcomon.

– Igaz. Most, hogy mondod, magasabb vagy nálam – jegyezte meg a lány komoly tekintettel.

Nos, igaz, a lány sem volt alacsony termetű; ránézésre azt mondanám, körülbelül öt centivel lehetett alacsonyabb nálam. Ez a méret még mindig egy fejjel magasabb, mint Hiroto valaha is lesz. Hehe.

– Nem akarunk leülni?

– Oh, de. Leülni. Persze – kapott észbe hirtelen.

Talán zavarban lenne? Egyszerűen nem tudtam másra gondolni, csak arra, hogy a lány mennyire nincs fókuszban.

Miután helyet foglaltunk egy kétszemélyes asztalnál, a lány egyre csak hunyorított, s engem fürkészett.

– Valami... gond van?

– Hogyan lehetsz magasabb nálam?

Ez meg miféle kérdés?

– Nos... a férfiak általában magasabbra nőnek, mint a nők... azt hiszem. De miért beszélünk még mindig erről?

– Hmm – hümmögött egyet a lány, majd kanalával belemert egyet az ördögi főzelékbe, s szájába helyezte azt. – *Idevesíhelek?* – tette fel az alig értelmezhető kérdést teli szájjal, a tányérját fürkészve.

– Nem, dehogy, szó sincs erről. Csak... furcsa kérdéseket teszel fel.

A lány egy nagyot nyelt, majd letette kanalát s rám nézett.

– *Megnyugodtam* – felelte egy mosollyal. – *Tudod, kissé fontoskodó személyiséggel rendelkezem, ezért sokan nem kedvelnek. Van egy lány, akivel jóban vagyok, de néha... vagyis inkább sokszor, őt is felidegesítem.*

– *Nincs miért aggódnod, engem nem idegesítesz... sőt, aranyosnak találom a kérdéseidet* – feleltem biztató mosollyal.

A lány ezen mondatom után újra fürkészni kezdett engem.

– *Idősebb vagyok nálad* – vonta le a furcsa következtetést pár másodperc után.

– *Gondolod?* – kérdeztem vissza kuncogva.

– *Biztos vagyok benne. Hány éves vagy?*

– *Huszonkettő.*

– *Áhá! Igazam volt!* – tört ki a lányból örömtelin, mintha egy óriási teóriája igazolódott volna be.

– *Miért kérdeztél rá ilyen hirtelen?*

– *Mert aranyosnak hívtál, annak ellenére, hogy idősebb vagyok nálad.*

– *Nem hiszem, hogy ez jelen helyzetben számítana. Te hány é...* – tettem volna fel a kérdést kíváncsiságból, ha a lány nem vág a szavamba.

– *Ki fog hűlni az ételed* – mutatott a tányéromra.

Ezen mondat mintha csak egy parancs lett volna, hogy egyek, azonnal arra késztetett, hogy belemélyesszem villámat a még érintetlen menümbe.

Evés közben azon járt az agyam, milyen furcsa is ez a lány. Néha aranyos, egyben fura kérdéseket tesz fel, néha viszont úgy osztja a parancsokat, mintha anyám helyett anyámként viselkedne. Kíváncsiskodása egy kislányéra emlékeztetett, de jellemének másik oldala egy Védelmezőére. Mindent számításba véve egy magától értetődő konklúzióra jutottam. Meg akarom ismerni, ezt a rejtélyes lányt. Többet akarok róla tudni.

Elmerülve evés közben a gondolataimban, egy simítást éreztem fejem búbján. Mikor felnéztem, találkozott a tekintetem a lányéval, ki ezután hirtelen visszaült a helyére.

– *Ne haragudj, csak szúrta a szemem már egy ideje, hogy felállt egy tincsed.*

– *Köszönöm* – feleltem egy hálás mosollyal az arcomon.

A lány köszönetem hallatára meglepett arckifejezést vágott. Talán furcsállta, hogy nem estem neki egyből, hogy miért nyúlkál a hajamhoz? Nem kellett sok idő hozzá, hogy arca pirulásba kezdjen, miután ráeszmélt, hogy egy számára ismeretlen fiú hajában turkált az imént. Miközben arcára figyeltem, ismét feltűnt a jobb oldalán vörösödő sérülés.

– *Megkérdezhetem... mi történt az arcoddal?* – tértem a lényegre.

– *Oh, ez...* – tapintotta meg gyengéden a sérülést. – *Ez semmiség. Ne törődj vele* – felelte egy erőltetett mosollyal.

Nem akar róla beszélni. Minden jel arra utal, hogy a vörös folt, mely látszólag egy ütés helye, friss. Valaki a találkozásunk előtt bántotta volna? De miért? Ki ütne meg egy lányt? Milyen indíttatásból? Akárhogy is törtem a fejem, nem találtam választ, ahhoz pedig nem ismerem eléggé, hogy tovább faggatózzak.

– *Én... jobb, ha megyek* – állt fel a lány, miután magához vette mankóját.

– *Várj!* – tört ki belőlem. – *Találkozunk még?* – tettem fel az első kérdést, ami eszembe jutott.

– *Erre nem tudok biztos választ adni* – vágta rá a lány habozás nélkül.

Nem erre a válaszra számítottam... ezért túlzott optimizmusom ismét csalódást okozott.

– *Ne érts félre, örülök, hogy a társaságom voltál... és nem mellékesen megvédtél attól, hogy összetörjenek a csontjaim... de nem biztos, hogy lesz rá lehetőségünk.*

– *Lehetőségünk? Ezt hogy érted?*

A lány tekintetét a plafon felé irányította, mintha azon töprengene, hogy válaszoljon-e erre a kérdésre... s végül úgy döntött, hogy megérdemlek annyit, hogy választ kapjak...

– *Valószínűleg... ki fognak végeztetni.*

...de a válasz közel sem az volt, amire számítottam.

– *Kivégeztetni? Mégis... miért?!* – tört ki belőlem, miközben felpattantam az asztaltól.

– *A lábamon lévő sérülés nem akar begyógyulni. Jelen helyzetben egy Védelmező vagyok, aki nem képes ellátni a feladatait.*

– De… ez őrültség! Miért nem élhetsz a lakosok között tovább, ha már nem tudod ellátni a Védelmezői feladataidat?

– Ismered a szabályt, miszerint tilos a civileknek a kinti világról beszélni, nem igaz? Egy civil, aki tud a kinti világról, egy abszurd koncepció, főleg azért, mert fennáll a lehetősége annak, hogy az imént említett civil könnyedén kikotyoghatja a mások számára eddig idegen világ titkait.

– De… ez akkor is…

– Már elfogadtam ezt a sorsot. Nemrég a Fő Védelmező felvilágosított arról, hogy miért ez lenne az egyetlen lehetőség, ha nem épülök fel, és minden érv, amint ennek javára hozott fel, logikus volt.

Kegyetlen a világ, amiben élünk, ez kétségtelen. De csak azért elvenni valakinek az életét, mert nem tud már harcolni… nevetséges.

– Nos… köszönök mindent, megmentőm – integetett felém a lány, ki már az ebédlő kijárata felé tartott, hátat fordítva nekem.

Miként eljutott az agyamig, hogy a lányt, kivel az imént cseverésztem, hamarosan ki fogják végezni, képtelen voltam megszólalni. Nem voltam képes még elköszönni sem. Csak néztem, ahogyan egyre csak távolodott tőlem, mígnem elkanyarodott jobbra, s kiesett a látókörömből.

Abszurdum. Mindig is követtem a szabályokat… nos, kivéve egyszer… de ez mégis csak elfogadhatatlan. Néha vannak pillanatok, mikor kezdem megérteni Sayari Kivégző szabályellenes természetét.

Várjunk.

A neve! Meg sem kérdeztem a nevét!

A hirtelen felismerésre rohanni kezdtem, magam mögött hagyva a még fél tányérnyi ételt… ám mikor a kijárathoz értem, egy váratlan lökés a földre taszított.

– Félre az útból, felfedező! – kiáltott rám szigorúan a fehér páncélos alak.

A Citadella földszintje fémbakancsok hangos kopogásától zengett. A zaj generálója nem volt más, mint két Védelmező, mögöttük pedig…

– Fő Védelmező? – csúszott ki a számon, amint észrevettem. Sosem láttam még őt az irodáját elhagyni. Kétségtelenül valami nagyon fontos oka lehetett annak, hogy a Fő Védelmező két Védelmező kíséretében siessen valahová. Idegesnek tűnt. Mi történhetett?

A furcsa esemény láthatólag nem csak az én érdeklődésemet keltette fel, ugyanis pár méter távolságra egy alacsony rangú Kivégző s egy felfedező szedte lábát, hogy megfigyelhessék, hová tartanak a fehér páncélosok.

Kotnyelességem által vezérelve felpattantam, s követni kezdtem az egyre csak növekvő létszámú tömeget.

Valami ismét történt volna a falakon belül? Egy olyan méretű dolog, mely még a Fő Védelmezőt is kivonzza a városba? Hisz' még Bastion ostroma alatt sem lépett ki az irodájából. Mi lehet ilyen fontos?

Kérdéseimre választ kaptam, amint a városon keresztülsétálva elértük a déli kaput... ahol egy hatfős Kivégzőcsapat várakozott.

A csapat nem másból állt, mint a páncéltalan Sayari Kivégzőből, Naoko Kivégzőből, három, számomra ismeretlen alakból, és végül... Hirotóból. Meglepetten, zavaros érzelmeimtől megvakultan álltam a Védelmezők mögött. Nem hittem a szememnek. Visszatért. Hiroto... épségben visszatért. Azonnal oda akartam rohanni, hogy köszöntsem, de az egyik Védelmező kezét kitartva elém fogott vissza... ezután megszólalt a Fő Védelmező.

– *Fogjátok el* – adta ki a parancsot.

– *Melyiküket... uram?* – kérdezett vissza a másik oldalon álló Védelmező.

– *Idióták. Természetesen Hiroto Kivégzőt!* – mutatott barátomra a férfi.

Holtpont

A több mint tizennyolc órás sétát követően végre visszaértünk Bastionba. Teljes mértékben az én hibám, hogy Hirotónak és Naoko csapatának ilyen távot kellett megtennie, hogy visszahozzanak engem, de a sétánk alatt Hirotónak sikerült megbékítenie önmagammal s a döntésemmel, így már nem kellett saját bűntudatommal küzdenem. Megért, megvéd, mellettem van, bármiről is legyen szó. Fogalmam sem volt, hogy meg tudom-e valaha hálálni neki azt, amit értem tett.

Természetesen, amint beértünk a város területére, védelmezői fogadtatással találtuk szembe magunkat, de nem is számítottam másra. A Védelmező, ki utunkat állta belépésünkkor, azonnal sietett szólni Akihidének, hogy visszatértünk, majd amikor ismét megjelent, azt már egy másik Védelmező és Akihide társaságában tette. Mögötte egész tömeg várta a dolgok kimenetelét. Meglepett, hogy ő személyesen jött fogadni minket, de biztos voltam benne abban a pillanatban, hogy azért van itt, hogy azonnal kiossza a büntetést számomra. Akármilyen jó volt a kapcsolatunk, az ő türelme sem határtalan. Úgy gondoltam, most jött el a pillanat, amikor elege lett, s jó időre bebörtönöz, vagy halálra ítél.

De tévedtem.

Teljesen más dolog történt, amint megérkezett.

– *Fogjátok el* – adta ki a parancsot Akihide.

– *Melyiküket... uram?* – kérdezett vissza az egyik Védelmező.

– *Idióták. Természetesen Hiroto Kivégzőt!* – mutatott Hirotóra a férfi.

Hiroto arca eleinte meglepett volt, de egy sóhajtást követően előrelépett, elfogadva sorsát.

– *Mi?! Miért?* – kiáltottam Akihidére.

– *Hiroto Kivégző engedély nélkül elhagyta a várost, emellett ez már nem az első szabályszegése, így büntetést érdemel. Kérlek, ne avatkozz közbe, Sayari.*

– De... én voltam az, aki megszökött a városból! Miért őt akarod elsősorban megbüntetni?!

Akihide arcán szemmel látható volt a frusztráció felszólításaim hallatán. Érthetetlennek tartottam, hogy miért Hirotót akarta mindenáron megbüntetni, mikor ez az egész helyzet az én hibám volt.

A Védelmezők, ahogy Akihide parancsolta, közelíteni kezdtek Hiroto felé, de mikor újra közbe akartam lépni, egy másik Kivégző már megtette azt.

– Fő Védelmező – szólította meg Akihidét Naoko, ki egykori csapattársam elé lépve gátolta meg, hogy elhurcolhassák őt. – Hiroto Kivégző igaz, az engedélye nélkül, de a segítségünkre volt Sayari Kivégző hazahozásában. Kérem, ne cselekedjen hirtelen felindulásból, gondolja át.

– Nem adtam engedélyt rá, hogy beleszólj, Naoko Kivégző.

– Nem kértem rá engedélyt, Fő Védelmező.

Naoko utóbbi beszólása még idegesebbé tette Akihidét. Sosem gondoltam volna, hogy Naoko – ki tudtommal a Fő Védelmező egyetlen parancsát sem szegte meg – valaha is szembe fog szállni vele.

– Úgy látom... nem Sayari az egyetlen, akire rossz hatással van Hiroto Kivégző.

– Hiroto Kivégző cselekedetei önzetlenek voltak, mikor elhagyta a várost. Nincs rám rossz hatással, és másra sem.

Ez volt az a pont, mikor Akihidénél betelt a pohár. Kilépve a Védelmezők közül egyenesen Naoko felé indult, majd mikor elért hozzá... elkapta a nyakát. Naoko hirtelen ökölbe rántotta kezét, de azt ellazította egy másodperccel később, hisz' valószínűleg ráeszmélt, hogy nem tehet semmit, különben a következmények súlyosak lennének.

– Az életeteket csak nekem köszönhetitek. Csakis nekem! Nem fogtok szembeszállni velem. Megértettetek? – tört ki dühösen Akihidéből.

Miután megfenyített minket, Naokót ellökte magától, ő pedig ettől hátraesett. Hiroto és Naoko társai egyből a segítségére siettek, így egyedül maradtam Akihidével szemben. Fő

Védelmezőnk, miután utoljára végigpásztázott Naokón vérben izzó szemekkel, rám nézett.

– *Ha lefürödtél és átöltöztél, gyere az irodámba.* Bőven van beszélnivalónk – tett pontot az eszmecsere végére Akihide, majd hátat fordított, s a két Védelmező társaságában távozott, majd a tömeg is oszolni kezdett.

Sosem láttam még ilyennek Akihidét ezelőtt. Olyan rideg, haragos és ingerült volt már amikor megérkezett is. Ha azért lenne mérges, mert megszöktem, azt megérteném... de Hirotóra? Csak mert utánam jött? Pont ezért...

– *Utálom a szabályokat* – mondtam ki hangosan véleményemet.

– *Na, ne mondd. Komolyan?* – szólt hozzá Naoko, ki már feltápászkodott a földről.

– *Jól vagy?*

– *Soha jobban* – vágta rá Naoko, miközben nyakát simogatta. – *Mi lenne, ha ahelyett, hogy itt ácsorogsz, mennél és beszélnél a Fő Védelmezővel?*

Mielőtt visszaszólhattam volna Naokónak, Hiroto lehajtott fejjel s lehunyt szemekkel elénk állt. Arcán tisztán lehetett látni a bűntudatot. Naoko tett egy lépést felé, de nem tudott belekezdeni vigasztalásába, ugyanis Hiroto egy gyors mozdulattal térdre vágta magát előttünk.

– *Kérlek, ne haragudjatok rám.*

Ennyit mondott. Egy szóval sem többet, sem kevesebbet. Naoko, amint Hiroto ezen szavakat kimondta, már oda is sietett, letérdelt hozzá, és fejére tette kezét megnyugtatásképp.

Naoko és Hiroto a kis idő alatt, amit együtt töltöttek, szemmel láthatóan összenőttek. Nem gondoltam volna, hogy a kőszívű Naoko valaha is jóban lesz a mérhetetlen kedvességű Hirotóval... de most ez volt a legkisebb problémám. Beszélnem kellett Akihidével. A jelenet, amit rendezett, elfogadhatatlan volt, akár ő a Fő Védelmező, akár nem. Emberek vagyunk, és az emberek hibáznak. Nem tűröm tovább, hogy Hirotóval így viselkedjen, de még az is idegessé tett, ahogy Naokót megalázta, ha kedvelem őt, ha nem. Mérhetetlenül dühös vagyok Akihidére, és ezt szavakba is fogom önteni neki.

– *Rendbe teszem magam és beszélek vele* – jeleztem Hirotoék felé, hogy távozom.

***

Érzelmileg elég gyengének vallom magam, ha a barátaimról van szó. Szavakba sem tudom foglalni, mennyire bűntudatom van, amiért Naokóval ezt tette a Fő Védelmező csak azért, mert ő kiállt mellettem. Eleinte tartottam Naokótól. Úgy néztem rá, mintha egy áttörhetetlen fal venné őt körül, de az első küldetésünk óta megváltozott a véleményem róla.

Naoko, vélhetőleg, amint észrevette, hogy lassan problémát jelent könnyeim visszatartása, kezét fejemről gyengéden a tarkómra csúsztatta, s magához ölelt.

– *Semmi gond. Jól vagyok* – mondta Naoko megnyugtatásképp.

– *Én… nem erre számítottam* – feleltem letörve.

– *Mire számítottál? Azt gondoltad, tárt karokkal vár majd minket a Fő Védelmező?* – felelte Etsuya, Naoko ideiglenes csapattársa.

– *Nem… de nem gondoltam, hogy személyesen jön majd el értünk a kapuhoz. Én… sosem gondoltam volna, hogy valaha ilyen ingerültnek fogom látni őt. Miattam bántott téged, Naoko.*

– *Mondtam, hogy ne törődj vele* – mondta Naoko, majd elengedett, s felállt, én pedig követtem a példáját.

Csapattársam a távolodó fehér hajú lányt kezdte figyelni, arcára pedig komoly kifejezés ült, mintha mély gondolkodásba merült volna.

– *Meglepne, ha ezt ennyivel megúsznánk.*

– *De… te teljesítetted a küldetést, amivel a Fő Védelmező megbízott.*

– *Hiroto. Ő nem tűri a szabályszegéseket, vagy ha nem értenek vele egyet, mint azt láthattad is. Az, hogy nekem származik-e még károm abból, hogy melléd álltam, azután fog kiderülni, hogy Sayari beszélt vele.*

– *Én… sajnálom.*

– *Nos… ami megtörtént, az megtörtént, kár ezen rágódni* – tett pontot a végére Fujiko Kivégző. – *Én azt javasolnám, hogy tegyük el magunkat. Hosszú volt ez a kiruccanás.*

225

– *Támogatom az ötletet* – helyeselte Genki Kivégző.

– *Sok szerencsét, Naoko* – súgta hozzá, majd simította végig Naoko vállán kezét Etsuya.

– *Mégis mihez? Idióta...* – mondta halkan Naoko.

Csapattársammal kettesben maradva a csend lett az úr. Gondolataimban elmerülve eszembe jutott, hogy megbeszélhetnénk egy találkozót hármasban, annak érdekében, hogy átbeszéljük, mi zajlott le Sayari és a Fő Védelmező között, így jobb rálátásunk lenne, mire számítsunk.

– *Naoko* – szólítottam meg a lányt.

– *Igen?* – kapta fejét az irányomba egyből.

– *Mi lenne, ha később találkoznánk?*

A lány arca ennek hallatán meglepetté vált, majd lassacskán pirulni kezdett. Nem válaszolt a felkérésemre. Talán... ezt nem így kellett volna megfogalmaznom.

– *Ú-úgy értem... hárman... Sayariva...* – kezdtem bele a magyarázásba, de valaki félbeszakított.

– *Hirotoo!* – kiáltotta Satoru, ki gyors léptekben száguldott felénk.

Kellemetlen. Örülök, hogy újra látom a barátomat, de miért pont most?

– *Satoru. Örülök, hogy látlak.*

– *Én is örülök, hogy egyben visszatértél, Hiroto. Nem vagy éhes, vagy szomjas?*

– *De... mindkettő, azt hiszem, de ne aggódj emiatt* – feleltem egy mosollyal az arcomon.

Ekkor vettem észre, hogy csapattársam még mindig felém bambul.

– *Ő... Naoko?* – szólítottam meg.

– *N-ne haragudj. Félreértettelek egy pillanatra. Én... megyek. Később beszélünk* – mondta ki a végszót Naoko, majd sietve távozott.

Ezt most nagyon elrontottam.

– *Ez meg mi volt?* – tette fel a kérdést barátom.

– *Csak... egy félreértés.*

Satoruval megindultunk a lakóövezet félé, s közben elmondta, hogy távolról figyelte a dolgokat, de nem mert közbelépni...

ezen pedig nem csodálkoztam. A Fő Védelmező haragja bárkit képes könnyedén megfélemlíteni.

– *Szóval… mi történt, mikor megtaláltad Sayari Kivégzőt?* – tette fel a kérdést Satoru.

– *Nos…*

Agyamon e kérdés hallatára átfutottak a történtek, de szemeim előtt folyamatosan csak az a pillanat jelent meg újra, meg újra, mikor kis híján csókolóztunk egykori csapattársammal.

– *Sayari és én… majdnem…* – kezdtem bele, de nehezemre esett befejezni a mondatot. Már ha csak visszaemlékeztem rá, is kellemetlenül éreztem magam.

– *Na, ki vele, Hiroto, tudod, hogy nekem bármit elmondhatsz.*

– *Majdnem… csókolóztunk* – mondtam ki végül.

Satoru szavak helyett egy gesztussal reagált vallomásomra, s vállamra csapta a kezét.

– *Nem aprózod el a dolgokat. Mióta is ismered?* – kérdezett rá barátom, nevetve.

– *Én… nem nyomultam rá Sayarira, egyszerűen csak…*

– *Persze, tudom-tudom…*

– *Komolyan mondom!*

– *De tetszik, nem igaz?*

– *Azt… nem tagadom* – vallottam be őszintén.

Satoru egy mélyet sóhajtott.

– *Jó lehet, hogy csak az öledbe hullik az ilyesmi, Hiroto.*

– *Ez azért túlzás…*

… Elvégre, majdnem egy egész napot meneteltem sérülten, csak azért, hogy megtaláljam Sayarit. Talán Satoru… féltékeny lenne?

– *Mondd… nincs szerencséd a lányokkal mostanában, Satoru?* – kérdeztem rá.

– *Eddig úgy láttad, mintha szerencsém lett volna velük? Mondjuk… nemrég találkoztam egy lánnyal…*

– *Oh? Hogy hívják?*

– *Nem tudom… elfelejtettem megkérdezni. Annyit tudok, hogy Védelmező.*

– *Elfelejtetted megkérdezni? Hogy nézett ki?*

– *Nos... magas volt, hosszú hajjal és gyönyörű, kék szemekkel. A jobb lába sérült volt, így mankóval járt. Egyből szerelmes lettem. Mármint... nem a mankó miatt...*

Van olyan lány a földön, akibe nem szerelmesedsz bele egyből, Satoru?

Várjunk... sérült lábú Védelmező... csak nem...

Ebben a pillanatban megérkeztünk a kitűzött úticélomhoz, a házamhoz. Ekkor realizálódott bennem, hogy...

– *Nincs házam!* – tört ki belőlem a romhalmaz láttán, mely egykor az otthonom volt.

– *Ezt eddig is tudtad... nem?* – tette fel az egyértelmű kérdést barátom.

– *Persze, tudtam... de bele sem gondoltam, hogy mit is jelent ez. Annyi minden történt mostanában, hogy időm sem volt elgondolkozni azon, hogy ha lezajlik ez az egész helyzet, hol fogok élni utána* – válaszoltam bánatosan.

A ruháim, a vásárolt ételeim, a bútoraim... a pénzem... mind odavesztek a házammal együtt. Nincs hová mennem, és pénzem sincs, hogy megszálljak valahol. Zsákutca.

– *Nem kaptad meg a fizetésed a legutóbbi küldetésedért? Abból szerintem simán ellennél egy-két hétig.*

– *Nem hiszem, hogy most lenne a megfelelő időpont arra, hogy a Fő Védelmezőn behajtsam a fizetésem...*

– *Nos... Annie háza és az én házam is a földdel lett egyenlő, szóval most Bansounál lakunk mindketten, ideiglenesen... de nem hinném, hogy Bansou téged is vendégül tudna látni, ne haragudj. Már így is elég szűkösen vagyunk.*

– *Persze... megértem. Talán megpróbálok beszélni egy Védelmezővel, hogy mit tehetnék.*

– *Jó ötlet. Én viszont már nem hiszem, hogy elkísérlek a palotához, ha nem gond. Van egy kis... dolgom, amit már régóta halasztgatok.*

– *Semmi gond. Ha megoldom a helyzetet, lehet, hogy benézek hozzátok.*

Miután elköszöntünk egymástól Satoruval, a Citadella felé vettem az irányt. Minden pontosan olyan volt, mint ahogy az egy nagy harc után várható volt. A látvány szinte azt akarta sejtetni, hogy sosem lesz már semmi a régi. Mikor elértem a főteret, egy olyan dolog hívta fel a figyelmemet magára, ami tudtommal még nem volt ott, mikor elindultam Sayari megkeresésére. Több tucat kard volt a földbe szúrva – vélhetőleg mind egy-egy bukott társunkhoz tartozott. Néhányan a fegyverek közt sétálgattak, s megemlékeztek ismerősökről, barátokról, szeretőkről, míg voltak olyanok is, kik a kardok tövében ülve pihentek, mintha csak arra várnának, hogy a penge tulajdonosa megjelenjen mellettük. Akármilyen borzalmasan is hangzik, szerencsésnek éreztem magam, hogy egyik barátom számára sem kellett emlékművet állítani, s mindannyian megúszták kisebb sérülésekkel, ugyanis akkor biztosan én is ott ülnék összetörve az egyik kard tövében.

Mikor továbbálltam, s közelíteni kezdtem a palota bejárata felé, figyeltem fel rá, hogy valaki ül a bejárat előtti lépcsőn. Az alacsony figura lassacskán elkezdett kirajzolódni,ahogyan haladtam felé, de arcát nem tudtam kianalizálni. Maszkot viselt. Egy fekete, madárról mintázott maszkot, melynek hosszú csőre volt, s a rajta lévő, két aprócska lyukon figyelhetett ki tulajdonosa. Még mindig nem értettem, hogy mi szerepe van ezeknek a kellékeknek Yuriko Kivégző köreiben, de a szárnyas élőlényt, melyről mintázták, már sikerült felismernem. A lépcsőt elérve megálltam egy pillanatra, mielőtt megszólítottam az illetőt, s figyelni kezdtem a tevékenységet, melyet teljes belemélyüléssel végzett, megfeledkezve környezetéről. Egy lila rózsát tartott jobb kezében, melyről időnként letépett egy szirmot, majd ledobta azt a földre. A lány, ki szokatlan, könnyű öltözéket öltött ma magára, még ezt a pusztítónak mondható folyamatot is gyengéd kézmozdulatokkal végezte. Volt a mozdulatsorban, melyet végzett, valami furcsa részlet, mely arra késztetett, hogy ne szakítsam meg őt, csak ha elfogynak a rózsáról a szirmok. Teljesen elmerültem benne. Szinte hipnotizált. Talán azért csinálja ezt, hogy elterelje figyelmét a mostanában lezajló eseményekről? Talán csak nem szereti a rózsákat? Ki tudja.

Lehet, hogy csak pár másodperc telt el, de meglehet, hogy még percek is, mire kivégezte a lány rózsát, ekkor rám nézett, mintha végig tudta volna, hogy figyelem őt. Szemünk találkozott, ő pedig oldaltáskájában kutatni kezdett bal kezével, mígnem előhúzott belőle egy fehér rózsát, s felém nyújtotta azt.

– *Ezt neked szedtem. Illik hozzád a színe.*

Nem reagáltam egyből az ajándékra, melyet nekem akart adni, de nem is éreztem magam kellemetlenül amiatt, hogy egy lány virágot akar nekem adni. Nyugodt voltam. Volt valami az aurában, melyet sugárzott, ami mintha elűzte volna az összes problémámat, s így teljes fókuszom rá összpontosulhatott. Furcsa érzés töltött el. Egy olyan érzés, melyhez hasonlót akkor éreztem, mikor a három napos kómámból felébredtem. Talán így érezheti az magát, aki egy hosszú nap után hazatér a családjához, ledobja magáról felszerelését, s az este hátralévő részét a szeretteivel töltheti. Teljes nyugalmi állapot.

– *Nem kéred?* – döntötte meg fejét a lány, furcsállva, hogy szótlanul állok előtte már másodpercek óta.

– *De, én... elfogadom. Köszönöm* – feleltem, s kihúztam a rózsát ujjai közül, majd belecsúsztattam, saját oldaltáskámba.

– *Leülsz?* – ajánlotta fel a lány a lehetőséget, én pedig éltem vele.

Egy kis idő csendesen telt el, de engem ez nem zavart. A lépcsőn ülve a kardokból álló emlékművet néztem, a lány pedig... mint azt később észrevettem, engem figyelt.

– *Mondd, Hiroto. Ijesztő ez a maszk?* – tette fel a kérdést.

– *Egy Főnixet ábrázol, nem igaz? Szerintem nem ijesztő.*

– *Oh! Felismerted! Talán te vagy az első, aki felismerte. Megkérdezhetem, honnan ismered a Főnixeket?*

– *Régebben egy könyvben olvastam róluk. A madár, mely képes új életre kelni saját hamvaiból. Persze ez csak egy legenda. Tudtommal senki nem látott még egyet a valóságban.*

– *Egyszer... látni akarok egyet, még ha az is az utolsó dolog, amit életem során látok.*

Furcsa álom, de nem kritizálom. Mindenki álmodik valamiről.

– *A maszkot... miért hordjátok?* – tettem fel a kérdést, mely már régóta foglalkoztatott.

– *Mert a legtöbb ember számára ijesztő. Így elrejthetjük a kilétünket, s ezzel egyidőben elkerülhetjük azt, hogy megközelítsenek minket kéretlen személyek.*

– De rajtad még sosem láttam ezelőtt.

– Most nem volt kedvem a társasághoz. Eddig hatásos volt. Mindenki nagy ívben elkerült.

– Oh, én… nem akartalak zavarni.

– Nem, nem, nem. Ne menj el. Te nem zavarsz – mondta, majd lassan levette magáról a maszkot, felfedve a Yuriko Kivégzőt, akit ismertem. – Valójában örülök, hogy itt vagy. Mióta a városban vagyok, rajtad kívül senkivel nem beszélgettem… tartalmasan legalábbis. Mindenki csak faggatózik, ha megközelít engem. „Nincs fegyvere, Kivégző?" „Milyen képességei vannak?" „Hány szörnyet ölt meg eddig?" Ezek a dolgok nem érdekelnek, nem szeretek róluk beszélni… ezért kezdtem el hordani a maszkot a városon belül is.

– Miről szeretnéd, hogy beszélgessenek veled az emberek?

– Mindegy… csak ne a fegyverekről, az erőmről és a szörnyekről. Olyan dolgokról, amik elterelik a figyelmem ezekről.

Egy olyan világba születtünk, ahol szinte az egész életünk a túlélésről és a gyilkolásról szól, csak ezeket ismerjük… ezekről beszéltek nekünk. Érthető, hogy Yuriko Kivégző miért akarja elterelni a figyelmét ezekről a témákról. Néha… én is szeretném azt hinni, hogy nem ennyi az életünk értelme, s többre vagyunk hivatottak.

– Mondd. Mesélnél magadról? – tette fel a kérdést Yuriko.

A kérés kissé meglepett, de szívesen teljesítettem, ha ezzel sikerül őt kirobbantani ebből a csúf világból, még ha csak egy kis időre is.

Meséltem neki a múltamról; az árvaházról, ahol nevelkedtem. Satoruról és arról, hogyan barátkoztunk össze, arról, hogy mindig belém kötöttek mások a magasságom miatt, s azt hajtogatták, hogy emiatt sosem lesz belőlem Kivégző vagy Védelmező. Elmondtam neki, hogy nem sokáig voltam felfedező, hogyan lettem Kivégző, és meséltem neki az emberekről, kikkel közeli kapcsolatot sikerült létesítenem a közelmúltban… de miután figyelmesen végighallgatta a történetem, feltett egy kérdést, melyre nem voltam felkészülve.

– Nincs néha olyan érzésed, hogy az emlékeid félrevezetnek téged? – tette fel a kérdést a lány, miközben végig a földet nézte komoly tekintettel.

A kérdés hallatán agyalni kezdtem. Biztos voltam benne, hogy minden, amit elmondtam, valós volt és megtörtént... de mégis... éreztem valamiféle ürességet. Mindig is éreztem. Nem emlékeztem a szüleimre.

– *Ne haragudj. Ez furcsa kérdés volt.*

Yuriko nem hagyott nekem időt válaszadásra. Felállt, majd tett előre pár lépést, ezután még egyszer visszanézett rám.

– *Magadra hagylak. Így is elég sokat elvettem már az idődből.*

– *Nem dehogy, én... jót beszélgettem veled.*

Yuriko Kivégző egy mosollyal díjazta az utóbbi mondatomat, de különösebben nem reagált rá.

– *Remélem, lesz még lehetőségünk beszélgetni... Hiroto.*

– *Én is... reménykedem benne* – jegyeztem meg magamnak, miközben néztem, ahogyan a lány távolodik tőlem.

Érdekes beszélgetés volt, de keltett bennem egy olyan érzést, mintha Yuriko többet tudna nekem elárulni a világunkról, mint bárki más a városban.

Mivel magamra maradtam, folytattam az eredeti terveim által megszabott utamat, s beléptem a palotába. A földszinten Urui Védelmezővel találkoztam össze, kitől megkérdeztem, hogy felszerelést honnan tudnék szerezni, ő pedig, miután megszidott, amiért engedély nélkül elhagytam a várost, elárulta, hogy a ruhakiadótól bármikor kérhetek újat ingyenesen, ha az eddig használt tönkremegy. Mondanom sem kell, hogy az *ingyen* szó hallatán egyből a ruhakiadóhoz siettem, s kaptam is egy új köpenyt, két fekete pólót, s nadrágot. A kezemben tartva az új ruháimat jöttem rá, hogy eddig nem volt teljes a szerelésem, ugyanis Sayaritól csak egy köpenyt és két vállpáncélt kaptam... nem mintha azokért nem lennék végtelenül hálás. Ház-ügyben Urui Védelmező nem tudott segíteni, ezért úgy döntöttem, keresek valakit, aki magasabb ranggal rendelkezik, hátha ő választ tud adni a kérdéseimre... persze megkérdezhettem volna Yuriko Kivégzőt is, de a beszélgetésünk közben teljesen máshol jártam fejben.

Elérve a kívánt emeletet s a kívánt ajtót, bekopogtattam. Figyelembe véve, hogy Sayari valószínűleg a Fő Védelmezővel történő találkozóra készül, a másik személyhez fordultam, akivel jó volt a kapcsolatom és magas ranggal rendelkezett.

– *Hiroto?* – nyitott ajtót a lány meglepetten.

Raekciója érthető volt, hisz' még csak másfél óra telhetett el, mióta elköszöntünk egymástól… ha azt lehet elköszönésnek nevezni, ahogyan elváltunk egymástól.

– *Zavarlak?*

– *Nem, dehogy, kerülj beljebb.*

Engedélyével beléptem a szobába s helyet foglaltam a kanapén, a lány pedig, miután becsukta az ajtót, mellém ült. Mielőtt belekezdtem volna, körbetekintettem a helyiségben, hol, ha emlékeim nem csalnak, nemrégiben még katasztrofális rendetlenség volt. Az, hogy a szoba rendezett volt, arra utalt, hogy Naokónak sikerült helyretennie a gondolatait, s nem volt már feldúlt, ez pedig megnyugtatott.

– *Figyelj… először is elnézést kérek, amiért félreérthető voltam. Remélem, nem bántottalak meg.*

– *Ugyan. Ne törődj vele. Már rég elfelejtettem* – felelte egy mosollyal az arcán Naoko. – *Szóval mi járatban?*

– *Nos… most tudatosult bennem, hogy odalett a házam, és most nincs hová mennem. Gondoltam, hátha te tudsz segíteni abban, hogy mit tehetnék ilyen helyzetben.*

– *Tudtommal miután megkapod a harmadik csillagot Kivégzőként, akkor kapsz egy lakást a palotában, de addig a felfedezői házadban kell élned. Mivel én átugrottam a felfedezői pozíciót, így egyből a Citadellába költöztem.*

– *A harmadik csillag után… szóval teljesen reménytelen helyzetbe kerültem?*

Naoko egy ideig szótlan volt, gondolkodásba merült. Kis idő elteltével arca kissé elpirult, majd felém fordult.

– *Szeretnél… velem lakni? Persze csak, amíg nincs más lehetőséged.*

Naokóval élni egy fedél alatt. Bár az ajánlat csábítóan hangzott, józan eszem nemet mondott.

– *De az… szabályellenes lenne. Nem?*

– *Én nem tudok olyan szabályról, ami ellenezné, hogy két Kivégző együtt éljen.*

Valóban nincs szabály, mely tiltaná az ilyesmit, sőt, tudtommal párok már meg is valósították ezt ezelőtt... de... csak „olyan" párok.

– *Nem lenne... furcsa?* – tettem fel a kérdést.

– *Szerintem jól kijövünk egymással... vagy nem?*

Ez... nem mondanám, hogy válasz volt a kérdésemre. Naoko láthatóan komolyan gondolta ezt, szóval nekem is komolyan át kellett gondolnom.

– *Nem gond, ha ezen még gondolkozom kicsit?*

– *Nem, dehogy, csak nyugodtan. Az ajánlat... fennáll.*

Most, hogy... „megoldódott" az egyik problémám, koncentrálhatok a másikra, mégpedig a büntetésre. Nem tudom, hogy Sayari beszélt-e már a Fő Védelmezővel, de ha megteszi, örülnék, ha elmesélné, mi történt. Tudnom kell, hogy Naoko bajba kerül-e miattam, hogy Sayari milyen büntetésben részesül, és végül... hogy velem mi lesz... ha ezt közli egyáltalán a Fő Védelmező vele.

– *Kérhetnék egy tollat és papírt?*

***

Mi lenne, ha felkötném a hajam? Vajon tetszene Hirotónak?

Ezen agyaltam a tükör előtt állva, egy szál törülközőben, miközben komolyabb dolgokkal kellett volna foglalkoznom.

Furcsamód elmerültem a képben, melyet a tükör vetített felém, pedig ez nem volt szokásom. Kivételesen úgy láttam, hogy nem egy szörnyeteg néz vissza rám.

Miután párszor körbefordultam, megállapítottam, hogy ha nem a személyiségünk alapján kellene Hirotónak választania köztem és Naoko között, biztosan nem engem választana. Lehetnék... hogy is mondjam... formásabb itt-ott.

Akaratlanul sóhajtottam egyet. Miért jutnak eszembe pont most ilyesmik?

Kilépve a fürdőszobából ledobtam magamról a törülközőmet, s apránként magamra kaptam Kivégzőszerelésemet. Már a csizmámat húztam, mikor kopogást hallottam bejárati ajtómon. Ki lehet az? Talán Akihide küldött volna értem egy Védelmezőt? Nos, mint kiderült, valóban egy Védelmező kopogtatott, de ő nem Akihide küldönce volt.

– *Elise. Mi járat...*

– *Sayari! Úgy örülök, hogy jól vagy! Aggódtam érted!* – vágott szavaimba a lány.

Elise és én mondhatni összenőttünk az elmúlt pár év alatt, de akkor sem számítottam erre a reakcióra tőle, amint meglát. Mindig is lekezelő voltam vele, ennek ellenére ő mindig próbált engem a jó irányba terelni, támogatott, mellettem volt. Elise mindig kedvesen viselkedett mindenkivel és talán ő volt mindig is a legelnézőbb velem... mégis arra számítottam, hogy amint találkozunk, le fog szidni a szökésem miatt.

Talán értékelnem kéne azt, amit értem tett.

– *Köszönöm... Elise.*

Elise szavaim hallatán elengedett, majd meglepett arcot vágva, mankója segítségével tett hátra pár lépést.

– *Sayari?*

– *Én... amit tettem, nem volt helyes. S-sajnálom... és köszönöm, hogy mellettem voltál... még akkor is, ha én mindig csak eltaszítottalak magamtól.*

A Védelmező elmosolyodott. Nem mondott semmit, de én így is tudtam, hogy jólesett neki, amit mondtam.

– *Jól érzem... hogy megváltoztál, Sayari?*

Igen... talán megváltoztam.

– *A csapattársad miatt, nem igaz?* – folytatta.

– *Nos... már csak az ex-csapattársam* – feleltem lehangoltan.

– *Tudom, Sayari. De ez nem gátolja meg azt, hogy vele legyél. Ha úgy érzed, jó hatással van rád az a fiú és kedveled őt, nem szabadna hagynod, hogy elszakítsanak titeket egymástól* – felelte egy támogató mosollyal Elise.

– *Igen, igazad van. Én... kedvelem Hirotót, nagyon is... és nem fogom hagyni, hogy elszakítsanak minket egymástól. Köszönöm, Elise.*

– *Ugyan* – mosolygott rám ismét a lány.

– *Hogy van a lábad?* – váltottam témát.

– *Oh, ne is törődj vele, gyorsan gyógyul a sérülésem. Nemsokára ismét Védelmezőként fogok parancsolgatni neked* – felelte egy vigyorral az arcán, viccelődve.

Mintha... kerülte volna a tekintetemet, mikor ezt mondta, de biztosan csak képzeltem. Elise mindig is őszinte volt velem.

– *Örülök, hogy ezt hallom* – feleltem örömtelien –, *de nem gond, ha később folytatjuk ezt a beszélgetést? A Fő Védelmezőnek... sürgős megtárgyalnivalója van velem a büntetésemmel kapcsolatban.*

– *Persze... de mielőtt elindulsz, olvasd el ezt. A fiúd hagyta itt.*

A... „fiúm"?

– *Sok szerencsét, Sayari* – köszönt el, majd magamra hagyott a papírdarabbal, melyet kezembe nyomott.

Miután széthajtottam a négybe hajtott levelet, melyet Hiroto bízott Elise-re, hogy adja át nekem, olvasni kezdtem.

„Sayari! Reménykedem benne, hogy a beszélgetés a Fő Védelmezővel zökkenőmentes lesz és megúszod büntetés nélkül. Bűntudatos vagyok, amiért te, elmondásod szerint, azért szöktél meg, mert féltél, hogy utálni foglak, ha nem teszed meg. Mivel úgy érzem, mindketten miattam kerültetek bajba, így szeretnélek megkérni, hogy mondd meg a Fő Védelmezőnek, hogy vállalom a felelősséget a te és Naoko szabályszegéséért is. Ha nem teszed meg, nem bírnék megbirkózni a lelkiismeret-furdalással, ha megtudnám, lecsukattak titeket. Akármilyen büntetésben is részesülök, csak magamnak köszönhetem azt, ami ezután fog jönni. Kérlek, ha túlesel a megbeszélésen, gyere Naoko lakásához, hogy tájékoztatni tudj a fejleményekről minket.

Aláírás: Egy Bűntudatos Kivégző"

Nem hittem a szememnek. Hiroto... azt akarja, hogy kenjem rá az egészet?

A papírt összehajtva zsebre raktam azt, majd megindultam Akihide irodája felé. Utam során rengeteg dolog fordult meg a fejemben. Mire megérkeztem, kitaláltam, mit fogok tenni.

Bekopogtattam.

– *Szabad* – hallatszott bentről.

Belépve, majd becsukva magam mögött az ajtót leültem az Akihidével szemben lévő székbe. A légkör közel sem olyan volt, mint eddig, mikor ebben a székben ültem. A feszültség érezhető volt a levegőben... Akihide pedig ez alkalommal hátat fordítva nekem tekintett ki az ablakon, s nem nézett rám, amint beléptem.

– Nos... – kezdett volna bele, de én egyből közbeszóltam.

– *Én... magamra vállalok minden büntetést, amit Hirotónak szántál, de még azt is... amit Naokónak. Az egész szituáció, amiben most vagyunk, miattam alakult ki.*

Akihide ezután végre felém fordult. Arcán komoly kifejezés ült. Olyan, melyet még talán sosem láttam ezelőtt.

– *Tudtam, hogy ezt fogod mondani. Miből gondolod, hogy a helyzet ilyen egyszerű? Miért gondolod azt, hogy a probléma gyökere a te szökésed?*

A probléma gyökere... mire gondolhat?

– *Sosem tettél ilyet ezelőtt. Megszökni a városból csak valami nevetséges érzelmi összezavarodás miatt? Sajnálom, Sayari... de ezt a viselkedést nem tolerálhatom tovább.*

– *Mi? Ezt... hogy érted?*

– *Sosem voltál szabálykövető. Ezt jól tudom. A saját szabályaid szerint élsz, s éltél mindig is, én pedig ezt neked – és csakis neked – mindig is elnéztem... mert te vagy a legjobb harcos a városban és nem engedhetem meg magamnak, hogy elveszítselek. Emellett... mindig is közel álltál a szívemhez, amióta csak rád találtam. Szinte... családtagként tekintettem rád.*

– *Akihide, én...*

– *Pontosan ezért nem tűröm el azt, hogy egy fiú elterelje a figyelmed a feladatodról, ami nem más, mint a szörnyek kivégzése. Ha nem teljesíted a feladatod elvárásaim szerint, nem lennél már hasznos számomra. Ezt megérted, ugye?*

– *Én... azt hiszem, igen... de...*

– *Csak rajta jár az eszed, igaz? Lefoglalja az összes gondolatodat. Válaszolj őszintén. Beleszerettél Hirotóba, nem igaz?*

Ez a kérdés... szíven ütött. Mit válaszoljak? Mit akar hallani? Ha rosszul válaszolok, annak következményi lehetnek mind rám, mind Hirotóra nézve... de mégis... úgy érzem, őszintének kell lennem.

Én...

Szeretem Hirotót.

– *Igen* – adtam választ.

Akihide reakciója… finoman szólva, nem az volt, amire számítottam. Nevetni kezdett. Ahogy csak bírt… nevetett…

Rajtam.

– *Komolyan? Ezt… komolyan mondod? Nézd… én számítottam rá, hogy ezt fogod mondani, de reménykedtem benne, hogy nem.*

– *Mi közöd ahhoz, hogy én kibe szeretek bele és kibe nem? Nem vagyunk egy család! Nem vagy az apám!* – tört ki belőlem.

Dühös voltam. Mérhetetlenül dühös. Hogy merészel kinevetni?!

– *Mégis… mit gondolsz, kivel beszélsz, Sayari? Még ha el is vakítanak téged az érzelmeid, be kell látnod, hogy mióta ismered Hirotót, egyre kevésbé viselkedsz felelősségteljesen. Az a fiú… elront téged. Te vagy a tökéletes Kivégző. Én pedig nem fogom hagyni, hogy ez a senki elvegye ezt a címet tőled. Te egy fegyver vagy. Azért vagy itt, hogy gyilkolj. Azért vagy itt, hogy küldetéseket teljesíts. Egyedül. Mindig is egyedül voltál. Egyedül birkóztál meg a problémákkal, amiket az élet állított eléd. Egyedül győzted le azt a nyolcvankét szörnyet, amiért kiérdemelted a nyolc csillagodat. Hirotónak… nincs helye az életedben. Felejtsd el őt.*

– *Te… szörnyetegként nézel rám, nem igaz? Azt gondolod, hogy nem lehetnek érzelmeim? Azt mondod… az életem egyetlen célja a gyilkolás? Én… én nem gondoltam, hogy te ilyen vagy, Akihide. Mindig is felnéztem rád… de most rájöttem, hogy te csak egy hatalommániás, undorító…*

– *Mit képzelsz?!* – csapott rá az asztalra Akihide ordítva. – *Nekem köszönheted, hogy életben vagy! Ha én nem menetelek meg és hozlak ide, halott lennél! Az, hogy így mersz velem beszélni, a Fő Védelmeződdel, csak igazolja azt, hogy Hiroto borzalmas hatással van rád! Megtiltom, hogy beszélj vele!*

– *Miből gondolod, hogy ezek után még hallgatni fogok rád?!*

Akihide egy ideig szótlan volt, majd rátámaszkodott az asztalra, közelebb hajolva hozzám. Arcán… egy undorító grimasz formálódott meg.

– *Rendben, Sayari. Ha így akarsz játszani, játsszunk így. Ismered a sakk nevű játékot, nem igaz?*

– *Igen… ismerem.*

– *A játékban, ha a királyt egy olyan helyzetbe terelik, melyből nem tud kimozdulni, csak ha feladja, sakk–mattnak hívják. Esetünkben…*

te leszel a király – mondta nyugodt hangnemben. Kitalált valamit. Sarokba akar szorítani.

– *Nem foglak titeket megbüntetni. Nem kapsz büntetést, amiért megszöktél, Hiroto nem kap büntetést, amiért követett, Naoko pedig nem kap büntetést, amiért szembeszállt velem.*

– *Mi...*

– *De. Ha Hirotót innentől megközelíted, lecsukatom őt. Ha megszólítod, megkínoztatom. Ha pedig megtudom, hogy a hátam mögött találkozgattok és továbbra is rossz hatással van rád, kivégeztetem. Nincs több Hiroto, nincs több szerelem, nincs több szabályszegés... csak parancskövetés. Érthető voltam, Sayari?*

Szótlan voltam. Nem tudtam mit mondani. Nem volt több tervem, nem volt több lépésem. Veszítettem.

Akihide, mikor felfigyelt rá, hogy képtelen vagyok tovább ellenkezni vele, ismét megszólalt.

– *Sakk–matt* – mondta nevetve.

Utálom. Gyűlölöm. Meg akarom ölni. Itt és most. Elő akarom rántani a kardom és a fejét venni. Meg akarom fojtani. Egyenként akarom levágni a végtagjait, míg nem könyörög nekem, hogy végezzek vele.

– *Sayari. A válaszodat várom. Érthető voltam?*

– *Értettem... Fő Védelmező* – feleltem haragosan, a szám szélét harapdálva.

– *Helyes. Végeztünk* – legyintett az ajtó felé.

Felpattantam, szinte fellökve a széket, melyben eddig ültem, s az ajtó felé indultam... de mielőtt elértem volna, valaki berontott azon.

A fehér páncélos alak lihegve, megviselten támaszkodott a tágra nyílt ajtónak. A Fő Védelmező, ki eddig kárörvendően a székében ült hátradőlve, hirtelen felugrott. Én magam is... mintha csak megfeledkeztem volna az előbb történtekről, vártam a szavakat, amelyeket a Védelmező készült kiejteni a száján.

– *Megtaláltuk... Fő Védelmező...*

Megtalálták. Nem hittem a füleimnek.

– *Megtaláltuk...* – ismételte el.

...tudjuk, hol van... a Véres Lovag!

Harckészültség

Az álmok világa mindig is érdekes volt számomra. Azt hallottam, hogy az álmaink emlékeink és gondolataink alapján formálódnak meg, de vannak még olyan elméletek is, hogy egy torz jövőképet mutatnak felénk. Sajnos... egy ideje rémálmok gyötörnek engem, ez pedig ma éjszaka sem volt másképp.

Fejemben egy lány hangját hallottam, amint a nevemet ismétli, de a sötét helyen, ahol voltam, egy lelket sem láttam, kitől a hang érkezhetett volna. A szólítás egyre hangosabb, s hangosabb lett, míg fel nem riadtam. Mit jelenthet mindez? Miért szólítgattak engem ismeretlen hangok? Miért nem találtam kiutat a sötétségből? Talán sosem tudom meg ezen álom jelentését, mint ahogyan sok másikét sem.

– *Rosszat álmodtál?* – kérdezte Naoko, észrevételezve, hogy hirtelen felültem.

Amint kicsit sikerült észhez térnem, éreztem, csurom víz vagyok.

– *Igen... azt hiszem.*

– *Ha gondolod, nyugodtan lezuhanyozhatsz, én már túl vagyok rajta.*

– *Köszönöm... élek a lehetőséggel, ha nem gond* – feleltem, majd felkeltem a kanapéról, s megindultam a fürdőszoba felé.

Belépve ledobtam magamról a koszos ruhákat a földre, s beálltam a zuhanyrózsa alá. Ekkor eszméltem rá, hogy olyannyira az álmomon járt az agyam, hogy majdnem megfeledkeztem egy fontos dologról.

– *Naoko!* – kiáltottam ki a helyiségből. – *Sayari végül...*

– *Sajnálom, de nem jött el* – válaszolt félmondatomra a lány, leszűrve, hogy mit akartam kérdezni.

– *Oh... értem* – feleltem bánatosan.

Tegnap este addig vártam Sayarira, míg el nem értem a határaimat. Már másnap van, de még mindig nem hozott híreket... ennyire rossz lenne a helyzet?

Elmerülve a gondolataimban legalább húsz percig folyattam magamra a vizet, mire végül elzártam, s kiléptem a kabinból... de törülközőt sehol nem láttam. Naoko, mintha csak beleolvasott volna a gondolataimba, nyitni kezdte az ajtót. Először kissé megrémültem, mert azt gondoltam, hogy csapattársam be fog sétálni, mintha az lenne a legátlagosabb dolog a világon, de szerencsére, ez nem így történt, s csak egyik karját dugta be a résen, egy zöldes törülközőt tartva abban.

– *N-ne haragudj, majdnem elfelejtettem* – mondta a lány kissé zavarban.

– *Semmi gond, köszönöm* – válaszoltam, majd ráfogtam a törülköző másik felére, de ekkor egy pillanatra megálltam.

Naoko azzal a kezével nyújtotta a ruhadarabot, mely súlyosan megsérült a társai elvesztésekor. Természetesen a sebhely semmit nem változott azóta... Naoko ragaszkodott hozzá, hogy a gyógyítók ne tüntessék el teljesen. Azon a napon ébredtem rá igazán, hogy lehetünk akármilyen erősek, csak egy rossz lépés vagy döntés kell, s egyből tragédiába torkollhat bármely küldetésünk. Csapattársam aznap megmutatta gyengébbik, törékenyebbik oldalát számomra. Nem sokkal ezen események után ígéretet tettem neki... ígéretet, hogy megvédem bármi áron – pont, mint Sayarit.

– *H-Hiroto?*

– *Ha tényleg nem jelent gondot... szeretnék itt maradni egy ideig.*

Újabb pár másodperc telt el szótlanul. Naoko fejében biztosan keringtek a gondolatok, hogy vajon miért juthattam erre a döntésre pont most.

– *Maradhatsz, amíg csak szeretnél.*

Magamhoz véve a ruhadarabot, melyet Naoko nyújtott, az ajtó is becsukódott... én pedig ott álltam a helyiség közepén egy szál semmiben, s mosolyogtam. Biztos voltam benne, hogy ő is ugyanezt tette... leszámítva a meztelen részét a dolognak.

Miután megszárítkoztam, magamra öltöttem új ruháimat, melyeket magammal hoztam, felkaptam a földről a használtakat, s kiléptem.

Orromat kellemes illat kezdte csiklandozni, mely a konyhából érkezett, s betöltötte a lakást.

– *Mit főzöl?* – tettem fel a kérdést.

– *Csak összedobok egy kis...* – kezdett bele Naoko, de egy kintről érkező kopogás félbeszakította.

Az illető nem várta meg, míg csapattársam betessékeli, helyette a kopogást követően egyből benyitott.

Mindketten kíváncsian vártuk, hogy ki lehet az, akiben még annyi modor sincs, hogy megkérdezze, bejöhet-e.

A behatoló pedig nem más volt, mint...

– *Jó reggelt. Ne haragudjatok, ha megzavarom a romantikát, de olyan ügyben jöttem, ami nem várhat.*

... Yuriko Kivégző, mögötte pedig vörös pupillájú, maszkos társa, ki megmentett a város ostromakor.

– *És, mi lenne az a fontos ügy?* – kérdezett vissza Naoko, teljesen figyelmen kívül hagyva a „romantika" jelzőt.

– *Nos, azt nem az én feladatom elmondani. A palota előtt tájékoztatva lesztek mindannyian.*

„Mindannyian"?

Naoko sóhajtott egyet, majd levette a tűzről a lábast. Ennyit az ebédről.

Mielőtt bármelyikünk megszólalhatott volna, Yuriko ismét belekezdett, de most rám nézett.

– *Sokfelé jártam ám, hogy megtaláljalak, Hiroto. Mikor már majdnem feladtam a keresésedet, akkor találak meg egy lány szobájában. Hihetetlen vagy. Mi a mentséged?*

A kérdés már önmagában is furcsa volt. Miért érdekelné Yuriko Kivégzőt, hogy én hol... éjszakázom? De volt valami, ami sokkal inkább feltűnt, mint a kérdés furcsasága. A lány beszédstílusa, s viselkedése is a teljes ellentéte volt annak, mint mikor kettesben beszélgettünk.

– *É-én... nos... nincs mentségem.*

– *Úgy tudtam, hogy a szökésed célja az volt, hogy Sayari Kivégzőt biztonságban tudd. Nem nála kellett volna inkább töltened az éjszakát?*

Tessék?

– *Ne hagyd, hogy sarokba szorítson ilyen idióta kérdésekkel, Hiroto. Csak játszadozik veled, valójában semmi köze nincs hozzá, hogy te kivel mit csinálsz.*

Naoko hangja ingerült volt... mintha ellenszenvet érzett volna Yuriko iránt. A támadó kérdések célpontja talán nem is én voltam, hanem inkább Naoko?

– *Ez igaz, valóban semmi közöm hozzá* – kuncogott Yuriko, s intett egyet a levegőbe, majd sarkon fordult, s kilépett a szobából.

Naoko, kapva a lehetőségen, hogy Yuriko az ajtón kívülre került, odasietett, s egyből becsapta azt. A lány még pár másodpercig az ajtónál állt, háttal nekem.

– *Jól érzem, hogy nem vagytok jóban?*

– *Igen... mondjuk úgy. De ez most lényegtelen. Megyek, elkészülök.*

– *Rendben.*

Naoko szűkszavú volt. Ennyire felzaklatta volna Yuriko?

A lány, ahogy mondta, ezek után elkezdte magára ölteni Kivégzőköpenyét, s a rangját jelző vállpáncélját, majd csizmáját is, így én is, hozzá hasonlóan, belekezdtem a készülődésbe.

Kissé furcsálltam, hogy a kis idő alatt, mióta Yuriko Kivégző a városba érkezett, sikerült ellenséges kapcsolatot kialakítaniuk Naokóval, de úgy döntöttem, nem ütöm bele az orrom.

– *Indulhatunk* – mondta ki a végszót csapattársam.

A szobát magunk mögött hagyva lépcsőzni kezdtünk a kijárat felé. Vajon mi lehet az a fontos dolog, ami miatt azonnal a főtérre hívattak minket?

Miközben lefelé tartottunk, Naoko végig szótlan volt. Talán a tegnapi eseményeken, talán Yuriko Kivégzőn járt az agya. Mivel úgy tűnt, Naoko nem lenne jelen helyzetben jó beszélgetőpartner, én is elmerültem gondolataimban.

Nem hagyott nyugodni, hogy Sayari nem jött el közölni velünk azt, hogy mit mondott neki a Fő Védelmező. Talán nem kapta volna meg a levelemet? Mivel Elise megígérte, hogy átadja neki, ezt az opciót kizártnak tartottam. Lehetséges, hogy a Fő Védelmező lecsukatta? Nem... legalábbis nem hiszem, hisz legutóbb is Sayari oldalára állt.

De akkor... mégis miért nem jött el?

Mélyen elmerülve gondolataimban gyorsan véget ért az út, s elérkeztünk a palota kijáratához... de amint kiléptünk, egy furcsa, még ezelőtt sosem látott gyűléssel találtuk szembe magunkat.

A Kivégzők mind, egytől egyig, a Citadella előtt álltak félkört alkotva, de Sayarit nem láttam köztük... ennek okára pedig, akkor jöttem rá, mikor közelebb értünk. Ex-csapattársam az elegáns, aranyozott ruhás Fő Védelmező mellett állt, mintha csak a testőre lenne, a harcosokból álló félkör pedig őket ölelte körbe. A körülbelül tucatnyi fekete köpenyes alak közé betuszkolva magunkat csapattársammal figyelni kezdtük a párost, s vártuk a közleményt, mely miatt iderendeltek minket.

– Rendben. *Úgy látom, mindenki megérkezett* – kezdett bele a férfi. – *Biztosan mindannyian kíváncsiak vagytok annak okára, amiért ide lettetek hívatva. Egyből a lényegre térnék. A Véres Lovag tartózkodási helyére rálelt egyik felfedezőcsapatunk. Bosszúvágyatok végre elérheti a kívánt személyt, s végezhettek Bastion valaha volt legveszélyesebb ellenfelével!*

Egy szót sem ejtettünk ki szánkon. Csendben próbáltuk feldolgozni az imént hallottakat. Bosszúvágy. Ezt a kifejezést használta a Fő Védelmező, de körbetekintve a félelemtől remegő bajtársaimon tisztán látható volt, hogy nem a bosszúság a legerősebb érzelem, mely megszállt minket a város ostroma óta.

– *Félelemre nincs okotok! Sayari Kivégző mindannyiótokat győzelemre fog vezetni!* – kiáltotta a biztató szavakat a férfi.

Sayari arca komoly volt. Félelem helyett határozottság volt róla leolvasható. Ha a Fő Védelmező elmondása szerint ő fogja vezetni a küldetést, mint a legmagasabb ranggal rendelkező Kivégző, az azt jelenti, hogy Yuriko nem fog részt venni az akcióban.

Mielőtt vezérünk folytathatta volna a beszédet, a bal oldalamon álló fiú felnyújtotta kezét, jelezve ezzel azt, hogy mondanivalója van. A Fő Védelmező bólintott egyet felé.

– *Elnézést, hogy közbeszólok... de mi az oka annak, hogy a legerősebb Kivégző nem vesz részt a küldetésen?* – tette fel a kérdést Etsuya.

Természetesen sokunk fejében megfogalmazódott ez a kérdés, de egyikünk sem volt elég bátor ahhoz, hogy feltegye... Etsuya viszont, mint kiderült, kissé gátlástalanabb volt, mint legtöbbünk.

A Fő Védelmező sóhajtott egyet a kérdés hallatán.

– Yuriko Kivégzőnek más feladatot adtam – válaszolt a férfi.

– Más küldetést?! Mi lehet fontosabb a Lovag kivégzésénél?! – tört ki egy másik, számomra ismeretlen forróvérű Kivégzőből.

– Nevetséges… – jegyezte meg halkan Fujiko, ki nem messze állt tőlem.

Lassacskán hangzavar kezdett eluralkodni a főtéren. A párosok és kis csapatok beszélgetése, felháborodása nem adott lehetőséget arra, hogy a Fő Védelmező fel tudjon szólalni. Mikor már kezdett eluralkodni a pokol, egy erőteljes hang véget vetett a zavargásnak.

– Csendet! – tört ki Sayariból.

Mintha még a föld is beremegett volna, mikor kimondta a végszót. A puszta erő, mely ex-csapattársam felől áradt, könnyedén elvette a lázadozók kedvét a ricsajozástól. Sayari aurája különbözött a megszokottól.

A lány, miután visszatért a csend, szemeit a Fő Védelmező felé irányította, ki lassan bólintott egyet felé.

– A Lovag borzalmas dolgokért felelős – kezdett bele Sayari. *– Mint azt utólag megtudtátok, én nem először találkoztam vele. Sok fájdalmat okozott nekem a múltban, s talán ez az oka annak, hogy azzá lettem, ami ma vagyok. Pontosan ezért nem engedhetem meg, hogy hibázzunk. Sokan valószínűleg Yuriko Kivégző vezetésére számítottak és most csalódottak, mert nem bíznak bennem… de egy dolgot biztosra mondhatok: ha gyilkolásról van szó, én sosem hibázok. Ha követitek a parancsaimat, sikerrel fogunk járni.*

Sayari tekintete meg sem rebbent, miközben beszélt. Szemeiben látható volt az eltökéltség. Furcsa érzés fogott el a lányt elemezve. Mintha… egy ismeretlen személy állt volna a helyén. Sosem láttam még ezt az oldalát. Talán ettől az oldalától tartottak oly sokan a városban.

– Felvázolnám a tervet. Az információ szerint, amit kaptunk, a Lovag északon, egy elhagyatott, üresnek hitt erődben tartózkodik, ismeretlen létszámú sötét aurájú alak társaságában. Pontosan nem tudjuk, hol bujkál, ezért átfésüljük majd az egész területet.

Most Naoko volt az ki felnyújtotta kezét, Sayari pedig megadta neki a szót.

– Honnan tudhatjuk biztosra, hogy a Lovag az erődben tartózkodik?

– Minden jel arra mutat. Mi másért lepnék el a területet a társai? A csekély esélye fennáll annak, hogy téved a forrásunk, de még akkor is biztosan találunk nyomokat, melyek elvezetnek hozzá – adott magyarázatot Sayari.

Szokatlan volt számomra ez a fajta megbeszélés. Minden elmekapacitásomat be kellett vetnem, hogy fel tudjam dolgozni a hallottakat.

Most, hogy megválaszolta Naoko kérdését, Sayari folytatta a terv felvázolását.

– Az erőd talán több száz éves is lehet, így figyelnünk kell majd rá, hogy sem mi, sem az ellenségeink ne tegyenek túl nagy kárt benne, ugyanis könnyedén ellenünk fordulhatnak az esélyek, ha leomlanak a falak, esetlegesen elválasztva minket egymástól, vagy komplett folyosókat járhatatlanná téve. Vélhetőleg szűk helyeken fog lezajlani a harcok nagy része, mely szokatlan számunkra, s hátrányt jelent azok számára, akik nagy fegyvereket használnak, mint például Naoko Kivégző vagy Genki Kivégző, de biztos vagyok benne, hogy mindenki könnyedén hozzászokik majd az adott szituációhoz.

Legtöbben egy bólintással jeleztük Sayari felé, hogy eddig minden érthető volt.

– Ha ez eddig érthető volt, megosztanám a tervet – folytatta. – Az épület a földszinten kívül egy emelettel, s valószínűleg egy alagsorral rendelkezik. Amint az erődbe belépünk, két négyfős csapatra fogunk oszlani. Az első csapat az én vezetésemmel a földszintet fogja kipucolni, a második pedig Naoko vezetésével az emeletet. Mikor meggyőződtünk róla, hogy az épület tiszta, gyülekezünk a földszinten, azután pedig együtt átkutatjuk az alagsort. Érthető?

Maga a terv érthető volt, de volt valami, amit furcsállottam az egészben, s körbetekintve nem én voltam az egyetlen. Mielőtt elkezdődhetett volna a sugdolózás, Genki felnyújtotta a kezét.

– Ne haragudjon, hogy megzavarom a beszédét, Kivégző, de a létszámot... nem lehetséges, hogy elszámolta? Még Yuriko Kivégzőt leszámítva is kilencen vagyunk, ha jól látom... Hacsak magát nem számolja közénk, ez esetben viszont elnézést kérek.

– Nem, ez... így igaz. Kilencen vagyunk összesen, de...

Sayari nem fejezte be a mondatot, szemei pedig, már nem felénk néztek, helyette a földet elemezték.

– Mint csapatvezető, saját döntésem alapján...

*...**Hiroto Kivégző nem fog velünk tartani.***

Rosszul hallottam volna? Az imént azt mondta... hogy én nem fogok részt venni a küldetésen? Sayari... azt akarja, hogy ne menjek velük?

A lány még csak az irányomba sem nézett. Sem akkor, mikor kimondta döntését, sem most.

– Várjunk egy pillanatot! Erre mégis mi a magyaráz... – szólt Naoko Sayari felé, de vállára tettem kezemet, hogy jelezzem, felesleges kérdőre vonnia.

A döntés megszületett. Nem volt mit tenni. Mikor felnéztem csapatvezetőnkre, pillantásunk találkozott, de ő egyből megszakította a kontaktust. Tekintete mintha szomorúságot tükrözött volna. Nem értettem, miért hozta ezt a döntést, úgy, mint ahogy azt sem értettem, hogy miért nem jött el hozzánk, miután beszélt a Fő Védelmezővel. Talán valami akkor történhetett, ami miatt furcsán viselkedik?

Többé már nem agyaltam a küldetésen, helyette más foglalta le elmémet...

...Mi járhat Sayari fejében?

Mélységes bűntudatot éreztem, miután kimondtam a meghatározó szavakat... de így lesz a legjobb. Bárcsak elmondhatnám, Hiroto... érted, s a te biztonságodért hoztam meg ezt a döntést.

A fiú egy ideig kereste a tekintetem, hogy valamiféle magyarázatot kapjon erre az egészre, de egyszerűen nem tudtam rávenni magam, hogy a szemébe nézzek ezek után.

Hiroto, mivel úgy látta, többé nincs értelme maradnia, sarkon fordult, s elindult a palota felé. A Kivégzők engem néztek, én pedig a távolodó fiút. Egészen addig, míg az ajtó be nem csukódott mögötte, csend volt, majd mikor eltűnt a látókörömből, kiengedtem egy mély sóhajt magamból.

Sajnálom, Hiroto.

Most, hogy túlestem ezen, újra fel kell vennem a csapatvezetői maszkomat, s keménynek mutatnom magam. Nem engedhettem, hogy a Hirotóval történtek elvonják a figyelmem a küldetésről... elvégre ez a legfontosabb feladat, amit valaha rám bíztak.

– *Van valami kérdésetek?* – szakította meg a csendet a Fő Védelmező, észrevételezve, hogy túlságosan elmerültem a gondolataimban.

– *Mennyi időnk van felkészülni?* – tette fel a kérdést Fujiko.

A választ tőlem várták az előttem álló Kivégzők. Én voltam az akció vezetője.

– *Két óra* – mondtam ki röviden, kegyetlenül.

– *Két óra?!* – tört ki az egyik lányból. – *Az még arra is aligha elég, hogy elköszönjünk a szeretteinktől!*

Sokkos, meglepett tekintetekkel találkoztam, bármerre is néztem. Érthető volt, hogy nem voltak megelégedve azzal, hogy két óra múlva elhagyjuk a várost.

– *Ez nem az én...*

Nem én döntöttem így. Ezt akartam mondani... de a személy, kinek az ötlete volt a szoros határidő, a szavaimba vágott.

– *Ha minden érthető volt, oszoljatok. Itt nincs helye vitának. A csapatvezetőtök kiadta a parancsot, ajánlom, hogy aszerint cselekedjetek! Két óra múlva gyülekező az északi kapunál!* – kiáltott a tömegre a férfi.

A Kivégzők pillanatok alatt szétszóródtak a szélrózsa különböző irányaiba. Naoko volt az egyetlen, ki kicsivel tovább maradt a többieknél... de miután rázott egyet fején, hogy kifejezze egyet nem értését, ő is távozott a palota irányába.

– *Nem gondoltam volna, hogy Hiroto Kivégzőt elküldöd. Kegyetlenebb vagy, mint gondoltam* – szólított meg kuncogva a Fő Védelmező.

– *Ha nincs semmi érdemi, amit mondani szeretne, távoznék. Már attól is rosszul vagyok, ha a közelében kell lennem.*

– *Honnan a hirtelen magázódás, Sayari?*

– *Nem rémlik, hogy jóban lennénk* – mondtam ki a végszót, s magára hagytam a férfit.

Belépve a Citadellába egyből szembetalálkoztam egy számomra kedves személlyel, ki nyújtott egy kis megnyugvást a lezajlottak után.

– Hallottad az egészet, nem igaz? – tettem fel a kérdést.

– Igen. Hiroto Kivégző nem tűnt túl boldognak, mikor belépett. Észre sem vette, hogy itt ülök – mondta Elise.

Válaszként csak sóhajtani tudtam.

– Meghívhatlak egy teára?

– Köszönöm, elfogadom – felelte örömtelin a lány.

Felérve a szobámhoz egyből nekifogtam a teafőzésnek, míg Elise helyet foglalt a kanapémon.

– Mondd... szerinted helyes döntést hoztam?

– Attól függ... te mit gondolsz? – kérdezett vissza.

– Fogalmam sincs. Mikor kimondtam, jó ötletnek tűnt, de szinte egyből utána megbántam. Te mit tettél volna a helyemben?

– Elég bonyolult helyzetbe kerültél, így nehéz válaszolni. Ha lenne egy fiú, akit szeretnék magaménak tudni, de valami okból az lehetetlenné válna, én is biztosan próbálnám elkerülni őt.

– „Magaménak tudni"? Elise, mégis miféle megfogalmazás ez?

Elise válaszképp csak megvonta a vállát egy mosollyal az arcán.

– Megmondom őszintén, nem tudnálak elképzelni egy kapcsolatban... legyen az bármilyen nemű is...

– Furcsa lenne, az biztos. Tudod... sosem volt mellettem senki. Mikor már úgy tűnt, végre érhet egy kis boldogság... a Fő Védelmező elvette annak az esélyét tőlem.

– Mi lehetett erre az oka? Úgy értem... hihetetlenül hangzik, hogy csak úgy megtiltotta, hogy találkozz Hirotóval.

– Talán ki akar sajátítani. Képes volt a szemembe mondani, hogy én csak egy eszköz vagyok...

– Lehetséges, hogy... az egészet azért csinálja, mert ő maga is érzelmeket táplál irántad titokban? – tette fel a kérdést Elise olyan hangnemben, mintha a világ legnagyobb rejtélyét fejtette volna meg.

– Fúj, dehogy! Ne légy undorító! Gyerekkorom óta ismer. Elég beteges lenne.

– Nem zárhatjuk ki...

– De, kizárhatjuk! Zárjuk ki, mielőtt felfordul a gyomrom!

Elise nevetésben tört ki, nemsokára pedig én is. Jólesett egy kis hangulatváltozás. Örültem, hogy Elise mellettem van. Őszintén.

Kacajunkat a teafőző sípolása szakította meg. Két csészét levettem a forró italnak, majd tálcára tettem azokat két filter kíséretében, s leültem a lány mellé. Elise törökülésben volt elhelyezkedve a kanapén, így tökéletes rálátást kaptam zoknijára, melyet csak egyik lábán viselt a gipsz miatt. Fogalmam sincs, hogyan kerülte el a figyelmem eddig, hisz' rikítóbb színű volt, mint bármi, ami a szobában volt. Elmosolyodtam.

– Viccesnek találod?

– Nem, dehogy... csak eszembe juttatott valamit.

Elise pink zoknit hordott magán. Felidézte bennem az alkalmat, mikor Hirotónak átadtam a Kivégzőszerelését. *„Elég komikus lett volna, ha a fekete szerelésed egy pink zoknit rejtett volna."* Akkoriban még nem ismertem őt eléggé, de már akkor is megbíztam benne... eléggé ahhoz, hogy kiharcoljam, hogy a csapattársam lehessen. Hiányoznak azok az egyszerű, kellemes idők.

– Most is rá gondolsz, nem igaz?

– Jól ismersz – feleltem mosolyogva.

– Furcsa így beszélgetni veled. Mindig olyan... távolságtartó voltál. Eltaszítottál mindenkit magadtól, aki a közeledbe akart férkőzni. Most viszont te voltál az, aki idehívott engem. Sokat változtál, Sayari.

– Tudom... ezt már hallottam. Talán Hiroto jó hatással volt rám.

– Szükséged van rá, Sayari. Komolyan ilyen könnyedén el akarod engedni?

– Jelenleg nem látok más lehetőséget. Ha bajba kerülne miattam, azt nem bocsájtanám meg magamnak. Így is... annyi borzalmas dolog történt már vele miattam.

– Ne hibáztasd magad. Egyikünknek sem könnyű. Míg élünk, mindig borzalmas dolgok fognak érni minket.

Ennél igazabb dolgot már rég hallottam. De vajon Hirotónak szüksége van arra, hogy még én is nehezítsem az életét?

– Nézd... engem is biztosan boldoggá tenne, ha valaki ennyire törődne velem, mint Hiroto törődik veled.

– Nem tudnálak elképzelni egy kapcsolatban – éltem Elise szavaival.

– Furcsa lenne, az biztos – felelte egy mosollyal az arcán.

– Talán... ha vége ennek az egésznek, megpróbálok tenni valamit, hogy újra közel kerülhessek Hirotóhoz.

– Ez a beszéd! De... jobb lenne, ha elkezdenél készülni, Sayari. Nem sok idő van már hátra.

– Igaz. Köszönöm, hogy beszélgettél velem, Elise. Sokat segített.

– Ugyan. Számíthatsz rám.

Elise magához húzta bakancsát, majd megköszönte a teát s távozott, egyedül hagyva engem.

Egy gyors zuhanyzást követően készítettem pár szendvicset, melyeket belesüllyesztettem oldaltáskámba, majd felöltöztem, s kiléptem a szobámból. A folyosók üresek voltak. Már biztosan csak én hiányzom a csapatból. Miközben a kapu felé tartottam, agyamat Hiroto foglalta le, s a témák, melyekről Elise-zel beszéltünk, egészen addig, míg meg nem érkeztem. Ahogy arra számítottam, a kapunál hét Kivégző várt engem.

– Ha már ilyen szoros határidőt szabtál meg, lehetett volna annyi benned, hogy te érkezel meg elsőként – dobta felém e szavakat Naoko.

– Elnézést. Indulhatunk?

– Mi készen állunk – válaszolt kérdésemre az egyik Kivégző.

– Induljunk.

Csapatunk, velem az élen, megindult a cél felé. A cél pedig nem más volt, mint a Véres Lovag likvidálása. Erre készültem egész életemben. Ezért edzettem. A városban történt összecsapásunk teljes kudarc volt, de most nem vagyok egyedül... s a legfontosabb: most velem van a kardom.

Pár méter megtétele után megálltam, s visszatekintettem a városra. Az épületek a gigászi faltól már nem látszódtak, leszámítva a Citadellát. Miközben végignéztem a falon, egy sötét alakra lettem figyelmes annak tetején, ki a távozásunkat figyelte. Fekete köpenyét s haját a nyári szellő lobogtatta, amint szomorkás tekintettel állt egymagában.

Sajnálom, hogy magadra hagylak. Sajnálom, hogy elkerüllek. Sajnálom, hogy fájdalmat okozok neked... de miután végzek a

Lovaggal, s végre bosszút állok, nem marad semmim majd rajtad kívül. Kérlek, ne hidd azt, hogy nem találkozunk majd többet, hisz' sikerrel fogok járni. Higgy bennem, egyetlenem...

...**vissza fogok jönni érted.**

Önzés

Felismerem ezt a helyet, mégis idegenként érzem itt magam. Bolyongok, mintha csak egy labirintusban lennék, pedig ezerszer jártam már ezeken az utcákon. Keresek valamit... vagy inkább valakit. Egy fontos személyt. Az egyetlent, akiben megbízhatok. Miért érzem magam veszélyben ezen a helyen? Hisz'... ez a szülővárosom.

Érzem, mindenki engem néz. Figyelik minden lépésemet.

Nem látnak engem itt szívesen?

Bűnöző lennék?

Valójában már nem érdekelnek ezek a dolgok. Csak az érdekel, hogy megtaláljam őt.

Hol vagy...

–... *Sayari?* – szólítottam.

Ismét egy álom, mely leírhatatlanul valóságosnak tűnt. Hozzászoktam. Nem zaklatnak fel többé a rémálmok. Nem keresek rájuk magyarázatot. Felesleges lenne. Mindenki küzd rémálmokkal, nem igaz?

Tudom, amint lehunyom a szemeim, ez fog történni.

Dörgölni kezdtem szemeimet annak reményében, hogy a maradék álmosságot kitörölhetem belőlük, majd feltápászkodtam, hogy megmossam az arcom. A tükörbe nézve szokásos kócos énem tekintett vissza rám. Csend volt. Mondhatnám, hogy azért, mert az éjszaka közepén jártunk, de ennek oka inkább az volt, hogy a város még üresebb volt a szokásosnál.

Lassan visszalépdeltem a nappaliba, s az üres szoba közepén megálltam, majd balra tekintettem.

A beszűrődő hold fénye szinte teljesen bevilágította a helyiséget. Mennyi lehet az idő? Mennyit alhattam?

Emlékszem, nem sokkal azután, hogy Sayari kimondta a végítéletet, miszerint nem tarthatok velük, ide siettem, s letettem a fejemet. Legalább annyi lehetett volna bennem, hogy elköszönök tőlük... de túlságosan le voltam törve ahhoz, hogy tisztán gondolkozzam.

Már biztosan megérkeztek a céljukhoz... bárhol is van az. Egy mély sóhajt engedtem ki magamból tehetetlenségemben. Visszatértem a gyökereimhez. Hiába vagyok Kivégző és hiába van új felszerelésem, így sem tudok semmit tenni azokért, akik fontosak számomra. Csak ennyire vagyok képes? Sóhajtozásra és bánkódásra?

Az idő teltével csak nőtt a bennem lévő űr. A falióra kattogása egyre csak hangosabb s hangosabb lett... míg én az éjszaka közepén, az ágy szélén ülve arra vártam, hogy történjen valami.

Mikor keresni kezdtem valamit, hogy lefoglalhassam magam, anélkül, hogy kutakodni kezdenék Naoko cuccai között, felfigyeltem egy levélre, mely azután kerülhetett az éjjeliszekrényre, miután elaludtam. A fehér borítékot a kezembe véve elemezni kezdtem azt. A tárgy egyértelműen nekem lett hátrahagyva, utalt erre az elejére írt név: Hiroto.

Naoko hagyhatta hátra. Búcsúüzenet lenne? Más lehetséges oka egy nekem címzett üzenetnek nem lehet.

„Hiroto, kérlek, ne búslakodj amiatt, hogy nem jöhettél velünk. Természetesen utálom Sayarit, amiért így döntött, de nincs mit tenni. Ha nem térnék vissza, tedd magadévá a szobámat, s élj boldogan. Légy szokásos, tehetetlen önmagad, s ne tégy semmit a barátaidért, s maradj továbbra is depressziós.

Üdvözlettel, Naoko.”

Valami ilyesmit tudok elképzelni a levél tartalmának... leszámítva az utolsó részt.

Visszadőltem az ágyba, a borítékot kezemben szorongatva. El akarom olvasni? Lehet, hogy csak rontana az állapotomon.

...

– *Komolyan a saját érzelmi helyzetemen aggódom, míg a többi Kivégző élete legnehezebb feladatával néz szembe?* – pattantam fel.

A borítékot maximális óvatossággal bontottam ki, nehogy tartalma megsérüljön. Eleinte csak egy üres fehér lapnak tűnt, de mikor megfordítottam, egy látvány tárult elém, mely azt bizonyította, hogy tévedésben voltam...

– *Ez meg...?*

Naoko nem egy búcsúlevelet hagyott hátra nekem.

Az ég tisztasága teljes rálátást nyújtott nekünk a csillagokra. Gyönyörű látvány volt. Eddig sosem figyeltem az eget. Nem szeretek leragadni kicsinyes dolgoknál, pont ezért sosem értettem, hogy a párok hogyan képesek órákat bámészkodni az ég felé. A mai napon viszont ez megváltozott.

– *Láttál már hullócsillagot?* – kérdezte a lány, megtörve a csendet.

– *Sosem.*

Így ültünk a Citadella melletti parkban egy padon. Az eget figyelve, csendben. Néha egyikőnk-másikunk megszólalt, de nem mondtunk egymásnak semmi jelentőset. Csak élveztük a látványt s a nyugalmat.

– *Én egyszer, kiskoromban láttam egyet.*

– *Oh? Mit kívántál?*

Elise gyengéd kuncogásba kezdett.

– *Már régen volt, szóval nem árthat, ha megosztom veled* – kezdett bele a lány. – *Nekem... az volt minden vágyam, hogy találkozzak a tökéletes fiúval. Legalábbis akkoriban. Szerettem volna egy lelki társat magamnak, aki mellettem van jóban, rosszban. Szóval ezt kívántam... hogy találkozzak az igazival.*

Nem gondoltam volna, hogy Elise ennyire őszinte választ ad. Boldog voltam, hogy ilyen könnyen megnyílt felém, habár az első találkozásunkkor sem mondanám, hogy zárkózott volt.

– *Te mit kívántál volna, ha láttál volna egy hullócsillagot?*

– *Nos... talán azt, hogy egyszer majd Védelmezővé válhassak. Tudom, elég unalmasnak hangzik a te kívánságod után...*

– *Nem, egyáltalán nem. Sokunknak ez volt a vágyálma akkoriban* – mosolygott rám Elise.

„Akkoriban". Biztosan az árvaházban töltött éveinkre céloz. Akkoriban mind csak kisgyerekek voltunk, nagy álmokkal. Nem voltak problémáink, nem volt felelősségérzetünk. Nem tudtuk, milyen veszélyek leselkednek ránk a nagyvilágban. Sok kortársam vágya beteljesült, s Kivégzővé, Védelmezővé, esetlegesen felfedezővé vált... ezután viszont mindannyian szembe kellett, hogy nézzünk a valósággal. Mondanom sem kell, nem sokan maradtak életben az álmodozók közül.

– *Elkomolyodtál. Váltsunk témát?*

– *Oh, ne haragudj... csak elgondolkoztam* – feleltem az aggódó lánynak.

Ezután újra szótlanná váltunk, s folytattuk az ég fürkészését... míg Elise meg nem szólalt újra.

– *Olyan, mintha... egymásnak kívántunk volna. Nem igaz?*

– *Hm? Mire gondolsz?*

– *Hát... te Védelmező akartál lenni, de helyette én lettem az. Én találkozni akartam a tökéletes fiúval, de most itt vagy, s lehetőséged nyílt beszélgetni a tökéletes lánnyal.*

Hirtelen Elise felé kaptam a fejem a furcsa megállapítására reagálva. Amit mondott, ugyan furcsa volt... de igaz.

– *Ne vágj már ilyen arcot, csak vicceltem!* – tört ki nevetésben a lány.

– *Pedig elég jól megfogalmaztad a helyzetet.*

Elise elmosolyodott. Ezzel a mosollyal... szinte ölni lehetne. Közelebb akarok kerülni hozzá. Mindennap látni akarom ezt a gyönyörű mosolyt.

– *Köszönöm, hogy velem töltöd az időd, Satoru.*

– *Ugyan. Nem érzem úgy, mintha szívességet tennék, hisz' jól érzem magam a társaságodban.*

– *Elnézést akartam kérni, amiért feltartalak az éjszaka közepén, de akkor...*

– *Felesleges* – fejeztem be mondatát, mosolyogva. – *Amúgy is edzettem, szóval nem mintha felébresztettél volna. Örülök, hogy egymásba botlottunk.*

A lány nem válaszolt. Csak maga elé nézett, mintha mély gondolkodásba merült volna. Talán valami rosszat mondtam?

– *Mondd... ha lenne rá lehetőség, töltenél velem több időt?* – tette fel a váratlan kérdést Elise kipirult arccal, elkerülve a szemkontaktust.

– *É-én... igen... mindenképpen szeretnék több időt tölteni veled* – mondtam ki válaszomat őszintén.

– *Amikor kis híján lezuhantam a lépcsőről és elkaptál... mikor először megláttalak... reménykedtem benne, hogy lesz lehetőségem veled többet beszélgetni.*

– *Én is ebben reménykedtem.*

– *És most itt vagyunk, nemde?* – fordult felém egy mosollyal az arcán Elise.

Ismét teltek a percek a csendes éjszakában. Egy árva lélek sem volt kint az utcán rajtunk kívül. Senki nem zavart meg minket álmodozásunkban.

– *Mondd, Elise... Nem aggódsz a Kivégzők miatt?*

– *Tudom, úgy tűnik, mintha eszembe sem jutnának... pedig amíg nem találkoztunk, teljesen lefoglalta a gondolataimat az aggodalom.*

– *Szerinted... sikerrel járnak majd?*

– *Bízom bennük. Meg tudják csinálni. Kérdés, hogy mikor térnek majd vissza.*

– *Ha sikerül nekik... akkor csak az a lényeg, hogy épségben viszszatérjenek, nem igaz?*

– *Nos, igen... az a legfontosabb, hogy visszatérjenek egyáltalán... de reménykedem benne, hogy lesz még lehetőségem gratulálni Sayarinak.*

Először nem esett le, miért beszél így Elise... de rövid idő után eszembe jutott az, amit első találkozásunkkor mondott.

– *Mikor...?*

Ennyit tudtam kinyögni.

– *Két nap múlva. Mivel a Kivégzők nincsenek jelen, így maga a Fő Védelmező fog kivégezni. Azt mondta... mivel mindig is hűséges voltam hozzá, megérdemlem, hogy az ő fegyvere vegye el az életem.*

Elise arcán könnyek kezdtek lefelé csorogni.

– *De ez... ez nevetséges!*

– *Ugye? Boldognak kéne lennem, mégis sírok itt, mint egy kislány.*

– *Boldognak? De hisz a Fő Védelmező döntött úgy, hogy kivégeztet! Miért kellene boldognak lenned azért, mert ő végez majd ki?!*

– *Nyugodj meg... már elfogadtam. Nem vagyok képes ellátni a feladataimat, így nincs többé szükség rám.*

Ugyanezt mondta legutóbb is. Én... ezt nem hagyhatom ennyiben. Nem vehetik el az életét csak azért, mert megsérült harc közben!

– *Én... reggel beszélek a Fő Védelmezővel.*

– *Miért tennéd?*

– *Meg kell próbálnom megakadályozni ezt az őrületet!*

– *Ez... rendes tőled, se sajnos már eldöntetett. Elhiheted, én is örültem volna, ha jobban megismerhettük volna egymást, de...*

– *Most... nem erről van szó, Elise. Mindig is kitartottál a szabályok és a Fő Védelmező mellett. Teljesítetted a kiosztott parancsokat... csak azért, hogy mind úgy érjen véget, hogy a sérülésed miatt elveszik az életedet?!*

– *Tudod... vannak pillanatok, mikor én is megkérdőjelezem a szabályokat vagy a meghozott döntéseket... de tehetetlenek vagyunk a Fő Védelmezővel szemben. Ha ő meghoz egy döntést, akkor annak úgy kell történnie. Nincs kivétel.*

Elise ezután sóhajtott egyet.

– *A hangulat túl komolyra változott. Szerintem... legjobb lesz, ha hazamegyünk.*

Eleget téve kérésének feltápászkodtunk a padról, s megindultunk Elise háza felé.

Az épület nem volt túl messze a Citadellától, így a lánynak szerencsére nem kellett túlságosan megerőltetni magát a sérülése miatt. Az ajtó előtt állva egymás szemébe néztünk, várva, hogy a másik megszólaljon... de ez csak percek elteltével történt meg.

– *É-én köszönöm, hogy velem voltál, Satoru.*

– *Remélem, lesz még lehetőségünk ezt megismételni* – feleltem egy reménykedő mosollyal.

Elise nem válaszolt, helyette közel hajolt, s adott egy csókot arcomra.

– *Jó éjt* – mondta, majd becsukta maga mögött az ajtót.

– *Neked... is* – kívántam viszont kissé megkésve.

Nem sokat álldogáltam Elise háza előtt, nehogy egy lehetséges éjszakai bámészkodó azt higgye, rossz szándékaim vannak.

Lassú sétám alatt sokféle gondolat foglalta le a fejemet, mind az Elise-zel lezajló beszélgetésünket visszahívva. Már majdnem elhagytam a főteret, mikor... lépésekre lettem figyelmes magam mögött. Hátrakaptam fejemet. Egy sötét, gyorsan mozgó alakot vettem észre, mely a Citadellát hagyta el éppen. Mégis milyen okból futkározna valaki a palota felől az éjszaka közepén?! Talán... behatoló lenne?

A város ostroma alatt a támadóknak nem volt lehetősége túl mélyen behatolni a Citadellába... lehetséges, hogy egy ellenséges felfedező szökésének vagyok most szemtanúja?

Más magyarázatot nem találtam. Azonnal követni kezdtem a rejtélyes alakot.

Elképesztően gyors!

– *Aurafeloldás* – mondtam ki halkan, hisz' az éjszakában nincs helye a kiáltozásnak még egy ilyen helyzetben sem.

Nem kellett túl sok energiát felhasználnom, hisz' csak azért oldottam fel az aurámat, hogy utolérjem ellenfelemet.

Az alak hátrapillantgatott, észrevételezve, hogy valaki követi, de tempóján nem lassított. Talán nem akarta felfedni a kilétét. Nem tudtam, miféle behatolóval állok szemben, de még feloldott aurával is alig ttam utolérni.

Mielőtt az alak elérhette volna az északi kaput, melyet szökési útvonalának jelölt ki, a nyomába értem, s kérdés nélkül lendítettem egyet felé a kardommal, de ő, mintha csak hátsó szemével figyelte volna a mozdulatot, kihajolt előle, majd hirtelen megfordult, s kardja markolatát kezdte szorongatni.

Ekkor szemei kikerekedtek a meglepettségtől... de nem csak ő lepődött meg.

– *Satoru...?*

– *Hiroto?!*

A fiú kiengedett egy sóhajt magából megkönnyebbülésében, s felvett egy lazább pozitúrát.

– *Szerinted felébresztettünk valakit?*

Mi? Komolyan ez az első kérdésed?!

– *Nos... nem hiszem. De elmondanád nekem, miért szaladgálsz kint ilyen későn? A frászt hoztad rám; azt hittem, behatoló vagy!*

– *Oh, értem. Szóval mindenkinek a feje irányába kezded lendítgetni a kardod, akit nem ismersz fel?*

– *Nem... természetesen nem. Ne haragudj... de elárulnád, hogy hová tartasz?*

– *É-én...*

Hezitál. A válasza innentől irreleváns, hisz' tudom, hova indult. Ismerem.

– Úgy tudom, a Kivégzőknek útközben mondta el Sayari, hogy hová is tartanak pontosan. Mégis hogyan akarod megtalálni őket? Ráadásul... az éjszaka közepén.

– Pontosan tudom, hogy hová tartanak.

– Akkor... ki vele.

– Miért mondanám el?

– Nem bízol bennem?

– Itt... nem erről van szó. Nézd... nem akarom, hogy megtaláljanak, mielőtt elhagynám a várost, szóval... majd találkozunk, Satoru – mondta, majd hátat fordított.

Ez volt az utolsó csepp a pohárban.

– Komolyan azt gondolod, hogy te vagy a legnagyobb önfeláldozó, nem igaz?

– Tessék?

– Mindig csak mások érdekeit nézed, s azért kelsz fel reggelente, hogy segíts másoknak. Legalábbis ezt gondolod. Közben viszont nálad önzőbb embert nem ismerek a világon.

– Sértegetni próbálsz, mert azt gondolod, hogy azzal visszatarthatsz?

– Nem, dehogy. Ez a színtiszta igazság. Valóban ott próbálsz segíteni másoknak, ahol csak tudsz... de ezzel legtöbbször aggodalomra adsz okot másoknak... vagy esetlegesen veszélybe sodorsz vele embereket. Ez önzés.

– Legyen. Ha ez az ára annak, hogy biztonságban tudjam azokat, akik fontosak számomra, akkor hívj csak nyugodtan önzőnek.

– És mondd, kik azok a bizonyos személyek, akik fontosak számodra? Sayari Kivégző? Ennyi? Mert az alapján, ahogy mostanában viselkedsz, úgy látom, hogy elég rövid a listád.

Hiroto elmosolyodott, s a földet bámulta. Nem boldog mosoly volt. Arckifejezése mintha arra utalt volna, hogy rátapintottam a valóságra. Nem akartam sértegetni... de ezek a dolgok már egy ideje a fejemben keringtek.

– Nem vagyok valami jó barát, mi?

– Én... nem így értettem. De úgy érzem, mióta Kivégző lettél, két különböző úton járunk. Mintha teljesen más személy lennél.

– Igazad van. Ne haragudj. Ha visszajövök, baráthoz méltóan fogok viselkedni, ígérem – felelte egy gyengéd mosollyal.

Tudom, hogy ahová tartasz, ott szembenézel majd a legnagyobb veszéllyel, amivel életed során találkoztál. Tudom, nem szép dolog, hogy az utolsó beszélgetésünk, mielőtt elmész, kis híján veszekedés volt, s talán sosem látnálak ezután, ha hagynám, hogy egyedül indulj el. Tudom... az, hogy megszeged a szabályokat, nem helyes... de én is egyre jobban rá kell, hogy jöjjek: attól, hogy egy szabályt kiadott a Fő Védelmező, az még nem biztos, hogy morálisan helyes. Barátok vagyunk. A legjobbak. Bárhová is mész, melletted leszek. Pont, mint azon a napon, mikor hárman hoztunk egy rossz döntést, úgy ma is...

– *Veled megyek.*

– *Mi? Ez meg honnan jött?* – kérdezett vissza értetlenül.

– *Most mondtam, hogy önzőség hátrahagyni embereket, akik aggódnak érted. Nos, ha veled megyek, nincs okom az aggodalomra.*

Hiroto ismét sóhajtott egyet, de ezután elmosolyodott.

– *Azok után, hogy így kiosztottál, nem ellenkezhetek veled. Induljunk.*

Hirotót nem messze kaptam el az északi kaputól, így nem kellett nagy távot megtennünk, hogy elhagyjuk a várost. Kilépve az éjszaka közepén a város biztonságából, azonnal kirázott a hideg.

– *Minden oké?*

– *Persze... csak olyan érzés fogott el, mintha hatalmas bűnt követnék el.*

– *Köszöntelek a világomban* – felelte kuncogva barátom.

Elise. Még találkozunk.

Sajnos nem te vagy az egyetlen, aki miatt aggódnom kell.

Ha visszatérek, ráveszem a Fő Védelmezőt, hogy ne végezzen ki. Még ha ezzel saját magamat is sodrom bajba...

Ígérem.

– *Elmondanád egyébként, hogy hogyan találjuk meg a Lovag tartózkodási helyét?*

– *Nos...*

Hiroto kivett a zsebéből egy apróra összecsomagolt papírdarabot, majd széthajtotta, s felém tartotta. Egy rajz volt. Eleinte nem tudtam kinézni, mit ábrázol, de aztán minden tisztává vált... egy térképet.

– *Ezzel.*

– *Rendben. Siessünk* – mondtam, s egyből lépdelni kezdtem.

– *P-persze, én is sietni akarok, de mi ütött beléd hirtelen?*

– *Ha visszatértünk... lesz egy randim.*

Pár órája úton vagyunk már. Nem lehetünk messze a célunktól. Természetesen, mint az várható volt, Naoko már a kezdetektől az idegeimre ment, de sikerült nyugodtnak maradnom a többiek előtt... egészen addig, míg bele nem ütötte az orrát valamibe, ami nem tartozott rá.

– *Miért nem válaszolsz, Sayari? Jogomban áll tudni, hogy miért készíted ki érzelmileg a csapattársamat.*

– *Semmi közöd hozzá, hogy én mit miért csinálok* – feleltem kissé felemelve a hangomat.

– *Már hogyne lenne közöm hozzá? Nem dobhatod el azokat, akik törődnek veled, mint egy rongyot! Fel tudod fogni, mekkora fájdalmat okoztál neki?*

– *Nem volt más választásom.*

– *Nos... talán jobb is ez így. Legalább így nem áll fenn az esélye annak, hogy halálba küldöd őt.*

Természetesen Naoko úgy mondta ezt, hogy mindenki hallja. Fogalmam sincs, miért támad engem ilyen intenzíven, mióta elindultunk a városból... de pontosan tudom, hogy hogyan hallgattassam el.

– *Ne keverj össze magaddal. Talán azt szeretnéd, hogy elmondjam a csapattársaidnak, mi is történt valójában az utolsó küldetésünkön, amit egy csapatként hajtottunk végre?* – vágtam vissza.

– *Chh.*

Naoko csak ennyit tudott reagálni. Mondanom sem kell, az út hátralévő részében nem szóltunk egymáshoz.

– *Ez lenne az?* – kérdezte Genki, kire a térképet bíztam indulásunkkor.

– *Ja. Nagy valószínűséggel* – adtam választ.

Az erőd nem volt kószáló, fekete aurájú ellenfelekkel védve. Kívülről valóban elhagyatottnak tűnt.

Elkezdtük az épület megközelítését.

– *Kezdem azt hinni, hogy ez túl egyszerű...* – jegyezte meg Fujiko, ki leghátul haladt.

– *Bármi történjék, ne engedjétek le a védelmeteket.*

– *Naoko. Én vagyok a parancsnok* – fejeztem ki nemtetszésemet.

– *Akkor adj parancsot, ne csak sétálgass legelöl holt nyugodtan!*

– *Nem csak sétálgatok, idióta! Fókuszálok, hátha találok valami...* Rendelleneset. Ezt akartam mondani. De mielőtt kiejthettem volna a szót, lilás fényáradat vett körül minket.

– *Ez meg?!* – riadt meg Etsuya.

– *Csapda?!* – tört ki Naokóból, miközben lerántotta hátáról hatalmas fegyverét.

– *Várjatok!* – kiáltottam rájuk, mielőtt valami meggondolatlant tettek volna.

Közelebb lépve az egyik fényforráshoz tisztává vált, hogy a furcsa jelenséget különböző nagyságú lilás kristályok okozzák. Sosem láttam még ilyet ezelőtt. Mintha... a közeledésünktől aktiválódtak volna.

– *M-mik ezek, Naoko?* – tette fel a kérdést Etsuya.

– *Fogalmam sincs. Hagyjuk, hogy hű vezérünk adjon választ erre.*

– *Én sem tudom. Valamiféle kristályok, amik a földből emelkednek ki.*

– *Ezt mi is látjuk, zseni* – dobta felém a sértő megjegyzést Naoko.

Olyannyira meguntam az üres, bántó szavakat, hogy már magamra sem vettem őket.

– *Nem hinném, hogy bántani tudnak minket... de azért tartsátok meg tőlük a kellő távolságot.*

– *Értettük!* – szólalt fel csapatom egyszerre... természetesen Naokót leszámítva.

Az épület bejáratához érve két faajtó fogadott minket. Mielőtt beléptünk volna, megálltam, s hátrafordultam a többi Kivégző felé.

– *Mindenki tudja, mi a dolga?*

Kérdésemre válaszként hét bólintást kaptam.

– *Naoko, Etsuya, Fujiko, Genki. Amint beléptünk, vegyétek az irányt az emelet felé. A többiek velem maradnak.*

– *Most mondtuk, hogy tudjuk, csapatvezető* – szólt vissza Naoko a szemét forgatva.

– *Rendben. Induljunk* – tettem pontot a végére, s lassan benyitottam.

Még egy lépést sem tettünk meg, de két kristály, melyek az ajtó mellől törtek fel a padlózatból, máris világításba kezdtek.

– *Még több ilyen... cucc* – jegyezte meg Etsuya.

– *Így legalább nem kell vakoskodnunk. Ha a kristályok nem adnának fényt, koromsötét lenne* – szólalt fel Kenji, az egyik fiú, aki az én osztagomhoz tartozott.

Lassú lopakodásba kezdtünk a folyosó vége felé, hol úgy láttam, mintha az út többfelé ágazna. Ahogy haladtunk, a kristályok, melyekkel tele volt az erőd, sorban villantak fel, amint a közelükbe értünk. Minden a terv szerint haladt idáig... de az egyik pillanatban a folyosó végén lévő lilás kő fényleni kezdett. Jobb kezemet hirtelen a kardomra helyeztem, balomat pedig a csapat elé tettem, hogy jelezzem, álljanak meg.

Csend volt. Egyikünk sem mondott semmit. Úgy gondolom, mindnyájunknak eljutott a tudatáig, hogy ha a kristályok akkor aktiválódnak, mikor megközelítjük őket, az azt jelenti, hogy valaki van a folyosó végén.

Hátrapillantottam.

Mindenki tekintete komolyra váltott. Naoko tekert egyet kardjának markolatán, az pedig ettől kettéugrott. Mikor már kezében tartotta két kardját, egy bólintással jelezte, hogy készen áll.

– *Indulás* – adtam ki a parancsot, s teljes sebességgel megindultunk a fénylő kő irányába.

Mikor elértük a helyet, amit célba vettünk, egy kereszteződésben találtuk magunkat. Előttünk egy lépcső, mely lefelé vezetett, kétoldalt pedig kettő, melyek felfelé... ellenfelek viszont sehol.

– *Hol vannak?* – kérdezte Fujiko.

– *Talán... elmenekültek?* – mondta ki feltevését Genki.

Az egész csapat forgolódott, keresve ajtókat, réseket vagy bármit, ahol ellenfelek rejtőzhetnek... de nem találtunk semmi ehhez hasonlót.

Mikor már majdnem megnyugodtunk, egy csattanásra lettünk figyelmesek, mely Etsuya felől érkezett. A fiú kiejtette kezéből a kardját. Tekintete sokkos volt... a plafon felé nézett.

– *F-fölöttünk!* – kiáltotta el magát.

Mire felkaptuk fejünket, már késő volt. Fentről egy csapatnyi fekete aurájú alak kezdett zuhanni felénk.

– *Aurafeloldás!* – kiáltotta Naoko, a többiek pedig követték a példáját.

Párat a támadók közül sikeresen lekaszaboltunk még földet érés előtt, a maradéknak pedig azután döftük át a mellkasát. De az igazi horror csak ezután jött: az ellenfelek, kiknek halálos sérülést kellett volna szenvedniük, felkeltek.

– *Mi a...?!* – szólalt meg meglepetten Fujiko.

Halhatatlan ellenfelek. Ez volt az a pillanat, mikor azt gondoltam, már nem lehet rosszabb... de ekkor két oldalról, a lépcsőkről még több ellenség kezdett rohanni felénk.

– *Ebbe egyenesen belesétáltunk* – mondta ki gondolatait hangosan Naoko. – *Mi a parancs?*

Még ha a vágások és a döfések meg sem kottyannak nekik, akkor sem élhetik túl, ha leválasszuk a fejüket.

– *Sayari Kivégző?!* – kiáltott rám Genki.

– *A fejükre menjetek!* – adtam ki a parancsot.

Elkezdődött az ellentámadásunk. Parancsom helyénvalónak bizonyult, ugyanis az ellenfelek lefejezése sikeresen kivégezte őket.

Már csak egy óriási problémával kellett szembenéznünk: a létszámukkal. Akárhogy is kaszaboltuk őket, sosem akartak elfogyni. Ha egyet megöltünk, jött helyette két másik.

– *Sayari! Oldd már fel végre az aurádat, mit művelsz?!* – kiáltott rám Naoko, miközben két támadóval párbajozott.

– *Nem... tartogatnom kell az energiámat a Lovag elleni harcra!*

– *Ha így haladunk, nem jutunk el odáig! Vegyél erőt magadon és segíts!*

Naokónak igaza volt. Jó, ha feleannyi ellenféllel végeztem, mint ő... de tartogatnom kellett az erőmet. Ha itt elpazarolom, esélyem sem lesz a Lovag ellen.

Húsz perc telhetett el, mióta belekezdtünk a kaszabolásba. Mindenki a maximumot beleadta a küzdelembe. Az idő teltével látszani kezdett csapatomon, hogy fáradnak, de még így sem adták fel... ellenben velük, én tartottam magam a tervemhez, s nem oldottam fel az aurámat.

Negyven perc telt el a harc kezdete óta. A reflexeink lassulásba kezdtek. A küzdelem közben agyalni kezdtem, hogy mit kellene tennünk, amivel kimenthetjük magunkat ebből a helyzetből.

Talán az első óra is eltelt már. Két Kivégzőt elveszítettünk. Kenjinek a mellkasát szakította át az egyik démon, az egyik lánynak pedig, kinek a nevét sem volt időm megjegyezni, a torkát zúzták össze. Ez így nem mehet tovább.

Mi irányíthatja felénk ezeket a bestiákat? Mi járhat a fejükben, ami miatt ennyire a vérünket akarják venni?

Csak egy dolog volt, ami lehetséges magyarázatként szolgált: a Lovag irányítása alatt állnak.

Talán ha mindet megölnénk, együtt továbbindulhatnánk a Véres Lovag irányába, de vajon túlélnénk addig? Vajon... elfogynak valaha egyáltalán? Akárhogy is... én nem akarok választ kapni ezekre a kérdésekre. Lépnem kell. Meg kell hoznom egy kritikus döntést.

– Naoko! – kiáltottam a nevét.

– Mi van?

– Én... megölöm a Lovagot.

– Mi?! Ez meg honnan jött? Egyedül akarsz szembeszállni vele?!

– Nem látok más megoldást. Ezek a szörnyetegek egyszerűen nem akarnak elfogyni! A Lovag irányítja őket, szóval ha vele végeznénk, biztosan a csatlósai is feladnák!

– Nem hagyhatsz itt minket!

– Pedig muszáj lesz. Nincs más választásom.

– Valójában nem azért mész, mert meg akarsz menteni minket, igaz?! Igazából csak te akarsz lenni az, aki megöli a Lovagot!

– Én...

– Menj csak... önző idióta.

Ez volt az utolsó dolog, amit hozzám vágott. Talán szidott a hátam mögött, de azt már nem hallottam.

Csak lépcsőztem, s lépcsőztem. Nem néztem hátra.

Lehet, hogy igaza volt. Csak kifogást akartam találni magamnak tudat alatt arra, hogy megindulhassak a Lovag felé.

Önzőségből hagytam magukra őket. Én akartam az lenni, aki megöli a Lovagot. Ez az én utam. A bosszú útja. Ilyen ember vagyok... ilyenné váltam. Egy önző idiótává.

Sajnálom.

Egyetlen támadóval sem találkoztam az utam során. Megérkeztem az alagsorba.

Fejemet kapkodni kezdtem, hogy találjak valamiféle fényforrást, de semmit sem láttam. Teljes sötétség volt... mígnem egy csettintést hallottam a terem másik feléből, s erre több tucatnyi fáklya lobbant lángra a helyiség falain. Nem átlagos tűz égett a fém tölcsérekben. Jobban megfigyelve, mindben a nemrég látottakhoz hasonló kristályok voltak elhelyezve, s azok generáltak lilás lángokat. Miután kellőképp kielemeztem az engem körülvevő tárgyakat, észrevettem, hogy a távolban, a terem túloldalán, egy alak figyel engem.

Ő volt az.

A Véres Lovag.

– *Szóval végül rám találtál, kislány* – tárta szét karját önelégülten.

– *Kár volt ilyen mélyen rejtőzködnöd. Elvetted magadtól a menekülés legminimálisabb esélyét is.*

– *Oh? Szóval te komolyan azt hiszed, hogy végezni fogsz velem? Akármilyen nevetséges is az üres fenyegetőzésed, bevallom, minden tiszteletem a tiéd, amiért akkora önbizalmad van, hogy egyedül jöttél ide.*

– *A társaim lefoglalják a szolgálóidat. Nem tudod segítségül hívni őket. Nincs senki ebben a teremben, aki meg tudná akadályozni, hogy megöljelek.*

– *Az egyetlen, akit kis híján megöltél a legutóbbi találkozásunkkor, az a saját társad volt, Sayari.*

– *Ne szólíts a nevemen!*

– *Oh, elnézést. Nem tudtam, hogy ennyire utálod a nevet, melyet apád hagyott rád.*

Higgadtnak kell maradnom. Nem engedhetem meg magamnak, hogy elveszítsem a fejemet, mint legutóbb.

– *Elég a szövegelésből. Nem azért jöttem, hogy beszélgessünk.*

– *Azt gondoltam, kérdésekkel fogsz majd bombázni, most, hogy kettesben vagyunk... de úgy néz ki, tévedtem veled kapcsolatban.*

Téged nem érdekel az, hogy miért támadtam meg a kis falutokat ti-
zenöt éve, sem az, hogy mi történt a bátyáddal. Téged csak az érdekel,
kislány, hogy elvehesd az életem. Tévedek?

– Igen. Tévedsz. Választ akarok kapni a kérdéseimre, de nem tő-
led. Nem attól a személytől, aki tönkretette az életem.

– Akkor hát, ne pazaroljuk tovább az időnket. Talán, miközben
pengéink találkoznak, mesélek neked az igazságról.

– Nem vagyok kíváncsi a ferde igazságodra. Aurafeloldás!

Az erő, melyet erre a pillanatra tartogattam, belekezdett tes-
tem beterítésébe. Mindent bele kellett adnom. Nem veszíthettem.

– Legyen hát. Aurafeloldás.

Szemeim kikerekedtek. Az erő, mely ellenfelemet körülvette,
koromfekete volt, s befedte szinte egész testét. Sosem láttam
még ilyen hatalmas aurát lángolni valaki körül.

– Oh, most jut eszembe. Még nem is mutattam meg neked az au-
rámat. Félelmetes, nemde?

– Ne hidd azt, hogy megriadok a látványodtól. Az aurád kinéze-
te csak azt igazolja, hogy mekkora szörnyeteg is vagy te valójában.

A férfi ennek hallatán kacagásba kezdett.

– Már most látom, hogy ez egy élvezetes összecsapás lesz. Kezd-
jünk hát bele...

... Sayari Kivégző.

Szent

Már órák óta, megállás nélkül veszünk részt egy olyan harcban, melynek vége nem tűnik közelinek. Van esélyünk a győzelemre? Egyáltalán... van esélyünk a túlélésre? A negatív gondolatok elöntötték elmémet. Megtehetném azt, amit már számtalanszor megtettem ezelőtt: elmenekülhetnék. Magam mögött hagyhatnám az ellenfeleket, s csapattársaimat a túlélés érdekében... de az már nem én vagyok. Nem fogok többé elfutni. Hirotóért... hajlandó vagyok megváltozni.

– *Naoko! Mennyi időre van még szükségetek?!* – kiáltott felém Fujiko.

A lány és Etsuya két oldalról tartotta vissza az ellenfeleket védekező technikával, míg Genki és én megpihentünk pár másodpercre. Ezt a taktikát használjuk már egy ideje. Két ember feltartja a támadókat, míg a másik kettő erőt gyűjt. Pár másodperc ugyan szóban kevésnek tűnhet, de harc közben meghatározó lehet.

– *Váltsunk!* – válaszoltam, majd felpattantam, s Fujiko felé kezdtem rohanni, míg Genki Etsuyával cserélt helyet.

Én nem tudok védekezőképességet használni, mint ahogy Genki sem, így míg Fujikoék csak feltartják őket, mi a cserét követően belekezdünk az aprításukba.

A fekete alakok, elképesztő erővel próbáltak visszatolni engem, de nem engedhettem meg, hogy átjussanak rajtam. Minden pontosan úgy ment, mint az elmúlt órában. Genkivel párat levágtunk, majd visszavonultunk, s helyet cseréltünk Fujikóékkal... egyszer azonban megtörtént, amitől tartottam. Még ha testünket túl is hajszoljuk, felszerelésünk nem bírhatja a végtelenségig... a pillanat pedig, mikor egyikünké feladja a harcot, elérkezett.

– *Nao...* – ordított fel Genki.

Nem volt ideje rá, hogy kimondja a nevemet. Mire hátrapillantottam, a fiú teljesen eltűnt a fekete alakok tömegében, mely áttörte védelmünket. Csak a padlón látható vérfoltok maradtak utána. A több tucatnyi szörnyeteg pillanatok alatt darabokra szedte.

Fujiko és Etsuya, kik erejük gyűjtésére koncentráltak, azonnal felkapták fejüket a ricsajra, s mikor észrevették, hogy a tömeg feléjük rohan, felpattantak és harcba kezdtek az ellenséggel. Talán csak egy fél másodpercre pillanthattam hátra, de ez elég volt ahhoz, hogy átrontsanak a védelmemen. Egyre több és több szivárgott át, s célozta be még életben maradt csapattársaimat, míg engem szinte teljesen figyelmen kívül hagytak. Egy karmolást éreztem arcomon, egy vágást az oldalamon, egy ütést a mellkasomon, mindezt egy tizedmásodperc leforgása alatt, de nem végeztek ki. Amennyit csak tudtam, levágtam a behatolni kívánók közül, de nem bírtam mindannyiukat feltartani. Talán a gyengébbek könnyebb prédának tűntek nekik, talán a többes létszámuk keltette fel figyelmüket... fogalmam sincs. Abban viszont biztos voltam, hogy nincs kapacitásom arra, hogy megvédjem őket. Ha elhagyom a bal oldali lépcsőt, mind bejutnak, s akkor ezen okból buknánk el, ha viszont itt maradok, végeznek a Fujikóékkal, ezután pedig engem fognak körbekeríteni. Nincs megoldás. Elbuktunk... pár másodperc alatt.

Először Etsuya hangját hallottam meg. Ő volt az első, aki felkiáltott. Talán megsebezték? Talán csak a sokk okán adta ki a hangot? Nem tudhattam. Nem pillanthattam felé. Így, hogy nem veszítem el a koncentrációm... talán nyerhetek pár másodpercet, mielőtt bekerítenek s lemészárolnak.

Már nem láttam szemernyi esélyét sem annak, hogy élve elhagyjuk ezt az erődöt. Nem maradt más, csak a remény. A remény, hogy valami történni fog, ami megváltoztatja majd a harc kimenetelét... ez pedig...

... csodálatos módon így lett.

A légkör nehezebbé vált. Éreztem, van itt valaki, kinek aurája legalább olyan hatalmas, mint az enyém.

Testem a hosszas erőbevételtől egyre könnyebbnek tűnt, kardom lendítése pedig egyre nehezebbnek. Kezdett elfogyni az energiám. Fejemben még végig sem tudtam vezetni, hogy mi fog történni, ha elveszítem az eszméletem harc közben, lábaim máris feladták a küzdelmet, én pedig lassan dőlni kezdtem a föld irányába. Látásom homályossá vált. Egy feketén lángoló penge közeledett arcom felé... ez volt az utolsó dolog, amit láttam, mielőtt minden elsötétült.

Meghaltam?

Nem. Életben vagyok. Hallom a harcot. A pengék hangját, miként átszakítják a húst. Érzem ugyanazt a súlyt a levegőben... és érzek egy érintést a hátamon s az arcomon. Gyengéd érintést. Nincs erőm kinyitni a szemeimet. Teljesen kifogytam az erőből.

– *Teljes védelem!* – kiáltotta egy ismerős hang egy hatalmas csattanást követően.

Nem tudtam hová tenni a fiú hangját... de biztosan hallottam már valahol. Ezután viszont...

– *Pihenj csak. Már itt vagyunk. Minden rendben lesz.*

Egy sokkal barátságosabb hang szólott közelről, melyet azonnal felismertem.

Minden erőmet beleadva sikerült résnyire kinyitnom a szemeimet, hogy megbizonyosodhassak a fiú kilétéről, ki az imént szólt hozzám. Mikor felfigyelt rá, hogy magamnál vagyok, arca komorról barátságossá s megkönnyebbültté vált. Tudtam, hogy eljössz. Tudtam, hogy megmented az életem még egyszer... akkor is, ha nem miattam jössz ide.

– *Hiroto...* – szólítottam meg a fiút, ki elkapott, mielőtt a földre zuhanhattam volna.

– *Minden rendben, Naoko. Itt vagyok* – mondta csapattársam egy megnyugtató mosollyal az arcán.

– *Az ellenség...*

– *Ne aggódj miattuk. Satoru képessége nem engedi be őket.*

Oh, igen. Satoru felfedező. Valószínűleg az ő auráját érezhettem az imént. Milyen hatalmas erővel bír, ahhoz képest, hogy csak egy felfedez...

A mondatot nem tudtam végigvezetni fejemben, ugyanis... éreztem, hogy testem elemelkedik a földtől.

– *H-Hiroto?*

– *N-ne értsd félre a szituációt. Csak odaviszlek a többiekhez... ott nagyobb biztonságban leszel, mint a Védelmezés zónájának a szélén.*

Ha esetleg Satoru nem bírná tovább fenntartani, nem szeretném,
hogy te legyél az első, akit megtámadnak.

Hiroto mindig is nagyon figyelmes fiú volt. Ezt már az első pillanattól éreztem rajta. Azt mondta, ne értsem félre, de tulajdonképpen, ha nem egy hatalmas harc közepén lennénk, még boldoggá is tenne, ha a karjaiban vinne.

Miért gondolok ilyenekre? Most biztosan elpirultam.

A fiú tekintetét keresve szembesültem vele, hogy kellemetlenül érzi magát, ugyanis rám sem nézett. Milyen ártatlan.

Amint megérkeztünk Fujikóékhoz, Hiroto gyengéden lerakott engem.

– *Tudok ülni, köszönöm* – szóltam Etsuyának, ki egyből nyújtotta felém a kezét, hogy megtartson.

Etsuya reakcióképp egy mosolyt erőltetett az arcára, majd hátat fordított nekem. Nem erőltette rám a segítségét, mint ahogy azt eddig tette. Túl feldúlt volt hozzá, hogy komolytalanul viselkedjen.

– *Megsérültél?* – tettem fel számára a kérdést, mikor visszaemlékeztem a felkiáltására.

– *Nem, én csak... megrémültem. Azt hittem, mind meghalunk. Elnézést, ha rád ijesztettem.*

– *Semmi gond, ez... előfordul. Sajnálom, hogy alkalmatlan vagyok arra, hogy megvédjelek titeket.*

– *Ne mondd ezt. Te is ember vagy. A te képességeid sem határtalanok.*

Etsuya meglepően felnőttes választ adott, ami meglepett. Nem illett a karakteréhez, melyet eddig felépítettem a fejemben róla.

Hiroto eközben Fujiko elé lépett, s leguggolt.

– *Fujiko... minden rendben?*

A lány szemei teljesen üresek voltak. Tekintete nem volt fókuszban. Mintha csak a semmibe nézett volna.

– *Genki... Genki meghalt. Mint ahogy mindenki más is rajtunk kívül.*

Hiroto feje az elbukott csapattársaink felé fordult. Arca csalódottá vált.

– *Sajnálom. Nem értünk ide időben.*

– *Még ha ide is értetek volna, sem tudtatok volna tenni semmit ellene. Nem az fogja megváltoztatni a harc kimenetelét, hogy kettővel többen vagyunk. Úgy beszélsz, mintha képes lennél elbánni egymagad az ellenségeinkkel. Te csak egy egycsillagos Kivégző vagy, a barátod pedig csak egy felfedező. Az, hogy idejöttetek, csak arra volt jó, hogy nyertek egy kis időt nekünk. Ti is meg fogtok halni. Mindannyian... meg fogunk halni.*

– Fujiko!

Fujiko szavai mélyre hatoltak... de akkor sem kellene így beszélnie Hirotóval azok után, hogy az életüket kockára téve jöttek segíteni nekünk.

– *Ne... hagyd, Naoko. Abban igaza van, hogy csak egy alacsony rangú Kivégző vagyok. Nem tudok semmi csodálatosat tenni, amivel megváltoztatnám a harc kimenetelét. De, ígérem... mindannyian haza fogtok menni innen. Nem hagyom, hogy több élet kárba vesszen, még ha a sajátommal kell is ezért fizetnem.*

Hiroto már most egy hős szerepét képviselte a szememben. Biztos vagyok benne, hogy a jövőben hatalmas erejű harcos fog válni belőle. Akármilyen bután is hangzik... felnézek rá. Ő minden, ami én sosem lehettem, s sosem leszek.

Megelégelve az ücsörgést, feltápászkodtam s Hiroto mellé léptem, ő pedig felemelkedett hozzám.

– *Fujiko...*

– *Ne aggódj miatta. Ha itt végzünk, meg fog nyugodni* – biztattam a fiút, ő pedig egy mosolyt küldött irányomba.

Ezután Satoru felé fordultam. Hiroto magas barátja hosszú kardját a földbe vésve, markolatát szorongatva térdepelt lehunyt szemekkel. Látszott rajta, hogy minden koncentrációját a képességbe fekteti, kizárva a külvilágot. Merem állítani, hogy nem is hallotta az imént lefolyt beszélgetést.

A technika kivitelezése, melyet használt, elképesztően sok energiát emészthet fel. Teljes auráját kardján keresztül a földbe, majd körénk emelve tartotta fenn, egy kupolát alkotva, mely az egész helyiséget körbeölelte. Még sosem láttam ilyen nagyságrendű védelmi képességet ezelőtt. Furcsa, hogy jelenleg egy felfedező kezében van az életünk, bár ez már bőven Védelmező szintű képesség.

– *Elképesztő, nem igaz?* – szólított meg Hiroto, megtörve a csendet.

– *Igen, az. Sosem láttam még ilyesfajta képességet... legalábbis ilyen méretben.*

– *Satoru ezzel a képességgel kísérletezett az elmúlt pár napban. Elmondása szerint a leghosszabb idő, míg fenn tudta tartani, körülbelül negyven perc volt... persze úgy, hogy nem zavarta semmi eközben. Most viszont folyamatosan támadják a burkot kívülről.*

– *Amíg fenntartja, van időnk összegyűjteni egy kis erőt. Csak ez számít. Minden másodpercért hálás vagyok, amit szereztek nekünk.*

– *Ez leginkább Satoru érdeme. Az, hogy itt vagyunk, az pedig a tiéd, Naoko.*

– *Tudtam, ha tehetnéd, utánunk jönnél, hogy... segíts Sayarinak.*

– *Ne mondd ezt. Nem csak miatta vagyok itt. Őszintén.*

Válaszként csak egy mosolyt tudtam nyújtani neki, de szerintem ez több volt, mint elég, hogy kifejezzem számára a gondolataimat.

Pár másodpercnyi csendet követően úgy gondoltam, kimondom, ami idáig a nyelvem hegyén volt.

– *Rá sem kérdeztél, hogy hol van Sayari* – jegyeztem meg.

– *Nem éreztem szükségesnek. Amint megérkeztünk és nem láttam köztetek, biztos voltam benne, hogy a Lovaggal harcol.*

– *Nem aggódsz miatta?*

– *Aggódom... persze. De eddig lefoglalta a gondolataimat, hogy biztonságban tudjalak titeket.*

Milyen önzetlen. Már megszokhattam volna ezt a gondolkodásmódot tőle, mégis mindig meglep, hogy Hiroto ilyen tiszta szívű.

– *A Lovag... szerintem ő irányítja ezeket az embereket. Sayari ezért ment előre, igaz?*

– *Elmondása szerint... igen.*

– *Nem bízol benne?*

– *Sosem bíztam, de ez most lényegtelen. Az elsődleges célunk a Lovag kiiktatása, ha ő irányítja ezeket a lényeket, ha nem.*

– *Mikor váltatok szét Sayarival?*

– *Körülbelül egy órája... már biztosan tart a harcuk.*

Hiroto sóhajtott egyet, majd felém fordult.

– *Én... lenne egy kérésem, Naoko.*

– Igen?

– Satoru nem tudja a végtelenségig fenntartani a képességét. Szeretném, ha segítenél neki. Az aurátok hasonló, így talán... egybe tudnátok vegyíteni... vagy ilyesmi.

– Tudom, mire gondolsz, és egyáltalán nem mondasz sületlenséget. Hallottam már effélét. Valóban hasonlít az auránk árnyalata, talán sikerülhet együttműködnünk.

– Én...

– Persze. Tudom, mit akarsz mondani. Ha a te és Sayari teóriája valós, akkor... a harc kimenetele kettőtökön áll majd. Kérlek, vigyázz magadra.

Hiroto egy bólintást követően futni kezdett az alagsor irányába. Csapattársam, azzal, hogy idejött s megindult a Lovag felé, sok ember életét vette a kezébe. Biztos vagyok benne, hogy ezzel tisztában van, és ehhez mérten fog cselekedni. Egyáltalán nem kételkedem benne. Ha valamit a fejébe vesz, akkor addig próbálkozik, míg az adott dolog nem sikerül neki. Ő egy ilyen ember... és pontosan ezért kedvelem őt... talán jobban is, mint az helyénvaló lenne.

Egy sóhajt engedtem ki magamból, hogy elűzzem az előző gondolataimat, a koncentráció sikerességének érdekében.

Nos...

Léptem párat a földbe szúrt pallos és Satoru irányába, majd letérdeltem.

Sosem csináltam ilyet ezelőtt. Sőt... nem sok embert hallottam eddig, hogy gyakorolt volna ilyesfajta technikát.

Fúziós képesség. Így nevezik, azt hiszem.

Vettem egy utolsó mély levegőt, majd megfogtam Satoru markolatra helyezett kezeit, ettől pedig a fiú kissé összerezzent.

– Oh... elnézést. Aurafeloldás – kezdtem bele csendesen.

Amint e szót kimondtam, az erő újra belekezdett testem átjárásába, én pedig belefókuszáltam azt mind egy szálig Satoru kardjába. Fogalmam sincs, meddig tudok a fiú segítségére lenni, ugyanis eléggé legyengültem a harc során... de minden tőlem telhetőt megteszek.

Lehunytam a szemeimet.

A többi már rajtatok áll...

... Hiroto.

***

Ez a harc... túl sokáig húzódik. Vajon Naokóék hogy bírják?

– *Úgy tartod, van időd gondolkozni?!* – förmedt rám a férfi. Hatalmas kardjával lendített egyet felém, de sikerült az utolsó pillanatban kihajolnom előle.

Kardlendítéseit csak egy hajszállal kerülöm el minden alkalommal. Szó szerint a penge élén táncoltam. Csak egy apró hiba, s végem. Nem bízhattam el magam. Nem hagyhattam, hogy eltaláljon.

A következő lépés az enyém volt, de mire kardom elérhette volna, ő visszarántotta sajátját maga elé, így kivédve a csapást. Pengéink ismét találkoztak.

– *Ne gondold, hogy könnyedén elveszítem a koncentrációmat* – vágtam vissza.

– *Nos, egyszer már megtörtént. Ha ilyen könnyedén elterelődik a figyelmed, az csak a saját gyengeségedet tükrözi.*

Valóban, egyszer már megszakadt a feloldásom, de az nem azért történt, mert elveszítettem a koncentráció, hanem mert egyik csapásával kis híján elválasztotta a fejemet a testemtől.

– *Megint elkalandoztál* – mondta, majd teljes erejével tolni kezdte kardomat.

Esélytelen, hogy visszatartsam. Fizikailag sokkal erősebb nálam.

A lendületet felhasználva, amit adott, elrugaszkodtam a földtől, s pár métert hátraugrottam.

– *Meneküléssel nem győzhetsz ellenem. Nézd. Egyszer sem sikerült megsértened a páncélomat* – tárta szét karjait nagyképűen.

– *Leszámítva a mély karmolásnyomokat a mellkasodon* – szóltam vissza.

A Lovag erre kuncogásba kezdett.

– *Nos, be kell vallanom, nem számítottam rá, hogy tudod használni apád képességét. Mint láthatod, elővigyázatosabb vagyok, mint legutóbb. Még az aurámat is feloldottam. Légy büszke.*

Még ha másképp nem is, biztos vagyok benne, hogy a Villám szabdalással képes vagyok felvágni a páncélját... pontosan ezért nem használtam eddig. A megfelelő pillanatban kell megtámadnom vele, hisz' sok energiát felemészt a képesség, és egy ideig biztosan nem fogom tudni használni utána.

– Most biztosan azon agyalsz, hogy hogyan kellene megközelítened engem, de, hogy lásd, milyen rendes vagyok... megspórolom neked az energiát! – kiáltotta, majd teljes sebességgel megindult felém.

Kardomat magam elé emelve vártam a beérkező támadásokat, melyek meg is kezdődtek, amint a közelembe ért.

Az első csapás fentről érkezett, azt pedig könnyedén eltereltem kardommal. A következővel a jobb oldalamra próbált lesújtani, de ezt is sikeresen kivédtem.

Támadásai egyre csak gyorsultak és egyre erőteljesebbek voltak. Volt csapása, melyet miután kivédtem, kis híján elvesztettem az egyensúlyomat. A Lovag kétségtelenül hatalmas erővel bír. Jelenleg nem tudok mást tenni, mint védekezni, hisz' egyáltalán nem látok lehetőséget az ellentámadásra.

A következő támadásával megpróbált átdöfni, ezt pedig egy hirtelen jobbra ugrással elkerültem... ám a következő csapás nem érkezett azonnal. Talán arra számított, hogy kivédem? Sikerült tennem valamit, amire nem számított?

Ez adott egy lehetőséget.

Míg jobb karját kinyújtva tartja mellettem, addig egy másodperc töredéke az én oldalamon van. Azonnali ellentámadásba kezdtem. Át fogom döfni a mellkasát.

Pengém éle egyre csak közeledett a Lovag felé. Nincs ideje félreugrani, vagy kivédeni a kardjával. El fogom találni. Most. Most kell használnom!

Még ki sem mondtam képességem nevét, aurám máris áramlani kezdett kardom irányába. Apró szikrák már láthatók voltak pengém felületén, közben pedig éreztem, kardom egyre könnyebbé válik, így gyorsítani tudtam a támadás sebességén.

– Villám... – kezdtem bele, de...

Egy váratlan mozdulattal elkapta kardomat. Bal karját a támadás elé helyezve, könyökhajlatával olyan erővel szorítani kezdte pengémet, hogy mozdítani sem tudtam. Ha ez egy átlagos kard lenne, már biztosan összeroppant volna.

Elveszítettem az előnyömet. Ha most akarna, könnyedén megölhetne, míg én a kardomat próbálom kihúzni csapdájából, de nem tette... helyette pallosának markolatával egy nagy erejű csapást mért arcomra, mely hátrarepített pár métert.

Földet érés után nem volt erőm egyből felpattanni; pár másodpercig csak feküdtem és ízlelgettem a vért, mellyel megtelt a szám. Ismét lett volna lehetősége megölni, de nem tette. Játszadozik velem.

Kis idő eltelte után a kardom landolt mellettem.

– Ha nem kelsz fel, azt fogom hinni, hogy feladtad. Én pedig nem olyan lánynak nézlek, aki ilyen könnyen feladja, Sayari Kivégző. Talpra.

Mintha hallgattam volna parancsára, felkeltem, s megragadtam kardomat.

Szédülök.

Nem húzhatom tovább ezt a harcot... a testem nem bírná ezt a strapát örökké.

A Lovag lassan sétálni kezdett felém, karját vizsgálva.

– Ez elég mély. Remélem, megérted, hogy ezután nem hagyhatlak futni.

Csak most eszméltem rá... sikerült megvágnom. Felvágott páncélja alól, csörgedezni kezdett a vér, mely... nem olyan színű volt, mint amilyenre számítottam.

– Te meg... mégis mi vagy te?! – tört ki belőlem.

– Meglep? Azt hittem, már régen rájöttél, hogy kivel állsz szemben, Sayari.

– Válaszolj, szörnyeteg!

– Végtelen teremtény vagyok. Legyőzhetetlen. A sebek vagy az idő már régen nem az ellenségeim. Én vagyok az, akinek a páncélja áttörhetetlen. Én vagyok... a legrosszabb személy, akivel harcba kezdhettél.

Végtelen teremtmény? Áttörhetetlen páncél? Azt akarja mondani, hogy...

– Blöfffölsz!

– Akkor mégis mivel magyaráznád meg azt, hogy osztozom az általatok gyilkolt szörnyek vérében?

A vére... lila. Pont, mint a szörnyeké. Ő... nem ember.

– A kardom. Azt sem ismered meg? Ennél okosabbnak hittelek. Úgy néz ki, te is csak egy vagy a sok agyatlan bastioni harcos közül.

– Fogd be! Nem hiszek neked!

– Ám legyen. Úgysem számít, hogy elfogadod-e az igazságot életed utolsó pár percében.

Amint a Lovag mondatát befejezte, teljes sebességgel nekem rontott. Már lökésének ereje is kis híján levett lábamról... ekkor jöttem rá, hogy a sokk miatt eszembe sem jutott feloldani az aurámat.

– Aura... – kezdtem bele, de nem volt lehetőségem eléggé koncentrálni, miközben csapásait védtem ki.

A támadások egyre csak jöttek és jöttek, én pedig egyre csak lassultam, egészen addig, míg az egyik elől már képtelen voltam kitérni. Megvágta az arcomat. A vágás ugyan nem volt mély, de elég volt ahhoz, hogy jelezze, képtelen vagyok tenni a csapásai ellen.

Megelégelve a védekezés okozta tortúrát, lendíteni kezdtem pengémet felé, de nem voltam elég gyors. Szabad kezével elkapta csuklómat, s szorítani kezdte.

– Ne is reménykedj, hogy ilyen félvállról vett támadással el tudsz találni.

Szorítása már kezdett kibírhatatlanná válni. Kardom kiesett a kezemből a fájdalom hatására. Fegyvertelenné váltam... ismét.

Miután elengedte csuklómat, bal kezét egyből a torkomra helyezte, majd annál fogva felemelt.

– Ne félj. Nem fog sokáig tartani a fájdalom. Pillanatok alatt elveszem az értéktelen életed. Pont, mint ahogyan apáddal is tettem.

Kezd elfogyni a levegőm. Valamit... amire nem számít... tennem kell valamit. Nem halhatok meg, míg ez a szörnyeteg életben van!

– Ne ficánkolj már! A saját dolgodat nehezíted meg vele!

Minden maradék erőmet az ujjaimba koncentráltam. Ilyen kis területre összeszedve az aurámat, óriási lehet majd a csapás ereje. Ez az utolsó támadásom. Nem lesz több lehetőségem. Most!

Lábaimat mellkasára téve felkészültem rá, hogy elrugaszkodjak tőle, ezután pedig mutató- és középső ujjamat egyenesen beletoltam jobb szemébe, amilyen mélyre csak tudtam.

A hirtelen fájdalom hatására a Lovag engedett szorításából, lehetőséget adva nekem a menekülésre.

Miután elrugaszkodtam, a földre zuhantam. Nem volt erőm felkelni. Nem maradt energiám. Csak nézni tudtam a férfit, ahogyan próbálkozott az éles fájdalom leküzdésével.

Bal kezét szeméhez nyomta, de mindhiába, hisz' a lilás színű vér könnyedén áttört ujjai között.

– Ez... ez meglepetésként ért... mikre nem képes egy ember... a halál küszöbén...

Miután nagy nehezen összerakta ezt a mondatot, haragos tekintete felém vetült.

– Elég a játékokból – mondta ki, majd kardját felém nyújtotta.

Küszködve sikerült feltápászkodnom a földről, de amint felálltam...

– Bénítsd le azt, kinek vérét megízlelted, **Véres Káosz!**

A Lovag kardja vörösen fényleni kezdett, én pedig lefagytam. Sosem hallottam efféle képességről... az imént mintha... beszélt volna a kardjához. Ez valamiféle különleges technika, ami közvetlenül a kardjához kapcsolódik?

– Milyen gonosz nevű kard, nem igaz? Ez, amit jelenleg tapasztalsz, a Szent Kardom képessége. Az a pár csepp vér elég volt ahhoz, hogy aktiváljam, amit akkor nyertem el tőled, mikor megvágtalak.

– Mi... ez?

– Ne légy már ilyen értetlen, Sayari. Most mondtam el. Még mindig nem bánod, hogy nem beszélgettél el velem, mikor idejöttél? Sok mindent meg tudtam volna osztani veled, amiről jelenleg fogalmad sincs. Nem csodálkozom, hogy össze vagy zavarodva. Hisz' semmit sem tudsz a világról. Az egyetlen, amiben jó vagy, az a szörnyek gyilkolása... ez pedig meglátszik azon, ahogy ellenem harcoltál. Fogalmad sincs, mit kezdj egy erős emberi ellenféllel. Gyenge vagy. Egy vesztes.

A férfi egyre csak közeledett felém, én pedig semmit nem tehettem ellene. Képtelen voltam megmozdulni. Nem éreztem fájdalmat... nem éreztem semmit. Mintha az egész testem lezsibbadt volna.

– Tudod... a kard, amit egészen idáig forgattál, egy hasonló képességgel bír. Biztosan eddig is tudtad, hogy különleges... de azt vajon tudtad, hogy apád miért nem a két fekete kardjával szállt szembe velem? Nos, apád tudta, hogy el fogja veszíteni a harcot és nem akarta, hogy a kezeim közé kerüljön a két, hatalmas erejű Szent Kard, melyeket forgatott. Azt gondolta, a két gyermeke képes lesz vigyázni rájuk... de mint azt te is láthatod, ez tévhit volt. Az egyik már a tulajdonomban van, a másikat pedig épp most készülök megszerezni.

A Lovag a kioktatása után megállt előttem, kardját pedig a levegőbe emelte.

– Halj meg büszkén, Sayari Kivégző. Légy büszke, hogy maga Gilstreyn, a Szent veszi el a semmit nem érő életedet!

Elérkezett számomra a vég.

Még csak lehunyni sem tudtam szemeimet, miközben vártam a végső döfést.

Egy hangot kezdtem hallani. Először fel sem figyeltem rá, ugyanis jelentéktelennek véltem életem utolsó pillanataiban, de az egyre csak hangosabb és hangosabb lett. Mintha... valaki közeledne.

A végzetem előtti utolsó másodpercben egy fekete alak jelent meg előttem, amint a Lovag belekezdett kardjának lendítésébe. A hős egy nagy csattanást követően eltérítette a döfést, így az csak a vállpáncélomat karcolta végig, majd teljes testsúlyát bevetve, vállával hátralökte a támadót. A Lovag a meglepetés hatására ugrott még hátra pár métert, hogy eltávolodjon a rejtélyes közbeavatkozótól. Kellett pár másodperc, hogy felfogjam, mi is történt pontosan. Nem hittem a szemeimnek. A hős, ki megmentette életem...

... Hiroto volt.

Az a személy sietett megmentésemre, kinek megjelenésére a legkevésbé sem számítottam.

Mivel a Lovag, vélhetőleg a fiú hirtelen közbelépésének okán, elvesztette koncentrációját, testem felett újra visszakaptam az irányítást.

– Hogyan...?

– Nem lényeges. Nem hagyhatom, hogy csak így itt hagyj... főleg azután, hogy ígéretet tettem neked. Sajnálom, hogy későn érkeztem.

– Nem, te... pontosan időben érkeztél.

Amint közelíteni próbáltam a fiú felé, lábaim feladták, s térdre rogytam.

– Pihenj egy kicsit. Innen átveszem.

– M-mi? Nem, nem, nem! Sokkal erősebb nálad! Nem tudod legyőzni! Kérlek... hagyd, hogy én harcoljak... elvégre...

– Elvégre ez a létezésednek az egyetlen oka, igaz? Én azt mondom, hogy felejtsük el annak az öregembernek a csacsogását, rendben? – nézett vissza rám egy mosollyal az arcán. – Megvédelek az életem árán is. Ezt mondtam, ha jól emlékszem, és nem tervezem megszegni ezt az ígéretet mostanában.

– Hiroto... – mondtam ki nevét könnyeimmel küzdve.

– Az érzelmeim... erősek, Sayari. Erősebbek, mint valaha. Készen állok arra, hogy érted harcoljak. Nem leszek többé az a gyenge fiú, akit meg kell védened neked vagy Naokónak. Én leszek az, aki megvéd titeket. Legyőzzük a Lovagot és mind hazamegyünk. Rendben?

Hiroto szavai biztatóak voltak. Nem éreztem bennük félelmet, megbánást, erőszakot... még egy ilyen szituációban sem, mikor a városunk és a családom mészárosával nézett farkasszemet.

Hiroto végül elfordult tőlem.

Erőt érzek. Hatalmasat... és tisztát. Ez...

Hiroto aurája.

Köpenye lassan elemelkedett hátától, s lebegésbe kezdett. A levegő vibrált körülötte. Az érzelmei... az akarata... a célja... mind most fog felszínre törni.

– Aurafeloldás – mondta ki könnyeden.

Hajam s köpenyem lobogásba kezdett a puszta energiától, melyet Hiroto kibocsátott. Akaratlanul hunyorítani kezdtem, így nem láttam őt teljes valójában, de amint újra kinyitottam szemeimet, láttam... aurája...

Hófehér volt.

Gyönyörű és tiszta. Egy csepp rosszakarat sem volt benne. Semmi negatív gondolat nem kínozta őt jelenleg.

Mikor végignéztem rajta, s elértem feje irányába, haloványan ugyan, de láttam... egy... glória?!

Életem során csak egyszer láttam ilyen tiszta aurát. Egy férfi... az apám, ki készen állt arra, hogy életét áldozza gyermekeiért, hasonló glóriát vetített aurájával. Mégis... mi jár a fejedben, Hiroto?

– *Értékeld az életed, Sayari...* – nézett újra vissza rám egy támogató mosollyal.

– *Ugyanis... számomra többet ér a sajátomnál.*

Törés

Csak egy pillanatra hunytam le szemeimet. A gondolatok s érzelmek mind átáramlottak testemen. Az egyetlen módja annak, hogy megvédjem Sayarit és a barátaimat az, hogy feloldom az aurámat és harcba kezdek a frontvonalon a Véres Lovag ellen. Sosem tudtam felszabadítani a bennem rejlő erőt úgy, mint azt a többi Kivégző tette. Talán nem volt meg a motivációm hozzá. Talán nem volt elég erős az akaraterőm... de tudtam, ha elég erősen koncentrálok a céljaimra... a szeretteimre, most sikerülhet, pontosan úgy, mint azon a napon, mikor levetettem magam a falról Sayariért. Akkor az aurám védett meg engem a zuhanástól. Biztos vagyok benne, hogy most is képes lesz engem megvédeni a veszélytől, ha a számomra fontos dolgok mellett kellőképp kiállok érzelmileg.

Kimondtam a szót, mellyel szabaddá engedhettem az erőmet, s kinyitottam a szemeimet.

– *Értékeld az életed, Sayari...* – szólítottam meg ismét a lányt egy mosollyal az arcomon. – *Ugyanis... számomra többet ér a sajátomnál.*

Sayari meglepett volt. Csillogó szemekkel figyelt engem.

– *Sikerült... az aurád... gyönyörű* – mondta ki gondolatait ex-csapattársam.

Amint ezeket a szavakat kimondta, realizálódott bennem. Feloldottam az aurámat... s ez esetben nem csak egy röpke pillanatra.

Az energia átjárta testemet. Erősnek éreztem magam. Úgy éreztem... bármire képes lennék.

De... nem cselekedhettem meggondolatlanul. Az ellenség, akivel szembe készültem nézni, rendkívül veszélyes volt.

Elfordulva Sayaritól végignéztem a vörös páncélos alakon, ki, mikor szemünk találkozott, lassú, gúnyos tapsolásba kezdett.

– *Elképesztő! Az aurád hófehér. Nem gondoltam volna, hogy Bastion egy ilyen gyöngyszemet rejteget, mint te. Tudod... nem gyakran látni ilyen tiszta akaratú harcost. Alig várom, hogy bemocskoljam a pozitív gondolkodásmódodat.*

Egyáltalán nem érdekelt, mit hord össze a Lovag. Az sokkal inkább felkeltette az érdeklődésemet, hogy az elszenvedett sérüléseit szinte figyelembe sem vette. Egy normális ember nem bírná ilyen könnyen leküzdeni a fájdalmat, melyet egyik szemének elvesztése okoz. De ő... nem egy egyszerű ember. A vére egyáltalán nem emberi.

– *Mi vagy te?* – dobtam felé a kérdést.

– *Ezzel a kérdéssel, már megelőztek. Én egy végtelen teremtmény vagyok. Egy Szent, ha úgy tetszik.*

Szent? Hisz' a Szentek több száz évvel ezelőtt meghaltak. Blöfföl? Talán meg akar félemlíteni?

– *Meglep, hogy Szentnek állítom be magam, igaz? Egy hősnek, aki megmentette az emberiséget a bukástól a szörnyek megfékezésével. Mi lenne, ha azt mondanám, hogy az, amit ti ismertek, nem a teljes igazság?*

– *Nem hiszek neked.*

– *Nos, az a te magánügyed.*

A Lovag ezután sóhajtott egyet.

– *Bevallom őszintén, rettenetesen frusztrál, hogy azzal a glóriával kell szemeznem, a fejed felett. Az a tisztaság és önzetlenség, amit mutat az aurád, csak azt igazolja, hogy milyen keveset tudsz a világról. Én pedig... megvetem a tudatlanságot.*

Undorodom tőle. Látszik rajta, hogy az érzelmeit teljes mértékben elnyomja gyűlölettel... de nem hagyhatom, hogy ilyesfajta gondolatok keringjenek a fejemben.

– *Ha nem gond, túleshetnénk ezen minél hamarabb? Szeretném meggyógyítani a szememet. Rettenetesen zavar.*

Ez az egész csak egy játék számára. Teljesen meg van győződve róla, hogy a siker az ő kezében van.

Nem válaszoltam neki, helyette hagytam, hogy a tetteim mutassák ki gondolataimat, hisz'... én is szerettem volna ennek a rémálomnak mielőbb véget vetni.

A földtől elrugaszkodva a Lovag felé kezdtem száguldani, s elképesztő gyorsasággal elértem őt. Pengéink, találkoztak.

Ez a sebesség... elképesztő érzés.

– *Gyors vagy. Sajnálatodra viszont... az erőfölényem miatt a lányhoz hasonlóan te is alul fogsz maradni.* A férfi egy suhintással hátralökött, majd kardját felemelte, s lecsapott irányomba. Támadása elől sikerült kitérnem, ez pedig bőven hagyott nekem alkalmat az ellentámadásra. Kardomat felé kezdtem lendíteni, de mikor az elérte a célját... még a páncélját sem sikerült felsértenem.

A Lovag egy gyors mozdulattal könyökét a gyomromba mélyesztette, ez pedig hátrarepített. A fájdalom mértéke óriási volt, mind a csapástól, mind a becsapódástól.

Mire feltápászkodtam, a férfi már előttem állt, s öklével lecsapott egyet arcomra, mitől újra földre kerültem.

Nem hagyott nekem lehetőséget, hogy ismét felkeljek. Hajamba markolva felemelt, s a szemembe nézett.

– *Ilyen egy valódi harc, fiú. Nem voltál erre felkészülve, igaz?* – mondta, majd eldobott magától.

– *Hiroto!* – kiáltotta nevemet Sayari távolról.

Ez alkalommal nem sietett hozzám, csak lassan lépdelt felém, hogy kimutassa felsőbbrendűségét.

– *Hihetetlen, hogy ilyen erejű csapások után sem veszítetted el a koncentrációdat. Erős érzelmek lehetnek azok, amik téged táplálnak.*

– *Igen... ez így van* – válaszoltam vissza a férfinak.

– *Sajnálatodra egy halálra menő küzdelem során nem elég az akaraterő.*

Pislogni sem volt időm, ő máris gyomorszájon rúgott fémbakancsával. Vártam a következő támadását... de az sosem jött el.

– *Szánalmas látványt nyújtasz. Kelj fel.*

Mintha csak sportszerűségét próbálta volna bemutatni, időt hagyott nekem arra, hogy összeszedjem magam és talpra álljak.

– *Aurafeloldás* – mondta ki a férfi.

Elképesztő, hogy a támadások, melyeket bekaptam tőle, mind aurájának feloldása nélkül érkeztek. Hamarosan meg fogom ízlelni az igazi erejét is... de nem számít. Tisztában vagyok vele, hogy nem nyerhetek ellene egy az egy elleni harcban.

– Gyengült az aurád. Csak nem feladni készülsz? Hisz' még csak most oldottam fel a sajátomat. Az igazi harc még csak most kezdődik.

Gyengült az aurám? Ennyivel képes lett volna megsérteni az önbizalmam? Csak... ennyire vagyok képes?

Ellenségem oldalról lendítette felém kardját. Támadása nagyon gyors volt. Álmaimban sem tudnám leutánozni.

Pengéje egyre csak közeledett, én pedig egyre közelebb kerültem ezzel egyidejűleg a halálhoz.

Ekkor a vörös aurájú lány, kinek védelmére érkeztem, ugrott be elém, s hárította el a becsapódást.

Miután megmentett, az energia, mely körülvette őt, egy pillanat alatt semmissé vált. Azzal, hogy kivédte a Lovag támadását, elhasználta megmaradt kis erejét is.

A férfi ekkor váratlan mozdulatba kezdett. Pallosát ez alkalommal nem felém, hanem a zuhanásban lévő lány felé lendítette.

Egy senki vagyok. Gyengébb, mindenkinél.

Ezek a gondolatok futottak át a fejemben egy pillanat alatt. A gondolatok, melyek mindig is kísértettek engem életem során.

Képtelen voltam felvenni a harcot a Lovag ellen, még ha sikerült is feloldanom az aurámat. Az utolsó tizedmásodpercben, mielőtt a férfi lecsaphatott volna Sayarira, valamiért a lány szavai pörögtek át elmémen...

„Egy senki nem merne egyedül berohanni egy szörnyeteg barlangjába. Egy senki nem törődne jobban más testi épségével egy harcban, mint a sajátjával. Nem egy senki mentette meg az életem. Te voltál az, Hiroto."

Egy másodperc töredéke.

Csak ennyi kell ahhoz, hogy megváltoztassuk a harc kimenetelét. Csak ennyi kell ahhoz, hogy tegyünk egy lépést, mely az előző másodpercben nem tűnt lehetségesnek.

Egy másodperc töredéke... és pár biztató szó.

Csak ennyi kellett ahhoz, hogy visszaszerezzem az elvesztett önbizalmamat.

Amint kardom találkozott a Lovagéval, meggátoltam, hogy átdöfje Sayari testét.

– A fény a szemeidben megváltozott. Készen állsz rá, hogy ösz-
szecsapjunk?

– Igen... már készen állok.

Sayari szótlanul feküdt mögöttem. Valószínűleg elveszítette az eszméletét a kimerültségtől. Sajnálom. Ismét meg kellett védened.

De most...

Most én leszek az, aki megvéd téged.

Egyik csapás követte a másikat. Egyszer a Lovag lendítette felém kardját, egyszer én támadtam vissza. Egyikünk sem tudta eltalálni a másik testét... de a legfontosabb az volt, hogy sikeresen tartottam a tempót vele.

– Ez az! Erre az elhatározottságra van szükségem! Küzdj! Mutasd meg, milyen erősek az érzelmeid!

Mikor már kardpárbajunk elég távol volt Sayaritól, belekezdhettem támadásainak elkerülésébe. Egészen idáig nem mertem kockáztatni, nehogy egy kikerült támadás a lány testét vegye célba.

Először jobbról kerültem el egyik suhintását, ugyanis jó ötletnek tűnt, hogy kardjától minél távolabb kerüljek... de ez a taktika nem bizonyult sikeresnek, ugyanis a Lovag nem hagyott nekem időt az ellentámadásra, s egyből lecsapott újra. Ez alkalommal balra vetődtem félre.

Ekkor jutott el valami az agyamig, melyet eddig figyelmen kívül hagytam. Hogyan lehettem ennyire könnyelmű, hogy nem láttam meg valami ilyen fontosságút?

A pillanatban, mikor átkerültem a Lovag bal oldalára, a férfi kissé bedöntötte fejét, hogy ismét látókörébe kerüljek, s csak ezután kezdett támadásba.

Kiugorva a csapás elől, pár métert hátracsúsztam.

Ez a megoldás. Az alatt a kis idő alatt, míg kiesem a látószögéből, képes vagyok lesújtani rá.

– Nem vagy elég gyors – dobta felém a megjegyzést. *– Az arckifejezésed alapján rájöttél az ideiglenes gyenge pontomra, amit a drága csapattársadnak köszönhetsz.*

Lehetetlen. Mintha az agyamban turkálna.

– Ha azt tervezed, hogy a jobb oldalamon próbálsz maradni, egyszerűen csak meg kell gátolnom, hogy azt megtehesd. Átlátok rajtad.

Nem. Bármit is mond, meg kell próbálnom. Az a vakfolt az egyetlen esélyem a győzelemre.

Rohanni kezdtem az ellenség felé.

Először jobbról indítottam támadást felé. Ezt könnyedén kivédte. Ellökve kardomat a sajátjával megpróbált levenni lábaimról, de gyorsan visszaszereztem egyensúlyomat, s a fentről érkező csapását balra csúszva kerültem el.

Most! Itt a lehetőség!

Kardomat szúrásra készen mellkasa felé lendítettem oldalirányból, de mikor az betalált, a fegyverem... egyszerűen csak lepattant páncéljáról.

– Nyertem – mondta győzedelmesen a férfi, s pallosát hasonló támadásba lendítette, mint én az imént.

A különbség az volt, hogy én nem viseltem vastag páncélt, mely képes eltéríteni a szúrást. Ha mellkason talál, végem.

Nem vagyok képes időben félreugrani vagy kivédeni. Az egyetlen lehetőségem az, hogy eltérítem a támadását, hogy a döfés ne legyen halálos.

Bal kezemmel megragadtam kardját, s oldalirányba húztam. Pengéje ugyan végigvágta tenyeremet... de ami jelenleg számított, az volt, hogy így fegyvere nem a szívemet döfte át, hanem a vállamat.

A fájdalom, mely vállamba ütött, miként kardja tövig a húsomba mélyedt, szinte kibírhatatlan volt... de nem állhattam le.

Jobb kezemet ellentámadásra emeltem. A karját. Azt kell becéloznom.

– Ügyesen eltérítetted. De ez sajnos nem változtat a végkimenetelen.

Lassabb vagyok, mint pár másodperccel ezelőtt. Nem maradt már sok energiám... de ezt a megmaradt erőt mind egy támadásba kell fektetnem.

Mit tehetnék? Hogyan hatoljak át a páncélján? A vágás a bal karján... azt Sayari okozta a képességével... ebben biztos vagyok.

Nem lehetek gyenge. Nem lehetek tehetetlen. Most nem. Ez élet-halál kérdése.

Pengém közeledett a karjához, melyben kardját tartotta. Elérem időben? Mielőtt...

– *Bénítsd le azt...*

...használná a képességét, amivel lebénította Sayarit?

– *... kinek vérét megízlelted...*

Így nem... ilyen tempóban nem érem el, és ilyen erővel nem vágom át a páncélját sem. Gyorsabban. Gyorsabbnak kell lennem! *„Figyelem, értelmezés, gyakorlás, kivitelezés."*

Értelmezd. Hozd létre. Használd.

Még ha csak egy pillanatra is... meg kell próbálnom!

– *... **Véres**...*

– *Villám...*

A fájdalom bal vállamról átterjedt jobb karomba, s élesről átváltott égetővé. Pengém hegyén egy aprócska fehér szikra tűnt fel.

– *... **Káosz!***

– *... Szabdalás!*

A földre zuhantam. Füleim sípoltak, jobb karom, teljesen lebénult a zsibbadástól. Mintha csak egy villám csapott volna belém. Elhomályosult látásommal nem láttam tisztán, mi, de egy vörös tárgy hevert előttem. Bal vállam még mindig nehéz volt a fegyvertől, melyet ellenségem beledöfött.

Mikor sikerült az idő elteltével visszanyernem erőmet, kihúztam a hatalmas kardot testemből.

Látásom megtisztulása után szembesültem vele, hogy a vörös tárgy, amit magam előtt láttam, az nem volt más... mint a Lovag leválasztott karja.

Sikerült. Eltaláltam, mielőtt megölt volna.

A férfi térdre rogyva szorította még meglévő kezével a vágás helyét, miközben a földet nézte. A vérzés, nem úgy tűnt, mintha el akarna állni... de ha már itt tartunk, az enyém sem. Ez a harc vége. Nem pont így képzeltem a dolgokat... de legalább Sayari életben van.

– *Úgy néz ki... ez döntetlen* – szólítottam meg ellenségemet.

A Lovag nem válaszolt gúnyolódásomra, helyette továbbra is a földet bámulta.

Lépteket hallok. Valaki közelít, de nincs elég erőm, hogy felé fordítsam a fejem.

– *Hiroto...* – térdelt le elém a lány.

– *Jól... vagy?*

A lány szemei ugyan könnyesek voltak, de kérdésem mosolyra bírta őt.

– *Ne kérdezz tőlem ilyet, mikor te sokkal rosszabb állapotban vagy, mint én* – válaszolta szemeit törölgetve.

– *Legalább te vagy az utolsó, akit látok, mielőtt meghalok.*

– *Ilyet még viccből se mondj nekem!* – parancsolt rám egy mosollyal.

– *Nem, én... tényleg meghalok.*

– *Hiroto. Tudom, hogy fáj, de a sérülésed nem halálos. Naoko pillanatok alatt összehúzza majd.*

Sayari óvatosan segített a felülésben, majd felállt.

– *Oh, rendben... Harcedzett Kivégző kisasszony.*

– *Higgye el, egyben lesz, Villám Szabdalás uraság.*

Kis viccelődésünk mindkettőnk arcára mosolyt csalt. Jó érzés volt újra szót váltani Sayarival.

A lány sóhajtott egyet, majd elfordult tőlem.

– *Azt hiszem, már csak az van hátra...*

– *Vessünk véget ennek az egésznek... és menjünk haza* – mondtam, miközben felálltam.

Sayari előhúzta kardját s tett egy lépést a Lovag felé, de ekkor...

A férfi megszólalt.

– **Auratörés.**

Az erő, melyet a Lovag egy pillanat alatt felszabadított, még csak nem is volt hasonlítható ahhoz, amit eddig láttunk tőle. A levegő puszta áramlása szinte levert minket lábunkról, s hátralökött. Sayarival reflexből védeni kezdtük arcunkat karunkkal.

– *Aura...*

–*... törés?!* – fejeztem be, Sayari meglepett felszólalását.

Egy kifejezés, melyet sosem hallottam még ezelőtt. Nem voltam tisztában a jelentésével, de a kibocsátott fekete energiát látva biztos voltam benne, hogy semmi jót nem jelenthet. Testünk remegett, de nem a félelemtől. Valójában az egész helyiség rázkódott. A Lovag teste pillanatok alatt teljes takarásba került a sötét láng által, mely körülvette őt.

Fémes zörgés kezdett hallatszani a férfi irányából. Eleinte nem tudtam értelmezni okát, de kis idő után tisztává vált... a ricsaj páncélja darabjainak csörömpölése volt, miként azok földet értek. A fekete aura mögül két ködös, fehér szempár nézett vissza ránk, s kis idő múlva egy ördögi mosolyt is vetíteni kezdett felénk.

Ismertem ezt az arckifejezést. Ez már többé nem a férfié volt, kivel eddig harcoltunk, sokkal inkább a gonoszságé, melyet képviselt. Egy kivetülés, mely pontosan olyan volt, mint a sötét aurájú ellenségeinké, kik a Véres Lovagot szolgálták.

Az energia lassan humanoidformát kezdett ölteni.

A páncéltalan fekete test, mely megjelent előttünk a hatalmas láng eltűnésével, vékony, magas volt.

A férfi fejét levágott karja felé fordította. A helyen, hol eddig semmi nem volt látható, lassacskán elkezdett kinőni az elveszített testrész, de végül az nem egy jobb kar, helyette egy penge formáját vette fel.

Egyikünk sem hitt a szemének. Ha nem néztem volna végig az átváltozást, azt mondanám, ilyesféle regeneráció nem létezik. Most kaptam magam azon először, hogy visszasírom rémálmaimat... bárcsak ez is csak egy lenne közülük!

– S-Sayari...?

Ex-csapattársam szótlan volt.

Tehetetlennek érzem magam egy ilyen ellenséggel szemben. Ugyan aurája hasonlított az eddig látott csatlósokéra, a Lovagé sokkal szilárdabbnak, keményebbnek tűnt.

Mikor már azt hittem, szembenéztünk a legrosszabbal... kiderült, hogy hatalmasat tévedtem. Az előttünk álló alak sokkal nagyobb rémületet keltett bennem, mint bármely szörny, amely ellen eddig harcoltam.

A pillanat, melytől tartottam, elérkezett. A Lovag... teljes sebességgel megindult felénk.

Sayari kardját maga elé tartva készült az összecsapásra, aurájának feloldása nélkül.

Szemeim mintha csak a lányhoz ragadtak volna, képtelen voltam elfordulni tőle. Talán tudat alatt azt szerettem volna, hogy ő legyen az utolsó személy, akit látok, s ne a démon.

Hirtelen a lány helyett magammal néztem szembe. Nem olyan értelemben, mintha érzelmi harcot vívnék magam ellen... hanem a szó szoros értelmében, mintha egy tükörbe néztem volna.

A furcsa, aranyozott tükör ugyan csak egy pillanatra jelent meg előttem, de ezalatt sikerült rájönnöm, hogy a tárgy valójában nem az, aminek első ránézésre tűnt... helyette egy pajzs volt.

A tárgy s használója olyan sebességgel száguldott el köztem és Sayari közt, hogy még a hajunk is belelobogott.

Egy dobhártyaszaggató csattanás rengette be a falakat. A hangot nem más, mint a szörnyeteggé vált Lovag ökle generálta, mikor összeütközött az aranyozott páncélú megmentőnk hatalmas pajzsával.

– *Visszaverés!* – kiáltotta egy ismerős hang, ezzel pedig a fekete alakot az alagsor túlsó falának repítette.

– *Akihide?!* – szólította meg Sayari a páncélos alakot.

Akihide...?

A... Fő Védelmező?!

Mielőtt megszólalt volna, két fehér páncélos alak lépett be elénk.

– *Védelmezés!* – kiáltották szinkronban, s így egy fél kupolát alkottak előttünk aurájukkal.

– *Ha tudtam volna, hogy a Lovag auratörést fog végrehajtani, sosem küldtelek volna ide, Sayari* – mondta a Fő Védelmező a hátát mutatva felénk.

– *De... honnan jöttél rá...?! Miért jöttél ide?!* – tette fel a kérdéseket a lány.

– *Yuriko Kivégző tanácsolta, hogy jöjjek utánatok.*

Yuriko? Miért?

– *Ha ő tudta, hogy ez a Lovag ütőkártyája, miért nem jött velünk?!*

– *Nem tudta. Azért jöttem utánatok, mert azzal bíztam meg, hogy jelentse, ha Hiroto Kivégző elhagyná a várost.*

– *Nevetséges...* – tett megjegyzést Sayari.

A párbeszédet megzavarta a fekete szörnyeteg, mikor egy pillanat alatt a Fő Védelmező mellett termett... de az arany páncélos férfi könnyedén kivédte a támadásait pajzsának segítségével. A Fő Védelmező aurája páncélja színéhez hasonlított. Arany árnyalatú energia áramlott teste körül. Szemkápráztató látványt nyújtott összképe.

– *Ha már itt vagyok, elsősorban a Lovag elpusztítására szeretnék koncentrálni. Utána megbeszéljük a többit* – mondta, majd lesújtott kardjával ellenfelére.

A támadástól a szörnyeteg újra elvesztette egyik karját, de az ez alkalommal szinte egyből visszanőtt. A Fő Védelmező harcstílusán tisztán látszódott célja, ami nem volt más, mint hogy minél távolabb tartsa tőlünk az ellenséget.

Az összecsapás egyre távolabb került tőlünk, köszönhetően a Fő Védelmező erőfeszítésének, ezzel pedig lehetőséget adva nekünk a pihenésre.

Egy tapintást éreztem sérült vállamon. Irányába tekintve pillantásom Naokóéval találkozott.

– *Jól vagy?* – előztem meg őt a kérdés feltevésében.

– *Én... jól vagyok. Ne aggódj, azonnal ellátom a sérülésedet.*

Sayari forgatni kezdte a szemeit. Még egy ilyen szituációban is érezni lehetett köztük a feszültséget.

– *Azt... megköszönném. Sayari is említette, hogy könnyedén rendbe teszel majd* – feleltem, megpróbálkozva a légkör könnyítésével.

– *Oh, igazán? Legalább tisztában van vele, hogy* – ellentétben vele – *én képes vagyok segíteni rajtad* – dobta a szurkálódó megjegyzést Sayari felé, miközben belekezdett a gyógyításomba.

– *Mondd, Naoko. Ha ilyen elképesztő vagy, Hiroto miért az én képességemmel szállt szembe a Lovaggal?*

– *Képességgel...? Hiroto feloldotta az auráját?!* – tette fel meglepetten a kérdést Satoru a hátunk mögül.

– *Így igaz, és az első képesség, amit használt élete során, az a Villám szabdalás volt.*

Naoko és Satoru meglepődött a hírek hallatán, így egyikük sem szólalt meg egy ideig... de nem sokkal később kezdetét vette a második kör.

– Ne aggódj, Hiroto, ha ezen túl vagyunk, tanítok neked egy normális képességet. Egy olyat, ami nem jár fájdalommal, de sokkal erősebb, mint Sayari „Villámló szaggatása".

– Nem ez a neve a képességemnek! Amúgy nem is jár fájdalommal. Igaz, Hiroto?

– Nos…

– Ugyan, ne játszd már magad, Sayari. Mindenki tudja, hogy a képességed használata hatalmas fájdalmat von maga után. Így van, Hiroto?

– Én…

– Ne hordj már össze sületlenségeket!

– Te vagy az egyetlen, aki valótlan dolgokat állít…

– Fejezzétek már be végre! – kiáltott a két lányra az egyik Védelmező. – Képesek vagytok civakodni, miközben a Fő Védelmező az eddigi legveszélyesebb ellenségünkkel néz szembe?! Nézzétek az auráját! Nézzétek azt a tökéletességet, tisztaságot, s erőt, amit kisugároz! Egyikőtök sem ér a nyomába, mégis úgy beszéltek, mintha ti lennétek a legnagyobb harcosok az egész világon!

Sayari felállt a Védelmező megjegyzésének hallatán.

– „Tisztaság"? Ha nem látod a sötétséget, amit az aurája rejt, akkor rosszabb a szemed egy vakondétól, te agyatlan idióta.

Ez azért kicsit erős volt… de egyetértettem vele. A Fő Védelmező aurája ugyan tiszteletre méltó kinézettel bírt, de volt benne valami sötét… valami megmagyarázhatatlan.

– Hm. El sem hiszem, hogy titeket kell védelmeznem – tett megjegyzést a fehér páncélos férfi, majd előrefordult.

Az idő teltével Naoko sikeresen összehúzta a sérülésemet… Ezután felemelkedett, s Sayarira nézett.

– Nincs szükségem rá – mondta ex-csapattársam, mintha belelátott volna Naoko fejébe.

– Meg sem szólaltam.

Pár percet csendben töltöttünk el a Védelmezők mögött biztonságosan, a Fő Védelmező és a Lovag harcát figyelve. Mindkettejük tempója elképesztő volt, sokszor még mozgásuk követése is problémát jelentett. Sosem láttam még ezelőtt a Fővédelmező valódi erejét… valójában még teljes felszerelésben sem láttam soha. Ereje teljes mértékben felülmúlta a képzeletemet.

Támadást támadás után kapott be a Lovag, de sérülései szinte azonnal begyógyultak.

Váratlanul a Fő Védelmező aurája elhalványult, így a Lovagnak sikerült egy mély karmolásnyomot hagynia pajzsán. A Fő Védelmező hátraugrott, s nem messze tőlünk ért földet.

– *Legyek akármilyen erős is, én sem bírok a végtelenségig harcolni.*

– *Senki sem tud. Te is csak egy ember vagy, akárcsak mi* – válaszolt Sayari, majd elindult a férfi irányába.

A két Védelmező, tudván, hogy a lány be kíván csatlakozni a harcba, leengedte a képességet.

– *Ha győzni akarunk, együtt kell csinálnunk* – szólalt meg Naoko.

Négyen felsorakoztunk a Fő Védelmező két oldalára.

– *Biztos, hogy itt kellene lennem...?* – tett halkan megjegyzést Satoru.

De nem elég halkan ahhoz, hogy a többiek ne hallják.

– *Igaz, hogy még csak egy felfedező vagy, Satoru, de miután láttam, mire vagy képes, biztos vagyok benne, hogy hasznosabb leszel, mint szegény, sérült, megfáradt Sayari.*

– *Rettentően vicces, Naoko* – felelte, Sayari.

– *Ne gyerekeskedjetek. Viselkedjetek magas rangú Kivégző módjára és fogjátok fel a helyzetet, amiben vagyunk.*

A Fő Védelmezőnek igaza volt. Ez most nem a megfelelő hely a civakodásra és a viccelődésre. A szörnyeteg, ki a terem másik felén várja, hogy megtegyük az első lépést, rendkívül veszedelmes.

– *Mint láthattátok, az ellenség hihetetlenül gyorsan regenerálódik. Most az agyatlan kaszabolás nem fogja elhozni nektek a győzelmet.*

– *Szerintem épp ellenkezőleg. Ha elég gyorsak vagyunk, nem lesz ideje a gyógyulásra. Én legalábbis ezt a taktikát választom.*

– *Most az egyszer egyetértünk* – helyeselt Naoko. – *Hiroto?*

– *Követlek titeket* – válaszoltam.

– *Én pedig... téged... azt hiszem* – mondta kissé bizonytalanul Satoru.

– *Az előző párbaj sok energiámat felemésztette, így nem biztos, hogy képes leszek teljes erőbevetéssel harcolni, de azon leszek, hogy védjelek titeket. Te, Satoru felfedező... ma, e harc idejére Kivégző leszel. Ne hozz szégyent a címre.*

– A-azon leszek, Fő Védelmező.

– Ti négyen most megmutathatjátok, hogy mire képesek Bastion Kivégzői! Megmutathatjátok, hogy bármilyen ellenséggel is álltok szemben, nem hátráltok meg, s akár az életetek árán is elhozzátok a győzedelmet városunknak! – kiáltotta ösztönzésképp a Fő Védelmező, majd ezután kinyújtotta kardját az ellenség felé. – Mondjátok hát ki a szót, mellyel eddig képesek voltatok leküzdeni minden akadályt, amit az élet elétek állított!

– Aurafeloldás! – kiáltottuk egyszerre csapattársaimmal.

Kényszerállapot

Sayari volt az első, ki nekirontott az ellenségnek, mi pedig nem sokkal később követtük őt. A Lovag könnyedén félreugrott a lány csapásai elől, de a támadássorozat nem ért véget ennyivel, hisz Naoko a levegőbe ugorva célozta be az ellenséget, s kezdett zuhanásba, irányába… ám ekkor a Lovag megragadta Sayari fegyvertelen karját, s berántotta őt Naoko elé.

– *Visszaverés!* – kiáltotta a Fő Védelmező.

Csak egy hajszálon múlt, hogy Naoko támadása telibe találja Sayarit, de szerencsére vezérünk időben odaért, hogy félrelökje a lányt, s a falnak küldje az ellenséget.

Már az első támadássorozat is tisztává tette: ha győzni akarunk, akkor össze kell dolgoznunk. Nem kezdhetünk bele önfejű támadásokba, hisz' könnyedén megsérthetjük azokat is, akik a mi oldalunkon állnak.

– *Meg akarsz ölni?*

– *Útban voltál.*

– *Ez nem a megfelelő alkalom, lányok* – tett pontot a vita végére a Fő Védelmező. – *Sorozatban kell támadnunk. Nem vagytok eléggé összhangban ahhoz, hogy egy időben essetek neki a Lovagnak.*

– *Egyetértek* – feleltem.

– *Nem neked beszéltem, Hiroto Kivégző.*

– *Elnéz…*

– *Ha komolyan mondtad az előbbit, azt ajánlom, te is tedd félre a Hiroto iránt érzett ellenszenvedet.*

A Fő Védelmező sóhajtott egyet Sayari szavainak hallatán.

– *Én vezetem a támadást* – folytatta Sayari. – *Én fogok elsőként támadni, ezután Hiroto, Satoru, s végül Naoko.*

– *Nekem nem adsz szerepet ebben?* – tette fel a kérdést a Fő Védelmező.

– *Ha valami balul sül el, szeretném, ha a segítségünkre sietnél, mint ahogy azt az előbb tetted.*

– *Rendben. Legyen úgy, ahogy akarod.*

– *Kezdjünk bele* – mondta a lány, s nem pazarolva tovább az időt megindult a Lovag felé.

Sayari kardja összecsapott a Lovag pengévé alakult jobb karjával, így kezdetét vette a második felvonás.

A heves kardpárbaj eleinte eredménytelennek tűnt, de Sayari az egyik támadás kivédése helyett félreugrott az elől, így lehetősége nyílt a Lovag megsebzésére. A lány ezután sikeresen leválasztotta az ellenségünk jobb karját, majd hátra akart ugrani, de a Lovag nem hagyta ezt, s elkapta pengéjét.

Itt volt az idő, hogy közbelépjek.

Mire a Lovag felém fordította fejét, észrevételezve, hogy irányába rohanok, addigra levágtam balját, így lehetőséget hagyva Sayarinak a visszavonulásra. Hirtelen balra kaptam fejemet egy furcsa, sistergő hangra, mely, mint kiderült, a Lovag bal karjától érkezett. A Lovag, visszanövesztett karmait felém lódította, de az utolsó pillanatban sikerült kitérnem e támadás elől. Kezdetét vette a párbaj. Ahogyan a pengém s a Lovag jobb karja ismétlődve találkoztak, tisztává vált számomra, hogy az ellenség, kivel nemrégiben harcoltam, teljességgel megváltozott. Minden egyes csapása, olyan erővel bírt, mintha egy felém száguldó ágyúgolyót kellene visszatartanom… de szerencsére nem voltam egyedül. Még ha az ellenség erőfölénnyel is rendelkezett a számok a mi oldalunkon álltak.

– *Hiroto!* – kiáltotta nevemet barátom a hátam mögül.

Mikor hangját meghallottam, ösztönösen lehajoltam, így Satoru sikeresen bele tudta mélyeszteni kardját a Lovag mellkasába. Hogy ne legyek útban, visszaléptem egyet, de mikor felpillantottam, észrevettem, hogy Satoru azóta sem szabadította ki pengéjét az ellenség testéből… helyette mozdulatlanul állt.

– *Nem… megy.*

– *Satoru…?*

Ekkor egy hatalmas erejű csapás találta el a Lovag fejét, mely levette őt lábáról, s újra nekivágta a falnak.

Élve a kevés idővel, amit a meglepetés-támadás adott nekünk, visszavonultunk barátommal.

– *Elnézést, hogy nem léptem közbe, Naoko gyorsabb volt nálam* – mondta a Fő Védelmező.

– *Köszönöm* – hálálkodott Satoru Naoko irányába.

Satoru ezután a Lovagban ragadt kardját kezdte figyelni.

– *Egyszerűen... nem voltam képes kihúzni belőle. Mintha beleragadt volna.*

Naoko kinyújtotta karját az ellenség felé, de rövid időn belül visszaengedte azt maga mellé.

– *Igazat beszélsz. Nem tudom használni a képességemet.*

Mint ahogy azt ő is mondta, fegyverét egy ideig körülvette zöld aurája, de az nem tért vissza hozzá a szokásos módon.

– *Ez az auratörés egyik velejárója lehet?*

– *Ha igen, akkor mi oka lenne arra, hogy magában tartsa a fegyvereinket? Egyáltalán nem látom a logikát benne* – tette hozzá Satoru.

– *Nem érez... fájdalmat?* – tettem fel a kérdést.

– *Szerintem nincs magánál* – válaszolt ex-csapattársam. – *Van egy teóriám.*

– *Mit tegyünk?*

– *Ti semmit. Csak figyeljetek* – mondta a lány, majd megindult a szörnyeteg felé.

Bármit is ötölhetett ki Sayari, csak annyit tehettünk, hogy bízunk a megérzéseiben.

A Lovag, amint a lány megközelítette, kitépte magából a fegyvereket, s nekirontott a felé rohanó lánynak.

– *Villám szabdalás!* – kiáltotta a lány, s suhintott egyet az ellenség felé, így mélyen belevágva mellkasába.

Miként Sayari elhúzta kardját a Lovagtól, ő elkapta azt. A lány nem tett semmit, csak farkasszemet nézett ellenségével... majd ezután Sayari aurája halványodni kezdett, egészen addig, míg teljesen el nem tűnt. A férfi ezt követően hátraugrott egy hatalmasat, ex-csapattársammal egy időben, ki hozzánk közel landolt.

– *Láttátok?* – tette fel a kérdést a lány.

– *Mit kellett volna látnunk?* – kérdezett vissza Naoko értetlenül.

– *Amint közelíteni kezdtem, kidobta magából a fegyvereiteket.*

– *És?*

– *Az oka annak, hogy nem engedte kiszabadítani magából azokat, az volt, hogy energiát nyerjen belőlük. Amint észrevette, hogy feloldott aurával közeledem felé, úgy gondolta, már nincs rájuk szüksége.*

– Energiát… ezt úgy érted, hogy…

– Képes elnyelni az auránkat. Ezért kapta el a kardomat közvetlen azután, hogy megsebeztem… pont, mint legutóbb. Amikor éreztem, hogy gyengülni kezd a Villám szabdalás, megszüntettem az aurafeloldást, ő pedig egyből visszavonult.

– Erre meg hogyan jöttél rá?! – akadt ki Naoko.

– Használtam a fejemet, ellentétben veled, Naoko.

– Vicces. Biztosan olyan volt az számodra, mint egy új képesség első használata – vágott vissza csapattársam.

– És… miért nem támad meg minket? – kérdezte Satoru a Lovagot figyelve.

– Hadd adjak erre én választ – szólt közbe a Fő Védelmező. – Az ellenség, akivel harcolunk, már inkább egy szörnyetegre hasonlít, mint emberre, így valószínűleg annak megfelelő viselkedést tanúsít.

– Szóval teljes defenzív módban van. Jól értelmezem? – kérdezett vissza Naoko.

– Korrekt. Ezért távolodik el, amint elég energiát nyert el tőlünk ahhoz, hogy regenerálja a sérüléseit.

– Tehát… csak annyit kell tennünk, hogy távol maradunk tőle? – tettem fel a kérdést a Fő Védelmezőnek.

– Sajnos ez nem ilyen egyszerű, Hiroto – szólt közbe Sayari. – Mivel jelenleg auratört állapotban van, nem tud kifáradni, ha csak nem szükséges gyógyítania önmagát. Az aurája pedig addig nem szűnik meg, míg a szíve dobog. Ha csak azon lennénk, hogy elkerüljük őt és ő úgy dönt, hogy ránk támad, mi hamarabb fogynánk ki a szuflából a kerülgetéstől, mint ő a támadástól.

– De ha képes elszívni az auránkat… támadással sem vagyunk előrébb, nem igaz?

– Ez reménytelen… – mondta Satoru.

– Ne essetek kétségbe. Van egy mód arra, hogy kivégezzük, de nem lesz könnyű. Meg kell semmisítenünk a szívét.

– Eddig az auráján is alig tudtunk átvágni, nemhogy a fizikai testét megsebezzük, Sayari! – förmedt ex-csapattársamra Naoko.

– Természetesen a Lovag kivégzése az én feladatom. A Villám szabdalóval képes vagyok átvágni a testét. Tőletek csak annyit kérek, hogy adjatok nekem egy lehetőséget. Menni fog?

Sayari kérésére mindannyian bólintottunk. Csak egy lövésünk van.

– *Aurafeloldás!* – kiáltotta Sayari, mi pedig követtük példáját. A lány vezetésével még egyszer utoljára támadásba lendültünk a Lovag ellen.

Együttes támadásunk egységesebbnek bizonyult, mint legutóbb.

A csapássorozatot Sayari kezdte meg, majd követtem én, ezután Naoko, majd a Fő Védelmező. Később Satoru is becsatlakozott, amint visszaszerezte kardját.

A támadások nagy része ugyan eltalálta a Lovagot, de az energia, melyet tőlünk nyert, elég volt ahhoz, hogy begyógyítsa sérüléseit. Ez a harc akár a végtelenségig is folyhatott volna, ha nem fogyunk ki az energiából hamarosan.

Sayari eddig nem használta a Villám szabdalást, hisz' még nem látott rá lehetőséget, hogy az sikeresen betalálhasson. Egyértelmű, hogy le kell vágnunk az ellefél karjait, mielőtt Sayari használná az ütőkártyáját, hisz' ha nem tesszük, képes lenne kivédeni... de ez akárhányszor is történt meg, közel egy másodperc alatt nőtt neki egy másik.

Gyorsabbnak kell lennünk.

Már legalább negyedórája tart a küzdelem. Egyelőre csak apróbb sérüléseket szenvedtünk, de a Lovag aurája egy csöppet sem gyengült az összecsapás kezdete óta. Egyikünk sem használt képességet... tartalékolnunk kellett a megmaradt energiánkat.

A helyzet már kezdett reménytelennek tűnni. A Lovag, amint begyógyította az elszenvedett sérüléseit, kiugrott közülünk, annak érdekében, hogy elkerülje a folyamatos támadássorozatunkat. De amint újra megközelítettük... Satorunak támadt egy zseniális ötlete.

– *Halálcsapda!* – kiáltotta az ismeretlen kifejezést, majd a földbe döfte pallosát.

A képesség, melyet előidézett, kinézetre megkülönböztethetetlen volt a Teljes védelemtől... de amint a Lovag megpróbált kiugrani a technika hatóköréből, nekiütközött Satoru világoszöld aurájának.

Ekkor döbbentünk rá, hogy amit Satoru előidézett, az egy fordított védelmi technika. A Lovagnak nincs többé lehetősége messze kerülni tőlünk.

– *Zseni vagy, Satoru!* – tört ki belőlem.

– *Pár perc... többet nem tudok adni... nem maradt sok erőm.*

A mód, ahogyan Satoru beszélt, s az izzadságcseppek, melyek megjelentek homlokán, jelezték, hogy barátom minden megmaradt energiáját ebbe a képességbe fektette. Nem szúrhatjuk el a lehetőséget, amit adott nekünk.

A Lovag, amint felismerte a helyzetet, amibe került, Satoru felé vette az irányt, de nem hagytam, hogy a közelébe kerüljön. Miután csapását visszavertem, a két Védelmező, kiknek jelenlétéről már szinte megfeledkeztem, beállt közém s barátom közé.

– *Védelmezés!* – kiáltották.

Most, hogy Satoru épsége miatt nem kellett aggódnom, újra becsatlakozhattam a harcba.

Ellenségünk heves offenzívába kezdett. Valószínűleg felidegesíthettük azzal, hogy egy légtérbe zártuk őt magunkkal. Az elszenvedett sérüléseink száma veszélyes tempóban nőtt. Nem tudtam, meddig vagyok képes talpon maradni, ha ez így halad tovább.

A következő lépést Naoko tette meg. Fegyverét a Lovag felé irányította, ezzel levágva bal karját, majd képességét használva megfordította annak menetirányát, s megszabadította ellenfelünket a jobbosától is.

Sayari, ki meg sem rezdült a mellette elszáguldó pengétől, felkészült a végső csapás bevitelére. A Lovagnak nem volt lehetősége védekezni; nem volt elég ideje arra, hogy visszanövessze a karjait.

– *Villám szabdalás!* – kiáltotta Sayari.

Ám ekkor... a képesség, mely meggátolta a Lovag menekülését, megszűnt.

Mikor hátrapillantottam, megláttam, hogy Satoru kifeküdt.

Visszatekintve a harc irányába láttam, hogy a Lovag belekezdett az elrugaszkodásba.

Amint ellenségünk a levegőbe ugrott, hátrálni kezdett Sayaritól... de mikor már szinte elkönyveltem sikertelennek az akciót, a Fő Védelmező, ki becsúszott a Lovag mögé, közbelépett.

– *Visszaverés!* – kiáltotta, ettől pedig ellenfelünk egyenesen Sayari felé kezdett repülni, hatalmas sebességgel.

A Villám szabdaló betalált, de a Lovag aurája nem akart szűnni... ellenben Sayariéval.

Nem vágott volna elég mélyre?!

Ellenségünk karjai már visszanőttek. Miközben az egyikkel megragadta Sayari csuklóját, hogy meggátolja őt a menekülésben, a másikat támadásra emelte.

Nem... ez nem érhet így véget.

Rohanni kezdtem a lány irányába, de pár lépés megtétele után hatalmas fájdalom ütött bal combomba, melytől kis híján összeestem... de nem állhattam meg. Meg kellett védenem Sayarit.

Mikor elég közel kerültem, még egyszer utoljára összeszedtem minden gondolatomat fáradt elmémben. Sayariról, mindent, amit értem tett, mindent... amit érzek iránta.

Nem maradt már sok erőm. Egy lapra tettem fel mindent.

Megragadtam Sayari kardjának a markolatát. Szemem sarkából láttam, hogy a lány meglepett arckifejezéssel felém fordítja fejét. Itt vagyok. Többé... nem kell egyedül megküzdened az akadályokkal.

– *Villám... szabdalás!* – kiáltottam, majd beletoltam a lány kardját ellenségünk mellkasába, amilyen mélyen csak tudtam.

Látásom egy pillanatra elsötétült. Valószínűleg így jelezte testem, hogy kifogytam az energiából. Mikor visszatértem a valóságba, melegséget éreztem sajgó jobb kezemen. Sayari ujjai átölelték az enyémet, s egyszerre fogtuk kardjának markolatát.

A lány lassan elkezdte kihúzni a Lovag testéből fegyverét. Mikor elengedtem a kardot, lábaim hátrafelé kezdtek irányítani. Alig tudtam állni a fáradtságtól... de nem hagyhattam, hogy kiessek a harcból.

– *Aura...*

– *Hiroto...* – hallottam egy ismerős, finom hangot magam mögül. – *Vége van. Nézd.*

A lány rámutatott egy alakra földön. A férfinak őszes, vállig érő haja volt, melyet fémkalapja rejtett eddig, s rongyos ruhákat viselt. Felsőjén egy folyamatosan növekvő, lilás folyadékfolt terjeszkedett. Kellett pár másodperc, hogy felfogjam, a Véres Lovag volt szétterülve a szemeim előtt.

– Nyertünk...?

– Igen. Nyertünk. Hála neked.

– Én csak... – kezdtem bele, de nem volt erőm befejezni a mondatot. – Sayari... jól van?

– Jól vagyok, Hiroto. Minden rendben.

Amint a lány nyugtató szavait meghallottam, újra elsötétült minden... de ez alkalommal nem voltam képes kinyitni szemeimet.

– Hiroto?! – mondta ki ijedten nevemet Naoko.

Ez volt az utolsó dolog, amit hallottam.

Naoko nem volt egyedül a rémületével. Mikor Hiroto hirtelen elvesztette egyensúlyát, azonnal elindultam az irányába, de Naoko már elkapta, mielőtt én odaérhettem volna.

– Valószínűleg csak a fáradtság – mondta Naoko, miközben letérdelt, s Hiroto fejét a combjára hajtotta.

Naoko ezután belekezdett Hiroto sérüléseinek a gyógyításába.

A fiú egyik lábán egy mély vágás volt látható, de szerencsére ezen kívül csak apróbb sérüléseket szenvedett. Normál esetben már aggódóan rohantam volna hozzá, de mivel egy magas szintű gyógyító is volt köztünk, nyugtalanságra semmi okom nem volt.

– Maradt elég energiád ehhez, Naoko Kivégző? – tette fel a kérdést az egyik Védelmező. – A városban is megkaphatja az ellátást...

– Hirotóért bármikor feláldoznám a maradék energiámat. Szükségtelen emiatt aggódni.

Naoko elmosolyodott, miközben a fiú fejét kezdte simogatni. Riválisom is szenvedett sérüléseket a harc során, de nem törődött ezekkel. Elsődleges céljául Hiroto gyógyítását tűzte ki.

Örülök, hogy Hiroto megkapja a törődést, amit érdemel... még ha nem is tőlem.

A nyugalmas pillanatot egy köhécselés zavarta meg. A mosoly azonnal lefagyott az arcomról. A Véres Lovag még életben volt.

Szerencsére azt, ami az elkövetkezendő pár percben fog történni, Hiroto már nem látja.

Amint ellenségem közelébe értem, bal lábammal rátapostam a gyilkos frissen szerzett sérülésére, melytől a férfi egy hangos ordítást engedett ki magából.

Kardomat torkához helyeztem.

– *Fekete... kardforgató* – suttogta a Lovag.

– *Összekeversz valakivel.*

Mikor nyomást helyeztem bal lábamra, a férfi vért kezdett el felköhögni.

– *Még ha engem meg is ölsz... a kardod... végül úgyis visszakerül a jogos... tulajdonosához.*

– *Ezen kard jogos tulajdonosa a te kezed által halt meg, te szörnyeteg* – mondtam ki dühösen. – *Ha tehetném, napokig hagynálak ebben az állapotban szenvedni azért, amit tettél.*

– *Látszik... hogy semmit nem tudsz... a világról... kislány.*

– *Sayari...* – szólított meg Akihide.

Véget vetve a csevejnek beledöftem a Lovag torkába a kardomat, ezzel végleg elhallgattatva őt. Eltelt pár másodperc, mire újra kiegyenesedtem, s leráztam a szennyezett vért pengémről, majd visszaraktam azt helyére.

– *Beteljesült, amire vágytál* – szólt ismét hozzám a Fő Védelmező. – *A Véres Lovag halott.*

– *Igen... bosszút álltam.*

– *Hogy érzed magad?*

– *Üresnek.*

– *Szóval nem tölt el boldogsággal, hogy végeztél a legfőbb ellenségeddel?*

– *Arra számítottam, hogy megkönnyebbült leszek majd... de a dolgok, amiket hallottam a szájából, csak még több kérdést ültettek a fejembe.*

– *Megbántad?*

– *Természetesen nem... de úgy érzem, ennek még közel sincs vége.*

– *Talán igazad van. Mindig lesznek ellenfelek, akikkel szembe kell néznünk* – vetett véget a beszélgetésnek a férfi, s elindult a többiek felé.

Irányukba tekintve Satoru felfedezőn akadt meg a szemem először, kit az egyik Védelmező segített a felállásban, miután magához tért.

– *Úgy tűnik, mindenki egyben van.*

– *Nem teljesen, Sayari. Az önfejű döntéseid miatt három embert is elvesztettünk.*

– *Én...*

– *Kár ebbe belemerülni, Naoko Kivégző* – szólt közbe Akihide. – *A lényeg, hogy nyertünk. Áldozatok mindig is voltak, és mindig lesznek is.*

– *Lekezelő így beszélni a bukottakról, Fő Védelmező* – mondta ki gondolatait Naoko, miközben haragosan a Fő Védelmezőre nézett.

– *Lekezelő vagy nem, ez a nyers igazság. Tegyünk pontot ennek a beszélgetésnek a végére, mielőtt megbánnád a dolgokat, amik elhagyják a szádat, Kivégző.*

– *Értettem... Fő Védelmező* – engedelmeskedett Naoko.

– *Nos. Ahogy látom, mindenki magához tért.*

– *Hiroto Kivégző... uram...* – szólította meg az egyik Védelmező Akihidét.

– *Hiroto Kivégzőről később beszélnék, ha lehetséges* – vágott vissza a férfi. – *Szóval. Elsősorban Satoru felfedezőhöz szólnék... de reménykedem benne, hogy mikor legközelebb találkozunk, már Satoru* **Védelmezőnek** *szólíthatlak majd.*

– *Ez... komoly?*

– *Teljes mértékben. A képességeidet figyelembe véve tökéletesen illenél a Védelmezők körébe, kik a szívemhez legközelebb álló harcosok a városban. Természetesen a beleegyezésed nélkül nem hozok döntést. Nyugodtan gondold...*

– *Én... elfogadom, Fő Védelmező!* – kiáltott fel a fiú izgatottan.

– *Ennek örülök. Bastionban folytatjuk ezt a beszélgetést.*

– *Köszönöm* – hajolt meg illedelmesen Satoru.

– *Ami titeket illet, lányok, mindkettőtöket megajándékozom egy előléptetéssel a következő rangra. Ez maga után vonja a magasabb fizetséget is természetesen.*

Naokóval egyszerre bólintottunk ennek hallatán, de valójában engem hidegen hagyott a ranglépés. Ami jobban aggasztott jelenleg, az volt... hogy vajon miféle büntetést szab majd ki Hirotóra, amiért utánunk jött.

A kérdést pár másodperc elteltével Naoko tette fel.

– *Fő Védelmező... megkérdezhetem, miféle büntetést tervez kiszabni Hiroto Kivégző számára?*

Akihide sóhajtott egyet a kérdés hallatán.

Naoko, Satoru és én is feszülten vártuk a választ. Természetesen egyikünk sem akarta, hogy a mindhármunk számára fontos személynek baja essen.

– *Elsősorban a kitüntetéseken akartam átesni, de mint mondtam, annak eredeti oka, hogy eljöttem, az Hiroto Kivégző engedély nélküli távozása volt.*

– *Mondd ki, Akihide.*

A nevén szólítottam. Kifogytam a türelemből.

– *Mivel ez már a sokadik súlyos szabályszegése, így ehhez mérten kell megbüntetnem. Hiroto Kivégző...*

...nem érdemel több esélyt.

A férfi szavai súlyosak voltak. Mindannyian tudtuk, ez mit jelent.

– *N-ne! Nem teheti, Fő Védelmező!* – tört ki Naokóból, majd szorosan magához húzta a fiút.

– *Sajnálom, Naoko Kivégző. Ha megkérhetlek, távolodj el Hiroto Kivégzőtől. Nem szeretném, hogy bajod essen.*

– *Nem... nem engedem!* – szólt vissza engedetlenül a lány.

Akihide lépdelni kezdett Hiroto és Naoko felé. Mit tegyek? Mit... tehetek? Mikor legutóbb szembeszegültem Akihidével, azzal csak Hiroto sorsán rontottam. Ezt a hibát most nem követhetem el.

Akihide lassan elkezdte előhúzni kardját a hüvelyéből.

Gyors döntést kellett hoznom.

Nem folyamodhatok erőszakhoz. Azzal nem csak saját magamat sodornám bajba, hanem Hirotót is. Kérleléssel nem megyek semmire. Akihide nem olyan ember, akit ilyesmivel meg lehetne győzni... már régóta fáj a foga Hirotóra. Ezt a lehetőséget nem engedi egykönnyen kicsúszni a markából.

Csak egyetlen lehetséges módszert látok.

Kardomat, kirántottam tokjából, erre mindkét Védelmező felfigyelt, s felkészült a harcra... de ahelyett, hogy Akihidének estem volna vele, a földbe döftem azt, majd letérdeltem.

– *Fő Védelmező.*

– *Hm?* – fordult felém a férfi. – *Ha könyörgésre készülsz, előre szólok, hogy nem fogsz vele semmire menni, Sayari.*

– *Nem fogok könyörögni.*

Lehunytam szemeimet. Amit most készülök kimondani, azt talán életem végéig bánni fogom.

– *Ha mentesíted Hirotót a büntetése alól, ígérem, soha többet nem engedem, hogy megközelítsen engem. Mindenféle kapcsolatot megszakítok vele, s visszatérek egykori önmagamhoz. Fegyveredként fogok oldaladon állni, mint ahogyan azt mindig is tettem, s szigorúan, a szabályok szerint fogok élni* – tettem esküt, visszafojtva valódi érzéseit.

– *Mintha ezt már egyszer eljátszottuk volna. Mi a garancia arra, hogy ez alaklommal ez ténylegesen így is fog történni?*

– *Semmi... de azt garantálom, ha hozzáérsz Hirotóhoz, akkor annak súlyos következményei lesznek.*

– *Oh? Szóval megfenyegetsz? Képes lennél kiontani a Fő Védelmeződ vérét egy ilyen senki miatt?*

– *Nem. Megzsarollak. Ha bántalmazod Hirotót, a saját életemet veszem el... megfosztalak a legjobb Kivégződtől.*

Most, hogy ezen túlestem, kinyitottam szemeimet, s választ várva Akihidére néztem.

– *Érdekes. Miért mennél ilyen messzire érte?*

– *Most, hogy a Lovag halott, az életem célját vesztette. Ha elvennéd azt tőlem, aki legfontosabb számomra, nem maradna semmi ezen a világon, ami érdekel.*

A csend, ami ezután jött, több órásnak tűnt, pedig csak pár másodpercig tartott. Gyerünk... mondd ki. Mit akarsz még tőlem?!

Akihide végül visszacsúsztatta kardját a tartójába.

– *Rendben, Sayari. Ez jó játszma volt. Távozhatsz.*

Miután feltápászkodtam, s visszatettem kardomat helyére, szó nélkül megindultam a kijárat felé. Egyszerűen... kifogytam a mondanivalóból. Minél hamarabb el akartam tűnni erről a szörnyű helyről.

Lépteim, amint felértem a lépcsőn, futássá alakultak át. Csak rohantam, s rohantam, amíg bírtam.

Mikor kiértem az erődből, lábaim feladták a harcot, s térdre rogytam. A sírás visszatartásának érdekében belemélyesztettem fogaimat szám szélébe... de akárhogy is próbálkoztam, nem volt mit tenni. Könnyeim lecsordultak arcomon, miközben kiengedtem magamból a felgyülemlett érzelmeket.

Több percig voltam ott kisírt szemekkel s vérző ajkakkal.

A boldogságot, amit okoztál számomra, sosem fogom elfelejteni.

Ez alatt a rövid idő alatt boldogabb voltam, mint valaha.

Talán... nem lesz lehetőségünk közelebb kerülni egymáshoz, de örökké hálás leszek neked a törődésért, amit tőled kaptam.

Sajnálom, Hiroto.

Ég veled... egyetlenem.

Álomvilág

Ismét azon kaptam magam, hogy a sötétségben bolyongok. Mióta lehetek itt? Mióta kereshetek valami felismerhetőt ebben az ürességben? Akárhogy töröm a fejem, nem tudok választ adni magamnak. Olyan érzésem van, mintha napok óta itt lennék. Magányos vagyok. Félek... szinte reszketek. De miért?

– *Kiutat próbálsz találni a végtelenségből?* – szólt egy hang a hátam mögül.

Hirtelen megfordultam.

Egy tetőtől talpig fehérbe öltözött alak állt előttem, maszkkal az arcán. Ismerős volt.

– *Szeretnék visszajutni a valóságba* – válaszoltam az alaknak.

– *Én is. De, ellentétben veled, engem az örökkévalóságig ide száműztek.*

– *Miért?*

– *Már én sem emlékszem. Talán valami megbocsáthatatlant tettem* – szólt vissza a női hang.

– *Ki vagy te?*

– *A szüleim sosem adtak nekem nevet... ha voltak egyáltalán.*

– *Sajnálom. Van rá mód, hogy kiszabadítsalak innen?*

– *Egyedül nem tudsz felébreszteni. Ha ez megtörténne, sem láthatnám a világot.*

– *Miért nem?*

– *A szemeim fényét már régen elvették tőlem. Már csak mások szemével láthatom a valóságot.*

– *Mások... szemével? Az enyémmel?*

– *Nem. Egy hős szemével.*

– *És ki lenne ez a „hős"?*

– *Nem mondhatom el.*

– *Akkor... hogyan vársz tőlem segítséget?*

– *Fogd meg a kezem.*

Kérésére jobb kezemet nyújtani kezdtem felé, ő pedig, velem egy időben, hasonlóan tett... de a pillanatban, mikor kezünk találkozott volna, az nekiütközött valaminek.

– Látod? Egyedül nem tudsz rajtam segíteni.

– Ez a fal... mióta van itt?

– Mindig is itt volt, de a szemeid, megtévesztenek téged. Ez nem egy fal. Ez egy tükör.

Amint a női hang kimondta eme szavakat, felébredtem. Milyen furcsa egy álom volt. Mostanában sokat küzdöttem rémálmokkal, de ez mégis másnak tűnt. Na, mindegy. Nem szeretek sokat agyalni ilyesmiken.

Nem tudom, meddig alhattam, de a testemet még fáradtnak éreztem. Ez, azt hiszem, eldőlt.

Hátamról hasamra feküdtem, s arcomat a párnámba nyomtam, majd átöleltem alulról azt.

Puha.

– Ö-ömm...

Vajon folytatódni fog az álom? Kíváncsi lennék, mi történik majd ezután.

– H-Hiroto...

Naoko? Oh, igen. Egy lakásban élünk. Már meg is feledkeztem róla.

– Nem gond, ha alszom még egy kicsit?

– P-pihenj csak... d-de... ez így biztosan k-kényelmes neked?

– Kényelmesebb már nem is lehetne. Mintha nem is a párnámon feküdnék.

Várjunk. Nem a párnámon fekszem, igaz?

A hirtelen ráeszmélés hatására kinyitottam szemeimet, felpattantam és... kihúztam a kezeim Naoko combjai alól.

– É-én... sajnálom – esedeztem megbocsátásért a földet bámulva.

– S-semmi gond... csak e-erről inkább ne beszéljünk senkinek, rendben? R-rontana a... rólam kialakult képen... h-ha érted.

– Egyetértek... – feleltem a fejemet fogva.

Egy kis időnek el kellett telnie, mire fel tudtam dolgozni, mi is történt és mit keresek idekinn Naoko társaságában. Mikor a kérdések, melyeket fel akartam tenni, megfogalmazódtak bennem, nekidőltem a fának, aminek Naoko támaszkodott.

– Mióta voltam kiütve?

A lány nem válaszolt. Mikor ránéztem, láttam, gondolatai máshol járnak. Naoko maga elé bambult, kipirult arccal s egy apró mosollyal az arcán.

– *Naoko?*

– *O-oh, én... ő... nem ellenzem.*

Mi? Mégis... mit?

– *Vagyis...* – kezdett bele saját maga kijavításába, majd fel- húzta arcához térdeit, s átölelte azokat, hogy eltakarja arca nagy részét. – *Ne haragudj, máshol jártak a gondolataim. Mit is kérdeztél?*

Naoko reakcióján elmosolyodtam. Mikor először találkoz- tunk, nem gondoltam volna, hogy van egy ilyen oldala is.

– *Semmi. Ne is törődj vele* – feleltem egy mosollyal az arcomon.

Az égre tekintve ugyan a pontos időt nem tudtam meghatá- rozni, de úgy láttam, elmúlt dél. Ez azt jelenti, hogy körülbelül fél napig aludtam.

– *Ne haragudj, hogy itt kellett maradnod miattam.*

– *Senki nem kért rá, hogy maradjak... sőt. A Fő Védelmező, azt tanácsolta, hogy hagyjalak itt.*

– *Milyen kedves tőle.*

– *Egyetértek. Hogyan várhatja el, hogy hagyjam hátra a csapat- társamat?*

– *Van egy olyan érzésem, hogy nem bír engem.*

– *Jól érzed. Valószínűleg azért, mert összebarátkoztál Sayarival.*

– *De... ez miért rossz dolog? Ha jól tudom, nincs sok ember a vá- rosban, aki megpróbálta őt megismerni.*

– *Okkal, Hiroto. Félnek tőle.*

– *Tudom.*

– *Te más vagy... ezért nem akarja a Fő Védelmező, hogy közel kerülj hozzá.*

– *Ezt hogy érted?*

– *Más* – mosolygott rám lány.

Nem kellett sok idő hozzá, hogy újra a földet kezdjem bá- mulni. Valamiért most nehezemre esett Naoko szemébe nézni.

– *Elpirultál. Könnyű téged zavarba hozni.*

– *N-nem igaz. Direkt terelted el a témát?*

– *Talán. Nem szeretek Sayariról beszélni.*

– *Miért?*

– *Mert mindenben jobb nálam. Erősebb, magabiztosabb, csinosabb... a kemény, megközelíthetetlen forma, amit mutatok a világ felé... talán csak azért csinálom, mert rá akarok hasonlítani. Tudom, furcsa ezt tőlem hallani, de féltékeny vagyok rá. Mindig is az voltam... ez az oka annak, hogy utálom őt.*

A szavak, melyek elhagyták száját, meglepetésként értek. Naoko ennyire még sosem nyílt meg előttem.

– *Ez nem igaz* – mondtam ki.

– *Kérlek... ne hazudj a szemembe, Hiroto* – mondta a lány, mélyen a szemeimbe nézve.

Még mindig kissé nehezemre esett tartani a szemkontaktust, de ha most megszakítom, a szavaim egyáltalán nem tűnnének hitelesnek.

– *Te is erős vagy. Sokkal erősebb, mint a legtöbb Kivégző* – kezdtem bele. – *A szememben nem vagy semmivel kevesebb Sayarinál. Ugyanúgy, mint azt vele kapcsolatban is megtudtam, ha közelebbről megismernek, te is jó társaság vagy. Kedves, törődő, jólelkű... és még sokáig sorolhatnám.*

Természetesen ennyivel nem tudhattam le ezt a dolgot, s végignéztem Naokón... ezzel kissé zavarba hozva őt.

– *M-mi az...?*

– *S-semmi csak... n-nagyon csinos vagy. N-nincs miért féltékenynek lenned rá emiatt.*

Célozva az... adottságaira. Egy kicsit talán veszélyes területre eveztem ezzel.

Naoko teljesen elásta az arcát lábai közt.

– *Ú-úgy gondolod?*

– *Igen* – szedtem össze magamat. – *Ezt mind nem csak azért mondtam, hogy jobban érezd magad. Minden szavamat komolyan gondoltam. Igaz, nem vagy olyan, mint Sayari...* – hagytam a mondatot befejezetlenül, erre pedig a lány felkapta fejét –, *más vagy.*

– *Más...?*

– *Sok mindenben különböztök. De ez szerintem nem rossz dolog. Sokkal többet érsz annál, minthogy egyszerű hasonmása légy egy másik személynek.*

– Köszönöm. Sokat jelent, hogy ezt mondod.

Válaszként a lányra mosolyogtam, ő pedig viszonozta ezt. Sayari és Naoko két különböző személyiség... sosem próbálnám meg összehasonlítani őket. Mindketten fontosak számomra.

– Hiroto... Sayariról tudnod kell, hogy...

– Azt hiszem, sikerült összeraknom a képet, Naoko. Sayari nem véletlenül nincs itt, nem igaz?

– Igen. A Fő Védelmező... megtiltotta neki, hogy bármiféle kapcsolatot ápoljon veled.

– Ezért vagyok még életben. Ez a büntetés. De... nem értem, miért Sayarit kínozza helyettem. Ő...

– Én! – vágott szavaimba a lány. – *Tudom, hogy nem helyettesíthetem azt, amit Sayari képvisel a szívedben... de minden tőlem telhetőt meg fogok tenni azért, hogy a tudtodra adjam, rám is számíthatsz. Csak a-azt akarom kihozni ebből, hogy bármikor támaszkodhatsz rám, ha problémákkal küzdesz.*

– Köszönöm, de úgy gondolom, téveszméid vannak, Naoko... nem akarom Sayarit veled helyettesíteni. Már te vagy a csapattársam... nem ő. Ha a dolgok nem így folytak volna le, ez akkor sem változott volna meg. Nem könyörögtem volna vissza magam a csapatába akkor sem, ha a Fő Védelmező engedélyt ad rá, hogy tartsam vele a kapcsolatot.

– K-komolyan...?

– Persze. Ha már így alakultak a dolgok, hozzuk ki a legtöbbet belőle, rendben?

Nem tagadom, hiányoznak azok az idők, mikor a mindennapjaimat Sayarival tölthettem, hisz' azidő alatt rendesen a szívemhez nőtt... de mint azt Naokónak is mondtam, nem ő az egyetlen, aki fontos számomra.

– Én... lehetek veled őszinte? – tette fel a kérdést a lány kissé habozva.

– Ha lehet, szeretném, ha mindig az lennél velem – feleltem mosolyogva.

– A közös küldetésünk Sayarival... amiről beszéltem már máskor is... nem teljesen úgy történt, mint ahogy én eddig beállítottam.

– Elmesélnéd, mi történt valójában?

– Egy magas rangú szörnyeteg kivégzésére küldött minket a Fő Védelmező, Sayari vezetésével. A küldetés felvázolása után elküldött mindenkit... kivéve engem. Rám egy olyan feladatot bízott, melyről nem tudhatott más rajtam kívül. Azt mondta, miután a csapattársaink elbuktak, hagyjam magára Sayarit.

– De... miért?!

– Ezzel akarta biztosítani, hogy senki ne bízzon meg Sayariban. A pletyka szerint, ami gyorsan elterjedt, Sayari Kivégző hagyta a csapattársait meghalni... kivéve egyet, aki el tudott menekülni. A Fő Védelmező parancsba adta, hogy ne beszéljek erről senkinek, sőt erősítsem meg a pletykákat, s beszéljek Sayari kegyetlen viselkedéséről. Sajnálom, hogy csak most árulom el, Hiroto.

– Nem, ez... nem tehetsz róla. A Fő Védelmező parancsait kötelezően be kell tartanunk. De nem értem, mégis mi célt szolgál számára az, hogy elüldöz mindenkit Sayari mellől.

– A Fő Védelmező számára csak Sayari létezik... és azt szeretné elérni, hogy ez fordítva is érvényes legyen. Attól tart, hogy elveszik tőle a nevelt lányát, s egyben a legerősebb harcosát is.

– Micsoda önzőség. Arra nem is gondol, hogy Sayari mit érezhet.

– A Fő Védelmező nem túl tág látókörű ember. Csak a saját javát tartja szemei előtt, akármilyen mézesmázosan is állítja be a dolgokat.

– A szörnyek gyilkolása is... egy ilyen dolog?

– Talán. Ezt nehéz megmondani. Azt nevelték belénk, hogy a szörnyetegek veszélyt jelentenek ránk, ezért tűnik természetesnek, hogy megöljük őket.

– Nem gondoltam... hogy rajtam kívül más is látja így a dolgokat.

– Kételkedni a döntéseink helyességben emberi dolog. Hidd el, ezt én jobban tudom, mint bárki más.

Naokóval még hosszú ideig folytattuk a beszélgetést. Éreztem, hogy testembe lassacskán kezd visszatérni az energia, s kezdek készen állni a hazaútra. De... volt még valami, amit kérdezni akartam Naokótól. Valami, amiről még talán senkinek sem beszéltem komolyabban.

– Mondd, Naoko...

– Igen?

– Szoktak... furcsa rémálmaid lenni?

– *Mindenkinek vannak rémálmai… de pontosan mit értesz „furcsa" alatt?*

– *Olyan… valóságosak. A legtöbb álmomban csak bolyongok a sötétségben, de a legutóbbiban megszólított egy nő. Sosem volt még ilyen ezelőtt.*

– *Egy nő? Felismerted a hangját?*

– *Nem. Sosem hallottam még ezelőtt. A furcsasága az egésznek az volt, hogy nem a saját testéből szólalt meg… hanem elmondása szerint az enyémből. Tapasztaltál már ilyet valaha?*

Naoko arca elcsodálkozott a hallottaktól, s szótlanul nézett rám ezután.

– *V-valami rosszat mondtam?*

– *N-nem, dehogy… csak mintha ezt már hallottam volna valaki mástól… régen.*

– *Kitől?! Beszélhetnék vele?!*

– *Nyugodj meg, Hiroto. Nem azt mondtam, hogy ugyanez történt vele, csak hasonló. Amúgy… az a személy már nincs Bastionban.*

Izgatottságomban megragadtam a lány vállait.

– *Hol van?! Többet akarok tudni róla!*

– *H-hé… nem gondolod, hogy túl komolyan veszed ezt?*

– *O-oh… ne haragudj.*

– *Semmi gond. Szerintem ne gyötörd magad emiatt. Ezek… csak álmok. Nincs különösebb jelentésük.*

Az arckifejezés, melyet Naoko mutatott felém, mikor meséltem neki az álmaimról, nem ezt igazolták. Talán… többet tud, mint amiket elmond nekem. Egyelőre ejtem a témát. Nem akarom felhúzni a kérdezősködésemmel.

– *Igazad van.*

Naoko sóhajtott egyet, majd rám mosolygott.

– *Lassan indulnunk kellene. Kezd lemenni a nap.*

– *Igen… még ha most elindulunk is, éjszaka fogunk hazaérni* – feleltem, majd felálltam, s kinyújtottam kezemet Naoko felé. – *Menjünk.*

Naoko egy mosollyal fogadta udvariasságomat, s elfogadta azt, majd együtt megindultunk a város felé.

– *Holnaptól újra visszaáll minden a szokásos kerékvágásba, igaz?*

– Igen. A Fő Védelmező azt mondta, nem marad majd sok időnk a pihenésre.

– Megmondom őszintén, nem vágytam vissza annyira a szürke hétköznapokba.

– Én sem, de nincs sok választási lehetőségünk. Ezzel keressük a kenyerünket.

– Igaz.

– Bár van valami... ami megszakítja majd ezt a körforgást... és arra gondoltam...

– Mi lenne az?

– A t-téli fesztivál... ha lenne kedved...

Jaj, ne.

– Kérlek, ne mondd ki. Rossz ómen.

– Rossz... ómen?

Ah. Anélkül szólaltam meg, hogy átgondoltam volna. Ezt sürgősen javítanom kell.

– Ú-úgy értem... biztosan velem akarsz menni?

– Miért, ki mással mennék?

– Nos... mondjuk...

– Ne. Bele se kezdj. Nem akarom hallani.

– Oh, rendben.

– Igen, biztosan veled akarok menni, Hiroto. L-lennél a párom a téli fesztiválra?

– Sz-szívesen... ha én megfelelek számodra.

– Tökéletesen – mondta ki halkan a lány kipirult arccal.

Úgy néz ki, elköteleztem magam az elkövetkezendő fél évre. De vajon a téli fesztiválra sikerül eljutnom valamiféle probléma becsúszása nélkül? Ezt csak a sors döntheti el.

– Naoko... emlékszel még az első találkozásunkra?

– Amikor megmentettél? Sosem feledném el.

– N-nem... a legelsőre.

– A-azt... inkább felejtsük el.

– Én nem akarom. Elvégre... akkor ismerkedtünk meg.

– Az a személyiségem jobban tetszett? Szeretnéd, hogy úgy beszéljek veled, mint aznap?

– Nem vagyok mazochista, Naoko.

– *Nem vagyok kíváncsi a fétiseidre. Örülj egyáltalán, hogy megengedtem, hogy mellettem sétálj.*

Naokóval ezután összenéztünk, s nevetésben törtünk ki.

Még ha Sayarit el is tiltotta tőlem a Fő Védelmező, boldoggá tesz, hogy nem maradtam egyedül... ám ez nem azt jelenti, hogy belenyugodtam ex-csapattársam elvesztésébe. Találni fogok rá módot, hogy újra közel kerülhessünk egymáshoz... és találni fogok egy módot rá, hogy a Fő Védelmező ne okozhasson többé fájdalmat neki.

Kerüljön bármibe is.

Az utolsó küldetés

Ősz. A legutálatosabb évszak számomra. A kellemes nyári meleg kezd feledésbe merülni, s a hűvös szél veszi át a helyét. A fák elvesztik szépségüket, s lassacskán haldoklásba kezdenek, a virágok pedig elhervadnak, kifakítva az eddig színben pompázó mezőket. Milyen kár.

– *Szomorúnak tűnsz, Toshiro.*

– *Nem vagyok szomorú. Inkább csalódott. Mikor legutóbb itt voltunk, minden olyan... színes volt.*

– *A szépség nem tarthat örökké. Kivéve az enyémet* – kacsintott rám a lány, nyelvét mutatva felém.

– *Most ehhez nincs kedvem, Yuriko.*

– *Neked sosincs kedved semmihez. Olyan unalmas vagy* – mondta sértődötten.

– *Inkább áruld el végre, hogy minek jöttünk ide vissza. Azt is nehéz volt kihúzni belőled, hogy hova megyünk egyáltalán.*

– *Nos, drága Toshiro, ha ennyire érdekel, elárulom. Van még valami, amit szeretnék elintézni itt.*

– *Gondoltam. Kicsit konkrétabban?*

– *Idővel megtudod.*

– *Mindig titkolózol. Hogyan várhatsz így tőlem segítséget?*

– *Kivételesen nem várok tőled semmit. Üsd el az időt valahogy, amíg beszélek Akihidével.*

– *Szóval a Fő Védelmezővel van dolgod.*

...

– *Megölöd?*

– *Nem, nem, dehogy! Ha kérhetlek, mellőzd az ilyen megszólalásokat. Mit csinálnánk, ha valaki meghallana téged?*

– *Gondolom, elhallgattatnánk mindenkit.*

– *Olyan fafejű vagy. Ez nem így működik. Engem ismernek itt. Diszkrétnek kell lennünk.*

– *Nagyon diszkrétnek tűnhetünk ebben a maszkban.*

– Nem hiszem el, hogy neked mindenre van egy okos beszólásod. Miért hoztalak egyáltalán magammal?

– Ne engem kérdezz.

Yuriko egy sóhajtással lezárta a beszélgetést, majd megállt.

– Itt vagyunk.

– Siess.

– Gyorsan túlesem rajta. Csak beugrom az egyik Kivégzőhöz egy kis… információért, aztán elbeszélgetek Akihidével erről-arról, és itt is vagyok.

– Miféle információért? – kérdeztem elcsodálkozva.

Gyűlölöm, mikor Yuriko ezt csinálja. Mindig megkér, hogy menjek el vele ide-oda, de közben egy aprócska részletet sem hajlandó megosztani velem az egészről.

– Tessék. Olvasd el – nyomott a kezembe egy papírt a lány, majd belépett a palotába, hátrahagyva engem.

„Tisztelt Kivégző. Kérem, amint lehetséges, látogasson meg. Azt hiszem, megtaláltam azt, amit eddig kétségbeesetten keresett.
Üdvözlettel: E"

Az informátor elég rövidre és kódoltra fogta az üzenetet annak érdekében, ha valaki véletlen elolvasná, ne legyen gyanús. Még Yurikót is „Kivégzőnek" nevezte benne. Okos. Nem tudom, ki lehet ő, de Yuriko jól választott.

Várjunk… a dátum. Július?!

Kiengedtem magamból egy sóhajt. Yuriko szokásosan szétszórt. Néha elgondolkozom rajta, hogyan képes vezetni bárkit is ilyen kevés IQ-val.

Nos… amíg ő intézi a bajos ügyeit, addig azt hiszem, én megpihenek valahol… bent. Semmi kedvem nincs a hidegben kint ácsorogni.

Már kezdtem a kilincsért nyúlni, mikor valaki a másik oldalról kinyitotta az ajtót. Egy fehér hajú lánnyal találtam szembe magam, ki összerezzent hirtelen megjelenésemtől. Ez nem jó.

– E-elnézést.

Válaszként bólintottam egyet, s a lány már el is tűnt. Szerencsémre nem kezdett velem beszélgetésbe. Szeretném elkerülni Bastion híres „Kivégzőit", ha lehetséges. Talán felmegyek pár emeletet, hátha ott biztonságosabb, mint a földszinten.

Már jó pár emeletet elhagytam, mire úgy kezdtem érezni, hogy egyedül vagyok... de ekkor hallottam jobb oldalról egy ajtó csukódását. Valaki jön. Nem is akárki. A legrosszabb személy, akivel összefuthattam ebben az ízlésromboló palotában.

– *Hát te?*

Yuriko.

– *Örülök, hogy újra látlak.*

– *Ne hazudj. Miért vagy itt?*

– *El akartam rejtőzni az emberek elől.*

– *Hát... azzal a lehető legrosszabb helyen próbálkoztál. Végeztem az informátoromnál. Szeretnél velem jönni a Fő Védelmezőhöz? Addig sem sétálgatsz itt fel-alá feltűnően.*

Fő Védelmező. Egy név, mely nagyképűségre és gőgre utal. Undorodom tőle.

– *Látom az undort az arcodon.*

– *Maszk van rajtam.*

– *Ismerlek. Tudom, hogy undorral teli arcot vágsz* – kezdett bele a kuncogásba Yuriko.

– *Tőled is undorodom.*

– *Ne légy ilyen bántó! Inkább induljunk meg a Fő Védelmezőhöz.*

– *Legyen.*

A kínosan hosszú ideig tartó lépcsőzést szerencsére anélkül tettem meg, hogy szót kellett volna váltanom bárkivel. Legszívesebben bemennék egy üres szobába és lefeküdnék aludni, míg Yuriko intézkedik.

– *Megjöttünk* – szólt Yuriko az ajtó mögött lévő személyhez.

– *Fáradjatok be.*

Mikor beléptünk a palota legfelső emeletén lévő szobába, a férfi háttal várt minket, az ablakon kifelé bámulva. Ez valamiféle menő köszöntőpóz akar lenni? Egyre jobban undorodom tőle.

– *Foglaljatok helyet. Megkínálhatlak titeket teával?*

Miután leültünk, Yuriko belekezdett.

– Nem kell a teád, Akihide. Térjünk a lényegre.

– Rendben. Megtudhatom, milyen okból jöttetek ide? Azt hiszem, megbeszéltük, hogy a Véres Lovag incidens utá, megtartjuk egymástól a kellő távolságot.

– Először is. Nem beszéltünk meg semmi ilyesmit, ez csak a te javaslatod volt; én oda megyek, ahova akarok. Másodszor, nem emlékszem, hogy bármi közöm lett volna Bastion ostromához.

– Te! Hogy mondhatsz ilyet azután, hogy...

– Csillapodj le, Akihide. Ne feledd, hogy kivel beszélsz. Talán a Kivégzőidet és Védelmezőidet hozzászoktattad ehhez a beszédstílushoz, de ne merészelj lealacsonyítani az ő szintjükre.

Oh, kezdődik. Yuriko dühös.

Felkészülve arra, ami most következik, hátradőltem, s kényelembe helyeztem magamat.

– Nincs itt esetleg valami, amit elrágcsálhatnék, amíg megbeszélitek a régi szép időket? – tettem fel a kérdést Akihide felé.

– Jól szórakozol? – kérdezett vissza a férfi dühösen.

– Még nem. Ezért akartam kérni valami harapnivalót.

– Chh.

– Tessék – nyújtott felém egy zacskó mogyorót mosolyogva Yuriko.

– Köszi. Folytassátok csak – feleltem, miközben kissé felhajtottam maszkomat.

– Yuriko. Ne feledd, hogy az én országomban, az én városomban és az én palotámban vagy. Nem sétálhattok csak úgy ide követelőzve.

Yuriko egy grimasszal az arcán előrehajolt. Utálom ezt a grimaszt. Ilyenkor mindig nagy szavakat szokott használni.

– Hidegen hagy, hogy ez kinek a palotája, Akihide. Ha továbbra is ilyen tiszteletlen maradsz velem szemben, körülbelül...

Yuriko ezután rám nézett.

– Öt másodperc – válaszoltam.

– Pontosan. Öt másodperc alatt romba döntöm az egészet.

– Oké, rendben. Megnyerted a játszmát, Yuriko.

– Én is így gondoltam.

– Szóval, minek köszönhetem a látogatásotokat?

– Hozzám jutottak nemrégiben olyan információk, amiket eddig te nem osztottál meg velem. Megmagyaráznád ezt a rendkívül furcsa jelenséget?

– M-mégis... mire gondolsz? Mindig azt mondom neked, amit hallani akarsz!

– Uh. Ez fájt. Szóval itt gyökerezik a probléma. Ne azt mondd nekem, amit hallani akarok, hanem a valóságot. Tudod, az ilyen „problémákat" gyorsan meg szoktam szüntetni.

– Fogalmam sincs, hogy miről beszélsz.

– Akkor hadd világosítsalak fel. Vagyis... inkább te világosíts fel engem. Mi történt a Véres Lovaggal?

– A legjobb Kivégzőimet küldtem a megölésére, s ők sikerrel jártak. Ennyi történt. Sem több, sem kevesebb.

Mivel Yurikónak nem tetszett a válasz, amit kapott, kilökte maga alól a széket, felpattant, s magához rántotta Akihidét az ingjénél fogva. A lány eddigre már olyan szinten haragos volt, hogy valószínűleg észre sem vette, hogy sötét aurája mutatkozni kezdett.

– Akkor mégis mi a fészkes fenét kerestél ott, te idióta?!

Mivel nem szerettem volna túlságosan felhívni magamra a figyelmet, ezért azt láttam a legjobb megoldásnak, ha lenyugtatom őt. A széket, melyet hátralökött, felállítottam, s fejére tettem a kezemet, majd visszatoltam őt ülőhelyére.

– Ülj le.

Yurikónak kellett pár másodperc, mire auráját teljesen kámforrá változtatta. Egy sóhajjal jelezte, hogy visszatért szokásos önmagához. Ha „az" átvette volna felette teljesen az irányítást, nagy bajban lettem volna.

– Hallgatlak – mondta a lány.

– Nos – igazította meg gallérját a férfi –, mivel a Lovag már nem a parancsaid szerint cselekedett, így azt gondoltam... hogy...

– Mit? Mit gondoltál? Azt, hogy jó ötlet segítened a megölésében? Az egy dolog, hogy odaküldted a Kivégzőidet. Attól a pillanattól, hogy a Lovag megszegte a parancsaimat, nem érdekelt a sorsa. De nem emlékszem, hogy engedélyt adtam volna neked arra, hogy elhagyd a várost.

– Én… sajnálom. De szeretném hozzátenni, hogy nem azért mentem oda, hogy végezzek Gilstreynnel.

– Oh, igen. Erről is hallottam egy-két dolgot. Jól tudom, hogy azt hazudtad, hogy én figyeltem meg Hiroto Kivégzőt?

– I-igen. De csak azért tettem, mert gyanakodni kezdtek a hollétedre, Yuriko! Esküszöm!

– Ez nem mentesít az alól, amit tettél. A bűneid száma csak nő és nő, Akihide. Egyébként… ugye nem akartál végezni Hiroto Kivégzővel? Tudod, megkedveltem azt a fiút, és ha esetleg olyasmi jutna tudtomra, hogy bántalmaztad…

– N-nem. Eszembe sem volt ilyesmi! Csak… elbeszélgettem vele.

Késztetést éreztem arra, hogy a kétségbeesett „Fő Védelmezőt" fejbe dobjam egy mogyoróval. Természetesen ezt meg is tettem.

– Hazudsz – vádoltam meg.

– Oh? Mintha hazugsággal gyanúsítanának téged. Mi a mentséged?

Egészen jól szórakozom. Még a végén teljességgel eltűnik a megbánás, amit induláskor éreztem.

– Nincs mentségem – felelte a férfi lehajtott fejjel.

– Sajnálatos. Akkor, ez tudod, mivel jár.

– N-nem teheted! Ha megölsz, ki fogja vezetni a várost?! Ki fogja megölni neked a kemonokat?!

– Shh! Azt akarod, hogy becsörtessen az egyik Védelmeződ és meg kelljen ölnünk?

– E-elnézést.

– Csak ugrattalak. Mivel a Lovag már amúgy is halálra volt ítélve, eltekintek a kis bakidtól. Egyébként is… szükségem van még a szolgálataidra.

– Köszönöm a kegyelmességed.

– Haladunk. Már szinte kilométerekre vagyunk attól a beszédstílustól, amivel fogadtál minket. Egyébként, az előbbi margójára, úgy döntöttem, a drágalátos Sayarid már nem áll a védelmünk alatt.

– M-miért?!

– Miért, azt kérded? Te kértél tőlem valamit, de megszegted azt, amit én kértem tőled. Ez így fair.

Akihide erre már nem tudott kifogást találni, s elásta arcát az asztallapon.

– Az egész „szerezzünk embereket a hadseregünkhöz" akció, majdnem a lány miatt bukott el. A legjobb az lett volna, ha még itt, a városban meghal – szóltam hozzá a beszélgetéshez.

– Mégis... miért lenne az ő hibája?! Sayari semmiről sem tehet!

– Sayari, Sayari, Sayari. Ennyi éves létedre egy közel húszéves lány dobogtatja meg a szíved? Persze, hogy az ő hibája volt az egész. A Lovag, amint meglátta a Kivégződet, megszegte Yuriko parancsát és utánaeredt. Minden a terv szerint ment egészen addig.

– Pontosan. Szebben magam sem fogalmazhattam volna.

– É-értem... – felelte a férfi lehangoltan.

Ha együttérzést vár, tőlem biztosan nem fogja megkapni.

– Szóóval. Most, hogy ezen túlestünk, beszélhetünk a fontos dolgokról is.

Így kell belerúgni egy földön lévő emberbe, Yuriko módra.

– Mégpedig?

– Azt rebesgetik a madarak, hogy Hiroto Kivégző különleges aurával rendelkezik. Igaz ez?

– Igen...

– És közölted ezt velem?

– N-nem.

– Így igaz. Mert meg akartál tőle szabadulni. De semmi gond! Nem haragszom rád emiatt. Hisz' ez nem történt meg. Csak, hogy a te szádból hallhassam... milyen aurával rendelkezik Hiroto Kivégző?

– F-fehér.

– Bingo! Ez azt jelenti, hogy potenciális veszélyforrás számunkra. Így van?

– Igen. Pont ezért szeretném...

– Nem, Akihide. Az előbb mondtam, hogy kedvelem őt.

– De akkor mégis mit akarsz tenni?

– Hagyom fejlődni. Azt szeretném, hogy megtalálja őt a sors.

– Ez... őrültség! Borzalmas ötlet!

– Miért lenne az?

– Hiroto képes lenne irányítani ugyanazt az erőt, mint te! Ha hagyjuk őt úgy cselekedni, ahogy akar, előbb utóbb...

– *Így van. Előbb utóbb a sors összehozza őt a **szemmel**. Ezzel megspórolom az energiát, hogy tovább kutassak utána. Ha megvan a szem, már csak el kell vennem azt, és teljessé válik a tervem.*

– *Mi van, ha tévedsz?*

– *Kételkedsz a képességeimben, Akihide?*

– *N-nem. Egyáltalán nem.*

– *Helyes. Akkor ezt megtárgyaltuk.*

– *Folytassam továbbra is azt, amit eddig?*

– *Igen. A kemonok kiirtása a feladatod továbbra is, a megbeszéltek szerint. Egy ideig...*

– *Egy ideig?*

– *Már nem sok maradt ezen a területen. Talán télre az összessel végezni tudtok, ha gyorsan haladtok.*

– *Mi lesz azután?*

– *Adok neked egy utolsó küldetést. Ha azt is teljesíted, mentesítelek a kötelességeid alól, s kedved szerint cselekedhetsz majd... feltéve, ha nem kell csalódnom benned ismét.*

– *Nem fogok csalódást okozni, Yuriko.*

– *Helyes. Egy ideig nem leszel képes felvenni velem a kapcsolatot. A szomszédos királyságba megyünk. Elvárom, hogy minden rendben menjen addig.*

– *Heiwába? Miért?*

– *Nem mintha rád tartozna, de ha ennyire kíváncsi vagy, elárulom. Keresek valakit, szóval csinálok ott egy kis felfordulást, hogy előkerítsem. Ne aggódj, hallani fogsz róla. Ha eljön az idő, írni fogok egy levelet, amiben elmagyarázom az utolsó küldetésed részleteit.*

– *Rendben.*

– *Ég veled, Akihide* – intett egyet már háttal állva Yuriko, majd kiléptünk az ajtón.

Yurikóval idáig szótlanul haladtunk lefelé a lépcsőkön. Azt hiszem, tudom, kire gondolt, mikor azt mondta, keres valakit, de azért a bizonyosság kedvéért rákérdeztem.

– *Szerinted Heiwában van a doki?*

– *Biztos vagyok benne. Az az egyetlen hely, ahol bujkálhat.*

– *Még mindig úgy gondolod, hogy a szem keresésére indult?*

– Igen. Ha megtalálnánk, két legyet ütnénk egy csapásra... de nem mi fogjuk megtalálni, hanem Akihide Kivégzői.

– Oh. Te aztán szeretsz mások életével játszadozni.

– Csak kíváncsi vagyok, mit fog tenni ezután.

– A doki?

– Nem.

– Akkor ki?

– Hiroto.

A szerző

Hanzik Krisztián 1997.07.19-én született Kecskeméten. Szakiskolában gépi forgácsolást tanult, jelenleg az ACPS Automotive Kft. munkatársa. Egyedülálló. 2015-ben kezdett el írni, és akkor kezdte érdekelni a fantázia világa is. Amint érezte, hogy elegendő ötlet született a fejében, elkezdte írni a saját könyvét.

novum 📖 KIADÓ A SZERZŐKÉRT

A kiadó

Aki feladja,
hogy jobbá váljon,
feladta,
hogy jobb legyen!

E mottó alapján a novum publishing kiadó célja
az új kéziratok felkutatása, megjelentetése,
és szerzőik hosszútávú segítése. Az 1997-ben
alapított, többszörösen kitüntetett kiadó az egyik
legjelentősebb, újdonsült szerzőkre specializálódott
kiadónak számít többek között Ausztriában,
Németországban és Svájcban.

Valamennyi új kézirat rövid időn belül egy
ingyenes, kötelezettségek nélküli kiadói
véleményezésen esik át.

További információkat a kiadóról és
a könyvekről az alábbi oldalon talál:

www.novumpublishing.hu